mil corações
Partidos

mil corações

Partidos

Tillie Cole

Tradução
Marina Della Valle

Copyright © Tillie Cole, 2024
Esta edição é publicada mediante acordo com McIntosh e Otis, Inc. por meio da International Editors & Yáñez Co' S.L.
Copyright © Editora Planeta do Brasil, 2025
Copyright da tradução © Marina Della Valle, 2025
Todos os direitos reservados.
Título original: *A Thousand Broken Pieces*

Preparação: Wélida Muniz
Revisão: Andréa Bruno, Thiago Bio e Caroline Silva
Diagramação e projeto gráfico: Futura
Design de capa: Hang Le
Adaptação de capa: Isabela Teixeira
Imagens de capa: © firina/iStock, Thanyathon/iStock, vetas/iStock, Maica/iStock

Dados Internacionais de Catalogação na Publicação (CIP)
Angélica Ilacqua CRB-8/7057

Cole, Tillie
  Mil corações partidos / Tillie Cole ; tradução de Marina Della Valle. - São Paulo : Planeta do Brasil, 2025.
  448 p.

ISBN 978-85-422-3201-1
Título original: A Thousand Broken Pieces

1. Literatura juvenil I. Título II. Valle, Marina Della

25-0677   CDD 028.5

Índice para catálogo sistemático:
1. Literatura juvenil

Ao escolher este livro, você está apoiando o manejo responsável das florestas do mundo

2025
Todos os direitos desta edição reservados à
EDITORA PLANETA DO BRASIL LTDA.
Rua Bela Cintra, 986 – 4º andar – Consolação
01415-002 – São Paulo-SP
www.planetadelivros.com.br
faleconosco@editoraplaneta.com.br

*Para aqueles que perderam uma pessoa muito amada,
eu entendo sua dor.
Para aqueles que perderam um pedaço do coração,
estou ao seu lado.
Para aqueles que não sabem como continuar, rogo
para que este livro lhes traga consolo.*

———————————

*Para meu pai.
Sentirei sua falta para sempre.
Até nos encontrarmos de novo.
"Aguente firme."*

"Agora entendo que a morte, para os doentes, não é tão difícil de suportar. Para nós, nossa dor enfim acaba, vamos para um lugar melhor. Mas, para aqueles que deixamos para trás, a dor apenas se amplia."

Poppy, *Mil beijos de garoto*

Prólogo

Savannah
Treze anos
Blossom Grove, Geórgia

Eu não conseguia ouvir nada além da batida ensurdecedora do meu coração. Rápida demais, trovejando como as tempestades devastadoras de verão que assolavam a Geórgia quando o calor era muito forte.

Minha respiração ficou ofegante conforme meus pulmões iam parando de funcionar. O ar que estava em meu peito se endureceu até virar rochedos de granito, me massacrando com tanta força que fiquei congelada bem onde estava. Congelada olhando Poppy desfalecer na cama. Vendo meus pais se agarrando um ao outro como se também estivessem morrendo. A filhinha deles, a primogênita, perdendo a luta contra o câncer diante dos nossos olhos, a morte pairando ao lado dela como uma sombra agourenta, preparando-se para levá-la embora. Tia DeeDee estava com os braços em torno da cintura, como se o gesto fosse a única coisa que a mantivesse em pé.

Senti Ida apertar minha mão tão forte que poderia ter quebrado um osso. Senti o corpo pequeno da minha irmã mais nova tremer, sem dúvida de medo, dor ou em total descrença de que aquilo pudesse realmente estar acontecendo.

De que aquilo estivesse *realmente* acontecendo.

Meu rosto estava encharcado com as lágrimas que caíam em torrentes dos meus olhos.

— Savannah? Ida? — minha mãe disse baixinho. Pisquei através da névoa de lágrimas até ver minha mãe diante de nós. Comecei a balançar a cabeça, e meu corpo pareceu voltar à vida, saindo daquele estado dormente, catatônico.

— Não... — sussurrei, sentindo o olhar aterrorizado de Ida se fixar em mim. — Por favor... — E minha súplica quase silenciosa virou vapor no ar estagnado em torno de nós.

Mamãe se curvou e passou a mão trêmula no meu rosto.

— Precisa se despedir, amor. — A voz dela vacilou, rouca e exausta.

Minha mãe olhou para trás, para onde Rune estava sentado na cama, pousando beijo após beijo nas mãos da minha irmã mais velha, nos dedos, no rosto, olhando para sua *Poppymin* como sempre tinha feito... como se ela tivesse sido feita unicamente para ele. Um choro sufocado escapou dos meus lábios enquanto eu os observava.

Não era verdade. Não *podia* ser verdade. Ela não podia deixá-lo. Ela não podia *nos* deixar...

— Meninas — mamãe pressionou de novo, com um tom insistente. Meu coração se partiu quando seu lábio inferior começou a tremer. — Ela... — Então minha mãe fechou os olhos, tentando recuperar a compostura, se impedindo de terminar o que ia dizer. Não sabia como ela conseguia. Eu não era capaz. Não era capaz de enfrentar aquilo. Não era capaz de *fazer* aquilo.

— Sav — Ida disse atrás de mim.

Eu me virei para olhar para minha irmãzinha. Para o cabelo escuro, os olhos verdes e as covinhas profundas, a pele vermelha de tanto chorar. Para o rosto doce, inconsolável.

— A gente precisa se despedir. — A voz dela estava trêmula. Mas ela assentiu para mim, me encorajando. Naquele momento, Ida estava conseguindo ser mais forte que eu.

Ela ficou de pé, sem afrouxar o aperto forte na minha mão enquanto me guiava. Assim que fiquei de pé, olhei para nossas mãos dadas. Logo, seria assim para sempre. Apenas nossas duas mãos, sem uma terceira para segurar, para nos guiar.

Fui atrás de Ida. Cada passo parecia que estávamos andando por melaço enquanto nos aproximávamos da cama posicionada diante da janela. Assim Poppy podia ver lá fora. Pétalas de flores de cerejeira rosadas e brancas eram sopradas pela brisa, espalhando-se pelo chão ao cair das árvores. Rune levantou os olhos quando nos aproximamos, mas eu não consegui encará-lo. Eu não era forte o suficiente para vê-lo naquele momento. O momento que todos temíamos. Aquele que, bem lá no fundo, eu nunca tinha acreditado que chegaria.

Respirando o mais fundo que consegui, dei a volta na cama com Ida. A primeira coisa que ouvi foi a respiração de Poppy. Ela tinha mudado. Era profunda e chiada, e eu via a exaustão, o esforço no rosto bonito dela...

O esforço que ela fazia para ficar apenas mais alguns minutos. Permanecer conosco pelo máximo de tempo que pudesse. No entanto, apesar disso tudo, ela abriu um sorriso quando nos viu. Suas irmãs. Suas melhores amigas.

Nossa Poppy... a melhor pessoa que eu conhecia.

Levantando as mãos magras e frágeis, Poppy as estendeu para que cada uma de nós as segurasse. Fechei os olhos quando senti como ela estava fria, como seu aperto enfraquecera.

— Eu te amo, Poppy — sussurrou Ida.

Abri os olhos e lutei para não cair no chão enquanto Ida pousava a cabeça no peito de Poppy e lhe dava um abraço apertado. Poppy fechou os olhos e pousou o fantasma de um beijo na cabeça de Ida.

— Eu também... te amo... Ida — ela respondeu, abraçando nossa irmã mais nova como se não fosse soltar nunca mais. Ida era uma cópia de Poppy em todos os sentidos: personalidade, aparência, atitude sempre positiva perante a vida. Os dedos de Poppy passaram pelo cabelo escuro de Ida. — Não mude — ela murmurou quando Ida levantou a cabeça.

Poppy colocou a mão enfraquecida no rosto da nossa irmã.

— Não vou — disse Ida, e sua voz falhou enquanto ela se afastava, soltando, relutante, a mão de Poppy.

Eu me concentrei no gesto. Não sabia por quê, mas queria que Ida continuasse segurando nossa irmã. Talvez, se apenas a segurássemos bem firme, juntas, Poppy não precisasse ir, talvez pudéssemos mantê-la ali onde estava segura...

— Sav... — sussurrou Poppy, com os olhos brilhando quando retribuí seu olhar.

Entrei em colapso. Meu semblante desabou quando comecei a soluçar.

— Poppy... — eu disse, pegando sua mão e segurando-a junto de mim.

Eu balançava a cabeça repetidamente, implorando em silêncio para que Deus, o universo, *qualquer um* impedisse aquilo, que nos abençoasse com um milagre e a mantivesse conosco, mesmo que por pouco tempo.

— Eu estou... bem... — disse Poppy, interrompendo minhas súplicas silenciosas.

Sua mão tremia, e eu a levei aos lábios, para beijar a pele fria. Mas, quando fiz isso, vi que a mão de Poppy estava firme e que o tremor era meu. As lágrimas rolaram pelo meu rosto.

— Savannah... — disse Poppy. — Estou... pronta... para... ir...

— Não — eu disse, balançando a cabeça. Senti uma mão nas minhas costas e um braço envolvendo minha cintura. Sabia que eram mamãe e Ida me segurando de pé. — Eu não estou pronta... Preciso de você... Você é minha irmã mais velha... Preciso de você, Poppy.

Senti o peito apertar a ponto de doer, e soube que era meu coração se partindo em mil pedaços.

— Eu sempre... vou estar... com... você — disse Poppy, e notei a lividez de sua pele, ouvi o chiado aterrorizante de seu fôlego ficar mais forte e mais irregular. *Não... não, não, não...* — Nós vamos... — Poppy inspirou com fraqueza, um ofego que foi se *desvanecendo.* — ... nos encontrar de novo...

— Poppy... — consegui dizer, antes que os soluços tomassem conta de mim. Baixei a cabeça até o peito dela e senti seus braços fracos ao meu redor. Ela poderia ter perdido a força, mas aquele abraço parecia um cobertor seguro em torno de mim. Eu não queria soltar.

— Eu... te amo... Savannah. Amo... tanto — disse Poppy, esforçando-se para falar enquanto sua respiração se tornava cada vez mais fraca.

Fechei os olhos com força, tentando em vão aguentar firme. Poppy pousou um beijo em meu cabelo.

— Savannah. — A voz de minha mãe navegou até os meus ouvidos. — Querida... — ela murmurou. Levantei a cabeça e vi o sorriso fraco de Poppy.

— Eu te amo, Pops — eu disse. — Você foi a melhor irmã mais velha do mundo.

Poppy engoliu em seco e lágrimas brilharam em seus olhos. Estudei o rosto dela. Minha irmã estava tão perto de nos deixar. Memorizei o verde dos olhos, as mechas acobreadas naturais no seu cabelo escuro. Ela estava pálida agora, mas gravei na memória o tom de pêssego de sua pele macia. Apeguei-me à lembrança do seu aroma doce me envolvendo, do rosto cheio de riso e de vida.

Não queria soltar sua mão, não sabia se conseguiria, mas, quando mamãe apertou meus ombros, soltei, me recusando a me desconectar do olhar dela até que mamãe e papai vieram para o lado da cama e a bloquearam de vista.

Eu tropecei para trás, absorvendo o choque. Ida apertou minha mão e se abrigou no meu peito. Observei, quase em dissociação, enquanto mamãe e papai beijavam e abraçavam Poppy e se despediam. Um ruído branco enchia meus ouvidos enquanto os dois recuavam e Rune se aproximava da cama. Fiquei ali, petrificada. Ida começou a chorar no meu peito, tia DeeDee e nossos pais desmoronaram no canto do quarto enquanto Rune dizia alguma coisa para Poppy, se curvava e a beijava nos lábios...

Segurei a respiração quando, segundos depois, ele recuou devagar. E observei. Observei o rosto de Rune e vi na expressão estilhaçada dele que ela tinha partido. Que Poppy tinha nos deixado...

A cabeça de Rune balançava enquanto meu coração, mesmo parecendo impossível, se partia ainda mais. Então ele saiu correndo do quarto e, nesse momento, voltei para o aqui e agora em uma queda ensurdecedora. O choro agonizante foi a primeira coisa que me recebeu, os sons devastadores partiram minha alma ao meio. Olhei para mamãe, depois para papai. Mamãe tinha caído no chão, papai tentava mantê-la em seus braços. Tia DeeDee estava virada para a parede na qual se escorava, soluçando incontrolavelmente.

— Sav — choramingou Ida, apertando mais minha cintura. Eu a abracei com força. Abracei enquanto encarava a cama. Encarava a mão de Poppy. A mão dela imóvel na cama. A mão *vazia* e parada. Tudo parecia acontecer em câmera lenta, como algum jogo de cena usado nos filmes.

Mas era a vida real. Aquela era a *nossa* casa. E aquela na cama era a *minha* irmã amada. Na cama, sozinha.

Mamãe se esticou para abraçar Ida. Minha irmãzinha caiu no abraço de nossos pais, mas eu me movia para a frente como se um ímã me atraísse para perto de Poppy. Como se alguma força invisível, algum fio transparente, me chamasse até onde ela jazia.

Ofegante, eu me aproximei da cama. E fiquei imóvel. Fiquei imóvel ao encarar Poppy. Nenhum hálito saía de sua boca. O peito não se levantava, não havia cor em suas bochechas. No entanto, ela estava tão linda na morte quanto fora em vida. Então meu olhar pousou na mão vazia dela de novo. Estava virada para cima, como se quisesse ser segurada, só uma última vez.

Então me sentei na beirada da cama e envolvi a mão dela na minha. E, enquanto estava ali, senti algo mudar dentro de mim. Naquele momento, perdi algo na minha alma que sabia que nunca mais teria de volta. Levei os dedos frios de Poppy aos lábios e beijei a pele macia. Baixei nossas mãos entrelaçadas até meu colo. E não soltei. Não *iria* soltar.

Não sabia se algum dia conseguiria.

Fôlegos perdidos e nuvens em movimento

Savannah
Dezessete anos
Blossom Grove, Geórgia

Havia exatamente quarenta e duas rachaduras no piso de linóleo. Rob, o líder da terapia, estava falando, mas tudo o que eu ouvia era o zumbido metálico do sistema de aquecimento acima de nós. Meu olhar estava desfocado, captando apenas os raios de sol atravessando as janelas altas e o contorno borrado das pessoas no círculo ao meu redor.

— Savannah?

Pisquei para clarear a visão e olhei para Rob. Ele sorria para mim, com a linguagem corporal receptiva e um sorriso encorajador no rosto. Eu me mexi nervosamente no assento. Não tinha sido abençoada com a habilidade de falar em voz alta. Sofria para colocar em palavras os sentimentos turbulentos que se agitavam dentro de mim. Estava melhor sozinha. Ficar com pessoas por tempo demais me exauria; eu me retraía na presença de muitas delas. Eu não era nada parecida com minha irmã Ida, que tinha uma personalidade contagiante e sociável.

Igualzinha a Poppy…

Engoli o aperto instantâneo que surgiu em minha garganta. Quase quatro anos haviam se passado. Quatro longos e dolorosos anos sem ela, e eu ainda não conseguia pensar em seu nome nem em seu rosto bonito sem sentir meu coração desmoronar como uma montanha vindo abaixo. Sem sentir a sombra dos dedos inexoráveis da morte apertando meus pulmões, privando-os de ar.

As já conhecidas pontadas de ansiedade logo começaram a fincar suas garras, subindo das profundezas em que estavam adormecidas. Afundando os dentes nas minhas veias e espalhando veneno pelo meu corpo até fazerem de mim uma refém relutante.

Minhas mãos ficaram úmidas, e minha respiração, ofegante.

— Savannah.

A voz de Rob tinha mudado; embora ecoasse em meus ouvidos enquanto tudo ao meu redor se afunilava num vácuo estreito, ouvi a preocupação na entonação. Sentindo o peso dos olhares de todos em mim, pulei do assento e saí correndo até a porta. Meus passos eram um pulsar arrítmico conforme eu seguia o feixe de luz no corredor, indo em direção ao ar livre. Saí pela porta e inspirei o ar invernal da Geórgia.

Pontos de luz dançantes invadiram minha visão, e cambaleei até a árvore que ficava no terreno do centro de tratamento. Eu me apoiei no tronco largo, mas minhas pernas fraquejaram e caí no chão duro. Fechei os olhos e pousei a cabeça na madeira, e a casca grossa arranhou meu couro cabeludo. Eu me concentrei em respirar, em tentar me lembrar de cada aula a que tinha ido e que ensinava a lidar com as crises de ansiedade. Mas isso nunca parecia ajudar. As crises sempre me tomavam como refém até que finalmente desejassem me soltar.

Eu estava esgotada.

Meu corpo tremeu pelo que pareceu uma era, o coração engasgou e titubeou até que senti os pulmões começarem a relaxar, e a traqueia por fim deu ao corpo o oxigênio pelo qual tanto ansiava. Inspirei pelo nariz e soltei o ar pela boca até ficar mais inclinada sob a árvore; o cheiro de grama e terra atravessou a névoa do bloqueio sensorial da ansiedade que eu sentia.

Abri os olhos e mirei o céu azul, observei as nuvens brancas acima, tentando encontrar formas em suas estruturas. Observei enquanto elas apareciam, depois iam embora, e me perguntei como seria a vista lá de cima, o que elas viam quando olhavam para nós amando, perdendo e ruindo.

Uma gota de água caiu no dorso da minha mão. Olhei para baixo e vi outra gota cair no nó do dedo anelar; estavam vindo do meu rosto. A exaustão me atingiu, consumindo todas as minhas forças. Não conseguia nem erguer as mãos para limpar as lágrimas. Então me concentrei de novo nas nuvens passando, em um movimento constante, sem nunca ter tempo para parar, processar e pensar.

Pensar me dava espaço para desmoronar.

Só percebi que alguém havia se sentado ao meu lado quando senti uma mudança sutil no ar ao meu redor. As nuvens ainda retinham minha atenção.

— Outro ataque de ansiedade? — perguntou Rob.

Assenti, e meu cabelo resvalou na casca de árvore solta que mal se mantinha no lugar. Rob tinha uns trinta anos. Era gentil e excepcional no que fazia. Ajudava tanta gente. Ao longo dos últimos quatro anos, eu tinha visto uma infinidade de adolescentes entrar pela porta do centro de tratamento e sair, mudada, empoderada e capaz de encarar o mundo de novo.

Eu estava simplesmente destroçada.

Não sabia como me curar, como me recompor. A verdade era que, quando Poppy morreu, toda a luz desapareceu de meu mundo, e desde então eu andava por aí tropeçando no escuro.

Rob ficou sem falar por um tempo, mas por fim disse:

— Precisamos mudar de tática, Savannah.

Os cantos dos meus lábios se ergueram quando vi o que parecia uma margarida se formar numa nuvem. Ida amava margaridas. Era a flor favorita dela. Rob se recostou na árvore ao meu lado, dividindo o tronco largo.

— Recebemos um financiamento. — As palavras dele pingavam em meus ouvidos, uma sílaba por vez, enquanto o mundo, meticulosa e lentamente, começava a se costurar de novo. — Há uma viagem — ele disse, deixando a informação pairar entre nós.

Eu pisquei, e a imagem residual do sol dançou na escuridão quando fechei os olhos para expulsar o brilho ofuscante.

— Quero que vá nela — disse Rob.

Eu congelei e por fim virei a cabeça para ficar de frente para ele. Rob tinha cabelo ruivo curto, sardas e olhos verdes penetrantes. Ele era uma paleta de outono ambulante. Também era um sobrevivente. Dizer que eu o admirava era eufemismo. Punido quando adolescente por causa de sua sexualidade pelas mãos daqueles que deveriam amá-lo, havia passado por poucas e boas até alcançar a liberdade e a felicidade, e agora ajudava aqueles que sofriam do próprio modo também.

Há uma viagem... Quero que vá nela...

As palavras atrasadas se infiltraram no meu cérebro e minha velha amiga ansiedade começou a voltar à tona.

— Um pequeno grupo de vários lugares dos Estados Unidos vai fazer uma viagem por cinco países. Uma viagem de cura. — Ele inclinou a cabeça para olhar para as nuvens que tinham capturado minha atenção antes. — Adolescentes lidando com luto.

Balancei a cabeça, o gesto mais pronunciado a cada segundo.

— Não posso — sussurrei, e um medo instantâneo envolveu a minha voz.

O sorriso de Rob foi compreensivo, mas ele disse:

— Já falei com seus pais, Savannah. Eles concordaram que seria bom para você. Já reservamos seu lugar.

— Não!

— Você já terminou o ensino médio e entrou em Harvard. *Harvard*, Savannah. Isso é incrível. — Rob fez uma pausa breve para pensar, então completou: — Fica em Boston. Muito, muito longe daqui.

Entendi as entrelinhas. Eu não conseguia nem me virar em casa, como seria possível que isso acontecesse em outro estado quando estivesse na faculdade?

Quando Poppy morreu, mergulhei de cabeça nos estudos. Precisava ocupar a mente o tempo inteiro. Foi como dei conta. Eu sempre tinha sido estudiosa. Sempre tinha sido a inteligente. A rata de biblioteca. A que falava sobre física, equações e estruturas moleculares. Ida era a espalhafatosa, a irmã dramática, a engraçada, a que conseguia chamar a atenção de todo mundo... de todas as formas. E Poppy... Poppy tinha sido a sonhadora. Tinha sido a que acreditava, a criativa, a que tinha música, esperança e felicidade sem fim no coração.

A que teria mudado o mundo.

Quando Pops morreu, não consegui mais enfrentar a escola; os olhares das pessoas, as encaradas tristonhas, o holofote que me seguia por lá, me apresentando como a garota que tinha visto a irmã mais velha morrer. Então estudei em casa e me formei antes. Harvard tinha me aceitado; eu tinha conseguido passar. Mas, com todo o dever de casa feito, meu tempo recém-encontrado se tornou meu inimigo. Horas livres revivendo Poppy desaparecendo, a morte lenta dela diante de nós. Minutos sem fim que deram à minha ansiedade espaço para atacar, para prolongar suas investidas como mercenários brincando com um alvo fácil. Sentia a ausência de Poppy como um nó de forca que se apertava em torno do meu pescoço dia após dia.

— Sei que deve ser assustador. Sei que é algo que talvez você acredite que não consegue fazer — disse Rob, com um tom de voz gentil e encorajador. — Mas você *consegue*, Savannah. Acredito em você. — Senti meu lábio inferior tremer enquanto o olhava nos olhos. — Não vou desistir.

— Um sorriso gentil. — Vamos fazer você superar tudo isso. Vamos te levar para Harvard no outono. E você vai se sair muito bem.

Queria sorrir em resposta, mostrar que eu era grata por ele se preocupar comigo, por ele nunca desistir de mim, mas meus nervos me impediram. Pessoas novas. Lugares novos. Terras desconhecidas... Era muito apavorante. Mas eu não tinha ânimo para discordar. E, caramba, nada mais tinha funcionado para mim. Quatro longos anos de terapia individual e em grupo não tinham conseguido me levantar ou me tornar inteira de novo. Eu estava cansada demais para discutir. Então virei a cabeça de novo e encarei o céu. Uma nuvem grande passou, e eu fiquei imóvel.

Era igualzinha a um violoncelo.

Entrei em Blossom Grove e ouvi a sinfonia de pássaros cantando. Não importava a época do ano, sempre havia algo de sobrenatural naquele lugar. Um pedaço do céu na Terra, um vislumbre do celestial, da paz. Ou talvez fosse apenas o espírito que descansava ali que o tornava tão especial. Protegendo o lugar que ela tanto adorava.

As árvores estavam nuas, os botões ainda se preparavam para nos mostrar sua beleza, mantida à distância pelo inverno mais um pouquinho. Mas isso não deixava o bosque menos belo. Respirei o ar fresco que assoviava entre os galhos marrons até meus pés me levarem para a árvore que protegia minha melhor amiga.

A lápide de mármore branco brilhava como um anjo no sol poente, e o entardecer cobria o túmulo em tons dourados idílicos. Poppy Litchfield estava escrito em letras douradas, com para sempre e sempre entalhado abaixo.

Tirei algumas folhas caídas de cima da lápide e me sentei diante dela.

— Oi, Poppy — eu disse, já sentindo um nó na garganta.

Eu sabia que, para muita gente, quatro anos depois da morte de um ente querido bastavam para já ter encontrado um rumo para a vida. Para seguir adiante na medida do possível. Mas, para mim, quatro anos bem poderiam ser como quatro minutos. Parecia ter sido ontem mesmo que Poppy havia nos deixado... deixado Ida e eu. Deixado mamãe e papai e tia DeeDee. Deixado Rune. As fraturas que tinham se alastrado pelo meu coração ainda estavam abertas e por curar.

Esses quatro anos não mudaram nada. Haviam apertado o botão de pausa naquele dia, e eu não tinha conseguido apertar o *play* desde então.

Pousei um beijo nos dedos, então os pressionei na lápide. Sob minha mão, senti o calor do sol que sempre salpicava aquele bosque, avisando ao mundo que alguém belo de verdade morava ali.

Olhei para baixo e vi uma fotografia presa na base da lápide. Lágrimas ardiam meus olhos enquanto eu olhava com reverência a paisagem deslumbrante que ela mostrava. A aurora boreal havia sido perfeitamente capturada, verdes e azuis elevando-se através do céu escuro salpicado de estrelas.

Rune.

Rune estivera ali. Ele sempre fazia isso. Toda vez que voltava para casa, passava horas no túmulo de Poppy, debaixo da árvore favorita deles. Passava o dia falando com seu único amor, sua alma gêmea, contando da vida na Universidade de Nova York. Do estágio que tinha conseguido com um fotógrafo que ganhara o Prêmio Pulitzer. Das suas viagens pelo mundo, visitando países distantes e atrações turísticas, como a aurora boreal, que sempre capturava em filme e trazia para casa para que Poppy visse.

Assim ela não perde as novas aventuras, ele me dizia.

E havia os dias em que ele visitava Poppy, e eu me sentava atrás de uma árvore ali perto, despercebida e escondida, e o ouvia falar com ela. Quando lágrimas caíam em cascata dos meus olhos diante da injustiça do mundo. Por nós termos perdido a estrela mais brilhante em nosso céu, por Rune ter perdido metade de seu coração. Até onde eu sabia, ele nunca tinha namorado outra pessoa. Ele me disse uma vez que nunca sentiria por alguém o que sentia por Poppy e que, embora o tempo que passaram juntos tenha sido curto, havia sido o suficiente para durar a vida inteira.

Eu nunca vivi um amor como o deles. E achava que muita gente também não tinha vivido. Enquanto Ida buscava e rogava por um amor do tipo Poppy-e-Rune, eu temia que algo assim só me causasse mais dor. E se eu o perdesse também? Como conseguiria superar? Não sabia como Rune sobrevivia a cada dia. Não sabia como ele abria os olhos a cada amanhecer e simplesmente *respirava*. Nunca perguntei a ele. Nunca tive coragem.

— Tive outra crise hoje — eu disse a Poppy, encostando na lápide. Pousei a cabeça no mármore morno. Absorvi o canto reconfortante dos passarinhos que sempre fazia companhia a ela. Depois de vários minutos de silêncio, tirei o caderno da bolsa. Aquele que nunca tinha ousado abrir. Tracei as letras *Para Savannah* escritas na capa, na letra de Poppy.

O caderno que ela havia deixado para mim. Aquele que eu nunca tinha lido, que nem mesmo havia aberto. Não sabia o porquê. Talvez estivesse com muito medo de ler o que Poppy tinha a dizer, ou talvez porque aquele era o último pedaço que eu tinha dela, e, uma vez que fosse aberto, uma vez que eu lesse a última palavra, ela realmente teria partido.

Abracei o caderno junto ao peito.

— Estão me mandando embora, Pops — eu disse, a voz baixa sendo levada pelo bosque praticamente silencioso. — Uma tentativa de me fazer melhorar. — Suspirei, e o peso no meu peito quase feriu as minhas costelas. — Não sei como soltar você, não sei como te deixar ir embora.

A verdade era que, se Poppy pudesse falar comigo, sabia que ela ficaria arrasada pelo modo como a morte dela havia me paralisado, me ferido de modo irreparável. No entanto, eu não conseguia sair daquele estado. Rob me disse que o luto nunca nos deixava. Em vez disso, nós nos adaptávamos, como se ele fosse um novo membro que precisávamos aprender a usar. Que, a qualquer momento, a dor e a mágoa podiam nos atacar e nos deixar em frangalhos. Mas que a gente acabava desenvolvendo meios de lidar com ele e encontrando um jeito de seguir em frente.

Eu ainda estava esperando esse dia chegar.

Observei o sol poente desaparecer entre as árvores, a lua crescente subindo para tomar seu lugar. O manto dourado que nos adornava se tornou um azul-prateado à medida que a noite chegava, e me levantei para ir embora.

— Eu te amo, Pops — falei, e, com relutância, caminhei pelo bosque, voltando para nossa casa. Nossa casa que, esses tempos, estava sem o pulsar de seu coração.

Porque Poppy estava enterrada no chão atrás de mim. Eternizada aos dezessete anos. A idade que eu tinha agora. Sem envelhecer nunca. Sem nunca brilhar sua luz. Sem nunca compartilhar sua música.

Uma verdadeira perda para o mundo.

Sonhos abandonados e lagos congelados

Cael
Dezoito anos
Massachusetts

— Não vai rolar — eu disse, enquanto encarava minha mãe e meu pai no sofá.

Estava no meio da sala, furioso, com o corpo eletrizado pela raiva enquanto ouvia o que eles diziam.

Um pouco de culpa tentou abrir caminho até meu coração quando vi as lágrimas de minha mãe escorrendo de seus olhos e marcando suas bochechas, mas o fogo que corria em minhas veias transformou aquele lampejo de remorso em vapor.

— Cael, por favor... — mamãe sussurrou, com as mãos estendidas, apaziguadora.

Ela se moveu para a ponta do sofá, como se fosse vir até mim, me oferecer algum tipo de conforto. Balancei a cabeça, dando três passos para trás até estar quase em cima da lareira. Não queria ser consolado. Não queria *nada* daquilo. No que eles estavam *pensando* naquele instante?

Meu pai estava sentado em nosso velho sofá marrom, estoico, como o policial honrado que era. Ainda estava de uniforme, o Melhor de Massachusetts olhando para mim, com o rosto avermelhado, enquanto minha mãe chorava por minha causa *de novo*.

Cerrei a mandíbula com tanta força que achei que poderia quebrar os dentes. Minhas mãos se fecharam em punhos apertados, e lutei contra o ímpeto de dar com elas no tijolo da lareira que minhas costas agora roçavam. Mas era o que eu passava todo dia naquele inferno. Naquela casa cheia de memórias que eu não queria mais abrigadas na minha cabeça. Meu pai estava de saco cheio de consertar os buracos que meus socos abriam nas paredes. Assim como eu estava de saco cheio dos meus ataques de raiva frequentes. Mas a raiva nunca me abandonava. Então imagino que nenhum de nós estava conseguindo o que queria.

— Você vai, rapaz — meu pai disse, a autoridade envolvendo cada sílaba.

Ele era um homem de poucas palavras. Sucinto. E esperava que suas ordens fossem obedecidas. Tudo dentro de mim gritava para mandá-lo para o inferno. O tom severo dele era um combustível para a fogueira dentro de mim. Eu tentei. Realmente tentei manter a calma. Mas estava perdendo a cabeça. Como uma bomba-relógio, sentia que estava a ponto de explodir.

— Cael, precisamos tentar alguma coisa — disse minha mãe, uma súplica sutil na voz enfraquecida.

Tempos atrás, ver minha mãe chateada teria me deixado arrasado. Agora? Não sentia nada.

— Conversamos com seu novo terapeuta. Você terminou o ensino médio no ano passado e se recusou a ir para a faculdade. Essa viagem pode te ajudar. Pode devolver um pouco do seu propósito. Você só está existindo. Não tem emprego, não tem direção, não estuda, não joga hóquei. Conversamos com o treinador de Harvard. Ele liga sempre para ver como você está. Ele ainda quer você. Quer você na lista do ano que vem. Você consegue fazer isso. Ainda pode ir...

— EU ESTOU POUCO ME FODENDO PARA A FACULDADE! — gritei, cortando o que ela estava para dizer.

Eu *tinha* me importado com a faculdade um dia. Era a única coisa em que eu pensava. Tudo com que *sonhava*. Então poderia me juntar a *ele*, para que a gente pudesse jogar lado a lado, como sempre planejamos...

Meus olhos foram involuntariamente para o monte de fotos na parede acima dos meus pais no sofá. Fotos e mais fotos minhas e dele ao longo dos anos. Jogando em estádios, abraçados, com sorrisos no rosto e taco nas mãos, Team USA escrito em meu peito. Eu nem sabia mais como sorrir. Parecia estranho meus músculos faciais funcionarem daquele jeito. Desviei o olhar daquelas fotos; agora um maldito altar para o que poderia ter sido. Não conseguia nem olhar. Eram todas uma mentira. Contavam a história de uma vida fictícia.

Nada a respeito daqueles dias foi real.

— Eu não vou — eu disse, um aviso sombrio em meu tom.

Mas meu pai permaneceu imperturbável. Ele se levantou. Seu corpo largo e alto um dia havia se erguido acima de mim, mas agora meu um metro e noventa e três me colocava mais de sete centímetros acima dele, os ombros largos e o corpo atlético combinando com os dele em força e poder.

— Jamais vou perdoar vocês por isso — cuspi as palavras, e o choro baixo da minha mãe ricocheteou no escudo que eu usava constantemente em torno de mim. Nada parecia penetrá-lo naqueles dias.

Meu pai colocou as mãos nos bolsos.

— Então vou precisar conviver com isso, rapaz.

Eu sabia que não havia como fazer meu pai mudar de ideia.

Eu tremia enquanto um calor abrasador me percorria como se eu fosse feito de lava. Sem olhar para minha mãe, corri para a porta, batendo-a ao sair de casa. Eu me joguei no meu jipe. Minha respiração virou névoa branca ao encontrar o frio gelado. Uma camada grossa de neve cobria os campos ao redor, e minhas botas estavam ensopadas apenas por ter andado da minha casa até a calçada. O inverno se agarrava à Nova Inglaterra com unhas e dentes.

Coloquei as mãos no volante, apertando o couro. Como sempre acontecia quando eu assumia a direção do carro, aquela noite voltou com tudo à minha mente. Minhas mãos tremiam só de me sentar no jipe. Minha respiração ficou ofegante, e me senti fraco, tão fraco pela maneira como as memórias me derrubavam, pelo modo como o simples fato de ficar sentado em um carro poderia acabar comigo, que me entreguei à raiva. Deixei que ela inundasse meu corpo, quente e furiosa, até eu estremecer. Meus músculos ficaram tão tensos no peito que doíam. Cerrei os dentes, deixando as chamas escaldantes dentro de mim queimarem qualquer vestígio de quem eu era antes. Permiti que a raiva crescesse e crescesse, dos dedos dos pés ao couro cabeludo, até que eu fosse feito apenas dela. Então a deixei assumir o controle. Entreguei as rédeas e rugi para a noite, cheio de toda a fúria que tentava escapar. Bati as mãos no volante, chutei até meu pé colidir com o sistema de som, derrubando-o do painel e o deixando pendurado, suspenso diante de mim.

Quando minha voz ficou rouca e todo meu fôlego foi expelido, fiquei tenso no assento e olhei para a casa branca de fazenda que já tinha sido meu santuário. Eu agora *odiava* aquele lugar. Meu olhar se moveu para a janela superior direita, e um pouco de dor conseguiu passar furtivamente, apunhalando meu coração.

— Não — sibilei, desviando o olhar daquele quarto. *Agora não*. Não deixaria a dor entrar agora.

Tentei sair com o carro. Mas, por um momento, fiquei paralisado. Preso no purgatório em que tinha sido jogado um ano atrás. Quando tudo mudou em um piscar de olhos e a máscara genérica que disfarçava nossa vida familiar idílica foi arrancada com firmeza...

Fechei os olhos e deixei o fogo tomar conta. Enfiei a chave na ignição, abri os olhos e saí derrapando com o carro, os pneus lutando para tracionar no gelo preto que cobria a entrada de terra da casa. Senti o cheiro de borracha queimando enquanto afundava o pé no acelerador. O medo de dirigir estava lá, como uma febre baixa ameaçando ir às alturas. Mas eu o controlei. Apenas me deixei queimar e eviscerar qualquer emoção que tentasse emergir.

Tinha que ser assim. Não podia me afundar de novo naquele lugar onde tudo era vazio e carente; um buraco do qual era impossível sair. Em vez disso, me debrucei na raiva visceral que agora me controlava. Eu me entreguei ao ódio: do mundo, das pessoas, de tudo que se erguia para expor o que eu tinha enterrado lá no fundo.

Mas, principalmente, me concentrei em odiar *ele*. O ódio e a fúria que sentia por ele eram uma pira rugindo, encharcada de gasolina.

Pisquei, voltando a mim. Tinha dirigido sem rumo, sem pensar, perdido em minha cabeça, e me vi chegando perto do único lugar do qual eu tentava ficar longe.

Precisamos tentar alguma coisa...

As palavras da minha mãe não paravam de se repetir no meu cérebro. *Não*, eles queriam que eu fosse embora. Queriam se livrar do filho problemático. Eu! Nem citavam o *outro* filho. Apenas a mim, o que tinha ficado. Aquele que *ele* havia deixado para trás. Aquele com quem ele nem se importara quando fez o que fez...

O primeiro sinal do colapso no meu peito começou a perfurar meu esterno. Frenético, estacionei numa vaga e abri a porta. O frio do inverno rigoroso de Massachusetts atingiu a minha pele. Minha camisa preta de gola portuguesa, o gorro e o jeans rasgado não ajudavam a afastar o frio. Mas deixei que ele penetrasse em meus ossos. Eu *queria* sentir dor. Só isso me lembrava de que eu ainda estava vivo. Isso e a raiva que havia se infiltrado em minha alma um ano atrás e que só ficara mais forte desde então.

Antes que me desse conta, meus pés se moveram. Passei por carro após carro, reconhecendo cada um deles. O que estava fazendo ali? Não *queria* estar ali, mas meus pés continuaram a me guiar para a frente. Pela porta lateral, onde os sons que antes eram como um lar para mim agora pareciam distantes e não faziam mais parte da minha vida. Vozes baixas gritando jogadas, tacos batendo no gelo e discos e lâminas atingindo o vidro.

No entanto, não senti nada.

Fui subindo e subindo, e só parei quando cheguei aos lugares mais altos, fora de vista. Sentei-me na cadeira de plástico duro e entrelacei as mãos. Cada músculo do meu corpo estava tenso enquanto meus olhos miravam o gelo. Enquanto observava meus antigos amigos e companheiros de equipe treinar. Saindo em corridas, treinando o ataque e fazendo fintas. Disparando tacada após tacada em Timpson, o goleiro que raramente deixava algo passar. O apelido dele não era Paredão à toa.

— Aqui! — gritou a voz mais familiar, atravessando a arena, e senti uma pontada dolorosa no estômago.

Eriksson avançou, pegou o disco e voou pelo gelo. Com uma tacada de mira perfeita, ele enfiou o disco dentro da rede, acendendo a luz.

Eu ficava *bem ali* ao lado dele.

Minha perna balançava, agitada, e lutei para não inalar o frescor do gelo, sentir a intensidade do ar frio enchendo a arena. Tirei o gorro e passei a mão pelo cabelo escuro. As tatuagens no dorso das minhas mãos se destacavam na pele mais pálida. Tatuagens. Tantas tatuagens e piercings cobriam meu corpo agora, quase apagando qualquer traço da pessoa que fui antes.

Fechei os olhos quando os sons de tacos de hóquei digladiando e das batidas nas laterais começaram a instigar uma enxaqueca dos infernos. Fiquei de pé e desci as escadas em direção à porta lateral. Tinha acabado de chegar ao corredor quando ouvi:

— Woods?

Congelei enquanto dava a passada. Ouvi o som de Eriksson saindo do gelo, os pés sobre lâminas correndo desajeitadamente na superfície dura atrás de mim. Mas continuei em movimento, seguindo em frente, evitando meu ex-melhor amigo até uma camisa de uniforme enquadrada na parede do estádio me fazer estancar. Woods 33 se mostrava orgulhosamente no corredor. Com In Memoriam escrito em uma placa de bronze acima dela, e uma foto individual de time com o rosto dele sorrindo para mim.

Foi um soco bem no meu estômago. Eu não estava preparado para aquilo. Tinha se infiltrado. Tinha atacado sem aviso...

— *Cael!*

A voz de Eriksson estava mais perto agora. Virei a cabeça e vi que ele se aproximava, e meu coração começou a bater nas costelas. O olhar de esperança e empolgação em seu rosto quase me fez perder força nas pernas.

— Cael! Você devia ter me dito que vinha.

Stephan Eriksson estava sem fôlego por tentar me alcançar. Ele ainda segurava o taco do treino que tinha acabado de abandonar e tirou o capacete, colocando-o no chão ao lado dos pés calçados com os patins. Eu o encarei. Não conseguia fazer meu corpo se mexer.

Ele estivera lá comigo. Tinha visto tudo *comigo*.

O foco de Eriksson foi para o uniforme emoldurado diante de mim, e a tristeza tomou a sua expressão.

— O treinador colocou aí faz uns meses. Falou umas coisas muito legais sobre ele. Você foi convidado, mas...

Calafrios subiram por minha espinha, fazendo cada centímetro de pele do meu corpo se arrepiar. Notei que Stephan me avaliava. Eu o vi observar as tatuagens nas minhas mãos, peito e pescoço. Mirando até o meu nariz e o lábio inferior perfurados, os alargadores pretos nas orelhas.

— Tenho tentado falar com você, cara — ele disse, tentando chegar mais perto. Ele apontou para o gelo. — Faz meses. Sentimos sua falta. — Ele respirou fundo. — *Eu* sinto sua falta. Não é a mesma coisa sem você, irmão.

Irmão...

Aquela palavra foi como uma faca cortando meu peito, me partindo em dois ali mesmo. Sentindo o fogo familiar derreter o gelo que havia se formado em mim no minuto em que pisei na arena, disparei:

— Eu não sou seu irmão.

Então, olhando para a camisa emoldurada que pairava como um agouro ao meu lado, bati o punho bem no centro do número trinta e três azul-marinho. Senti o vidro quebrado cravar nos meus dedos e o calor do sangue atingir a pele quando ele começou a escorrer em meu pulso.

— *Meu Deus*, Woods! Pare! — Stephan gritou, mas eu já estava abrindo a porta e saindo na noite de inverno que escurecia.

Corri pelo estacionamento, com os pulmões ardendo, e pulei no carro, ignorando Stephan, que tentava fazer sinais para mim da porta lateral.

Que droga deu em mim para ir até ali?

Saí derrapando do estacionamento, tentando fazer minhas mãos pararem de tremer. Aquela moldura. Aquela camisa emoldurada. *Por que tiveram que fazer aquilo? Por que eu tive que ver aquilo?*

Dirigi sem parar, desafiando o limite de velocidade, mas não conseguia fazer minhas mãos pararem de tremer. Era isso que ele tinha sentido quando rugiu pela estrada? Quando fez o que fez? O sangue escorria pelo meu braço. Os nós dos dedos estavam abertos, em carne viva.

Mas, pior, eu sentia o cheiro do meu sangue.

Sangue...

O cheiro de cobre imediatamente me puxou de volta para o momento que eu rezava para poder esquecer. Aquele que estava tatuado tão profundamente no meu cérebro quanto a tinta preta e vermelha no pescoço. Senti a respiração falhar, as baforadas brancas de fumaça explodindo em um staccato enevoado diante de mim. Meu estômago revirou, o fogo que eu segurava como uma muleta apagando-se a cada segundo enquanto aquela noite voltava.

Fiz uma curva fechada à direita na estrada de terra que levava para minha casa, mas pisei no freio na metade do caminho, no lago. Estava ofegante, como se tivesse acabado de correr uma maratona. Não conseguia ficar no carro. Era muito fechado, muito sufocante, me lembrava demais daquela noite...

Saltei do banco do motorista, corri para o lago, com gelo grosso e escuro cobrindo a superfície. Parei na beirada, a cabeça inclinada para trás enquanto olhava para o céu que escurecia.

In memoriam...

Um som sufocado, estrangulado, saiu de minha garganta. Eu me curvei, apertando as mãos no gelo. Qualquer coisa para me dar chão. *Meu Deus.* Como chegamos até aqui? Como tudo tinha dado tão errado?

Por que ele não tinha dito nada? Por que ele não tinha simplesmente *falado* comigo...?

Joguei a cabeça para trás e gritei para o céu noturno, ouvindo os pássaros sonolentos voarem das árvores ao redor. Fiquei de pé lentamente, com a garganta dolorida e o corpo cheio de adrenalina. Fui até o galpão que não abria havia sabe-se lá quanto tempo.

Apoiei a mão ensanguentada na porta e a abri, então vi meus velhos patins olhando para mim. Ignorei o soco no estômago que recebi quando notei o segundo par ao lado deles.

Peguei os meus e tirei as botas, sem me importar se as meias ficariam encharcadas ao bater na neve. Calcei os patins e me senti enjoado quando aquela onda familiar de que tudo estava *em seu lugar* me tomou. Olhei para os tacos que me encaravam como se tivessem alma, como se tivessem memórias presas nas camadas de madeira.

Antes que pudesse pensar demais, agarrei o que tinha fita preta e dourada, as cores dos Bruins. Ao segurá-lo, tive a sensação de cometer um sacrilégio. Nunca acreditei que merecia segurar aquele taco. Como poderia, se ele pertencia ao meu herói? Aquele que me ensinou tudo o que eu sabia. Aquele que eu admirava, imitava, com quem ria, para quem corria. Aquele que brilhava tanto que iluminava o céu inteiro.

Agora, eu estava permanentemente preso em seu eclipse.

Por instinto, segui na direção do lago, apoiei o patim direito no gelo e me impulsionei até deslizar pela superfície. O vento forte batia no meu rosto. Meus pulmões, que pareciam ter esquecido como funcionar, sorveram o ar numa longa arfada. A ponta do taco em minhas mãos se arrastou pela superfície congelada do lago. Eu o movi de um lado para o outro, como se estivesse jogando um disco. Era tão natural para mim quanto respirar. *Isso.* Hóquei. No gelo.

Fechei os olhos enquanto circulava o lago. E, como se tivesse entrado em outro plano, ouvi o eco distante de dois meninos rindo...

— *Acha que consegue me enfrentar, moleque?* — *A voz grave de Cillian ressoou acima da neve e do vento quando corri na direção dele, roubando o disco.* — *Ei!* — *Ele riu e me perseguiu pelo lago no que parecia um milhão de quilômetros por hora. Naqueles dias, ele não conseguia me pegar. Quando o atirei pelos dois galhos que formavam nosso gol improvisado, ele me abraçou, me tirando do gelo.* — *Você é melhor que eu agora, moleque. Como foi que isso aconteceu?*

O sorriso no meu rosto estava tão largo que minhas bochechas doíam. Dei de ombros.

— Sabe disso, né? — disse Cillian, ao me soltar e circular por onde eu estava. — Você vai chegar lá. Todo mundo vê. Todos os olhos estão em você.

Eu não via. Cill era o melhor jogador de hóquei que eu já tinha visto. Tinha certeza de que nunca chegaria aos pés dele. Ele era mais velho que eu e tinha sido a estrela de todos os times em que estivera. Desde que me lembrava, queria ser igualzinho a ele.

— Está nas estrelas, garoto — ele disse, bagunçando meu cabelo com a mão enluvada. — Vamos jogar juntos em Harvard e chegar ao estrelato. NHL, All Stars. Olimpíadas. — Ele sorriu e pousou um beijo na minha cabeça. — Juntos, combinado?

— Juntos — respondi, sentindo que era o menino mais sortudo do mundo. Eu e Cillian. Juntos, nós dois poderíamos conquistar o mundo...

Uma sensação de afundamento pressionou meus ombros, um peso de dez toneladas me empurrando para o chão. Abri os olhos e me vi de pé no escuro, no meio de nosso lago negligenciado e abandonado. Sozinho. Nada do futuro que sonhamos nos aguardava. Nada de *Irmãos Woods* conquistando o mundo. Apenas eu e o espectro do meu irmão pairando sobre mim como um vácuo, sugando qualquer coisa boa e leve para seu vazio voraz.

A madeira do taco de hóquei rangeu em minhas mãos quando o apertei com força. Quanto mais eu ficava ali, imóvel, mais a fúria preenchia o vazio em minha alma e aumentava sem parar, até que ergui aquele taco bem alto e o bati no gelo com toda a força que pude, estilhaçando-o em mil pedaços.

Nossos sonhos também estavam despedaçados agora, então que diferença fazia ter mais uma vítima nessa merda de situação? Saí do gelo, tirei os patins, chutei-os para as árvores grandes demais e sem folhas ao meu redor, e caí no chão.

Você vai, rapaz...

Meu pai bem poderia estar atrás de mim pela altura que a voz dele soava na minha cabeça. Eu tinha dezoito anos. E estava prestes a fazer uma viagem ao redor do mundo com outros aparentemente "iguais a mim". Eu tinha dezoito anos e deveria estar trabalhando para conquistar o futuro com o qual havia sonhado. Mas o que me fora prometido tinha sido roubado de mim por quem eu mais amava, aquele em quem eu mais *confiava* neste mundo. Nada mais tinha importância. Eu estava completamente sozinho.

E por tanto tempo que agora nem encontrava vontade o suficiente para me importar.

3
Corações tímidos e primeiros olhares

Savannah
Nova York

— Está tudo pronto?

Olhei para cima de onde estava sentada na beira da cama do hotel, perdida em pensamentos.

Ida estava diante de mim, o cabelo longo e escuro solto em ondas suaves, e um sorriso com covinhas em seu rosto bonito. Mamãe e papai me levaram para Nova York para pegar o voo para nossa primeira parada na viagem terapêutica. Deveríamos nos encontrar no aeroporto, onde eu conheceria o resto dos jovens que iriam, e nossos dois terapeutas, é claro. Eu tinha feito videochamadas com os terapeutas algumas vezes e eles pareciam legais. Mas isso não tirou o meu nervosismo.

Ida havia se recusado a ficar na Geórgia e insistiu em vir para me ver partir.

Apoiei a mão sobre a mala fechada.

— Acho que sim.

Ida tinha dividido o quarto comigo na noite anterior. Tinha me entretido com histórias da escola e as últimas fofocas da equipe de líderes de torcida da qual fazia parte.

Se a luz do sol pudesse ser personificada, seria Ida Litchfield.

Ela se sentou ao meu lado na cama e pegou na minha mão. Olhei para nossos dedos entrelaçados, o esmalte rosa brilhante dela ao lado do meu incolor. Ida apoiou a cabeça em meu ombro, e só esse simples ato de afeto fraternal me deu um nó na garganta.

— Não quero ir — confessei num sussurro, sentindo a palpitação no coração que inflamava a ansiedade que sabia que se preparava para atacar.

Ida apertou minha mão.

— Eu sei... — Ela parou de falar, e percebi que tinha se impedido de dizer mais. Esperei, sem ter certeza de que queria escutar. Mas então, aspirando o ar de modo trêmulo, ela disse:

— Mas preciso que você vá.

A tristeza súbita em seu tom foi uma facada direto no meu coração.

Fiquei imóvel com a confissão dela e virei a cabeça para olhá-la. Ida manteve o rosto baixo, a cabeça aninhada na curva do meu pescoço.

— Ida...

— Por favor... — ela disse, implorando baixo, então levantou a cabeça devagar.

Fiquei arrasada ao ver os olhos normalmente felizes dela assolados pela tristeza. O brilho das lágrimas cobria suas íris verdes. Meu coração começou a disparar. Ida relanceou a janela com vista para o aeroporto JFK, depois olhou de volta para mim.

— Preciso da minha irmã de volta — ela disse por fim, e senti aquela faca cortar ainda mais fundo.

Eu queria dizer algo, mas a culpa penetrou minhas células, tornando impossível.

— Perder Pops... — Ida parou, uma única lágrima escorreu por sua bochecha esquerda.

Eu a limpei com o polegar. Ida me deu um leve sorriso de gratidão.

Ela respirou fundo.

— Perder Pops foi a coisa mais difícil por que passei na vida. — Coloquei a mão livre no joelho dela. — Mas ver mamãe e papai depois... ver *você*... — Ida fez uma pausa, e eu soube que ela estava de volta àquele momento, revivendo os primeiros meses depois da morte de Poppy. Os dias mais sombrios que já enfrentamos. O que veio depois, *saber* que nada seria a mesma coisa de novo. — Ver o que isso fez com vocês todos... doeu mais do que tudo. Minha família. Minha família linda e perfeita estava ferida de um jeito irreparável, e eu não podia fazer nada para melhorar isso. Mamãe e papai estavam desmoronando. Poppy, *nossa* Poppy perfeita, tinha ido embora, e eu sentia tanta saudade dela que não conseguia respirar, mas... — Ida parou de falar.

Eu a apertei mais forte.

— O quê? Por favor, me diga.

Ida se virou e me olhou nos olhos.

— Mas eu sabia que tinha você. Queria me agarrar a você, Savannah. Queria me certificar de que você também não ia me deixar.

Minha respiração falhou. Ida era tão criança quando tudo aconteceu. Velha o suficiente para se lembrar de tudo, mas tão nova que deve ter sido quase impossível processar a dor.

— Eu costumava entrar de fininho no seu quarto à noite, para ter certeza de que você estava respirando.

Eu não sabia.

— Ida...

— Eu me apoiava no fato de que, embora Poppy tivesse partido, ela estava em um lugar melhor. Eu sentia no meu coração. Depois de todos aqueles anos de dor. Lutando para viver... — Ela balançou a cabeça. — Não consigo explicar como; só sabia que ela estava zelando por nós. Sempre que pensava nela, sentia um calor sutil me envolver; não consigo nem descrever. Às vezes, na nossa casa, sentia a presença dela, como se ela estivesse andando comigo, como se estivesse sentada ao meu lado no sofá. — Ela riu de um jeito autodepreciativo. — E isso me dava tanto conforto. Ainda traz. Deve parecer bobagem...

— Não parece — eu disse, tranquilizando-a.

Na verdade, no começo, eu também tinha rezado por isso. Pedi um sinal a Poppy tantas vezes e nada nunca veio. Só queria saber se ela estava bem. Que sua vida não tinha realmente acabado. Que ela estava em algum lugar melhor do que este mundo, rindo e amando, talvez reunida com nossa vovó, que ela tanto adorava. Que ela ainda nos amava e estava ao nosso redor, ajudando a gente a lidar com sua perda irreparável.

— Mas o que achei mais difícil desde que perdemos Poppy... — Prendi o fôlego, esperando pelo que ela ia dizer. Os ombros de Ida caíram e ela sussurrou: — Foi que naquele dia horrível... eu perdi você também.

As palavras de Ida tiveram o efeito de uma granada, obliterando o que restava do meu coração. A mão que segurava a minha se tornou um aperto férreo.

— Eu vi você desvanecer, Sav. Vi você se virar tanto para dentro de si mesma que se tornou impenetrável. Construiu muros tão altos em torno de seu coração que ninguém conseguia derrubá-los. — Mais duas lágrimas escorreram pelo seu rosto. — Nem eu. Você deixou todos nós para fora. — Ida soltou um longo e lento suspiro. — Em menos de quatro anos, perdi duas irmãs e... — A voz dela ficou embargada e aquilo me destruiu. Ela limpou a garganta e disse com a voz rouca: — Eu só quero muito você de volta, muito mesmo.

A dor na voz dela me fez sentir náusea. Mas Ida estava certa, não estava? Eu tinha afastado todo mundo. Tinha deixado minha irmã sofrer e não fiz nada para ajudar. Mas não foi de propósito. Os muros tinham se construído sozinhos e me prenderam em suas profundezas. E eu tinha permitido.

Eu ainda estava lá, mas ouvir o que aquilo estava causando a Ida...

Levei muitos minutos para falar, mas, respirando fundo, confidenciei:

— Não sei *como* voltar. — Dessa vez, Ida limpou as lágrimas no meu rosto. — Eu venho tentando, Ida, juro...

— Eu sei. — Ida me abraçou. No momento em que ela fez isso, meu coração disparado se acalmou um pouco. — Tenho tanto orgulho de você pelo tanto que tentou, mas preciso que você vá nessa viagem. Não apenas por mim, e não apenas por Poppy, mas por *você*. — Ida se afastou e segurou o meu rosto entre as mãos. Havia tanto amor e encorajamento nos olhos dela. — Você merece viver, Sav. Você é tão amada e tão especial, tão inteligente, linda, bondosa, você *merece* ser feliz. — A garganta de Ida ficou apertada de novo. — É só o que quero para você: felicidade. Pops ia querer também.

Encarei minha irmã e lutei contra a voz dentro da minha cabeça me dizendo para resistir, que eu não precisava ir. Que eu estava bem. Que só precisava de mais tempo, mais terapia com Rob lá na Geórgia. Terapia que vinha fazendo há anos... que não tinha dado certo... porque nada estava dando...

— Certo — eu disse, deixando transparecer o medo dentro de mim, e apertei minha irmã com mais força.

Poppy sempre tinha sido minha irmã mais velha, quem eu procurava para tudo. Mas eu era a irmã mais velha de Ida agora. Aquela que ela deveria poder procurar, em quem poderia crer e confiar. Então precisava tentar. Por ela, eu tentaria.

Uma batida súbita na porta nos assustou. Ida riu de como pulamos, e me vi sorrindo também.

— Meninas, está na hora de ir — nosso pai disse do corredor.

Ida baixou a cabeça para encontrar meu olhar baixo.

— Você está bem?

Eu via a preocupação em seus olhos. O medo de que tivesse falado demais, me pressionado demais.

Eu me sentia fragilizada e exausta, mas a abracei mais forte.

— Estou bem. — Era mentira. Nós duas sabíamos. E ambas ignoramos o fato.

— Quem sabe — disse Ida, dando um sorrisinho. — Talvez alguns meninos bonitos também vão. Para deixar a viagem um pouquinho mais suportável.

Revirei os olhos em resposta ao sorriso animado dela.

— Ida, tenho certeza de que não vou estar nem aí.

Ela apertou as minhas mãos.

— Ou meninos *estrangeiros*. Uns com sotaque e romance correndo pelas veias.

Balancei a cabeça para minha irmã enquanto nos levantávamos da cama e pegávamos meu casaco e a bagagem. Ignorei o tremor das minhas mãos e o frio na barriga. Ida envolveu o braço no meu e fomos para o corredor. Nossos pais estavam esperando. Mamãe deu um passo à frente, com preocupação estampada no rosto. Tenho certeza de que parecia que estávamos chorando.

— Estamos bem — eu disse, antes que ela pudesse perguntar.

Apertei o braço de Ida.

— Nós... nós vamos ficar bem.

Eu torcia para que, se repetisse aquilo muitas vezes para mim mesma, de algum modo se tornasse realidade.

O aeroporto JFK estava tão barulhento e movimentado quanto eu esperava. Meu pai nos levou na direção de um grupo de pessoas que estavam juntas em um canto, longe das filas e dos viajantes apressados verificando freneticamente os painéis de chegada e partida de voos. Eu logo reconheci nossos terapeutas, Leo e Mia, de nossas videochamadas. Ida ainda estava de braço dado comigo, meu apoio constante, mas ver novos rostos curiosos virando para olhar para mim fez meu nervosismo disparar e eu desejei estar em qualquer lugar, menos ali. Contei quatro adolescentes da minha idade, também com a família. Todos olharam quando meu pai estendeu a mão para Mia e apertou a mão dela.

— Savannah! — disse Mia, estendendo a mão para mim.

Ela tinha cabelo loiro curto e olhos azuis bondosos. Parecia ter uns quarenta e poucos anos e exibia um sorriso afetuoso. Leo se apresentou em seguida. Era um homem mais alto, na casa dos cinquenta, com pele negra e belos olhos escuros. Leo e Mia tinham nos dito na videochamada que eram psicólogos especializados em luto.

Meu pai pegou as malas das minhas mãos.

— Savannah, deixe-me apresentá-la aos outros que vão na viagem — disse Mia.

Ida soltou o braço do meu, e por um momento quase me recusei a largá-la. Ela me olhou nos olhos e assentiu em encorajamento. Com as mãos trêmulas na cintura, respirei fundo para afastar o pânico crescente e segui Mia, deixando Leo falando com meus pais e minha irmã.

Primeiro veio uma menina de pele bronzeada e olhos escuros.

— Savannah, esta é Jade.

— Oi — ela disse, cumprimentando-me com timidez e acenando com a mão. Parecia estar com o pai e os avós.

— E estes são Lili e Travis.

Lili tinha cabelo castanho cacheado e olhos azuis; Travis era ruivo e usava óculos de armação preta. Ambos acenaram sem entusiasmo. Parecia que ninguém estava empolgado com aquela viagem.

— E este é Dylan.

Dylan deu um passo à frente e me abraçou. Eu congelei, desacostumada a estar perto de pessoas tão calorosas, mas mesmo sem jeito retribuí o abraço. Ele me abriu um sorriso largo quando se afastou. Tinha pele escura e os olhos cor de caramelo mais lindos que eu já vira. Era alto e esbelto, com um sorriso gentil e acolhedor.

— O grupo está quase todo aqui, só estamos esperando por mais um... — Mia parou no meio da frase. — Ah, aqui está ele.

Virei e perdi o fôlego por um momento quando vi um garoto alto se aproximando de nós. Tinha cabelo castanho-escuro, curto nas laterais, mas mais longo na parte de cima, que caía de qualquer jeito sobre a testa em ondas grossas, e tinha várias tatuagens e piercings. Seu tronco era largo e estava nítido que era malhado, fisicamente em forma, talvez um atleta? Estava vestido todo de preto e mantinha o olhar no chão enquanto seguia quem imaginei serem seus pais. Eu me peguei observando enquanto ele se aproximava. Parecia tão fechado quanto eu, e, por um momento, houve um lampejo de camaradagem em meu peito em relação a ele.

— Oi, Cael — disse Leo, e o garoto enfim olhou para cima.

Ele tinha olhos deslumbrantes. Azul cristalino; um tom quase prateado. Eram os olhos mais impressionantes que eu já tinha visto. Como se sentisse minha encarada, ele ignorou a saudação de Leo e se virou para mim. Meu coração saltou enquanto ele piscava; os cílios longos e escuros roçavam nas bochechas.

— Venha. Vou apresentá-lo a todos.

Cael e Leo vieram em nossa direção. Encarei os pés, mas ainda sentia os olhos de Cael em mim. Leo o apresentou ao resto do grupo e finalmente chegou em mim.

— E esta é Savannah — disse Leo.

Respirando fundo, olhei para cima. Cael estava bem na minha frente, e precisei inclinar a cabeça para fitá-lo nos olhos.

— Oi — eu disse, e Cael assentiu em um cumprimento. Então inclinou a cabeça para o lado, como se me observasse. Ele apertava a mandíbula e tinha uma expressão tempestuosa no rosto bonito.

Senti o calor subindo pelo meu rosto, mas fui salva quando Leo anunciou:

— Certo, agora estamos todos aqui. — Ele sorriu. — Está na hora de dar tchau aos seus familiares, pessoal.

Qualquer calor que tivesse se acumulado no meu rosto desapareceu quando encarei meus pais e Ida. Meu coração disparou, a ponto de me deixar tonta. Tentei me concentrar na minha respiração, em não quebrar no primeiro desafio que enfrentava.

Minha mãe avançou e me envolveu em seus braços, e torci para que ela não sentisse que eu estava tremendo. Ouvi uma fungada na respiração dela e senti algumas lágrimas perdidas caindo em meu ombro. Eu a agarrei com mais força e tive que lutar comigo mesma para soltá-la.

— Você vai se sair muito bem — ela disse, passando a mão pelas minhas costas em carícias tranquilizadoras.

Assenti, sem conseguir encontrar a voz. Minha mãe se afastou e meu pai me abraçou em seguida.

— Pode nos ligar a qualquer hora, certo? Estaremos a apenas um telefonema de distância. — Assenti, e ele recuou, me olhando nos olhos. Meu lábio inferior tremia e, pela tristeza que tomou seu rosto, percebi que ele tinha visto. — Estou tão orgulhoso de você, querida. Isso vai ser tão bom para você. Tenho certeza. — Ele tossiu e apontou para cima. Levou alguns momentos para falar. — E ela vai cuidar de você. Vai estar com você o tempo todo, te fazendo seguir em frente.

As palavras dele, embora bondosas, pareciam um golpe inesperado no peito.

— É — sussurrei, aguentando firme. Eu não iria desmoronar. Precisava fazer aquilo. *Precisava*.

— Minha vez! — Uma única risada rompeu a escuridão da minha ansiedade quando Ida me envolveu em um abraço quase sufocante. — Eu te amo — ela disse sem rodeios.

Senti aquelas palavras até os ossos. Estava fazendo aquilo por ela. Estava fazendo aquilo por *toda* a minha família.

— Eu também te amo — respondi, soando muito mais confiante do que me sentia.

Quando Ida se afastou, estava sorrindo para mim, as covinhas aparecendo.

— Estou tão orgulhosa de você — acrescentou ela.

Assenti, sem conseguir falar.

— Telefone e me mande mensagens. Quero saber de tudo, simplesmente tudo. E mande fotos! Muitas fotos, por favor!

— Pode deixar.

Recuei e, a cada passo, parecia que meus pés eram feitos de granito. Eu não queria ir. Tudo dentro de mim gritava para eu dizer não, para embarcar no voo de volta para a Geórgia e retornar à minha vida de sempre. Mas eu sabia que minha vida de sempre não era boa para mim. Quando dei uma última olhada para meus pais, para minha irmã e para as lágrimas que se formavam em seus olhos, soube que precisava melhorar por eles.

Eu precisava melhorar por *mim*.

Peguei minha bagagem de mão e me juntei a Mia e Leo. A maioria dos outros já havia se despedido da própria família. Quando olhei para cima, Cael se desvencilhou da mão do pai em seu ombro de forma bastante agressiva e se afastou dos pais, com um olhar severo no rosto, sem nem se despedir. Ele parou ao meu lado, o corpo rígido e o humor sombrio. Mas senti o calor do corpo dele como se estivesse ao lado de uma fornalha. Do meu outro lado estava Dylan, que perguntou:

— Está pronta, Savannah?

Dei de ombros, e ele me deu uma cutucada afetuosa, tentando me confortar.

— Vamos ver se eles conseguem nos ajudar, né?

Apesar do tom de brincadeira, captei uma pontada de desespero em sua voz, e o sorriso contagiante perdeu um pouco do esplendor.

Quando olhei para minha família mais uma vez, meu coração começou a disparar, e a ansiedade contra a qual eu tinha lutado me atingiu com força total, tirando o ar dos meus pulmões. Meu corpo estremeceu, e minha mão logo foi para o peito. Arquejei, tentando conseguir um pouco do tão necessário oxigênio. Minhas mãos tremiam terrivelmente, e senti uma gota de suor se acumular na minha testa.

— Savannah? — Mia veio ficar do meu lado, e, pela visão periférica, vi mamãe e Ida darem um passo à frente. Inspirei pelo nariz. Virei-me para minha irmã e minha mãe, vi a preocupação no rosto delas, mas estendi a mão para impedi-las. Elas pararam no mesmo instante, e abri para elas um sorriso lacrimoso.

Eu precisava fazer aquilo sozinha.

— Savannah, você consegue falar? — Mia insistiu, e uma preocupação gentil envolvia a pergunta.

Meus ouvidos começaram a zumbir, mantendo-me presa em meu pânico, mas, depois de algumas respirações medidas, o zumbido foi desaparecendo, e o som avassalador do aeroporto veio desabando como uma onda sensorial.

Olhei para Mia e assenti. Meu corpo estava fraco, e a exaustão logo se instalou, como acontecia com todas as crises de ansiedade que já tivera. Meus nervos estavam à flor da pele.

— Estou bem — eu disse, abalada.

Mia colocou uma mão reconfortante em meu ombro, e tive um vislumbre do que parecia orgulho no rosto dela.

Lancei um olhar para minha família. Vi a profunda preocupação no rosto dos meus pais. Os olhos de Ida brilhavam, mas ela sorriu e me jogou um beijo. Sorri para minha irmãzinha e lutei para reunir um mínimo de compostura.

— Certo, vamos — disse Leo, e Dylan veio para mais perto de mim.

— Tudo bem, Savannah? — ele perguntou.

— Tudo, obrigada — respondi. Fiquei grata pela preocupação dele.

Então senti alguém se aproximando à minha esquerda; o cheiro de sal marinho e ar fresco misturado à neve me envolveu. Fiquei paralisada quando percebi que era Cael. Ele se assomava ao meu lado. Precisei olhar para cima para vê-lo. Cael estava virado para a frente. O vazio escuro permanecia em seu olhar claro, mas então ele piscou e me olhou. Ele se aproximou mais um pouco, e uma sensação de calor cresceu dentro de mim. Mantinha os braços cruzados sobre o peito, encerrado em si mesmo. Nenhuma palavra foi dita. Eu nem o conhecia, mas, por mais estranho que parecesse, era como se ele estivesse me protegendo.

Quando começamos a andar, Cael e Dylan ficaram um de cada lado, como sentinelas protetoras. Passei a mão na minha bolsa, me certificando de que estava lá. Enfiei os dedos lá dentro e acariciei o caderno que carregava para todo lugar. Torci para o meu pai estar certo. Torci para que Poppy estivesse comigo nessa viagem, caminhando ao meu lado, com a mão nas minhas costas para me dar força. E rezei para que, não importando o que acontecesse nessa viagem, eu conseguisse abrir a primeira página do meu caderno para ouvir minha irmã mais uma vez.

Eu só precisava criar coragem.

Enquanto passávamos pela segurança e esperávamos no saguão do aeroporto, me perguntei se essa viagem seria capaz de ajudar algum de nós. Acho que era o que iríamos descobrir. Por mais que eu quisesse que desse certo, ainda me sentia entorpecida. E tinha certeza, enquanto olhava para os seis adolescentes selecionados, aqueles que Leo e Mia estavam tentando salvar do buraco permanente do luto, de que podia sentir a tristeza sufocante vazando de nossa alma. Em cada rosto, reconheci as máscaras de normalidade que usávamos, disfarçando a pessoa gritando de dor por baixo dela.

Senti que uma difícil batalha nos aguardava.

Respirei bem fundo e enviei um pedido silencioso para minha irmã.

Poppy, por favor, se puder me escutar. Me ajude. Por favor, uma última vez. Me ajude a passar por isso.

Me ajude a aprender a viver sem você.

Me ajude a ficar bem.

4
Aviões e céus chuvosos

Cael

Eu não sabia o que esperar das outras pessoas que iriam nessa viagem. Todos eram de lugares diferentes dos Estados Unidos, com sotaques variados. Tínhamos uma variedade de origens também. Mas, observando todos que esperavam no saguão, quase ninguém falando, ficou claro que estávamos todos perdidos no mesmo poço fétido da perda. Mia e Leo pareciam ter escolhido bem seus seis casos perdidos.

Meus olhos seguiram para o assento oposto. Savannah. Não podia negar que, no minuto em que coloquei os olhos nela, dei uma titubeada. O que era surpreendente, visto que fazia um ano que eu não notava ninguém daquele jeito. Ela era, sem sombra de dúvidas, a pessoa mais linda que eu já tinha visto. Agarrei com força os braços do assento quando meu primeiro pensamento foi contar a Cill sobre ela...

Aquele aperto no estômago se transformou em náusea quando pensei nele e me remexi no assento. Cerrei tanto a mandíbula que senti os dentes doerem. Que droga eu estava fazendo ali?

Levei a mão à bolsa, para pegar os fones de ouvido, mas o cordão que os prendia tinha se enrolado. Puxei e puxei, mas quanto mais mexia, mais a coisa se embolava.

— Argh! — soltei, frustrado, quando o cordão arrebentou na minha mão e rasgou o canto da minha bolsa. Chutei a coisa para longe do assento e enfiei as mãos no cabelo, puxando os cordões, apenas tentando respirar. Rangi os dentes e tentei me forçar a me acalmar. Mas não adiantou.

Meus pés se remexiam no chão, as pernas saltavam em agitação. Não podia ficar ali sentado. Não podia *queimar* naquele assento. Estendi a mão e puxei a bolsa. Então, quando estava prestes a ficar de pé, para tentar sacudir o peso impossível em volta do pescoço, levantei a cabeça e imediatamente peguei Savannah sorrindo para algo que Jade, uma das outras garotas, dizia. No minuto em que vi aquele sorriso, algo dentro de mim se acalmou. Uma onda de paz caiu sobre mim. E por um segundo, um único momento *livre* e eufórico, tudo ficou sereno. Não anestesiado. *Nunca* anestesiado. Mas ver aquele sorriso... Não entendi por que ele me afetou tanto. Ela era só uma garota. E era apenas um sorriso. Mas, por uma fração de segundo, houve um cessar-fogo dentro de mim.

Lili, a terceira garota na viagem, se inclinou sobre o assento e se juntou à conversa. Savannah sorriu com educação enquanto Jade e Lili riam. Savannah não riu. Os braços dela estavam presos em volta da cintura, e notei as mangas da blusa puxadas para baixo sobre a palma das mãos, como se isso lhe desse algum conforto, ou a protegesse de alguma maneira.

Inclinei a cabeça para o lado enquanto a examinava. Nunca tinha visto ninguém ter um ataque de pânico antes. Nunca tinha visto algo tão emocionalmente incapacitante acontecer com alguém tão de repente. Savannah empalideceu, então começou a tremer, o corpo pulando enquanto ela lutava para respirar. Seus olhos azuis se arregalaram de medo, e os lábios perderam a cor.

Normalmente eu não sentia nada além de irritação. Não sentia havia muito tempo. Não era afetado por filmes, livros ou histórias pessoais, não importava quão trágicos fossem. Caramba, nem mesmo o choro diário da minha mãe ou as tentativas do meu pai de consolá-la conseguiram derrubar os muros impenetráveis que agora envolviam meu coração. Mas, ao ver a garota pequena de cabelo loiro-escuro com grandes olhos azuis lutando para respirar no meio do JFK, foi a primeira vez que algum tipo de emoção se insinuou.

Por um momento, um breve momento, eu realmente *senti* algo.

Como se sentisse meu olhar, Savannah parou de prestar atenção nos aviões decolando lá fora e se virou para mim. As bochechas dela logo ficaram vermelhas sob meu foco, e aquele mesmo aperto no meu peito deu as caras de novo. Então Dylan retornou de onde quer que tivesse ido e se aboletou ao lado dela. Ele passou a ela um saco de batata chips. O sorriso tímido que ela deu para o garoto, dessa vez, me deixou tenso. Savannah... era deslumbrante. Não havia como negar. Ela era linda, mas, se isso fosse possível, parecia mais fechada do que eu. A mais quieta do grupo de longe, e isso queria dizer alguma coisa. Dylan se inclinou e lhe disse algo que não consegui ouvir, e ela soltou uma risada divertida.

Senti outro aperto no coração. E não gostei. Não queria sentir de novo. Tinha me acostumado ao fogo. Preferia isso a aqueles dias agonizantes depois que Cill...

Travis se sentou ao meu lado, tirando-me da espiral em que eu começava a descer. Olhei para o cabelo ruivo e os óculos grossos de armação preta em um rosto pálido cheio de sardas.

— Aceita? — ele disse e estendeu uma caixa de Twizzlers.

— Não — respondi, ríspido, e olhei de novo para Savannah. Dylan ainda conversava com ela. E a garota simplesmente respondia assentindo com a cabeça e dando sorrisos bondosos.

Eu não conseguia tirar os olhos dela.

Travis pigarreou.

— Então, nada de hóquei este ano?

Congelei, a pergunta tão eficiente quanto um balde de querosene jogado na minha cabeça. Eu me virei para o garoto que tinha por volta da minha idade e senti o fogo correr pelas veias, quente e potente. Levei um momento para perceber que todo mundo do nosso grupo olhava na nossa direção. Vi Savannah e Dylan nos observando, Lili e Jade ao lado deles, esperando minha resposta.

— Não falo de hóquei — respondi, ainda mais ríspido.

Olhei feio para Travis, para ter certeza de que ele não ia continuar insistindo naquilo, mas ele simplesmente assentiu, como se minha resposta não tivesse um tom de ameaça para não seguir por aquele caminho. Na verdade, ele pareceu estar nem aí para o meu comportamento de merda. E ficou óbvio que ele era fã de hóquei.

Ótimo. Exatamente do que eu precisava. Alguém que sabia do meu passado.

Travis deu outra mordida em seu Twizzlers e disse casualmente:

— Eu gosto de dados. — Ele apontou para si mesmo. — Nerd de matemática. — Ele ignorou minha expressão sombria. — Os esportes dão os melhores. — Ele deu de ombros. — Vi alguns dos seus jogos de hóquei do ensino médio, quando estava recolhendo dados. Reconheci seu rosto no minuto em que te vi, e seu nome, claro.

Um lampejo de empatia encheu os olhos castanhos dele, e eu vi... Ele sabia por que eu estava ali. Se acompanhava hóquei, se acompanhava as minhas estatísticas, talvez as de Harvard também, então ele *saberia*.

Aquela era a parte da qual jamais poderia escapar agora. O que aconteceu com Cill... tinha sido uma notícia importante no mundo dos esportes. No mundo do hóquei, havia sido o maior choque dos últimos anos. A maior tragédia.

Mas, na minha vida pessoal... foi o Armagedom.

Pulei do assento, interrompendo-o antes que ele pudesse falar mais alguma coisa. Senti os olhos do grupo sobre mim conforme fazia isso, conseguia sentir a mesma pena dirigida a mim, o mesmo jeito que tinham olhado para Savannah antes. Vi uma cafeteria e fui em linha reta até a longa fila. Fechei as mãos ao lado do corpo e lutei para não enfiar o punho na parede mais próxima.

Um cheiro viciante de amêndoas e cerejas me envolveu de repente. Quando me virei para olhar para trás, Savannah estava ali, *bem* atrás de mim. Os grandes olhos azuis me fitando. Ela estava com as bochechas vermelhas de novo. Meu peito se apertou, ameaçando sentir alguma coisa, mas afastei aquilo. Não conseguiria lidar com *nenhum* sentimento no momento. Não depois de ser lembrado de meu ir...

— *O quê?* — eu explodi, com a voz cheia de veneno.

Savannah pareceu chocada com a minha atitude.

— V-você está bem? — Sua voz meiga e nervosa entrou pelos meus ouvidos e me atingiu como um trem de carga. Ela era do sul. Cinturão da Bíblia, diria. Seu sotaque do interior envolvia as vogais da pergunta como seda, suave e melódico. O oposto do meu sotaque duro de Massachusetts, que cortava feito vidro.

— Por que se importa? — rosnei, com a voz firme. — Volte para o grupo e me deixe em paz.

Eu me virei para a fila, sentindo o estômago revirar por algum motivo inexplicável. Não me importava por ter explodido com ela. *Não* me importava. Senti a presença dela atrás de mim como a de um anjo: reconfortante, cuidadosa, calmante. Mas eu não queria aquilo. Eu *queria* arder, eu queria continuar incinerado. Esperei alguns segundos, então não consegui resistir e olhei para trás. Eu a vi voltando para o saguão onde os outros esperavam, com a cabeça levemente abaixada.

Ela claramente tinha entendido a mensagem.

Pedi um café. Eu mal tinha voltado ao saguão quando anunciaram o embarque. Mia entregou uma passagem para cada um de nós e entramos na fila. Segurei o café e minha bolsa rasgada e ignorei todo mundo. Vi Savannah com Dylan dois lugares na minha frente e tentei não deixar a culpa entrar no meu coração. Ela só queria saber se eu estava bem. Já fazia tempo que eu não conseguia me lembrar de alguém se importando assim comigo. Tinha conseguido afastar todo mundo que eu amava. Mas ela havia tentado...

E daí? Eu não precisava dela nem de ninguém na minha vida.

Como gado, fomos levados para o avião, e soltei uma risada incrédula quando cheguei ao meu assento. Era um dos lugares do meio do avião, em uma fileira de quatro. Meus três companheiros já estavam sentados: o assento livre ficava entre Savannah e Travis, com Dylan ao lado de Savannah no corredor.

Perfeito.

Eu me sentei, coloquei a bolsa debaixo do assento à minha frente e fui colocar os fones de ouvido. Antes que conseguisse, um cotovelo me cutucou. Travis.

— Desculpa — ele disse, apontando para a boca. — Às vezes esqueço como manter fechada. Preciso aprender a não dizer em voz alta tudo o que se passa pela minha cabeça. Não deveria ter mencionado nada. — O cara parecia tão culpado que não consegui evitar que minha irritação diminuísse.

— Eu *nunca* falo de hóquei — repeti, certificando-me de martelar aquele ponto, então coloquei os fones, e a música abafou imediatamente qualquer barulho.

Fechei os olhos, sem intenção de abri-los até a aterrissagem. Mas quando o aroma de amêndoas e cerejas passou por mim de novo, abri um pouco um olho e peguei Savannah olhando com nervosismo na minha direção. E não sei o que me deu, mas me vi respondendo à pergunta que ela me fizera na fila da cafeteria.

— Eu... — Respirei fundo. — Estou bem... — Em uma pausa entre músicas, ouvi a respiração dela parar de choque.

— Obrigado — completei, desajeitado.

Um lampejo do que pareceu alívio passou pelo olhar de Savannah, e ela assentiu, concentrando-se novamente no livro em suas mãos. Não prestei atenção no que era; estava muito ocupado tentando manter os olhos fechados e não imaginar o rosto bonito dela e o jeito como ela tinha acabado de olhar para mim.

Como se ela se importasse.

Distrito dos Lagos, Inglaterra

A geada se prendia como renda branca aos vários muros cinzentos pelos quais passávamos; muros feitos de camadas e camadas de tijolos antigos. Estradas estreitas e sinuosas testavam as habilidades de direção do motorista do ônibus; gotas grossas de chuva atingiam as janelas enquanto balançávamos de um lado para o outro no asfalto irregular e esburacado, tentando chegar ao nosso destino. Pequenas construções antigas se espalhavam pelos campos que se estendiam por quilômetros e quilômetros, onde só se avistavam rebanhos de ovelhas e gado. Agarrei-me à borda do assento, contando os minutos até chegarmos à acomodação. Eu odiava ficar em qualquer tipo de carro ou ônibus por muito tempo.

Permaneci fascinado pela Inglaterra que se estendia diante de mim, tentando afastar minha mente de tudo. Nunca estivera ali. E só tinha ouvido as pessoas falarem de Londres e de outras cidades grandes quando se tratava do Reino Unido.

Aparentemente, estaríamos bem, bem longe de qualquer uma delas. Ótimo. Eu não queria estar perto de multidões.

Ali na zona rural, o céu estava instável e nublado, sem sol à vista. O ar estava gelado e, na curta caminhada do aeroporto até o ônibus, aquele vento entrou até os ossos. Mas eu tinha uma queda por aquela sensação. Por um momento, ela me lembrou de como era estar no gelo. O fôlego quente se transformando em névoa branca a cada expiração, o frio cortante e brutal batendo na pele como um chicote feito de mil lâminas.

Depois de mais dez minutos, o ônibus que nos levava para o Distrito dos Lagos da Inglaterra foi reduzindo a velocidade até parar. Eu estava sentado lá atrás, então fui o último a sair. Mas, quando desci, a visão do lago diante de mim me deixou paralisado. Era enorme; até onde a vista alcançava, bruma pairava sobre sua superfície como uma nuvem escura caída. Era como algo saído de um filme gótico antigo. Barcos balançavam à distância, envoltos na névoa cinza. Pequenas ilhas pareciam assombradas com as árvores finas e pássaros camuflados cantando de dentro da bruma. Montanhas cercavam o lago como austeras muralhas de castelo, e turistas circulavam por pequenas fileiras de lojas do outro lado do lago, envoltos em casacos quentes de inverno, chapéus, luvas e cachecóis.

Eu não tinha abrigado muitas esperanças para essa viagem. Mas aquilo... aquilo era digno de nota. Sem grandes lojas, sem arranha-céus, sem engarrafamento. Apenas o som do lago e o vento frio assobiante flagelando as árvores.

— Bem-vindos a Windermere! — disse Mia enquanto o motorista tirava nossa bagagem do compartimento do ônibus, colocando-a na calçada onde estávamos.

Atrás de nós havia uma grande construção do tipo hospedaria, feito do mesmo tijolo cinzento do qual tudo parecia ser feito naquele lugar. Do lado de fora, havia bancos e um local para fogueira com troncos ao redor. Era sombrio e misterioso. E estava completamente isolado.

Presumi que fosse por isso que o lugar tinha sido escolhido.

— Esta será nossa casa durante as próximas semanas — disse Leo, fazendo um gesto para que pegássemos nossas malas e o seguíssemos pela trilha até a entrada.

Barcos a remo estavam atracados na praia pedregosa que cercava a casa, e balanços improvisados de madeira pendiam dos galhos das árvores ao redor.

Enquanto seguíamos Mia e Leo para dentro da casa, fomos conduzidos por um corredor, então para um cômodo grande mobiliado com sofás e uma TV.

— Temos o uso exclusivo deste albergue durante nossa estadia — explicou Mia. Leo começou a dar uma chave para cada um de nós. — Os rapazes vão dividir um quarto, e as meninas também.

Respirei fundo, de modo exasperado. Ia dividir o quarto com Dylan e Travis. A última coisa que queria fazer era dividir o quarto com outras pessoas. Não estava desacostumado a isso; no hóquei, éramos acomodados com os outros o tempo todo.

Mas isso foi naquela época. Foi *antes*. Agora, eu precisava de solidão.

— Nós estaremos nos quartos de supervisores perto do dormitório de vocês. — Leo apontou para as escadas. — Para o caso de precisarem de nós para qualquer coisa. Que tal vocês se acomodarem, e então nos encontramos de novo aqui em mais ou menos uma hora para falar do que vai acontecer neste trecho da viagem? — Leo sorriu. — Sei que o jet lag deve estar começando a bater, mas, acreditem em mim, pela minha experiência, é melhor esperar o máximo possível para dormir. Isso ajuda na mudança de fuso horário.

Eu já mal dormia de qualquer forma. Acho que meu corpo nem sabia mais em qual fuso horário estava.

Lili foi na frente. As meninas começavam a ir para o andar de cima quando Dylan pegou a bagagem de Savannah e subiu as escadas.

— Ah, não precisa fazer isso — ela disse, e o sotaque do sul me atingiu de novo, devagar. Era como se ela estivesse cantando.

— Não é nada — disse Dylan, deixando a bagagem do lado de fora do quarto dela.

Travis me deu um cutucão quando chegamos ao nosso quarto. Ele levantou as sobrancelhas sugestivamente, então inclinou a cabeça na direção de Dylan e Savannah. Eu me afastei dele. Mas entendi o que ele insinuava. E tentei. Tentei muito não deixar aquilo me incomodar, mas não importava o quanto eu lutasse para repelir pensar nos dois juntos, o aperto no estômago me dizia que não tinha conseguido.

Ignorando o aperto que se formava em meu peito, segui Travis até o quarto. Havia dois beliches. Observei o tamanho deles e, depois, olhei para mim. Apenas aceitei que não dormiria, mesmo que conseguisse me acomodar ali.

Joguei a mochila na cama de baixo do beliche encostado na parede mais distante. De jeito nenhum eu ia tentar ficar na cama de cima. As paredes do quarto tinham um tom creme genérico, as cobertas das camas eram de uma cor vermelha enferrujada. Travis me seguiu, jogando a mochila na cama acima da minha. Cerrei os dentes. Esperava que ele fosse dividir o beliche com Dylan. Nunca tinha conhecido uma pessoa tão alheia ao fato de que alguém não queria conversar com ela.

Assim que pensei em Dylan, ele entrou no quarto. Olhou para mim na cama de baixo e Travis na de cima, e andou até o beliche que restava.

— Igualzinho ao Four Seasons, hein? — ele disse, fazendo piada.

Eu me deitei na cama e os ignorei. Não era desconfortável, mas, como previsto, meus pés ficavam para fora. Estava agitado e cansado; só queria ficar ali e não lidar com nada que Mia e Leo tivessem planejado.

Coloquei os fones e aumentei a música bem a tempo de bloquear a conversa de Travis e Dylan. Fechei os olhos e tentei pensar em nada até que uma mão sacudiu meu ombro.

Puxei o braço e abri os olhos.

— Que foi?

Dylan fez um gesto para que eu tirasse os fones, parecendo inabalado.

— Está na hora do encontro — ele disse, quando os tirei.

Devo ter adormecido, o que era surpreendente. O sono não vinha fácil naqueles dias.

Sentei-me, tentando recuperar alguma energia. Dylan apontou para a cama.

— Tem espaço suficiente para mim, mas não para você, né?

Dylan era bem alto. Mais ou menos um metro e oitenta e dois. Travis devia ter por volta de um e oitenta. Com um metro e noventa e três, eu estava acostumado a ser uma das pessoas mais altas da minha idade. No hóquei, eu era só mais um entre muitos.

Em silêncio, eu os segui para fora do quarto, desci as escadas e entrei na sala principal. Fogo rugia na lareira. Um tapete vermelho grande cobria o chão de pedra. Pinturas emolduradas cobriam as paredes, mostrando paisagens que pareciam ser dos muitos lagos e montanhas da região.

As meninas já estavam sentadas, ocupando um dos sofás de três lugares. Sem conseguir evitar, logo procurei Savannah. Ela parecia cansada. Os olhos azuis estavam vermelhos, e a pele cor de pêssego, pálida. Vestia um suéter creme grosso a que se agarrava com força enquanto mantinha os braços em volta do tronco. Havia prendido o cabelo comprido num coque bagunçado no alto da cabeça, e eu não conseguia parar de olhar para a curva de seu pescoço e seu belo perfil quando ela virava o rosto.

Sentei-me ao lado de Dylan e Travis no segundo sofá de três lugares. Mia e Leo entraram minutos depois, e cada um se acomodou em uma poltrona ao lado da lareira. Pareciam ter no colo uma pilha de cadernos.

— Então, quais as impressões da nossa primeira parada? — perguntou Mia, sorrindo.

Tratando-se de psicólogos, Mia e Leo pareciam bacanas. Mas eu não queria nem precisava de terapeutas tentando entrar na minha psique para me ajudar. Só queria que me deixassem em paz.

Ao menos Mia e Leo não pareciam do tipo que pressionava... ainda não. No ano anterior, eu tinha passado por quatro terapeutas. Nenhum nunca conseguiu fazer com que eu "me abrisse". Eu mal falava nas sessões, e ficava olhando o relógio até o horário terminar. Nenhum deles nunca tinha sido capaz de derrubar os muros que construí em torno de mim depois que Cill morreu. Não tinha muita esperança de que Leo e Mia fossem ter mais sucesso que seus predecessores.

— É lindo — disse Jade, a voz ostentando um sotaque inglês.

Mia assentiu quando ninguém mais respondeu. Leo pigarreou.

— Planejamos essa viagem para ajudar vocês. Cada país que vamos visitar é para ajudá-los a superar os desafios que vocês enfrentam. — Leo olhou cada um de nós nos olhos. — Mia e eu temos uma política de portas abertas. Vocês estão livres para vir e conversar conosco a qualquer hora. Mas também vão ter sessões individuais com a gente. Pelo que entendemos, a terapia convencional não teve sucesso com alguns de vocês. — O cabelo na minha nuca se arrepiou quando vi os olhos de Leo passarem por mim momentaneamente. Talvez fosse apenas minha imaginação. — Mas esperamos que essa nova abordagem deixe vocês mais confortáveis com a ajuda em suas jornadas individuais de luto. Todos vocês perderam alguém ou mais de uma pessoa importante. Não vamos pressioná-los a compartilhar com o grupo quem são essas pessoas. No entanto, encorajamos vocês a formarem laços, dividirem sua dor, mas o tanto que contam é escolha de vocês. Estão todos no mesmo barco, e o apoio de iguais pode ser transformador em seu caminho para a cura. Mas, por favor, saibam: estamos aqui para vocês.

Mia sorriu, e percebi os ombros de Savannah relaxarem. Ela parecia gostar de falar de quem tinha perdido tanto quanto eu.

— Agora — disse Mia, ficando de pé; um a um, ela nos passou um diário com uma caneta presa a ele —, além das sessões conosco, teremos terapia em grupo todos os dias. Elas vão abordar qualquer coisa, desde técnicas para ajudá-los a lidar com os sentimentos, ou podem ser um espaço aberto para conversarmos e respondermos qualquer pergunta que possam ter. Ou, é claro, se quiserem dividir a história de vocês com todos aqui. — Ela levantou um diário sobressalente. — Mas uma coisa que vamos pedir de vocês é que comecem a usar o diário.

— Mia se recostou, as chamas da grande lareira aberta jogaram sombras em seu rosto.

— Esses diários são apenas para os olhos de vocês e podem ser usados de várias maneiras. — O diário estava apoiado no meu colo como se estivesse contaminado por erva venenosa. — Podem escrever sobre sua temporada aqui, as experiências que tiverem. As paisagens que virem.

— Pode ser um lugar para vocês escreverem sobre seus sentimentos. Pode ajudar a processar o luto enquanto trabalhamos nele — Leo disse. — Pode ser um lugar para poesia, se assim preferirem. E, se gostam de desenhar, pode ser onde esboçam suas inspirações.

— Algo que achamos que funcionou muito bem para grupos anteriores — disse Mia — é que o diário pode ser onde vocês expressam o que não conseguiram dizer para aquele ou aqueles que perderam. — O ânimo na sala mudou de neutro para totalmente sufocante. Mia pareceu sentir, e a voz dela ficou mais gentil. — Sabemos que muitos de vocês não tiveram um encerramento. — Uma mão invisível agarrou a minha garganta e começou a apertar. — Vocês não puderam dizer adeus. — Ela deu um momento para aquela frase ser absorvida, o que era a última coisa de que eu precisava. — O que acontece é que há muitas coisas que não foram ditas.

Eu me mexi no sofá e senti os olhos das pessoas em mim. Ou pode ter sido impressão minha. Apenas me senti como se estivesse debaixo de um imenso holofote. Eu me forcei a ficar imóvel, sentindo aquela mão no meu pescoço apertar cada vez mais enquanto imagens indesejadas começaram a passar pela minha cabeça. O guincho alto dos pneus, o som de metal sendo amassado... o cheiro de sangue... tanto sangue... a buzina... o som contínuo e sem fim da buzina...

— E, para outros, pode ser um lugar para dizer aos entes queridos como estão se sentindo, como a vida sem eles vem sendo. Seus sonhos e medos. Suas aspirações e apreensões. Tudo e nada que quiserem. Ninguém vai ler os diários além de vocês. São apenas para os olhos de vocês — reiterou Leo.

— Podem usá-los como um lugar para conversar com eles de novo, não importa quão trivial seja. Como uma conversa — disse Mia.

Meus olhos começaram a correr pelo cômodo. A maioria dos outros assentia, parecendo aceitar a tarefa. Eu quis me levantar e ir embora. Minhas mãos coçavam e meus pés batiam no chão. Queria pegar o primeiro voo para os Estados Unidos, dar o fora daquele lugar e ficar longe daquele grupo.

Mas então vi Savannah.

Ela apertava o diário com força, os nós dos dedos ficando brancos como ossos. Não estava assentindo. Não parecia convencida da ideia como todos os outros. Em vez disso, olhava para a cor azul simples do diário com uma expressão tão devastada que senti o estômago embrulhar. A respiração dela havia ficado mais rápida, e eu tive certeza de que ela estava prestes a cair de cabeça em outro ataque de ansiedade.

Então a observei, só para ter certeza de que ela não escorregaria. E comecei a me perguntar quem havia deixado a vida dela e a destruído. Teria sido uma doença que seu ente querido teve, ou a morte foi rápida e inesperada? Foi escolha da outra pessoa, como tinha sido...?

— Não vai rolar — berrei de repente, minha voz firme preenchendo o cômodo. Aqueles pensamentos... Eu tinha atingido meu limite. Não aguentava mais pensar naquilo. Abanei meu diário do ar. — Isso é inútil. E, de qualquer maneira, não tenho nada para dizer para *ele*.

— Entendemos que se sinta desse jeito, Cael, de verdade — disse Leo.

Olhei em volta na sala, precisando encontrar uma saída dali. Eu me sentia enjaulado. Preso. Precisava *sair*.

— Mas queremos que fique com ele. Esperamos que, depois de algum tempo conosco nessa viagem, possa mudar de ideia. Talvez aprender a se abrir. Explorar seus sentimentos.

Soltei uma risada, então me levantei e fui até a lareira. Joguei o diário direto no fogo que rugia.

— *Isso* é o que eu acho do diário — falei, sentindo uma satisfação profunda enquanto as páginas em branco começavam a queimar. — Não vou escrever. Qual o sentido? Qual o sentido de *qualquer coisa* disso? Ele está morto e não vai voltar.

Fez-se um silêncio total na sala, mas minha rebelião interior me animou. Nunca mais falaria com Cill. De nenhuma forma. Especialmente em um diário em que as anotações para nossos entes queridos perdidos não passavam de uma fantasia patética, uma maneira de nos enganar para nos sentirmos melhor.

O crepitar da lenha queimando soava como mil raios caindo enquanto devorava cada centímetro do diário. Observei pelo que pareceram horas. Então olhei para cima e flagrei o olhar de Savannah. O rosto dela estava chocado, mas havia algo mais ali… Compreensão? Empatia? Eu não sabia. Mas não gostei de como aquilo fez meu peito doer, fez meu coração se acelerar. Não gostei de como os grandes olhos azuis dela estavam fixos em mim, como se ela pudesse ver através de mim.

Não conseguia mais ficar naquela sala. Eu me virei para sair, para cair fora dali, mas Leo entrou na minha frente.

— Por favor, Cael — ele disse.

Encarei a porta. Era minha fuga para a liberdade, para sair daquela tentativa lastimável de nos curar. Senti os outros me fitarem. Como podiam simplesmente aceitar aquilo? Como podiam *querer* aquilo?

Leo deu um passo para a frente.

— Cael, por favor, sente-se. — A voz dele saiu mais firme agora.

Lutei contra o impulso de desobedecer, mas, ao olhar para Savannah de novo, a expressão de preocupação no olhar dela fez culpa ou algo parecido correr pelo meu corpo. Ela queria que eu ficasse ou que fosse embora? Ela entendia por que eu não queria ficar ali? Tinha medo de mim? Meu estômago revirou com aquele pensamento.

Não queria que ela tivesse medo de mim.

Eu me virei para encarar Leo. Suas mãos estavam erguidas como se ele estivesse lidando com um cão raivoso.

— Vamos apenas falar da viagem agora e do que vamos fazer. Nada mais.

Senti o cheiro do diário queimando na lareira, do papel chamuscando. Aquilo me reconfortou.

Eu me virei de novo para Savannah. Os olhos dela estavam cheios d'água. Aquilo acabou comigo. Ela me olhou nos olhos e então relanceou o diário que eu tinha jogado no fogo. Eu não sabia o que ela estava pensando. Ela achava que o que eu tinha feito era errado?

— Cael? — Leo pressionou.

— Que seja — eu disse, e me sentei.

Não sei por que não fui embora. Decidi não pensar muito no assunto. Leo se acomodou também, e eu olhei para o diário derretendo e fundindo-se com as toras em chamas. Aquilo me lembrou do meu coração agora arruinado. Que também tinha queimado até as cinzas.

A voz suave, mas firme, de Mia cortou o silêncio pesado que se seguiu ao meu rompante.

— Amanhã vamos escalar.

Pisquei, desviando a atenção da lareira. Tinha me desligado sem perceber. Senti o material macio e aveludado do sofá roçar na palma da minha mão, e o som de Travis assoando o nariz ao meu lado me lançou de volta ao momento presente. Quando olhei para ele, os óculos estavam apoiados no topo da cabeça, e ele enxugava os olhos. Ele olhou para mim também, e vi a dor crua que ele abrigava me encarar.

Eu tinha feito aquilo? Meu rompante causara aquilo? Ou havia sido a ideia de escrever no diário?

Olhei para o grupo ao redor e notei que ninguém tinha sido poupado. A maneira como todos eles seguravam os diários, tinha que ser isso. Pensar na pessoa que perderam... expressando como era sentir falta dela... algo brutal.

Perder alguém que você ama; o clube em que ninguém queria estar, mas um em que todos nós seríamos forçados a entrar em algum momento da vida. Ninguém iria escapar. Era simplesmente uma questão de tempo.

Eu me vi acenando para Travis, um aceno sutil de apoio, e ele deu um pequeno sorriso autodepreciativo em resposta. Eu me vi querendo saber a história dele também.

Uma coisa era certa: estávamos todos arrasados.

— O Distrito dos Lagos é conhecido por muitas atividades — disse Leo, seguindo adiante apesar da nossa perturbação. — Escalar montanhas e caminhar estão entre as mais populares. E é por isso que estamos aqui — ele disse, chegando mais para a frente. — Vamos escalar. Vamos caminhar. E vamos explorar essa bela paisagem a pé. Três dos maiores picos da região.

Franzi as sobrancelhas. Estávamos ali para caminhar? Podia ver o contorno das montanhas enevoadas da janela da sala.

— Temos tudo de que vão precisar para a caminhada — disse Mia. — Então vamos liberar vocês pelo resto da noite. O jantar é às sete. Amanhã começamos cedo. Por ora, acomodem-se. Desfaçam as malas. Conversem, se conheçam. A gente se vê logo mais.

Mia e Leo se retiraram, e Leo me lançou um olhar preocupado enquanto saía.

— Bem, aquilo foi pesado — disse Dylan, arrancando algumas risadas desconfortáveis dos outros.

Encarei o diário na lareira. Não tinha nada a dizer ao meu irmão, nenhum sentimento ou atualizações de vida para compartilhar. Ele não tinha me informado os dele, então sabia que ele reconheceria a sensação.

Ele não tinha tido comigo, seu irmão mais novo e melhor amigo, nenhuma consideração quando fizera sua escolha. Nenhuma comunicação. Nenhum sinal. Apenas sete palavras rabiscadas às pressas no verso de uma velha entrada para um jogo de hóquei antes de destruir nosso mundo.

Por instinto, enfiei a mão no bolso e procurei a carteira. Ainda estava lá. E no compartimento traseiro estava aquela maldita entrada. E aquelas palavras. Palavras que eu não olhava havia meses, queimando minha pele como se tivessem sido escritas em chama eterna. Impossíveis de extinguir, para sempre marcadas a ferro.

Aquela entrada escondida na minha carteira parecia pesar cem toneladas. Mas eu não conseguia me obrigar a jogá-la fora. Era a coisa que eu mais odiava no mundo, mas meu objeto mais precioso.

Fiquei de pé sem nem olhar para os outros enquanto disparava para a porta da frente. Corri direto para a chuva gelada. O vento batia no meu rosto, mil tapas nas minhas bochechas. Estava sem casaco, mas aquilo que estava atacando meu corpo agora era agradável. A ardência nas minhas bochechas me lembrou de que ainda estava ali, vivo, mesmo que não estivesse vivendo.

Ficava furioso só de pensar naquela sala cheia de jovens destruídos como eu, Savannah apertando o diário junto ao peito como se fosse seu maior medo encarnado. Travis chorando só de pensar em escrever alguma coisa.

Era besteira. Tudo aquilo.

Eu me abaixei, peguei uma pedra e a lancei no lago com toda a força. Antes mesmo de atingir a superfície, eu tinha outra pedra na mão, maior dessa vez, forçando meu antebraço até quase quebrar. Permiti que a raiva reprimida subisse pela minha garganta e rugi para a noite silenciosa enquanto jogava mais pedras no lago.

A seguir foi um galho quebrado. Depois mais pedras. Uma após a outra até meus músculos queimarem e minha voz ficar rouca.

Quando estava exausto, as perguntas vieram. Perguntas que sabia que nunca seriam respondidas. Uma em particular: *Por quê? Por que* ele teve que fazer aquilo? *Por que* ele teve que me deixar aqui assim? Eu não era quem costumava ser. Mas agora... não sabia como ser diferente.

Sem fôlego e cansado, fiquei apenas com o ódio de mim mesmo que sempre vinha depois de um rompante. Ódio de mim mesmo por não ver os sinais. Por não ver que ele estava sofrendo. Lágrimas encheram meus olhos. Inclinei a cabeça para trás, para a chuva forte, deixando as lágrimas se fundirem com as gotas pesadas, disfarçando a dor.

Respirei fundo, pisquei e abri os olhos. Sempre sentia um breve período de dormência após uma explosão emocional. Me dava alguns momentos de paz. Apenas alguns momentos preciosos para não queimar. Para simplesmente não sentir nada.

Eu me arrastei até a beirada do lago, com minhas botas a quase três centímetros de profundidade na água congelante, e a encarei. Parecia infinita. Parada e antiga. Como se tivesse visto um milhão de pessoas como eu, perdidas e sozinhas, indo ali em busca de algum tipo de redenção. Em uma tentativa desesperada de salvar-se de si mesmas e das merdas que o mundo lhes dera.

As nuvens cinzentas e o clima instável refletiam meus pensamentos sombrios. Então voltei minha atenção para os picos e, pela primeira vez em muito tempo, realmente ansiei por algo. Um lampejo de faísca. Um pouco de calor de uma brasa havia muito esquecida, bem no fundo do meu subconsciente.

Eu gostava de fazer exercícios. Estava fisicamente em forma. Por muito tempo, o esporte seria a minha vida. Iria me tornar um profissional. Eu vivia pela descarga de dopamina que vinha ao jogar com meu time, o vício da competição. De jogar o jogo que amava mais do que respirar. Eu me dava bem no frio: o rinque de gelo era meu melhor amigo. A ideia de ficar preso em quartos de albergue e ser forçado a falar do meu passado e dos meus sentimentos parecia um inferno. Estar ao ar livre na natureza e caminhar, apenas... caminhar... *isso* eu podia fazer.

Permaneci na beira do lago até ficar encharcado e tremendo, e o frio do vento forte começou a sacudir meus ossos. Virei-me para voltar para a casa, pegando o longo e sinuoso caminho que contornava os fundos do jardim. Quando estava prestes a deixar o limite da floresta ao redor, avistei alguém sentado na saliência rochosa elevada que dava para outra parte do enorme lago.

Savannah.

Reconheci o cabelo loiro e a estatura pequena. Estava sozinha, encolhida debaixo de um grande guarda-chuva, e segurava algo contra o peito. Por um momento, pensei que fosse o diário que tínhamos acabado de ganhar. Mas o caderno que ela segurava era maior e de cor diferente.

Fiquei imaginando o que era. Por um segundo, pensei em ir até lá. Não sabia para quê. Tive uma vontade repentina de apenas me sentar com ela. Savannah tinha me olhado nos olhos na sala. Por alguns minutos, foi como se eu tivesse rasgado meu peito e ela tivesse visto todas as minhas cicatrizes feias.

Talvez ela entendesse. Talvez fosse a única pessoa que não precisaria me fazer perguntas porque sabia como era esse pesadelo vivo. Ter alguém que entendesse... não precisar explicar como era estar tão destruído, que entendesse que não existiam palavras que pudessem explicar esse nível de devastação da alma. E entendesse como era estar sozinho com uma dor tão avassaladora que, às vezes, fazia você se perguntar se seria fácil se simplesmente deixasse de existir também...

Mas então algo dentro de mim me deteve, e a escuridão controladora e desgastante que me impedia de fazer tantas coisas ultimamente me envolveu em seus braços, e passei por onde ela estava sentada e fui direto para dentro da casa.

Isso me lembrou de que eu não estava ali para fazer amigos. Eu só tinha que completar aquela viagem. Então poderia ir para casa. E quanto a qualquer coisa que acontecesse depois disso?

Eu não estava nem aí.

5

Colinas ondulantes e barcos oscilantes

Savannah

Parecia impossível.

Eu estava no sopé da colina Helvellyn, examinando sua imensidão. Ela se estendia cada vez mais alto até os picos desaparecerem nas nuvens baixas. Não conseguia nem ver o topo, e esperavam que escalássemos aquilo? O dia estava, felizmente, seco, mas o chão cedia sob os pés enquanto a geada do inverno beijava as folhas da grama que cobriam o terreno irregular.

Quando eu expirava, minha respiração se transformava em fumaça branca, e meus pulmões queimavam ao inalar o frio ar inglês. Um homem chamado Gordon era nosso guia. Um ex-sargento do exército britânico que nos guiaria pelos dias seguintes enquanto subíssemos e descêssemos os três famosos picos do Distrito dos Lagos.

Eu não era lá muito atlética. Nada naquilo me atraía. Mas eu estava ali, e era introvertida demais para criar caso.

O rosto de Ida surgiu na minha cabeça quando senti vontade de recuar. Respirei fundo e tentei me preparar psicologicamente para a tarefa que tinha pela frente.

Eu *precisava* tentar. Por ela, eu tentaria.

Esse estava se tornando o meu mantra.

Eu tinha vestido camadas e mais camadas de roupas térmicas, e também luvas, gorro e cachecol, que cobria metade do meu rosto. Estava congelando, mas, até agora, estava aquecida o suficiente para aguentar.

— Estão todos prontos? — perguntou Gordon.

Assenti como os outros, e começamos a subida pelos degraus íngremes e irregulares de pedra. Depois de subir apenas alguns, minhas coxas começaram a queimar. Gordon foi correndo, como se já tivesse estado ali um milhão de vezes, e provavelmente era o caso. Mia liderava o grupo, e Leo seguia atrás. Dylan caminhava ao meu lado, parecendo achar aquele passeio pelas charnecas mais fácil do que eu. Travis e Cael estavam atrás de nós, com Lili e Jade na frente com Mia.

Na metade do caminho, olhei para trás. Cael subia os degraus com facilidade, sem nem corar pelo esforço. Estranho ele não ter ultrapassado Dylan e eu e assumido seu lugar na frente. Travis estava claramente achando difícil, mas Cael ficou ao lado dele, com os olhos focados no topo da escadaria. Até que ele me relanceou, e no mesmo instante voltei a olhar para a frente. Bastou aquele gesto para minha cabeça voltar para o dia anterior. Na sala de estar. Quando se levantou com ímpeto do sofá e jogou o diário no fogo, quando desafiou Leo e Mia. O cara estava tão bravo. A raiva parecia jorrar de cada célula dele. No entanto, houvera momentos. Momentos breves, quase imperceptíveis, em que ele tinha chamado minha atenção, e sua hostilidade desaparecera, deixando o fantasma de um garoto triste e vulnerável em seu rastro. Mas, instantes depois, ela o capturou de novo e o enterrou sob chamas altas.

E ontem... Cael havia me olhado nos olhos em meu momento de tristeza. Quando aquele diário foi colocado no meu colo e comecei a desmoronar. Ele me viu começar a ruir, e a compreensão que notei nas profundezas azul-prateadas de seus olhos me atingiu. Como se, apenas por um momento, ele simplesmente... tivesse me *entendido*.

O diário tinha sido pensado para me dar um lugar para falar com Poppy. Para contar a ela como eu estava desde que ela partira...

Meu coração se contorceu só de lembrar do terror que me atingiu. Porque tudo o que tinha para contar a ela era que eu tinha fracassado. Que tinha desmoronado. Que a vida sem ela parecia não ter sentido. Que, depois que ela morreu, algo dentro de mim havia ruído, partido meu coração e minha alma em tantos pedaços que era impossível colá-los de volta. Que, quando ela deu seu último suspiro, toda a minha alegria pela vida também se foi. Que eu tinha segurado a mão dela por tanto tempo depois que ela morreu que seus dedos ficaram na posição de agarrar quando finalmente fui forçada a soltá-la.

E precisaria dizer a ela que eu a havia decepcionado. Decepcionado tanto que minha atitude havia impactado a vida de todos ao meu redor. Ida, mamãe, papai... Eu não tinha amigos, nem vida, e estava com medo.

Estava *petrificada* de medo de jamais ser capaz de deixá-la ir. Que essa seria para sempre a minha sina...

De repente, meu tornozelo virou, e tropecei em uma das muitas pedras rachadas e irregulares. Senti que começava a cair para trás. Dylan se virou no momento em que meu coração se apertou, mas estava longe demais para me segurar. Então, quando temi que estivesse prestes a cair no chão, braços fortes me seguraram e me mantiveram de pé. Eu me esforcei para agarrar as mangas pretas de uma jaqueta, e soube quem tinha me segurado no momento em que senti aquele aroma familiar de sal marinho e neve fresca.

— Segurei você — Cael disse em voz baixa, quando minha bota escorregou de novo no chão gelado, e eu tentei me reequilibrar.

A voz dele me deixou toda arrepiada, e isso não teve nada a ver com o frio que fazia ali, mas teve tudo a ver com o garoto fechado de Massachusetts que me segurava firme nos braços.

E senti que ele tinha *mesmo* me segurado. Nos braços dele, eu me sentia segura.

Meu coração disparado começou a desacelerar quando Cael endireitou meus pés e me firmou no degrau acima dele. Fechei os olhos e consegui afastar o pânico, então me virei para encará-lo. Levei um momento para perceber que as mãos dele seguiam na minha cintura. Engoli em seco quando o olhei nos olhos. Eu estava um grande degrau acima dele, e o garoto ainda era consideravelmente mais alto. Usava um gorro preto, mas alguns fios de suas ondas escuras e bagunçadas escapavam e caíam sobre os impressionantes olhos azul-prateados.

— Obrigada — eu disse, enquanto Cael examinava meu rosto.

Eu não sabia o que ele procurava, mas senti minhas bochechas começarem a arder sob sua atenção. Dessa vez, meu coração disparou por um motivo totalmente diferente. Um sentimento com o qual eu não estava acostumada.

Ele limpou a garganta.

— Você se machucou? — perguntou.

Seu sotaque da Nova Inglaterra era carregado o suficiente para rivalizar com o meu da Geórgia. Fiquei tão pasma com ele falando comigo com tanta gentileza que não respondi. Mas Cael insistiu.

— Savannah? — Meu nome em sua voz me afastou dos pensamentos errantes e me trouxe de volta à terra.

— Savannah? Você está bem? — Leo correu até nós e parou ao lado dele. Cael não tirou os olhos de mim.

Dylan correu para o meu lado, e vi todo mundo observando. Senti as mãos de Cael em minha cintura me apertarem de leve enquanto os outros atraíam minha atenção.

Sentindo o rosto arder com tanta atenção, falei:
— Estou bem.
Cael começou a se curvar, e engoli em seco quando uma mecha de seu cabelo roçou o meu rosto. Tinha cheiro de menta. Ele verificou meu tornozelo, as mãos grandes envolvendo a minha bota, testando a flexibilidade. Não senti dor.
Vergonha parecia ser meu único ferimento.
— Dói? — ele perguntou com a voz rouca ao movê-lo para a esquerda e para a direita, fazendo círculos lentos, cuidadosos.
— Não — respondi, com a voz rouca.
— Tem certeza? — perguntou Leo, preocupado. Não seria por minha causa que o grupo deixaria de seguir em frente.
— Juro — falei.
Era verdade. Tinha ficado muito absorta pensando em Poppy e acabei pisando em falso. Pensar na minha irmã costumava me fazer perder a concentração.
— Certo, então vamos continuar — disse Leo.
Cael soltou meu tornozelo, e senti uma brisa fria me envolver com a ausência dele. Ele se levantou, oscilando sobre os pés, como se estivesse tendo uma discussão na própria cabeça. Então me ofereceu o braço.
— Você... precisa de ajuda pelo resto do caminho até lá em cima?
Não respondi com palavras. Elas me escapavam no momento. Em vez disso, entrelacei com cuidado meu braço no dele e o deixei caminhar ao meu lado enquanto alcançávamos os outros, que nos esperavam no topo. Tentei ignorar o leve bater de asas em meu peito que sua oferta me causara.
Dylan estava do meu outro lado. Quando senti seu olhar queimar em mim, eu me virei e o peguei apontando sutilmente a cabeça na direção de Cael e me olhando com perplexidade. Eu sabia que Dylan só gostava de mim como amigo; e não tinha manifestado nenhum interesse em mim. E ficou claro

que, tanto quanto eu, ele se surpreendera com o fato de Cael ter me ajudado.

Eu não tinha tido muitos amigos. Minhas irmãs sempre foram tudo para mim. Mas senti uma conexão instantânea com Dylan. Ele era meigo. E engraçado. E eu tinha certeza de que era uma alma totalmente perdida, assim como eu. Só que sua personalidade esfuziante lhe dava uma fachada melhor, e seu sofrimento era disfarçado com sucesso.

O braço de Cael era forte sob o meu. Ele não disse nada enquanto subíamos. Mas nosso silêncio compartilhado não parecia forçado. Era… *agradável*. Pacífico. Sempre fui mais quieta por natureza. Não precisava de barulho para preencher o vazio.

Mas isso, estar serenamente em silêncio com outra pessoa, era uma bênção que eu não esperava naquela viagem. As pessoas sempre queriam conversar. E parecia que Cael compartilhava minha preferência pelo silêncio.

Quando chegamos ao último degrau, eu já não sentia mais o frio causado pelo vento forte e pelas baixas temperaturas. Uma camada de suor cobria minha testa.

Lutei para esfriar o corpo, para recuperar o fôlego. Minhas coxas reclamavam do esforço.

— Você está bem? — Lili me perguntou. Jade e Mia prestaram atenção.

— Estou, juro. Só escorreguei.

Baixei a cabeça de vergonha. E senti o braço de Cael se retesar sob o meu; uma respiração brusca escapou de seus lábios. Olhei para cima. Suspirei com a visão diante de mim; a vista que havia capturado a atenção de Cael. Uma colcha de retalhos verde de campos ingleses se estendia diante de nós. Árvores de todos os tons de verde e marrom, muros de pedra e galhos nus cobertos de neve formavam uma pintura a óleo da paisagem. Névoa rolava pelo chão, como se o céu tivesse baixado para se juntar à terra por algumas horas sagradas.

Era absolutamente lindo.

— Vamos beber água e então continuar — disse Gordon, interrompendo minha admiração.

Quando fui tirar a mochila das costas, percebi que meu braço ainda estava entrelaçado ao de Cael, segurando firme como se ele fosse minha tábua de salvação.

— Desculpa — falei, corada, enquanto retirava o braço.

Eu me ocupei com a água. Quando olhei para cima, flagrei seu olhar intenso em mim e logo abaixei a cabeça, sentindo o rosto arder. A primeira coisa que pensei foi que Ida estaria gritando de empolgação, jogando piadinhas e me incentivando.

Ela tinha me mandado mensagem na noite anterior, e Cael acabou sendo assunto.

IDA: Como está a Inglaterra?

EU: Fria e molhada, assustadora e gótica. É linda.

IDA: E como é o pessoal?

EU: Uns amores. Alguns são quietos e reservados. Outros nem tanto.

IDA: E aquele bonitão alto e moreno com as tatuagens?

A pergunta dela me deu permissão para pensar em Cael. Eu o tinha ouvido lá no lago. Gritando enquanto jogava coisas na água. E então havia escutado o silêncio dele. Quando sua fúria deve ter reduzido e outra emoção tomado conta. Aquilo me deixou triste.

EU: Cheio de raiva

Mandei a resposta e me recordei de quando ele se virou para mim na sala e só restava desolação nos seus olhos cheios de dor. Foi apenas um segundo, mas tinha estado ali. Um segundo de sua alma rasgada, exposta.

> IDA: Acontece. Lembra que papai ficou com muita raiva por um tempo

Eu me recordei de nosso pai depois que Poppy morreu. Ele estava tão furioso com o mundo por ter levado sua garotinha embora. Foi horrível vê-lo daquele jeito, mas eu conhecia o homem que estava embaixo daquilo. Sabia que, lá no fundo, aquele homem irado não era ele. Eu sabia que ele voltaria para nós. Talvez... talvez o Cael com quem eu havia cruzado olhares na sala fosse um breve vislumbre do menino perdido que havia lá embaixo.

> IDA: Talvez ele precise de um amigo. Alguém para dar apoio enquanto passa por essa. Alguém que entenda

Encarei a mensagem de Ida. Meu pulso disparou com a sugestão óbvia.

> EU: Pode ser

> IDA: Conte tudo sobre a escalada! Não acredito que vão fazer você escalar montanhas!

Sorri ao me lembrar das mensagens de Ida e admirei a vista idílica diante de mim. Ela era tão romântica. Sempre vendo o lado bom das pessoas. E logo pensei em Poppy. Ela teria dito o mesmo sobre Cael. Poppy era do tipo que gostava de ajudar. Teria dado uma olhada em Cael e se disposto a ajudá-lo, ajudá-lo a superar a dor que ele claramente sentia. Ela fez isso por mim tantas vezes enquanto crescíamos.

Por um momento, esse pensamento me encheu de uma espécie de leveza inebriante, lembrando-me dela daquele jeito. O quanto ela adorava a família. A intensidade com que amava todos nós, com que amava o mundo. O quanto ela amou Rune... até o último suspiro. Mas, como na maioria dos dias nos últimos quatro anos, o pensamento feliz logo se transformou na lembrança angustiante de vê-la naquela cama, olhando pela janela, alquebrada e frágil, com a morte se avultando sobre ela, respirando com dificuldade.

O calor que a escalada tinha causado logo foi levado embora pela lança de gelo descendo pela minha espinha. Com as mãos trêmulas, empurrei a garrafa de água para longe e fechei os olhos.

Só uma vez... só *uma vez*, eu queria pensar nela e não me sentir despedaçada, não me sentir machucada. Queria me lembrar dela como ela costumava ser: perfeita, alegre, cheia de vida. Não doente, triste ou lutando para manter o otimismo quando não havia nada além de tragédia esperando no fim de sua história.

Lembrar dela em seu leito de morte me assombrava. Me fazia acordar no meio da noite. E toda vez que acordava, por um momento, sempre acreditava que tinha sido só um pesadelo, que Poppy estava em seu quarto, aconchegada em segurança na cama.

Então me lembrava e a perdia de novo. Eu a perdia repetidas vezes, toda manhã quando acordava e precisava lembrar que ela havia partido. Queria contar de cada momento significativo que acontecia comigo para ela. De cada música que sabia que ela gostaria e não estava lá para ouvir. De cada peça de música clássica que eu ouvia, imaginando-a com seu violoncelo, de olhos fechados, a cabeça balançando, completamente perdida na melodia.

Havia quatro anos eu não assistia a uma orquestra ao vivo. Aquele era o sonho roubado de Poppy, e assistir a uma parecia uma traição. Eu mal conseguia ouvir música clássica sem desmoronar.

Era uma das piores coisas, pensei, quando se perdia alguém. Ter boas notícias para compartilhar e, por um segundo, apenas um segundo de paz, ficar animado para contá-las. E aí a realidade vinha com tudo, e a gente lembrava que nunca mais contaria nada para aquela pessoa. E as boas notícias que queria compartilhar de repente não pareciam mais tão legais. Na verdade, eram mais uma facada no peito, e a gente parava de esperar que coisas boas voltassem a acontecer.

A morte de um ente querido não era uma experiência a ser suportada de uma única vez. Era um ciclo sem fim. Um Dia da Marmota cruel que queimava o coração e a alma até que não restasse nada além de carne queimada no lugar.

Sacudi as mãos quando elas começaram a tremer. Inalei lenta e profundamente o ar frio, lembrando-me de onde estava. A terra irregular sob meus pés estalava na lama gelada. Eu precisava andar. Precisava me mover. Precisava me livrar daquela sensação arrasadora que se aproximava. Aliviada, quase caí de joelhos quando Gordon nos chamou para continuar.

Pela primeira vez na vida, eu queria andar. Queria andar e andar até não conseguir pensar mais. Até que meus músculos estivessem tão doloridos e exaustos a ponto de me fazerem cair num sono tranquilo.

Só por uma noite.

— Mais devagar, patrulheira — disse Dylan, correndo para me alcançar.

Não desacelerei. Segui em frente, o peito apertado por respirar tão rápido. Mantive o foco no caminho adiante. Tudo ao redor estava tranquilo e calmo; minha respiração rápida era a única coisa que conseguia ouvir, até que...

— Jose teria amado isso aqui. — As palavras de Dylan saíram pouco mais altas que um sussurro, mas eu ouvi, trazidas pelo vento assobiante direto para meus ouvidos.

Fui mais devagar e olhei para meu amigo. Os olhos dele estavam baixos, e as mãos estavam nos bolsos. Então lançou um olhar nervoso para mim e disse:

— Meu melhor amigo. — Ele deu de ombros, como se fosse algo trivial. — Foi ele quem perdi. A razão para eu estar aqui. — Aquilo não era nada trivial. Era monumental. O que havia de *mais* importante.

— Sinto muito — falei, e vi que ele tinha empalidecido, o rosto bonito amarfanhado em tristeza. Dylan forçou o sorriso contagiante, sufocando a tristeza que eu via gritar para ser liberada.

O silêncio se prolongou. Os ombros de Dylan se curvaram, e senti a distância se estender entre nós. Eu era horrível naquilo. Em confortar os outros. Dizer as coisas certas. Meu coração se despedaçou por ele. Mas eu não sabia como melhorar as coisas.

Poppy era quem gostava de ajudar... Seja alguém que gosta de ajudar...

Dylan olhou ao redor, para o lago lá embaixo que agora parecia pequeno de tão longe. Sabia que ele estava pensando em Jose. Os olhos dele brilharam, e não consegui aguentar mais. Estiquei o braço, enlacei-o no dele e o puxei para perto. Percebi uma falha na sua respiração, um soluço engolido, e apoiei a cabeça no ombro dele, tentando demonstrar sem palavras que ele podia contar comigo.

O vento levou uma lágrima que caía de meu olho, soprando-a para longe. Eu não conhecia Jose. Mas começava a conhecer Dylan e perceber como ele era especial. Por isso sabia que Jose deveria ter sido especial também.

Tão especial quanto é possível ser especial... Ouvi a voz de Poppy sussurrar em meus ouvidos, e aquela memória me envolveu como um cobertor quentinho. Ela iria querer que eu estivesse ali para ajudar os outros. Que me abrisse com eles também.

Eu não era uma pessoa que gostava de contato físico, mas a respiração de Dylan pareceu ficar menos ofegante enquanto eu o abraçava. De algum jeito, aquilo fez com que eu também me sentisse melhor. Dividir a dor de outra pessoa.

— Ele amava ficar ao ar livre — contou Dylan. E riu, e foi tão puro que me tirou o fôlego. — Ele sempre me arrastava para fora de casa: basquete, beisebol, caminhada, futebol. Fosse o que fosse, ele queria fazer, assistir, experimentar.

Eu o apertei mais forte para que ele soubesse que podia continuar se quisesse. Eu era boa ouvinte.

Dylan riu e disse:

— Teve uma vez que a gente...

O riso dele desapareceu de repente, e ouvi o som de cortar o coração que me indicou que sua garganta estava apertada, que o golpe da memória havia arrancado a voz dele. Um ataque tão forte de surpresa do luto que poderia deixá-lo de joelhos. Sabia que a memória positiva de Jose tinha sido sequestrada pela que era atormentada. Dylan baixou a cabeça e se entregou à agonia.

Sem saber o que fazer, quase parei e disse a Mia e Leo que precisávamos voltar. Que Dylan estava sentindo dor e que precisava descansar. Mas Cael passou por nós, e, só para nossos ouvidos, disse em voz de comando:

— Sigam andando. — Ele apontou o queixo para Gordon, e vi um lampejo de empatia por Dylan cruzar seu rosto bonito. Cael estava bem na nossa frente. Ele olhou sobre o ombro, como se tentasse não falar conosco, não interagir. Mas então seus ombros baixaram em derrota e ele disse: — Ajuda. Só... sigam andando. Sigam em frente. Deixem a dor exausta. Não deem espaço para ela respirar.

Os olhos de Cael estavam assombrados e eu sabia que ele também já estivera naquela posição. Imaginei que todos nós um dia estivemos. Os gatilhos eram terríveis. Um dia aparentemente bom se transformando em pesadelo só por causa de um aroma familiar; uma lembrança ressurgindo ou um milhão de outras coisas que nos faziam lembrar que nosso ente querido se fora.

A tristeza era como andar por um campo minado sem proteção ou guia.

Então caminhamos. Com meu braço no de Dylan, e Cael por perto, caminhamos. Escorregamos em trilhas de cascalho e navegamos cuidadosamente por uma rota traiçoeira chamada Striding Edge. Comemos nosso almoço com uma vista de tirar o fôlego, então descemos o que a princípio parecia uma escalada impossível.

Quando chegamos lá embaixo, com os rostos vermelhos, ofegantes e relaxados, Leo disse:

— Virem-se, pessoal. — Nós nos viramos, vendo a Helvellyn reinar acima de nós mais uma vez, parecendo tanto majestosa quanto dominadora. — Olhem o que acabaram de conquistar — ele disse, e as palavras dele atingiram fundo. — Vocês escalaram isso. Mesmo quando achavam que não conseguiriam.

Respirei fundo e senti um florescer de orgulho no coração. Nós tínhamos conseguido fazer aquilo. *Eu* tinha conseguido.

— Agora vamos voltar para o albergue e nos aquecer.

Sentei-me ao lado de Dylan no ônibus, com o braço novamente entrelaçado ao dele, e as mãos dadas. Ele não falou mais naquela noite, mas segurou minha mão com força. Cael sentou-se do outro lado do corredor, com os fones de ouvido. Mas, como se sentisse meu olhar, ele se virou para mim.

— Obrigada — articulei com os lábios.

As narinas de Cael se dilataram, e ele assentiu bruscamente em reconhecimento. Então se virou, a postura mais uma vez rígida e fechada.

Quando a noite caiu, olhei pela janela. Nós tínhamos conseguido. Estávamos quebrados, exaustos e emocionalmente esgotados. Mas, quando voltamos para o albergue, algo dentro de mim havia se acalmado. O oxigênio que dava vida ao meu luto, como se fosse algo vivo dentro de mim, havia se extinguido… por um tempo, pelo menos.

E eu dormi. Sem pesadelos. Sem insônia. Apenas sono.

Nunca fiquei tão agradecida por uma noite de silêncio completo e absoluto.

— O que vocês acharam de ontem? — perguntou Mia. Leo e ela nos reuniram na sala para uma sessão em grupo.

Torci as mãos. Entendia a premissa das sessões em grupo, mas nunca pareciam funcionar para mim.

— Foi bom — disse Travis.

— Eu gostei — opinou Lili.

Mia sorriu.

— Ótimo. Logo vamos enfrentar o pico número dois: Scafell Pike.

Leo foi para a frente no assento.

— Mas hoje é a nossa sessão em grupo, e logo vamos começar um a um. O resto do dia é livre. Talvez, para alguns de vocês, seja uma oportunidade para começar a escrever nos diários. — Leo lançou um olhar cuidadoso para Cael, que estava sentado de braços cruzados, olhando pela janela. Tinha certeza de que ele não tinha ganhado outro. Estava óbvio que o objeto não seria bem recebido.

Empalideci ao pensar no diário. Ainda não tinha certeza se *eu* conseguiria fazer aquilo.

— No momento, queremos repassar algumas técnicas de respiração — disse Mia. — Para muita gente, ao atravessar o luto, crises de ansiedade podem ser comuns. — Olhei para meus dedos, para o esmalte incolor que começava a descascar. — Raiva também pode ser uma emoção inebriante de se lidar — continuou Mia. — Então queremos dar a vocês ferramentas para ajudar a enfrentar esses momentos, caso surjam.

— Também são boas para a consciência plena — completou Leo. — Então, por favor, sentem-se eretos em seus assentos e fechem os olhos. — Fiz como pediram e endireitei a coluna. — Inspirem pelo nariz por oito segundos — instruiu Leo, contando em voz alta. — Prendam a respiração por quatro segundos. Escutem o coração bater. Ouçam o ritmo dele nos ouvidos. Então, soltem o ar por quatro segundos. — Meus ombros relaxaram um pouco. — Quando estiverem em pânico ou estressados, essa técnica pode ajudá-los a recuperar a concentração e a controlar o que sentem que é incontrolável.

Apoiei a mão sobre o peito e senti meu coração pulsar.

— Às vezes... — disse Leo. Fiquei de olhos fechados. — Quando pensamos em quem perdemos, nós nos sentimos desamparados, impotentes. Esse exercício pode ajudar vocês a firmarem os pés no chão.

Ao ouvir aquilo, na mesma hora vi Poppy em seu leito de morte. Vi Poppy no caixão, colocado na sala da frente de nossa casa, mamãe e papai quase sem sair do lado dela, Rune dormindo no chão onde ela jazia. Recusando-se a deixá-la até que fosse colocada na terra... onde ele havia começado a morar.

Meu coração saiu em disparada com essa lembrança. Eu podia sentir as garras da ansiedade começando a se fincar em mim, prontas para me dominar, mas então respirei por oito segundos e prendi a respiração por quatro. Um levíssimo sorriso surgiu em meus lábios quando ouvi o ritmo do meu coração e senti que ele começou a desacelerar. O pânico foi diminuindo até eu conseguir exalar uma respiração normal de quatro segundos. Já tinha aprendido a técnica, é claro. Mas ali estava *funcionando*. Talvez fosse a distância da Geórgia, onde eu perdi Poppy, ou o clima pacífico dos Lagos que tinha feito dar certo dessa vez. Talvez eu estivesse inconscientemente me abrindo para a cura. Queria tanto que isso fosse verdade.

— Bom — disse Leo. Não abri os olhos, mas imaginei que ele falava comigo.

— Outro aspecto que pode ser difícil — disse Mia com gentileza, ao nos lembrar de seguir respirando — é ter estado presente na hora da morte de seu ente querido. Ou logo após. Essas memórias podem ser debilitantes. Elas...

Um estrondo alto me fez abrir os olhos de repente, e vi Cael sair correndo da sala. Ele havia virado uma mesa lateral, derramando no chão a água que estava sobre ela. Ouvi a porta da frente bater, e silêncio tomou conta da sala.

Leo e Mia não fizeram menção de secar a água.

— Devemos ir atrás dele? — Travis perguntou, com preocupação estampada no rosto.

— Vamos dar um tempo para ele se acalmar — disse Mia. — Vai ser difícil para todos vocês — ela completou. — Vão sentir todas as emoções possíveis. Os estágios do luto não são lineares. São cíclicos. Raiva, negação, negociação, depressão e aceitação. Não precisam seguir uma ordem específica. E talvez vocês não experimentem todos eles. Para algumas pessoas, um dos estágios terá um efeito maior. E ainda é possível que experimentem os cinco e comecem o ciclo todo de novo.

— O luto é uma emoção para o resto da vida — disse Leo. — Quarenta anos depois da perda, pessoas ainda vão experimentar momentos em que ficam totalmente destruídas. O propósito dessa viagem é ajudá-los a lidar com ele.

Infelizmente, não há cura para o luto. Mas *podemos* aprender a conviver com ele. Podemos aprender a encontrar a felicidade de novo. A sorrir e rir. E chegará uma época em que as lembranças de nossos entes queridos serão mais positivas que negativas. Quando vamos conseguir falar deles de novo com alegria, não tristeza, e recordar os bons momentos. — Ele abriu um sorriso fraco. — Isso pode parecer impossível agora. Mas não é. Precisamos deixar que vocês todos cheguem lá em seu próprio ritmo e expressem a dor da maneira que precisarem.

— Não há certo e errado aqui — falou Mia.

— Agora, vamos tentar aquilo de novo — disse Leo, continuando com a aula.

Uma hora se passou e nos dispensaram. Peguei o livro que estava lendo e fui lá para fora. Era um dia frio e congelante, mas o sol brilhava e o lago estava parado como vidro.

Eu me agasalhei com um casaco, chapéu e cachecol. Ouvi o som de vozes vindo da sala, mas queria um tempo sozinha. Andei pelos fundos, indo para o parapeito em que gostava de ler, quando ouvi madeira raspando no chão.

Ao atravessar o limite da floresta até a margem do lago, vi Cael desamarrar um dos barcos a remo. Ele não tinha voltado desde que saíra da sessão em grupo. Eu sabia que Mia e Leo tinham ido ver como ele estava. Mas fiquei... preocupada. Sim. Estava preocupada com ele. Talvez uma parte de mim quisesse ter saído para ler só na intenção de ter certeza de que ele estava bem. Ele já me apoiara algumas vezes. Queria retribuir o favor.

Cael vestia casaco preto, e seu cabelo bagunçado escapava por baixo do gorro. O rosto estava vermelho, e o corpo, tenso.

Dei um passo à frente e a cabeça de Cael se levantou de supetão. Ele cerrou os dentes ao me ver parada ali, mas continuou desamarrando o barco.

— Que foi? — ele rosnou, mal olhando para mim.

— Você está bem? — perguntei, com o coração na boca. Odiava vê-lo daquela maneira. Ver qualquer um daquela maneira. Afundado em uma dor tão evidente.

Ele soltou o barco com um puxão forte e jogou a amarra na margem. As botas dele estavam submersas, a água ainda rasa, sem molhar o jeans. Não achei que ele fosse me responder, até que ele disse:

— Vai vir?

Chocada, inclinei a cabeça para trás e encarei o barco. Ele estava pedindo para *eu* ir junto? Era um barco a remo tradicional de madeira. Dois remos presos de cada lado. Olhei para o barco como se ele estivesse pegando fogo. Abri a boca, sem saber o que falar, mas me peguei dizendo:

— Eu... eu não sei se podemos usá-los.

Um riso incrédulo, quase cruel, saiu da boca de Cael antes de ser engolido por um olhar severo de ira... e talvez um toque de melancolia.

— Bem quando achei que você pudesse ser *diferente*... — Ele balançou a cabeça, o rosto avermelhando. — Claro que não é. Por que alguém aqui seria capaz de entender...? — A garganta travada pareceu roubar as palavras antes que ele me lançasse um olhar tão cheio de decepção que me doeu fisicamente. — Só volte lá para dentro, para ficar com os outros.

Observei a água chegar aos seus joelhos enquanto ele levava o barco para uma parte mais funda do lago. Ele estava a ponto de subir quando me vi dizendo:

— Espera!

Cael parou, então se virou. Senti meu pulso acelerar e o sangue correr pelas veias. E vi o que parecia ser esperança em seu rosto bonito. Era tão pura, tão aberta, tão sincera... tão *vulnerável* que me partiu o coração.

— Eu... — Eu me interrompi, abraçando o livro junto ao peito. — O vento apertou, jogando meu cabelo no rosto.

Talvez ele precise de um amigo... As palavras de Ida davam voltas na minha mente. Frustrado, Cael balançou a cabeça e fez um movimento para sair de novo, quando meus pés me impulsionaram para a frente e eu disse: — Eu vou com você.

Cael soltou um suspiro longo e profundo, e, naquele momento, entendi. Ele não queria ficar sozinho. Por mais distante que fosse, por mais envolto em escuridão que estivesse, sentia-se solitário e não sabia como pedir companhia.

Ele estreitou os olhos enquanto me observava. Por um momento, pensei que tinha mudado de ideia; então Cael estendeu a mão devagar. O nervosismo me atacou, mas respirei fundo, assim como Mia e Leo nos ensinaram, e coloquei a mão na dele. A mão dele engoliu a minha, mas o aperto era firme, e, enquanto ele gentilmente me puxava para mais perto, disse, com a voz rouca:

— Posso?

Eu só entendi o que Cael quis dizer quando ele colocou as mãos na minha cintura para me colocar no barco.

— Pode — sussurrei, enquanto o toque dele fazia meu coração palpitar de novo.

Cael me pegou como se eu não pesasse nada. Segurei os seus bíceps. Ele era musculoso e flexível sob meus dedos. Travis havia mencionado algo sobre hóquei no gelo no aeroporto. Cael não tinha gostado nem um pouco, mas deve ter sido daí que ele tirou o preparo físico e o corpo sarado.

— Obrigada — disse, sentando-me num dos bancos de madeira. Sem esforço, Cael entrou no barco. — Seu jeans — falei, vendo que estava ensopado até os joelhos. Fazia muito frio ali fora. Uma onda de pânico me atravessou. Ele poderia ficar doente. Hoje em dia, a ideia de alguém ficar doente me deixava em pânico.

— Estou acostumado com o frio — ele respondeu, sentando-se. Então pegou os remos e começou a remar.

O barco nos levou rapidamente da praia estreita do albergue até as áreas mais profundas do vasto lago. Outros barcos circulavam por lá, passeios com turistas que seguiam ao longe.

Cael estava concentrado, esforçando-se o máximo que podia fisicamente. O barco cortava o lago como faca quente na manteiga. Eu me segurei na lateral. O vento aumentava junto com a velocidade de Cael. Seu rosto estava vermelho, e a respiração começava a acelerar. Minutos se passaram, e suor começou a escorrer por seu rosto. Mas o garoto continuou exorcizando a raiva que parecia fluir de forma ilimitada dentro dele.

Isso me fez pensar no que Mia e Leo tinham dito sobre os estágios do luto. Que algumas pessoas ficavam em um estágio por mais tempo. Não tinha certeza em qual eu estava. Parecia sentir qualquer um deles a cada dia.

Quanto mais adentrávamos o lago, mais a beleza do lugar se tornava aparente. Dessa nova perspectiva, o lago parecia completamente diferente. Montanhas cobertas de neve nos cercavam; árvores de galhos nus abrigando milhares de pássaros se erguiam orgulhosamente em pequenas ilhas isoladas. Fechei os olhos e senti o vento gelado bater em meu rosto. Aquilo mexeu com algo dentro de mim. Fez com que eu me sentisse um pouco... *viva*.

Só percebi que Cael tinha parado de remar quando a brisa parou de soprar meu rosto, então abri os olhos. Engoli o nervosismo ao ver que ele me observava. A raiva a que se agarrava parecia ter diminuído, e uma desolação profunda voltou aos seus olhos azul-prateados. Ao me ver encarando, Cael tirou o gorro e passou a mão pelo cabelo bagunçado. Raramente ficava sem ele, e sem gorro... ficava lindo.

Cael olhou para as pessoas do outro lado do lago. Os turistas. Tomando sorvete, alimentando patos, reservando passeios no lago. Olhei na mesma direção. Eles pareciam tão despreocupados. Tão livres.

— O que você está lendo? — A voz rouca de Cael parecia exausta.

Não fiquei surpresa. Ele tinha remado numa velocidade vertiginosa até não aguentar mais. Sabia que não era só a exaustão física que o levara àquele lugar. A vida também era exaustiva.

Eu estava com o livro apertado contra o peito. Quando o afastei, disse:

— É sobre os poetas dos Lagos.

Ele franziu a testa, confuso.

— Quem?

— Os poetas dos Lagos. — Fiz um gesto em torno de nós. — Poetas ingleses famosos que, no século XIX, vinham para cá para escapar da agitação da cidade. Queriam morar em meio à natureza e levar uma vida mais sossegada. Queriam um lugar para entrar em contato com seus sentimentos.

Cael olhou para o lago de novo. Ele havia recolhido os remos e descansava os braços sobre as pernas. Pareceu perdido em pensamentos, até que disse:

— Dá para ver.

Inclinei a cabeça para o lado, aproveitando a distração dele com o lago para estudá-lo. Cada centímetro de seu corpo parecia estar coberto por tatuagens; havia pequenos alargadores em suas orelhas e um piercing no lábio inferior. Só o tinha visto usando roupas pretas. No entanto, mesmo sem cor, ele era incrivelmente lindo. Um dos garotos mais lindos que eu já tinha visto, talvez *o* mais lindo.

— Sobre o que eles escreviam?

Pisquei, perdida demais ao observá-lo para processar a pergunta. Quando não respondi, ele se virou para mim e pousou o queixo nos braços cruzados.

— Desculpe? — perguntei, o rosto ardendo por ter sido flagrada enquanto o avaliava.

Os olhos de Cael pareceram brilhar de irritação.

— Os poetas. Sobre o que eles escreviam?

Era como se ele precisasse de algo para ocupar rapidamente a cabeça. Algo para tirá-lo de seja lá qual fosse o inferno que o mantivesse preso.

Eu podia fazer isso por ele.

— Eram os românticos ingleses. Escreviam sobre beleza, pensamentos e sentimentos, algo meio incomum para a época. Alguns dos poetas mais famosos foram Wordsworth, Coleridge e Southey. — Dei de ombros. — Acho que eram vistos como rebeldes. Modelando o que queriam que a poesia fosse, deixando de lado as velhas regras. Usando-a para expressar os próprios sentimentos.

— Tem algum poema deles nesse livro?

— Tem. — Folheei até encontrar um dos meus favoritos, de Wordsworth.

Quando fui passar o livro, ele pediu:

— Você pode ler? — Meu coração começou a bater como um tambor e calor tomou o meu rosto. Fui balançar a cabeça para recusar quando ele disse: — Gosto do seu sotaque.

E meu coração disparado quase parou.

Gosto do seu sotaque...

Senti minha pele queimar de vergonha, mas Cael seguia com aquele olhar devastado, e eu queria que ele se sentisse melhor.

Então eu li.

— Solitário qual nuvem vaguei...[1]

Li cada lindo verso sobre céus cheios de estrelas, narcisos, ondas e o maravilhar-se com aquela paisagem impressionante quando pensativo e imóvel. E senti cada um. Recitar aquele poema no lugar que fora sua musa era surreal; uma bênção indescritível.

---

1. Tradução de John Milton e Alberto Marsicano em *O olho imóvel pela força da harmonia*, publicado pela Ateliê Editorial em 2007.

Quando terminei, a atenção de Cael estava concentrada em mim. Ele não disse nada de imediato, então falou em voz rouca:

— Parece muito com este lugar.

Sorri e assenti. Sentia exatamente a mesma coisa.

— Estou quase acabando, se quiser ler depois que eu terminar.

Cael me encarou de novo. Senti que ele procurava alguma coisa em meu rosto. Não tinha ideia do quê.

— Obrigado.

Eu me remexi no assento e observei um barquinho a motor passar por nós. Uma jovem família estava a bordo. Mãe, pai e duas crianças pequenas usando coletinhos salva-vidas vermelhos. Pareciam tão felizes e despreocupados. Eu me lembrava daqueles dias.

— Já sentiu alguma melhora? — ousei perguntar a Cael.

Ele puxou um longo suspiro e expirou devagar.

— Nunca me sinto melhor — ele confessou, e a voz parecia estilhaçada, como vidro quebrado.

Sua expressão era cautelosa, e me perguntei o quanto aquela revelação lhe havia custado. Cael era tão formidável, tão alto e dominante, intimidador. No entanto, naquele momento, parecia tão frágil, tão destruído pela vida que eu quis abraçá-lo com força até ele se sentir bem.

Meu coração se apertou. Porque a simples confissão de Cael foi tão crua quanto meus próprios sentimentos. Flexionei a mão, querendo estendê-la e segurar a dele, mas não sabia se ele ia deixar... e não achava que teria coragem para uma ousadia dessas.

Alguns minutos de silêncio se passaram e ele perguntou:

— De onde você é?

Balançamos de levinho quando um barco de turistas maior passou por nós, formando pequenas ondas no lago.

— Geórgia. De uma cidadezinha chamada Blossom Grove.

Cael abriu o mais tênue e o mais breve dos sorrisos, mas bastou para tirar um pouco do cinza do dia e deixar entrar um pouco de sol.

— Um verdadeiro pêssego da Geórgia, hein?

Ele fez referência à fruta pela qual o estado era famoso. Não conseguiria evitar ficar vermelha mesmo se tentasse. Ele havia sorrido. Estava conversando comigo, e aquilo pareceu uma bênção.

Talvez ele precise de um amigo... Decidi que Ida estava certa.

— Isso. Acho. Você é da Nova Inglaterra, né? — perguntei em resposta.

O sorriso de Cael evaporou, e os muros subiram mais uma vez. Ele deu um aceno breve.

— Cidade pequena perto de Boston.

Brinquei com as beiradas do livro.

— Devo ir para Harvard no próximo outono.

Fiquei surpresa com a confissão. Não sei por quê, mas Cael de repente ficou tenso, e seus olhos, que estiveram tão abertos e vulneráveis, viraram gelo, e qualquer vulnerabilidade à mostra havia desaparecido. Observei sua linguagem corporal ir de aberta para defensiva, e os muros altos de costume se reconstruíram rapidamente.

— Hora de ir — ele disse, frio, e pegou os remos.

Confusa, eu comecei:

— Eu disse algo que...?

— Eu disse que vamos *voltar*. Já deu aqui — ele exclamou com rispidez, e o tom não abria brecha para discussão. Um calafrio percorreu os meus ossos, e tentei pensar no que havia acabado de acontecer. No que o tirara do sério.

Não falamos mais enquanto ele remava de volta. A mesma ponta de frustração havia voltado a Cael, e ele deu tudo de si até a margem do albergue, com o mesmo rigor de suas remadas, enquanto os demônios voltavam a se prender a ele.

Quando nos aproximamos da margem, vi Dylan sentado no parapeito que eu gostava de ocupar. Ele acenou para nós, e, minutos depois, atracamos. Cael saiu primeiro, então puxou o barco até a areia cheia de pedras.

Quando me levantei para sair, senti a mão de Cael se apertar em torno da minha.

— Posso? — ele perguntou, distante, deslizando a mão até minha cintura quando assenti.

Ele me tirou do barco e me colocou com cuidado no chão. A maneira como ele se importava fisicamente comigo era uma oposição direta ao jeito como ele falava comigo. Por alguns segundos, Cael notou meu olhar preocupado e abriu a boca como se fosse falar algo, explicar, mas então foi para o albergue sem dizer mais nenhuma palavra. Observei enquanto ele ia embora, com o coração na boca.

— Ei, Sav — disse Dylan, descendo do parapeito e vindo na minha direção. Eu ainda encarava Cael. Dylan seguiu meu olhar. — Foram remar?

Assenti, sem querer contar nada do que acontecera na hora anterior. Não sabia por quê, mas o tempo que passamos no barco parecia pessoal, só meu e de Cael. Eu tinha tido um vislumbre de outro lado dele. Ele... havia me mostrado o garoto destruído por baixo da raiva, abaixado seu escudo de fogo.

Eu queria ajudá-lo.

— Parece um cara difícil de se fazer amizade — comentou Dylan, apontando para a porta que Cael tinha acabado de atravessar. — Pode ser bem assustador às vezes.

Olhei para o meu amigo.

— Não acho que ele seja perigoso. Ele é... — Eu suspirei, ainda confusa. — Ele está sofrendo — falei, e ouvi o tom defensivo na minha voz.

Entendia que ele parecia agressivo e arredio. Ele agia assim até comigo. Mas o modo como ele havia ficado no barco... tão quieto, tão derrotado... Era óbvio que ele sentia tanta agonia que era visceral.

— Eu sei — disse Dylan, com um pouco de culpa na voz. Ele moveu os pés no lugar. — Travis disse que Cael jogava hóquei. — Eu sabia disso. Mas então Dylan falou: — Tipo, hóquei de alto nível. Estava prestes a se tornar profissional, ou ao menos teria se tornado. No mínimo teria ido para a faculdade para jogar, e depois para a NHL. Jogou hóquei júnior para o Team USA. Era a estrela do time.

Peças espalhadas do quebra-cabeças Cael começaram a se juntar.

Estou acostumado com o frio...
Senti uma forte necessidade de protegê-lo.

— Não sei se Travis deveria andar contando a história de Cael.

Dylan pareceu ficar surpreso com o meu tom ríspido. Eu também fiquei. Mas falei sério. Contaríamos nossas histórias quando estivéssemos prontos.

— Acho que Trav está sendo um pouco tiete — disse Dylan, com cuidado. — Ele é inofensivo, Sav. Tagarela e sem filtro, mas inofensivo. — Dylan inclinou a cabeça para a direção que Cael seguira. — Quando Travis disse que o cara era bom, acho que foi um eufemismo. Ao que parece, ele quebrou todos os recordes para a faixa etária dele e até uns além. Pelo que entendi, era a estrela de hóquei mais promissora que a liga júnior já tinha visto em anos. Então ele simplesmente... parou de jogar.

Uma nuance de entendimento estava presente na última palavra de Dylan, e ficou claro para mim que Travis sabia exatamente por que Cael tinha parado de jogar, informação que ele havia compartilhado com Dylan. Mas eu não queria saber.

Se Cael quisesse me dizer por que ele estava ali, por que havia parado de jogar hóquei, queria que fosse uma decisão dele.

— Vou entrar para ler — falei, mudando de assunto.

Dylan ficou meio paralisado, sem saber se tinha me chateado. Não tinha. Mas eu sentia... que precisava *proteger* Cael. Não pensei muito sobre o motivo.

— Você vem? — perguntei.

Dylan sorriu aliviado e passou o braço em volta dos meus ombros, então nos guiou para dentro, conversando sobre tudo quanto era assunto. Nós nos acomodamos na sala de estar. Li sobre os poetas perto da lareira crepitante, enquanto Dylan, Travis, Jade e Lili viam e avaliavam seriados britânicos na TV.

A noite caiu, estrelas salpicaram o céu, e fechei o livro agora terminado. Eu estava me levantando para ir para a cama quando vi Cael num canto do corredor, no assento acolchoado da janela, com os braços cruzados, fones nos ouvidos e olhando para fora.

Caminhei até ele e coloquei a mão com cuidado em seu braço. Cael se virou e afastou o braço abruptamente. Olhou feio para mim por um segundo, e eu vi o olhar se suavizar um pouco quando percebeu que era eu.

Ele colocou os fones para trás e perguntou:

— O que foi?

Ele não estava sendo ríspido. Só parecia exausto, deprimido. Entreguei o livro para ele.

— Terminei. É muito bom.

Ele encarou o livro como se fosse uma granada. Vi a luta em seu rosto, tentando decidir se aceitava ou não. Tinha ficado claro que ele travava uma guerra dentro de si. Mas então ele me olhou nos olhos e seus ombros perderam toda a tensão. Cael estendeu a mão e, com cuidado, pegou o livro.

— Obrigado — ele sussurrou e se virou para a janela.

Entendi como uma indireta de que eu deveria ir embora.

Tinha quase chegado à porta quando ouvi:
— Boa noite, Peaches.

A surpresa que aquele apelido inesperado trouxe ao meu peito foi tão forte que pareceu deixar uma marca. Virei e vi uma expressão assombrada, porém bondosa, em seu rosto; mas ela desapareceu rapidamente.

Um verdadeiro pêssego da Geórgia, hein?, ele tinha dito no barco.

— Boa noite, Cael — falei numa voz mais ousada, e subi as escadas, deixando por fim o coração disparar. Porque, dessa vez, a batida rápida demais, na verdade, era uma sensação... boa.

6

Palavras sinceras e abraços afetuosos

Savannah

O frio da escalada de Scafell Pike ainda me envolvia como um manto. O clima hoje estava diferente de quando subimos a Helvellyn. Estava úmido e tempestuoso, e a chuva era tão forte e fria que parecia afundar na pele e nos congelar até os ossos.

Quando voltamos, tomei um banho escaldante para espantar o frio. Mas algo naquele dia estava me fazendo me sentir um pouco *estranha*. As nuvens cinzentas eram opressivas, e a exaustão da caminhada misturada com a do jet lag estava cobrando seu preço. Eu me sentia exaurida. Louca para ir para casa. Queria o conforto dos abraços apertados de Ida, queria ficar quietinha no sofá com meus pais e apenas ouvi-los falar do dia deles.

Mais que isso, queria ver a minha Poppy em seu bosque florido.

— Faz quatro anos que sua irmã faleceu? — perguntou Mia, e olhei para o fogo ardendo no pequeno escritório que funcionava como sala de aconselhamento dela e de Leo. Fiquei tensa com as palavras. — Quantos anos ela tinha quando morreu?

Engoli o nó que subia à minha garganta, como sempre acontecia quando me perguntavam sobre Poppy. Como se meu corpo estivesse se defendendo de falar de minha irmã, de abrir ainda mais uma ferida já aberta.

— Dezessete — respondi, me forçando a cooperar.

No momento, eu queria estar em qualquer lugar, menos ali. Mas havia prometido que ia tentar. Então apertei as mãos no colo e continuei olhando para baixo. Um hábito nervoso que sempre tive em momentos de desconforto.

— Dezessete... A idade que você tem agora — disse Mia, e ficou claro que ela havia ligado os pontos.

Assenti e olhei de novo para as chamas. A lenha crepitando me lembrou dos verões na praia quando eu era pequena.

— Foi rápida? A doença dela?

Respirei bem fundo, reunindo forças, e balancei a cabeça.

— Não — sussurrei. — Durou alguns anos.

As lágrimas vieram aos meus olhos, e minha mente me levou para logo depois de Poppy ter sido diagnosticada. Ainda me lembrava dos nossos pais nos sentando e contando para mim e Ida. Acho que nenhuma de nós tinha entendido bem a gravidade da doença de Poppy. Bem, não até nos mudarmos para Atlanta para ela poder se tratar. Só quando a aparência dela mudou, e os sorrisos dos nossos pais ficaram tensos, percebi que as coisas não estavam indo do jeito que queríamos.

Não consegui conter a memória que invadia minha mente...

Entrei no quarto de Poppy no hospital e parei de repente. A mão de Ida segurava a minha. Ela a apertou a ponto de doer quando vimos nossa irmã parecendo tão pequena no meio da cama de hospital.

Mas não foi isso que nos fez parar. Não foi isso que fez as lágrimas se derramarem dos meus olhos e correrem feito cachoeiras gêmeas pelo meu rosto.

— Seu cabelo — disse Ida, falando por nós duas.

Poppy sorriu e passou a mão pela cabeça careca.

— Foi embora — respondeu ela, parecendo tão otimista quanto sempre. Ela inclinou a cabeça para o lado. *— Ficou bom?*

Claro. Tinha ficado ótimo. Mas ela sempre foi linda. Tinha dezesseis anos. Vinha lutando contra o câncer já havia algum tempo. Passando por muitos tratamentos... mas eu achava que estavam funcionando. Mantiveram Ida e eu longe de lá por muito tempo. Eu odiava ficar longe de Poppy. Faltava algo em mim quando ela não estava por perto.

— Você está perfeita — falei, e era verdade.

— Então venham aqui — ela disse, nos chamando até a cama. *— Senti tanta saudade de vocês. — Enquanto subíamos, tivemos cuidado para não nos sentar nos fios presos aos braços dela.*

Poppy abraçou nós duas. Mas não senti conforto naquele abraço. Só pavor. Poppy sempre dava os abraços mais apertados. Mas enquanto ela nos segurava, nos apertando como se nunca fosse nos soltar, senti a fraqueza dela. Ida riu e beijou Poppy na bochecha, alheia. Mas senti uma mudança na minha irmã mais velha. Um sexto sentido escondido fez o cabelo da minha nuca se arrepiar e um poço de pavor se aninhou no meu estômago. Quando olhei para Poppy, vi a razão disso em seus olhos verdes.

Ela não estava melhorando.

Deu para ver pela expressão vacilante de Poppy que ela sabia que eu também sabia.

— Eu te amo, Sav — ela sussurrou, com a voz embargada.

Poppy sempre foi forte, mas, naquele momento, ela não conseguiu evitar que a voz falhasse, e isso me revelou o que eu mais temia. Ela iria nos deixar.

Com um soluço sufocado, me lancei aos braços dela. E jurei nunca mais soltá-la...

— Ela não merecia morrer — eu me ouvi dizendo, cansada demais até para me chocar com minha pronta contribuição. Um zumbido baixo de irritação começou a aumentar dentro de mim. Estava cansada e sozinha, e tão furiosa com o mundo.

— A maioria das pessoas não merece morrer, Savannah. Mas, infelizmente, é uma inevitabilidade da vida. — Cerrei as mãos com força, e unhas cravaram na carne. Mia se inclinou para a frente. — Algumas pessoas ficam na nossa vida apenas por um curto período, mas a marca que deixam em nós é como uma tatuagem querida.

Minha amargura desapareceu com aquelas palavras, e a devastação logo se instalou; uma onda de tristeza apagou a raiva que havia se acumulado em minhas veias. Uma tatuagem querida... Ela tinha sido uma.

— Sinto saudade dela — sussurrei, e aquela dor fria nos ossos ficou mais forte.

A exaustão era uma âncora impedindo que eu me movesse, que me abrigasse de todos esses pensamentos que não queria na minha cabeça, memórias que não queria reviver. O esforço dos últimos dias tinha bastado para me deixar impotente para resistir a eles.

— Sei que sente — disse Mia, e me passou um lenço da caixa na mesa. — Eu nem tinha percebido que estava chorando. Limpei as lágrimas e fiquei imóvel quando Mia perguntou:

— É bom relembrar aqueles que perdemos. Há algo que você faça que Poppy gostava de fazer? Um jeito de se sentir mais perto dela?

Minha respiração ficou tão agitada quanto o lago Windermere naquele dia, porque havia um jeito.

Eu estava esgotada da caminhada. Mas o que me deixava mais cansada era fugir o tempo todo da minha irmã. Não sabia se era porque toda a minha garra tinha sido queimada junto com minha energia ao longo daqueles dias, mas estava farta e cansada de evitar a mensagem que Poppy queria me dar.

Acima de tudo, eu simplesmente sentia *saudade* dela. Tanta saudade que às vezes achava que o luto intenso que sentia me mataria também.

— Tenho um caderno — falei, sem desviar o olhar do fogo. Senti o calor no rosto, o cheiro da madeira queimada grudando no meu cabelo recém-lavado. — Poppy... me deixou um caderno. Um no qual escreveu. — Eu me mexi no assento. — Um que nunca consegui abrir.

— E como se sente a respeito disso? — Mia insistiu com gentileza.

Meus ombros caíram em derrota.

— Sinto que estou cansada de lutar contra isso.

— Sente vontade de ler o caderno agora ou em algum momento em breve? Em privado, é claro.

Uma pintura a óleo de outra parte do Distrito dos Lagos chamou minha atenção. Estava pendurada na parede e imediatamente me fez pensar nos poetas dos Lagos. Eles foram para aquele lugar para escapar, para se afastar do mundo que estava mudando muito e roubando sua felicidade.

Eles foram para lá para passar seus últimos dias em paz.

Talvez eu também devesse estar ali. Longe de tudo que conhecia, em um lugar de calma e paz. Talvez fosse ali que deveria ouvir Poppy novamente. Ali, em uma viagem para me ajudar a superar a morte dela e pelo menos tentar ter uma vida. Para me lembrar dela com amor, como ela merecia, e não como uma memória que eu deveria temer.

— Acho que sim — respondi, sentindo minha respiração ficar um pouco mais fácil.

Mas eu estaria mentindo se dissesse que meu estômago não embrulhava quando eu pensava em enfim abrir a primeira página. O que Poppy quis me dizer? Eu não conseguia nem imaginar.

— Acho que é um bom ponto para terminarmos por hoje, Savannah — disse Mia.

Movi minhas pernas doloridas e tive que reprimir um gemido. Não havia nenhuma parte de mim que não estivesse dolorida.

Eu não conseguia entender o propósito dessa parte da viagem; a sensação era a de que estávamos fazendo de tudo para levar nosso corpo ao limite. Estávamos todos desgastados e sem forças. Não tinha sido a experiência edificante que eu esperava que fosse.

Eu me levantei da cadeira e Mia sorriu para mim.

— Você foi muito bem hoje, Savannah. Estou orgulhosa de você.

— Obrigada — eu disse, saindo da sala com cautela.

Subi as escadas para o meu quarto e, a cada passo, sentia o nervosismo atacar o meu corpo. Estava subindo em direção ao caderno.

Eu finalmente iria adiante com aquilo.

Por sorte, Lili e Jade não estavam lá quando entrei. Por alguns minutos, fiquei sentada na beirada da cama, encarando a minha mala do outro lado do quarto. Estava vazia, exceto pelo caderno no bolso com zíper.

De repente, uma flecha de luz disparou pela janela, lançando um arco-íris refratado no chão de madeira, um que terminava bem onde minha mala estava.

Eu me arrepiei toda. Nunca fui religiosa como Poppy, e, quando ela nos deixou, qualquer crença em um poder maior pareceu ser drenada da minha alma. Para mim, éramos todos feitos de poeira estelar. E, quando morrêssemos, retornaríamos para nosso lugar entre as estrelas onde fomos criados. Mas congelei e encarei aquela faixa celestial de luz colorida. Os pelos dos meus braços e da nuca se arrepiaram como se houvesse estática fluindo ao meu redor.

Com os olhos fechados, inclinei a cabeça para o teto, na direção das estrelas, e me perguntei se era Poppy me dizendo que estava ali enquanto eu começava a ler suas últimas palavras para mim.

Fiquei de pé e olhei pela janela. O sol havia irrompido o céu cinzento e nublado, o reflexo ofuscante brilhava na água como um halo dourado. Tinha parado de chover, e os picos distantes cobertos de neve se iluminaram como se estivessem sob um holofote, lançando neles um resplendor branco.

Era... surreal.

Sentindo o calor dos raios de sol do inverno no rosto, atravessei o quarto e peguei o caderno na mala. Minhas mãos tremeram um pouco quando os dedos encontraram o papel, mas isso não me impediu de fazer o que tinha que fazer.

Desci as escadas e peguei meu casaco e um cobertor do cabideiro. Como sempre, fui até a saliência rochosa com vista para o lago. E antes de me sentar, parei e simplesmente encarei a paisagem diante de mim.

Não sabia se já tinha visto algo mais majestoso do que essa vista. A água do Windermere estava calma; o vento, frio, mas o sol no meu rosto trouxe um brilho de algo cuja falta eu sentia havia tanto tempo: esperança.

Eu me sentei, puxei o casaco ao meu redor e cruzei as pernas. O caderno de Poppy estava no meu colo. Perdi a noção do tempo apenas admirando sua letra. *Para Savannah*.

Meus olhos brilharam enquanto as lágrimas se acumulavam. Eu as enxuguei rapidamente, sem querer que nada danificasse ou estragasse o último pedaço da minha irmã.

Fechei os olhos e respirei fundo. Com um suspiro bem calculado, abri os olhos e enfim virei a página. Então comecei a ler:

Querida Savannah,

Se estiver lendo isto, é porque eu fui embora. Voltei para casa. E não estou mais sentindo dor.

Estou livre.

Uma das maiores alegrias da minha vida foi ser sua irmã mais velha. Eu te adoro, de cada maneira possível. Minha irmã quieta e reservada com o coração mais bondoso e o sorriso mais afetuoso. Minha irmã que fica mais feliz na frente da lareira lendo um livro, com música baixa de fundo. A que ama a família, especialmente as irmãs, com uma intensidade de tirar o fôlego.

Mas, Savannah, você é a irmã que sei que está tendo mais problemas com a minha morte. Eu conheço você, assim como você me conhecia. Não guardávamos segredo uma da outra. Éramos melhores amigas. E sei que minha partida te afetou muito. Sei que você não vai tocar no assunto. Sei que vai manter a dor guardada no fundo desse seu coração imenso, e isso parte o MEU coração. Eu enfrentei o meu destino. Aceito a morte e o que vem depois com olhos bem abertos e alegria na alma.

Mas sofro ao pensar em deixar você e Ida. Mal consigo pensar na vida que deveria se estender diante de nós. As memórias que teríamos criado. Nós três contra o mundo.

As irmãs Litchfield… tão próximas quanto é possível ficar.

Mas eu também sei que sua vida lhe aguarda. E quero que a abrace. Quero, de todo o meu coração, que você encare o futuro com tanto amor quanto o que me deu. Proteja Ida e VIVA. Viva por todas nós.

Você é tão inteligente, Savannah. A vida inteira me espantei com sua inteligência. Como você vê o mundo com uma intensidade discreta. Como nunca deixa passar nada, observando absolutamente tudo ao seu redor. Mas o melhor é como você ama aqueles que deixa entrar em seu coração.

Eu adoro minha família. Amo meu Rune com tudo de mim. No entanto, o jeito que você me amou, que amou Ida… Meu Deus, é uma das melhores memórias que levarei comigo. E sei que, até no céu, ainda vou sentir esse amor transcendendo através das nuvens. Nem mesmo a morte pode tirar você de mim. Quero que saiba disso.

Sei que a minha doença te fez duvidar do mundo. Sei que luta para aceitar o meu destino e que acha que não é justo. Mas eu nunca pensei assim. Muitas coisas ruins acontecem com pessoas boas. Mas acredito que algo melhor nos aguarda. Que minha passagem será apenas temporária. Alguns minutos na vastidão que é a eternidade. E que, antes de percebermos, terei vocês de novo em meus braços e no meu coração, onde sempre estiveram.

Mas, para você, isso é uma saída. E o que mais me perturba enquanto escrevo é que tenho medo de que você pare de viver. Você pode ser quieta, alguém que observa em silêncio, mas isso não significa que não SINTA em uma escala sem precedentes.

E, Savannah, não consigo suportar o pensamento de que minha morte a tenha ferido. Temo que vá deixar que isso te limite, e não é o que quero para você. Quero que viva. Quero que prospere. Quero que mude o mundo com o modo como é inteligente, como é adorável. Então decidi escrever este diário para você. Sei que vou zelar por você. Jamais conseguiria ficar longe de você por muito tempo. E, mesmo que não esteja aí na sua frente, quero te ajudar a seguir adiante.

Preciso que saiba que estou bem, Savannah. Que estou em paz. Não estou mais sentindo dor. E estou feliz. Sempre vou sentir sua falta. Só de pensar em não andar ao seu lado em vida já abala a minha determinação resoluta. Mas minha fé me faz acreditar que EU VOU estar ao seu lado. Em espírito.

E preciso que acredite que jamais está sozinha.

Vou encher este diário de mensagens para você. E vou convencê-la do quanto você é especial. Vou te ajudar a lidar com a minha perda. E vou te amar e te apoiar por meio dessas páginas, quando não puder estar aí em vida. Porque, minha linda irmã, eu te amo mais que tudo e nunca terei partido de verdade. Você sempre terá a mim. Só preciso te convencer desse fato.

Eu te amo, Savannah. Nunca se esqueça disso, porque o amor sempre a levará adiante.

Sua irmã devotada,
Poppy

Um grito trêmulo saiu da minha garganta, tão alto que os pássaros das árvores ao redor se espalharam pelo céu. Passei a mão pela página enquanto as lágrimas caíam de meus olhos, formando rios profundos. Meus ombros tremiam com o quanto eu chorava, e não consegui evitar que essa tristeza angustiante se espalhasse. Poppy... minha Poppy... Balancei a cabeça e a inclinei para o céu. Queria acreditar que ela estava me observando. Queria acreditar que ela estava lá por mim, caminhando ao meu lado como ela disse, mas...

O som de um galho quebrando atrás de mim me fez virar a cabeça. Cael saiu da fileira de árvores e estendeu a mão.

— Sav — ele tentou dizer.

A careta permanente tinha sumido, e a preocupação estava gravada em seu rosto bonito, mas a tristeza devastadora, as lágrimas e a caverna de perda que a carta havia enterrado dentro de mim se transformaram em raiva, e de um jeito tão rápido e veloz que me deixou fora de mim.

Fechei o diário e fiquei de pé, ignorando meus músculos doloridos, então explodi:

— O que está fazendo aqui?

Cael ergueu as mãos, tentando mostrar que não queria me fazer mal. Mas não importava. Eu me sentia tomada pela fúria. A dor da perda tão potente que foi como jogar gasolina em um fogo alto.

— Por que veio aqui de fininho? Estava me observando? — Minha voz subia cada vez mais, e eu não conseguia controlá-la.

Cael não se moveu, como se eu fosse um cavalo assustadiço.

— Estava andando e ouvi você. Você parecia chateada. Quis me certificar de que estava bem. — Eu nunca tinha ouvido a voz dele soar com tanta gentileza, tão reconfortante, mas isso ricocheteou em mim como óleo em panela antiaderente.

— EU NÃO PRECISO DE VOCÊ! — gritei, num rompante barulhento que ecoou pelo lago silencioso. — Não preciso deste lugar! — eu disse, apontando para o albergue e para os picos ao redor.

Então, como se alguém tivesse tirado a tampa do ralo, senti aquela raiva abrasadora se esvair, levando toda minha indignação e minha força em meros segundos. Meus ombros se curvaram, totalmente derrotados.

— Eu só preciso dela — sussurrei.

Cobri o rosto com as mãos e desabei. Desabei com tanta força que fiquei com medo de cair no chão, mas, antes que isso acontecesse, braços fortes me envolveram e me ajudaram a ficar de pé.

E eu chorei. E chorei e chorei no peito de Cael. Passei os braços em torno de sua cintura e segurei firme. Era tão bom abraçar alguém sem fingir por mais um minuto que eu estava bem. Tão bom não acordar todo dia e colocar uma máscara que eu estava de saco cheio de usar.

— Ela morreu — falei, toda minha tristeza aprisionada saiu em disparada para a porta da liberdade. — Minha irmã. Minha irmã mais velha perfeita *morreu*. Ela morreu e me deixou aqui para existir neste mundo sem ela, e não consigo... Meu Deus, Cael, eu simplesmente não sei viver sem ela aqui. Como vou me sentir inteira de novo? — Enfiei a cabeça no peito dele, envolvendo os punhos em seu casaco grosso. Ele só apertou mais forte. Me segurou junto ao corpo e me manteve abrigada em seu abraço.

Chorei até que me senti desidratada e exausta. Meu peito doía pelo esforço, mas ainda o envolvia com força, com tanta força que não sabia se conseguiria soltar um dia.

Cael tirou uma das mãos das minhas costas e começou a passá-la pelo meu cabelo, de modo gentil e reconfortante. Minha respiração havia ficado sufocada após o choro, o corpo encolhendo-se como se tentasse se juntar de novo depois de ter desmoronado tanto.

Aspirei o aroma fresco de Cael. Deixei o cheiro de neve e sal marinho infundir-se em meu corpo. Concentrei-me em tentar continuar respirando, mas senti o coração disparar, o pânico familiar que me atacava diariamente vindo à tona.

A mão dele parou em meu cabelo, e, devagar, ele lentamente me inclinou para trás. O garoto observou meu rosto com olhos cuidadosos e brilhantes como a lua e instruiu:

— Inspire contando até oito, Peaches.

Olhei nos olhos dele e fiz o que ele disse. Eu não tinha mais força nem para resistir. Ele respirou comigo, e espelhei as ações dele.

— Agora segure contando até quatro — ele disse, e a mão que estava em meu cabelo foi para as minhas costas e a percorreu para cima e para baixo. Arrepios se seguiram a cada toque, mas a mão dele se tornou minha guia. Como Mia e Leo haviam nos ensinado, escutei o eco das batidas do meu coração e percebi que começavam a desacelerar. — Expire, Sav — disse Cael, e expirei.

Repeti o exercício mais algumas vezes. O pânico foi diminuindo aos poucos, assim como os soluços, até que só restou eu. Estava entorpecida, mas havia um novo sentimento na minha alma. Um vislumbre de leveza que não me lembrava de sentir desde antes do diagnóstico de Poppy.

As mãos de Cael deslizaram pelos meus braços, passando sobre meu casaco, até que seguraram meu rosto. Brasas crepitantes me percorreram, e olhei para seu rosto. O garoto examinava meus olhos, cada parte do meu rosto. Então pressionou a testa na minha. Nenhuma palavra foi dita, mas aquele contato pele com pele trouxe beijos de calor ao meu corpo frio.

— Você está bem? — ele perguntou depois de vários segundos.

— Acho que sim — falei. E me impedi de completar a frase. Estava tão *farta* de apaziguar tudo o tempo todo. Balancei a cabeça e revelei verdade, sentindo o cabelo macio dele beijar meu rosto. — Não — por fim confessei. — Não estou. Não estou bem. Nem um pouco.

Cael não disse nada. Não me reconfortou nem me falou nada de si mesmo. Aquilo me deixou desconfortável. Sentindo-me muito ferida e exposta, fiz menção de me afastar, envergonhada de ter me mostrado tão vulnerável, então ele disse:

— Também não estou bem.

Meu olhar disparou para cima e colidiu com o dele. Seus olhos brilhavam, e tive a sensação de que era a primeira vez que Cael admitia isso para alguém... talvez até para si mesmo. Meus braços ainda envolviam seu casaco, então os soltei e levantei uma mão para tocar seu rosto também.

A pele estava áspera por causa da barba curta. Engoli em seco. Nunca tinha tocado um garoto daquele jeito. Cael prendeu a respiração, mas quando meu dedo passou pelas maçãs do rosto e pelo pescoço tatuado, ele exalou e fechou os olhos. Foi um momento de alívio. Estávamos respirando o mesmo ar e compartilhando nossa dor reprimida. Compartilhando nossos segredos na segurança do casulo que havíamos criado.

Eu poderia ficar daquele jeito para sempre

Então uma gota de chuva atingiu minha bochecha, seguida por outra em rápida sucessão. Lembrei do diário, me separei de Cael e o agarrei rapidamente. Coloquei-o no peito assim que a chuva começou a cair.

— Por aqui — Cael disse, pegando meu braço.

Não corremos em direção à casa; em vez disso, fomos na direção da margem, para um píer coberto que ficava ao lado dos barcos.

Corri atrás de Cael, e a onda de energia necessária para sair da chuva torrencial fez uma inesperada explosão de riso inebriante escapar dos meus lábios. A mão de Cael me agarrou com mais força enquanto o som estranho voava no ar e parecia estourar como fogos de artifício acima de nós.

Quando chegamos ao píer e nos encolhemos sob o telhado inclinado, me abaixei e lutei para recuperar o fôlego. Baforadas brancas de fumaça criaram uma nuvem ao meu redor, então meus pulmões se acalmaram e meu coração desacelerou.

Chuva tamborilava no telhado de madeira, mas dentro do píer estava seco. Levantei a cabeça e vi o lago que se estendia diante de nós, o telhado inclinado formando uma moldura para a famosa paisagem.

— Lindo — sussurrei, dominada pela visão.

Patos nadavam alegremente na tempestade, e gotas de chuva causavam milhares de ondulações na superfície do lago. Olhei da paisagem para Cael, e meu coração se apertou. A culpa rapidamente me dominou.

— Cael — chamei, ouvindo a vergonha na minha própria voz. Ele também fitava a vista. Mas a coluna estava reta, e a mandíbula, tensa. Temi que ele se fechasse novamente.
— Desculpa.

Não achei que ele fosse responder, ou até reconhecer meu pedido de desculpas. Achei que voltaria a ser o Cael distante que tinha sido desde que chegamos. Eu não tiraria a razão dele. Nunca fui tão horrível com alguém em toda a minha vida. Ele só estava tentando ajudar, e retribuí seu ato de cuidado com grosseria.

Deixei meu pedido de desculpas flutuando no ar estagnado ao nosso redor, permitindo que o som da chuva preenchesse o silêncio desconfortável e constrangedor. Sem tirar os olhos do lago, ele disse:

— Sua risada é linda.

Meu coração apertado pulou de volta no peito e começou a bater forte com a inesperada declaração daquelas quatro palavras. Cael foi até a beirada do píer e se sentou, deixando a brisa fria beijar seu rosto. Não deixei de perceber que ele havia deixado um lugar para mim ao seu lado, um convite tácito para que eu me sentasse também.

Segurei o diário e fiz exatamente isso.

— Cael...

Estava pronta para pedir desculpas de novo quando ele disse:

— Sinto muito por sua irmã.

A simples menção a Poppy fechou minha garganta.

— Obrigada — respondi, rouca.

Eu me perguntei se ele insistiria mais. Mas ele não fez isso. Tracei a letra de Poppy na capa do caderno. Eu conseguia imaginá-la sentada no recuo da janela do quarto escrevendo. Mesmo passando por tudo aquilo, ela ainda tinha pensado em mim.

— O nome dela era Poppy — eu me vi contando.

Pensei que ficaria em choque por ter dito o nome dela em voz alta. Mas descobri que, quando se tratava de Cael, uma parte profunda de mim sabia que eu estava em segurança com ele. Cael suspirou e cruzou as pernas, apoiando os cotovelos nos joelhos. Ele estava me dando o espaço e o tempo de que eu precisava para falar.

Pisquei para afastar as lágrimas.

— Ela teve câncer. — Apertei o diário junto ao peito. Tentei me convencer de que era a mesma coisa que receber um abraço de apoio da minha irmã. — Ela morreu há quase quatro anos, depois de uma batalha longa e cansativa.

Cael baixou a cabeça, como se estivesse rezando. Pigarreei e prossegui:

— Ela era a minha rocha. A âncora do meu navio, e estou à deriva desde então.

Minutos se passaram em completo silêncio. Encarei a neve nos picos distantes. Nunca tinha visto neve cair. Esperava vê-la aqui, mas o inverno inglês só nos agraciava com céus cinzentos e chuva sem fim. O caderno escorregou do meu colo enquanto eu ajustava minhas pernas e caiu na frente de Cael. Percebi que tinha começado a estiar, e então uma nuvem grande se dissipou, e o sol voltou a lançar seus raios dourados ao nosso redor.

Um halo familiar sobre o lago.

Fui pegar o caderno, mas Cael já o estendia para mim. Um fio de luz solar se infiltrou pelos painéis de madeira das paredes do píer e iluminou a mão estendida dele... como se Poppy estivesse estendendo a mão para ele também.

Apoiei a mão na sua e a baixei de volta para o joelho. Cael franziu a testa, confuso.

— Poppy deixou este caderno para mim — expliquei. — Hoje foi a primeira vez em quase quatro anos que consegui abri-lo. — Ele arregalou os olhos. — Só li a primeira página. Era isso que tinha acabado de ler quando você me encontrou.

Compaixão tomou conta do rosto dele.

— Aqui — ele disse, rouco, estendendo o caderno de novo, como se fosse feito de vidro e ele tivesse medo de que fosse quebrar em suas mãos. Aquele raio de sol brilhou sobre a mão dele de novo. E eu senti. Senti Poppy me guiando a compartilhar aquilo... a compartilhar a minha dor.

— Leia — instruí, e o rosto de Cael empalideceu. Ele começou a fazer que não com a cabeça. Coloquei a mão na dele de novo e virei a capa para mostrar a primeira entrada de Poppy para mim. — Por favor — eu disse, então completei: — Seria bom se alguém aqui a conhecesse também.

Vi um medo gritante surgir em sua expressão diante do meu pedido. Mas o que ele viu na minha o fez olhar para baixo e começar a ler. Fechei os olhos e inclinei a cabeça para trás, deixando a brisa fresca soprar meu cabelo úmido de chuva. Deixei um leve sorriso agraciar meus lábios quando senti o cheiro familiar de neve e sal marinho... e então o que parecia ser baunilha.

Só havia uma pessoa que eu conhecia que cheirava assim.

A sensação de uma mão cobrindo a minha me tirou daquela paz. Abri os olhos e encarei aquelas mãos, apenas para Cael virá-las e então entrelaçar os dedos nos meus, apertando com força. Ele havia colocado o caderno no chão.

Senti um voejar no peito. Mais ainda quando vi sua mão livre cobrir de modo protetor a linda letra de Poppy.

— Ele se matou — disse Cael, tão baixo que meus ouvidos quase não detectaram.

Mas eu ouvi. Ouvi e, embora fosse uma confissão quase silenciosa, foi tão eficaz quanto um grito em uma caverna, ecoando nas paredes e cortando meu coração.

A mão de Cael apertou a minha com mais força.

— Cael...

— Meu irmão mais velho, Cillian. Ele... Eu... — Ele balançou a cabeça, parando a voz entrecortada, incapaz de continuar. — Desculpe, Sav. Não consigo. Não consigo falar...

Minha alma doeu com a revelação. Meu coração gritava de dor. Não conseguia imaginar aquilo. Não conseguia imaginar perder Poppy ou Ida de um jeito tão trágico. Não seria capaz de aguentar. Como se seguia em frente depois de uma perda assim?

Cael... Não era de espantar que ele estivesse tão sozinho e perdido.

Levei nossas mãos entrelaçadas aos lábios e beijei o dorso da dele. Beijei a tatuagem opaca de coração partido desenhada em sua pele com tinta preta. Ele não conseguia terminar o que estava tentando dizer. Não conseguia dizer aquelas palavras em voz alta.

— Sinto muito — disse em resposta, mas as palavras não captaram a compaixão que eu sentia por ele.

Expulsei toda a timidez, aproximei-me de Cael e apoiei a cabeça em seu ombro largo. Seu corpo ficou tenso e retesado quando fiz isso. Mas então ele soltou um longo suspiro sofrido e deitou a cabeça na minha.

Ficamos sentados, unidos, observando em silêncio a luz do sol brilhar no lago. Eu nunca tinha vivido algo assim. Ninguém nunca dividiu comigo a minha dor nem nunca foi tão franco sobre a própria dor comigo. Meu estômago embrulhou quando pensei no que ele me dissera.

Seu irmão mais velho havia tirado a própria vida. Era por isso que Cael estava tão bravo. Tão destruído por dentro. Era por isso que...

— Ela te amava — disse Cael, interrompendo minha mente em disparada. O hálito mentolado dele cobriu meu rosto. Ele moveu a cabeça de leve, e os lábios passaram pelo meu cabelo. Fechei os olhos e deixei a sensação íntima e reconfortante me envolver. — Ela te amava tanto.

— É verdade — sussurrei, não querendo furar a frágil bolha de paz que havíamos criado. Abri os olhos e observei uma ave de rapina circulando acima de uma das muitas ilhotas do lago. — Não consigo nem expressar a saudade que sinto dela.

— Sinto saudade dele também — Cael disse por fim.

Soube o quanto ele sentia pelo modo como se derreteu ao meu lado, como se buscasse qualquer forma de contato humano, uma rede de segurança para a grande queda que aquela confissão tinha causado. Eu me perguntei por quanto tempo ele vinha caminhando sozinho, se esquivando de qualquer ajuda. Cheguei mais perto dele, tão perto que não havia nem um centímetro de ar entre nós.

Dois pedaços quebrados buscando um jeito de se sentirem completos.

— Ela deixou um caderno inteiro para você — disse Cael. Então fez uma pausa e confessou baixinho: — Ele me deixou sete palavras apressadas em uma velha entrada de jogo de hóquei.

Minha alma se despedaçou por ele. A morte de Poppy havia me destruído. Mas eu sabia por que ela tinha morrido. Tinha plena certeza de que me adorava; ela tinha feito questão de me dizer com frequência. Eu tinha conseguido me despedir, mesmo que esse adeus tenha sido a minha ruína.

Cael... roubaram dele aquele momento vital.

Ouvi a respiração dele começar a ficar ofegante, e tive certeza de que senti uma lágrima cair de sua bochecha e atingir a lateral do meu rosto. Mas eu não queria perturbar o momento. Sabia que era intenso para ele.

Para mim também.

Sentados em silêncio, observamos o sol de inverno começar a se pôr e a escuridão cobrir o topo dos picos, perseguindo as colinas e espalhando-se no lago diante de nós. Estrelas tentavam espiar através do céu nublado, e a lua escondia seu brilho atrás de nuvens espessas e implacáveis.

Eu tremia. O sol poente tirou qualquer calor do dia de inverno e mergulhou a noite num frio cortante. Cael deve ter notado, pois virou a cabeça, roçou os lábios na minha orelha e disse:

— É melhor a gente entrar.

Assenti, mas levei alguns segundos para me mover. Não queria largar aquele entorpecimento agradável em que havíamos escorregado. Mas, quando uma rajada de ar ártico abriu caminho até o píer, não tivemos escolha.

Eu me endireitei e, relutante, soltei a mão de Cael, então fiquei de pé. Ele fez o mesmo, pegou o caderno de Poppy e o entregou para mim. Encarei aquele garoto. Pela primeira vez desde que nos sentamos e confessamos nossas dores em comum.

Havia algo novo no olhar dele. Como se me visse de forma diferente. Eu certamente o via. O garoto inacessível dos arredores de Boston havia sumido. E em seu lugar estava Cael Woods, um garoto destruído que estava de luto por causa da morte trágica de seu irmão mais velho. Apesar de sermos tão diferentes por fora, por baixo de tudo éramos almas semelhantes.

Cael deslizou a mão na minha de novo, e o frio que nos cercava foi combatido pelo golpe impressionante de uma espada de calor. Cael liderou o caminho do cais em direção ao albergue. O chão gelado estalava sob nossos pés. Olhei para o céu, e as nuvens escuras me impediram de ver as estrelas.

Solitário qual nuvem vaguei... O poema de Wordsworth veio à minha cabeça. Quando entramos no albergue e nos separamos com relutância no topo das escadas para ir para nossos respectivos quartos, percebi que talvez não estivesse tão solitária quanto acreditava.

E ele também não.

Não pude deixar de me lembrar de como ele havia ficado quando gritei com ele. Minha fúria... não o ofendera, mas o atraíra. Naquele momento, eu tinha sido um reflexo vivo de como ele se sentia por dentro. Eu ardia de tristeza tanto quanto ele.

Ele me viu e, nas profundezas do meu desespero, eu o entendi também. E ele havia se acalmado. Confiado em mim.

Cael... Ele estava sofrendo tanto...

Depois de tomar banho, fui para a cama. A curiosidade venceu; peguei o celular e pesquisei o nome dele na internet. Centenas e centenas de resultados apareceram. A primeira foto era de alguns anos atrás, e eu não conseguia acreditar no que via. Ele usava as roupas de hóquei. Mas não tinha tatuagens, nem piercings... nem tristeza. O sorriso largo e contagiante era de tirar o fôlego. Mas o que fez meu peito se apertar a ponto de estalar foi a pessoa ao lado dele, aquela com o braço ao seu redor, cheia de orgulho.

Cillian.

Passei o dedo pelo rosto infantil e despreocupado de Cael. Então congelei quando li a legenda. *O futuro do hóquei. O central estrela de Harvard, Cillian Woods, com o irmão mais novo, Cael.*

Harvard.

O artigo seguinte fez meu coração se apertar ainda mais. *Cael Woods indo para Harvard! Os irmãos Woods no Crimson!*

O artigo explicava que Cillian tinha ido para Harvard. Cael havia se inscrito para lá também. Ele era um ano mais velho que eu. *Harvard...* Por isso ele insistira que voltássemos do lago no outro dia. Eu contei que também iria para essa faculdade... mas ele claramente *não* tinha ido. Não era preciso ser um gênio para entender o motivo.

Uma sensação de algo maior do que eu dançava acima da minha cabeça. Eu não era de acreditar no sobrenatural, mas não podia negar a natureza fortuita do nosso encontro. Havia algo em Cael Woods que me atraíra desde o momento em que o vi. Que me atraíra para ele como uma mariposa para a chama.

Que me fazia querer protegê-lo e ajudá-lo a carregar o peso do seu coração partido.

Com a alma dolorida, desliguei o celular, já me sentindo culpada por invadir a privacidade dele daquela maneira. Eu não deveria ter feito isso. Mas não conseguia tirar a imagem do sorriso despreocupado dele da cabeça. Não conseguia parar de pensar em Cillian com o braço em volta de Cael, sorrindo para o irmão mais novo com todo o orgulho do mundo. Não pude deixar de me perguntar o que havia acontecido para ele acreditar que a morte era a única saída para o seu tormento. Eu me perguntei se Cael ao menos sabia.

Levei o celular ao peito, como se pudesse abraçar o jovem Cael através da tela. Abraçá-lo antes que seu mundo fosse pelos ares. Minha cabeça era um tornado de pensamentos que se enrolavam uns nos outros. O rosto de Poppy veio à minha mente. Naquele momento, eu teria conversado com ela. Ela saberia o que dizer.

Então senti minhas mãos coçarem com a necessidade de contar a ela de alguma forma. Coloquei o celular na mesa lateral e peguei o diário que Mia e Leo nos deram. Abrindo a página, fiz exatamente isso e me permiti me confidenciar com minha irmã mais velha como sempre tinha feito...

Querida Poppy, comecei e, pela primeira vez, não resisti ao luto que me agarrava havia tempo demais. *Li seu primeiro relato hoje.* Pisquei para afastar as lágrimas, mas me mantive firme. *Sinto tanto sua falta. Saber de você depois de tanto tempo foi como visitar o próprio céu, apenas para ouvir que eu estava lá havia muito tempo e que era hora de ir para casa.* Pensei no meu dia. Então pensei em Cael e em mim no píer. *Não estou bem, Pops. Fui enviada em uma viagem para me ajudar a lidar com a sua perda. Não achei que ajudaria.* Levei a ponta da caneta aos lábios enquanto pensava no que dizer a seguir, então comecei a escrever novamente. *Mas conheci um garoto. O nome dele é Cael...*

E escrevi para minha irmã. Escrevi para ela como se o tempo não tivesse passado. Como se ela estivesse em outro lugar do mundo, um lugar remoto onde não recebia ligações. Viva e bem, esperando minhas cartas chegarem até ela.

Quando larguei a caneta, estava mais fácil respirar. O peso que eu carregava constantemente no meu esterno tinha ficado um pouco mais leve. Apoiei a cabeça no travesseiro, fechei os olhos e tentei dormir. Mas então o rosto de Cael surgiu na minha mente, e meu coração se apertou enquanto eu repassava sua confissão. Cillian. O irmão dele se chamava Cillian Woods. Queria ter certeza de que nunca esqueceria isso. Ele merecia ser lembrado.

Pensei na voz vacilante de Cael, no beijo no meu cabelo, em seu rosto apoiado na minha cabeça. E passei os dedos pela mão que ele segurara com tanta força enquanto se livrava de seu trauma mais profundo.

Ainda parecia quente.

7
Segredos compartilhados e despedidas celestes

Cael

> STEPHAN: Sua mãe disse que você está viajando. Só passando para saber como está. Saudade, cara.

Visualizei a mensagem de Stephan e não respondi, então silenciei o celular. Já havia centenas de mensagens dele sem resposta; eu tinha ignorado cada uma delas. A verdade era que eu não conseguia encarar meu melhor amigo. Não conseguia encarar meus pais. Eles me mandavam mensagem o tempo todo desde que eu havia chegado aqui, e eu havia ignorado cada uma delas. As ligações também. Deixei que Mia e Leo dissessem que eu estava em segurança.

Eu não conseguia encarar ninguém. Especialmente agora. Estava partido ao meio desde a noite anterior com Savannah. Só conseguia pensar no momento em que a encontrei naquela pedra, soluçando, desmoronando. No modo como ela tremia de fúria, a mesma emoção destrutiva que vivia em minhas veias. E como ela gritou comigo, e seu rosto lindo contorcido de dor. E eu não conseguia parar de pensar no píer. Na vulnerabilidade dela, na sinceridade. Em como parecia ser mais fácil respirar quando segurava a mão dela. Por quê? O que isso significava? Estar ao lado dela, abraçá-la... isso me dera um momento de paz que nunca havia tido. E ficou ainda mais profundo com o que ela havia me contado.

O que *eu* havia contado a ela.

Cillian.

Eu nem tinha a intenção de fazer aquilo. Simplesmente... *rasgou-se* de mim, como se a confissão estivesse abrindo caminho para escapar e ser ouvida por *outra pessoa*.

Eu tinha falado de Cill para alguém. Tinha falado de Cill para *Savannah*... Não sabia nem como me sentir. Eu me sentia diferente naquela manhã. Estava completamente abalado. A escuridão continuava lá, escondida em minhas veias, mas... *merda*, eu tinha falado de Cill para alguém. E a amargura dentro de mim não estava mais tão forte. Não estava consumindo cada minuto que eu passava acordado. Tinha me esquecido da sensação.

O que estava acontecendo?

— Pronto? — perguntou Travis, enquanto eu terminava de guardar as roupas na mala, perdido em pensamentos.

Naquele dia faríamos a última escalada. No dia seguinte, partiríamos para a Noruega. Sem saber como eu estava confuso e incomodado, Travis me esperou pegar o casaco e as botas de caminhada. Ele sempre tentava estender a mão em amizade, e eu o ignorava todas as vezes.

Ele estava chutando o chão com a ponta do pé.

— Desculpa se sou difícil — ele disse do nada. Fiquei imóvel com o choque. Olhei-o nos olhos. — Não tenho muitos amigos, especialmente depois... — Ele balançou a cabeça e começou a ir para a escada, sem terminar o que estava dizendo.

Não sei se foi influência de Savannah ou se era porque eu me sentia meio fora de mim, mas o chamei:

— Trav. — Travis se virou, o rosto sardento vermelho de vergonha. — Estamos de boa.

Ele soltou um longo suspiro e me fez me sentir um completo idiota. A verdade é que não tinha conhecido ninguém na viagem. Eu havia ignorado todo mundo e não me importava com quem fosse atingido no fogo cruzado.

A não ser por Savannah. Mas ela era diferente. Ela tinha *sido* diferente desde a primeira vez em que bati os olhos nela. E ainda mais agora.

— Sério? — ele perguntou, alegrando-se.

Assenti e apontei para a porta e para o ônibus que nos esperava. Vi que a maior parte do grupo já estava lá dentro. Meus nervos fizeram minhas mãos tremerem quando pensei em ver Savannah de novo. Como iria encarar a pessoa para quem eu tinha acabado de falar do meu irmão?

Todos conversavam quando eu e Travis entramos, e me sentei algumas fileiras à frente de onde todo mundo estava, sem olhar ninguém nos olhos. Não estava tentando ignorá-los dessa vez; só precisava de espaço.

Olhei para o lago. A chuva finalmente tinha parado. As nuvens haviam se dissipado, e o sol subia alto no céu. Ainda estava congelante... mas não tão escuro e deprimente quanto ontem.

Talvez, depois de falar com Savannah, também não estivesse tão escuro e deprimente dentro de mim. Mesmo uma restiazinha de luz interna era um progresso.

Passei a ponta do dedo pelo lábio inferior, ainda sentindo a maciez do cabelo de Savannah na minha boca enquanto eu beijava a cabeça dela e inalava o aroma de cerejas e amêndoas. Ainda sentia a mão macia dela na minha mão calejada, machucada e áspera por anos e anos de hóquei. Eu tinha precisado abraçá-la. Não sabia se era por ela ou por mim, mas, naquele momento de vulnerabilidade, eu havia sentido necessidade de segurar a mão dela.

Não tinha sentido vontade de sair daquele píer. Nossos problemas pareciam muito menores enquanto nos amontoávamos naquela cabana de madeira. Nossa tristeza havia sido libertada, mesmo que apenas por algumas horas, e nós simplesmente... *existimos*.

O assento ao meu lado afundou. Virei a cabeça e meu estômago revirou. Savannah olhou para mim sob os cílios longos e claros, os olhos azuis perguntando se ela podia ficar ali. Se não tinha problema ficar do meu lado.

A presença dela me acalmou no mesmo instante. Minhas mãos não tremiam mais. E, por mais estranho que parecesse, não havia arrependimento por falar de Cillian para ela.

— Ei, Peaches — eu disse, com a voz tensa.

Eu me senti nu e exposto ao olhar dela. Vulnerável. Não estava acostumado a me mostrar vulnerável para ninguém. Nunca tinha feito isso na minha vida. Mas havia feito isso com aquela menina bonita da Geórgia, da maneira mais crua possível.

Savannah fuçou na mochila e tirou um saco cheio de massas folhadas e frutas.

— Você não desceu para o café. — Ela deu de ombros, e aquele rubor de vergonha que eu tanto amava explodiu em suas bochechas. — Achei que pudesse estar com fome.

Fascinado, encarei aquela garota. Aquele pêssego da Geórgia que tinha conseguido transpor as minhas muralhas.

— Obrigado — eu disse, pegando o saquinho.

Na verdade, tinha sido covarde naquela manhã. Não fui ao café da manhã porque não sabia o que diria para Savannah quando a visse. Não sabia como estar com alguém que tivesse visto todas as minhas cicatrizes escondidas, tão abertas e expostas daquele jeito.

Eu deveria saber que ela não tornaria o momento desconfortável.

Bem o oposto... ela tinha feito tudo ficar bem.

Savannah se acomodou no assento. O ônibus começou a se mover. Tentei não permitir que o desconforto habitual de estar em um veículo me alterasse. Olhei para a paisagem que havia sido gravada no meu cérebro. Jamais me esqueceria daquele lugar.

— Último dia — disse Savannah.

Sabia que ela estava se esforçando para falar comigo. Ela era ainda mais reservada que eu. Entendi que não era natural para ela ficar de conversa fiada. Mas também entendi que ela estava tentando.

Por mim.

— É — falei, e enfiei a mão no saquinho, tirando um croissant de chocolate. Suspirei depois de dar uma mordida. Estava morrendo de fome. — Mais uma escalada — comentei, querendo tentar dizer algo, me envolver. Para fazer a noite anterior não parecer tão *importante*.

Savannah assentiu, e então um leve sorriso agraciou seus lábios rosados. Parei no meio da mordida só para olhar. Não sabia como, mas a garota conseguia cortar qualquer névoa escura que me cercava como se empunhasse uma espada forjada de pura luz.

Ninguém naquela viagem sorria muito. Alguns sorriram um pouco mais ali em Windermere. Mas, por pior que parecesse, não me importava com o sorriso de mais ninguém. Só com o dela. Porque o sorriso de Savannah iluminava o céu. Seus sorrisos eram tão tímidos quanto ela, mas aquela pequena curva para cima no canto dos lábios bastava para puxar meu coração como um trem de carga.

— Acho que as minhas pernas estão gratas por ser a última.

Eu me vi sorrindo de volta, e Savannah me encarou também. Talvez do mesmo jeito que eu a encarava. Procurei qualquer desconforto. Mas ao lado dela... só havia paz. Eu não conseguia compreender.

Savannah pressionou a cabeça no assento, parecendo contente; então Dylan e Travis se aproximaram e se sentaram na nossa frente.

Eles se debruçaram nas costas do banco.

— Ei, vocês dois — começou Dylan, e vi Savannah balançar a cabeça, brincando com o rapaz de quem parecia ser próxima. — Do que estão falando?

Não havia nem rastro de sorriso em mim agora e, quando olhei para Savannah, o sorriso dela também tinha desaparecido. Não era preciso ser um gênio para saber que nós dois ainda estávamos feridos e abalados por causa da conversa de ontem, então eu disse:

— Do quanto vocês dois são irritantes.

Me surpreendi por ter feito piada. Parecia estranho vindo dos meus lábios.

A boca de Dylan se abriu em falsa ofensa.

— Cael. Você fala! E tem senso de humor!

Travis riu. Eu costumava ser bem-humorado. *Antes*. Imagino que foi a primeira vez na viagem que realmente deixei alguém além de Savannah ver um eco do meu verdadeiro eu. Os ombros dela tremeram em uma risada silenciosa e, quando a olhei de relance, vi o alívio em seu rosto. E talvez uma pitada de orgulho.

Nossa conversa secreta no píer seguia guardada. E seria apenas de nós dois.

— Então, estamos empolgados com a Noruega? — perguntou Travis.

Dei de ombros. Não estava muito animado com nenhum dos países que visitaríamos. Mas tinha gostado daquele lugar. Estava meio triste por ter que ir embora. Havia alguma coisa em estar ali, longe do resto do mundo, que me acalmava.

— Mal posso esperar — disse Dylan. — Tomara que não tenha mais caminhada.

Travis concordou com a cabeça.

Não achei que Savannah fosse falar, mas ela disse:

— Conheço pessoas da Noruega. Estou empolgada para conhecer o país delas.

Dylan e Travis esperaram por mais informações. Mas Savannah parou por ali, e notei uma leve tensão em sua boca. Fiquei imaginando quem ela conhecia de lá e o que essas pessoas significavam para ela.

Savannah não falou pelo resto da viagem. Nem eu. Mas estava tudo bem, pois Dylan e Travis falaram por todos nós. Pela primeira vez, o falatório incessante dos dois foi meio legal. Quando o ônibus parou e nos encontramos no sopé de Skiddaw, olhei para a montanha e para o gelo que cobria os picos altos.

Mais uma escalada.

Estava afivelando as alças da mochila em volta da cintura quando alguém parou do meu lado. Olhei para baixo e vi um gorro rosa cobrindo um cabelo loiro-escuro. Savannah olhou para mim e caminhou ao meu lado. Subimos colina após colina, escalamos trilhas rochosas, e Savannah não saiu do meu lado nenhuma vez. Quando chegamos ao topo, olhamos a paisagem: a colcha verde e branca que os campos formavam, e a água que brilhava como se fosse feita de glitter.

Estar tão no alto me fez me sentir muito pequeno. Fez o mundo e além parecerem tão infinitos. Tão vastos. Era tão inquietante quanto reconfortante.

Descemos e chegamos ao sopé, sem fôlego e cansados. Mas tínhamos conseguido. Dylan e Travis se aproximaram para ficar do nosso lado, Jade e Lili também nos flanquearam. Todos nós olhamos para o pico que tínhamos acabado de escalar, e uma descarga inesperada de emoção subiu pela minha garganta. Tossi, tentando afastá-la, mas ela só se afundou de novo no meu peito e no meu estômago, contraindo os músculos.

— Vocês devem estar imaginando por que os trouxemos até aqui, para os Lagos — Leo disse, cortando o silêncio. Ele parou na frente de nós seis, Mia se posicionou ao lado dele. O rosto do nosso psicólogo ficou ainda mais sério. — Vocês passaram por tanta coisa. Sei que mal arranhamos a superfície, mas essa viagem para cinco países foi planejada para ajudá-los a lidar com o luto.

Mia deu um passo à frente.

— Resiliência — ela disse, deixando a palavra pairar em torno de nós. — Para lidar com o luto, vocês precisam de *resiliência*.

— Trouxemos vocês aqui para fugir da correria da vida — disse Leo. — Que lugar melhor do que este pequeno paraíso na Terra? — Ele apontou para o Distrito dos Lagos ao nosso redor. — Que lugar melhor do que uma região repleta de picos para escalar e vistas de tirar o fôlego para se perder? Mas um lugar que também os levaria aos próprios limites.

— E vocês conseguiram — disse Mia, com orgulho na voz. — Apesar do jet lag, do frio e do cansaço, vocês conseguiram. Pegaram o que parecia uma tarefa impossível e a encararam de frente. Um pé diante do outro, um passo de cada vez, escalaram essas montanhas, escorregando e ofegantes, exaustos e esgotados. Vocês *conseguiram*. Chegaram até o outro lado. Vocês. Conseguiram.

— Se tivéssemos dito isso quando chegamos aqui, meu palpite é que não teriam acreditado que conseguiriam... — Leo parou de falar, e cacos de gelo me cortaram por dentro.

Savannah chegou mais perto de mim, o lado da mão roçando a minha. Imaginei se as palavras de Mia e Leo a estavam atingindo com o mesmo impacto.

— E vocês conseguiram. — Leo nos olhou nos olhos. — Assim como vão conseguir transpor o luto de vocês.

Meus joelhos pareciam fracos, porque eu não via como conseguiria transpor aquele inferno em que me encontrava.

Entendi a metáfora. Os picos representavam nossa tristeza, obstáculos em nosso caminho para a felicidade. Mas eu teria fé em mim para escalar esses picos. Estava em forma. Tinha a determinação de um atleta. Mas lidar com meu luto? Eu não apostaria nada em mim. Meu maior medo era jamais conseguir derrotá-lo.

Senti que começava a entrar em uma espiral, balancei sobre os pés e senti a mão de Savannah roçar a minha de novo. E eu não sabia por que fiz isso. Tentei não pensar demais, mas estendi o mindinho e o enrolei no dela.

Sua mão tremia, e isso logo me fez me concentrar nela e espantar o pânico que havia se instalado em mim. Savannah estava no inferno comigo também. *Todos* ali estavam no mesmo fogo que eu.

Não estávamos sozinhos.

Respirei fundo. *Resiliência.* Não tinha certeza de que havia alguma em mim quando se tratava de aceitar o que Cillian tinha feito. Não sabia se também havia em Savannah quando se tratava de sua Poppy. Mas e se essa viagem não nos ajudasse? O que aconteceria?

— Resiliência — repetiu Mia. — Vocês *são* resilientes. Cada um de vocês. E todos são mais fortes do que imaginam. — Ela sorriu. — *Nós* vemos isso em vocês, brilhando tão forte como o sol. Vemos esperança. Vemos bravura. Vemos força.

— Estamos orgulhosos de vocês — Leo acrescentou, e então nos deixou lá, permitindo que suas palavras voassem acima de nossa cabeça.

As mangas longas de nossos casacos escondiam o dedo de Savannah e o meu unidos; ainda agarrados, encontrando força um no outro. Era nosso segredo: o quanto estávamos mantendo um ao outro de pé. Sem prestar muita atenção, observei outras pessoas no pico escalando e se esforçando para completar a rota difícil.

O som de botas esmagando o chão congelado chamou minha atenção. Quando olhei para trás, Dylan, Travis, Jade e Lili estavam voltando para Mia e Leo, que esperavam no ônibus.

Mas Savannah permaneceu ao meu lado, presa no momento.

— Nós conseguimos — ela disse, dando uma ponta de esperança ao ecoar o que Mia e Leo tinham dito.

Eu me perguntei se ela acreditava que também poderia transpor o luto, que aquela viagem a curaria, que a ajudaria a seguir em frente.

— Conseguimos — repeti, e observei um casal mais velho chegar ao sopé do pico.

A mulher se jogou nos braços do homem, celebrando. Apertei o dedo de Savannah com mais força. Experimentar aquele nível de felicidade de novo parecia tão fora de alcance.

Parecia *impossível*.

Savannah atravessou meu desespero interno ao sussurrar baixinho:

— Eu... eu acho que Poppy ficaria orgulhosa de mim. — Um leve tremor voltou às suas mãos quando ela disse aquilo, e a voz tinha uma rouquidão triste.

Dessa vez precisei fitá-la. O olhar de Savannah estava voltado para o pico, então levantei a mão livre e levei o dedo ao queixo dela. A pele estava gelada. Devagar, guiei o rosto dela na minha direção. Ela encarava o chão. Esperei até que levantasse o olhar azul para encontrar o meu. Havia lágrimas em seus olhos, mas, quando uma caiu em sua bochecha, foi recebida com um fiapo de sorriso.

Meu coração disparou. Savannah agarrou meu dedo com mais força, e me permiti um único momento fugaz para pensar em meu irmão de um jeito diferente do que como o vi pela última vez. Como ele tinha sido *antes*. Meus olhos se fecharam e eu pude vê-lo, torcendo por mim como fazia quando eu estava no gelo, um sorriso enorme estampado no rosto e punhos no ar. Podia imaginá-lo ali também, esperando no sopé do pico, gritando: "Esse é meu irmão!".

Aquilo fez um som sufocado sair da minha garganta, e minha mente torturada logo bateu a porta na cara daquele pensamento, tentando evitar o dano que poderia causar. Mas me agarrei àquela imagem mesmo assim; era melhor do que a outra que me assombrava a cada minuto de cada dia.

Quando abri os olhos, a vista estava turva, até que uma lágrima caiu pela minha bochecha, limpando minha visão. Eu me concentrei em Savannah, encontrando consolo e coragem no toque dela, e consegui encontrar forças para dizer:

— Ele também teria ficado orgulhoso de mim.

Savannah apertou meu dedo duas vezes de levinho. Percebi que ela fazia isso quando queria me confortar, mas não tinha palavras. E, por mais simples que fosse o gesto, era um bálsamo para uma ferida aberta. Fez a dor parar por tempo suficiente para me ajudar a recuperar o fôlego.

Após nos segurarmos por vários outros minutos com nosso olhar compreensivo, voltamos para o ônibus, mas não nos soltamos. Nem mesmo quando nos sentamos.

Enquanto nos afastávamos, eu me perguntava se em algum lugar, de alguma forma, Cillian estava torcendo por mim. Se estava me ajudando a superar sua perda. Eu raramente me permitia imaginar se ele tinha sobrevivido de alguma forma. Se tinha chegado a uma vida após a morte onde não havia mais dor, e apenas paz e liberdade o cercavam. Não éramos religiosos. Nunca falávamos do que pensávamos que viria a seguir. Eu não tinha nenhuma crença forte. Mas me perguntava se ele me via ali, deixado para trás, desmoronando sem ele, e queria estender a mão e me dizer que tudo ficaria bem. Que eu o veria de novo um dia. E que, embora a vida nesta Terra não pudesse dar a ele o apoio de que precisava, estava livre agora.

A tristeza arranhou minha garganta, tentando me roubar a necessidade de que aquilo fosse verdade, mas dois apertos suaves da mão de Savannah me ajudaram a lutar contra essas garras e me segurei àquele pedaço de esperança.

Virei a cabeça para Savannah, que apertou minha mão de novo e fez meu pulso disparar. *Resiliência*, pensei enquanto pegávamos as estradas sinuosas para voltar ao albergue.

Rezei com tudo de mim para que aquilo pudesse me ajudar.

O fogo queimava, as nuvens da Inglaterra ainda nos davam trégua e nos presenteavam com um céu estrelado na nossa última noite, como se também se despedissem. Ao redor do lago estava escuro como breu, mas Bowness, a área turística, ainda estava cheia de gente. Imaginei que ficasse assim o ano todo, não importava o clima. Eu moraria ali se pudesse.

Tínhamos jantado e agora estávamos reunidos ao redor da fogueira do lado de fora, em cadeiras de acampamento dobráveis. Eu me forcei a ir ali naquela noite. A não escapar para meu quarto ou para o assento da janela que havia se tornado meu santuário. Minhas emoções estavam dispersas, o que me deixava trêmulo e, pela primeira vez, não queria enfrentar isso sozinho.

Mia e Leo tinham entrado, deixando-nos os seis sozinhos. Por mais que eu gostasse de Leo e Mia, era bom estar longe do microscópio deles. Leo tinha me observado como um falcão. Eu sabia que ele havia visto uma mudança em mim. Ainda não havia abordado o assunto; ficou claro que me deixaria permanecer assim por um tempo.

Mas eu sabia que mais cedo ou mais tarde ele me puxaria de lado.

Dylan, Jade e Lili estavam usando varas longas para assar marshmallows nas chamas. Savannah estava bem onde eu a queria: ao meu lado. Ela tinha uma expressão divertida no rosto enquanto observava Dylan e os outros rindo e brincando.

— Consegui! — gritou Travis, vindo de dentro do albergue, com latas de refrigerante nas mãos. Soltei uma risada quando ele passou as latas como se fossem cerveja. Peguei uma Coca e beberiquei a bebida açucarada.

Logo, Dylan, Jade e Lili se sentaram ao redor do fogo, e todos nós ficamos em silêncio, até Dylan dizer:

— Então, acham que alguma coisa disso está funcionando?

O humor do grupo mudou no mesmo instante, indo de um tanto feliz para melancólico, e, como tantas vezes na viagem, não conseguimos escapar do verdadeiro motivo para estarmos ali. O luto era assim, sempre lembrava que estava por perto.

Jade se remexeu no assento e disse:

— Acho que ajudou um pouco. — Ela passou os olhos grandes e castanhos pelo grupo e disse, com nervosismo: — Foi um acidente de carro. — Eu congelei quando aquelas palavras saíram de sua boca. Ela encarou o fogo e disse: — Minha mãe e meu irmãozinho. Numa manhã de terça-feira. — Meu coração se apertou. Savannah estava imóvel ao meu lado. — Foi instantâneo; eles não sentiram nada. Ao menos sei que não sofreram. — Jade começou a chorar. Lili e Travis se sentaram um de cada lado dela e colocaram uma mão reconfortante nas costas da menina. — Somos só eu e meu pai agora. E meus avós. — Ela secou os olhos. — É... é difícil seguir em frente. Impossível viver sem eles na maioria dos dias.

Brinquei com as mãos, cutucando as unhas só para ter uma maneira de expulsar aquela energia nervosa que fervilhava ao meu redor. Quando Cillian morreu, eu me fechei por completo, guardei tudo dentro de mim. Não estava acostumado a falar de morte com tanto desprendimento. Ainda não sabia se conseguiria. Nas poucas vezes em que quis gritar como estava me sentindo, para finalmente deixar a represa da tristeza se romper, meu muro de proteção fechava tudo.

Senti um puxão na manga do meu casaco. Olhei para a esquerda. Savannah me oferecia a mão. O ritmo muito rápido do meu coração desacelerou assim que a peguei. Ela me deu dois apertos já conhecidos, e ficamos ligados no espaço entre nossas cadeiras. Fiquei hipnotizado com o perfil perfeito dela. Como ela sempre sabia quando eu estava desabando?

Talvez porque ela estivesse desabando também. Dei dois apertos de volta. As bochechas pálidas dela ficaram vermelhas.

— Estar aqui. Longe do Texas, da minha casa — disse Jade. — Me deu tempo para respirar. — Ela abriu um sorriso triste. — Acho que está ajudando. Está me ajudando a organizar algumas coisas na minha cabeça.

Lili deitou a cabeça no ombro de Jade. Elas tinham se tornado próximas desde que desembarcaram na Inglaterra. Tão próximas que Lili ofereceu seu apoio dizendo:

— Perdi minha mãe e meu pai.

Savannah se encolheu, a mão puxando levemente a minha, como se o pensamento fosse uma punhalada em seu coração. Eu a segurei mais forte, oferecendo a ela uma âncora, e me peguei pensando nos meus pais. Meu estômago se revirou quando me lembrei de como eu estava quando eles me viram partir do JFK. Nem tinha me despedido. Ainda não tinha nem me comunicado com eles. Nem sabia como começar...

— Eles eram iatistas. Amavam a água. — Ela sorriu, e vi o amor que sentia por eles brilhando através da tristeza, mesmo no escuro. — Um dia, foram para o mar e uma tempestade chegou inesperadamente. — O lábio inferior de Lili tremeu. Jade colocou o braço em volta dela. — O barco foi localizado, naufragado. Mas eles nunca foram encontrados.

— Sinto muito — disse Dylan.

Eu queria dizer o mesmo. Mas não conseguia falar. Não sabia como eles conseguiam.

Lili sorriu para Dylan e limpou as lágrimas do rosto.

— Acho que essa viagem também está me ajudando. — Ela olhou para Jade. — Ter outras pessoas que estão passando pela mesma coisa... ajuda. Me faz me sentir menos solitária. — Ela se endireitou no assento. — Sou filha única. Moro com meus avós agora, que são incríveis, mas sinto que venho passando por tudo sozinha... e... bem... — Ela parou de falar com um suspiro cansado.

Não é a mesma coisa, terminei por ela em minha cabeça.

Não era. Eu amava minha mãe e meu pai. Eles perderam o filho mais velho. Eu perdi meu irmão e melhor amigo. Não conseguíamos entender a dor um do outro porque era diferente. Uma desconforto se instalou no meu peito quando percebi: eu também era filho único agora. E isto foi o pior: ele ter me deixado sozinho. Pelo resto dos meus dias.

Flagrei os olhos curiosos de Jade e Lili pousando em mim, Savannah, Travis e Dylan, obviamente imaginando se compartilharíamos nossas histórias também. Mas eu não ia falar de Cill. Não conseguia. Mal tinha contado alguma coisa a Savannah, e me abrir com ela foi como arrancar meu coração do peito. Pela rigidez de seu corpo e pela maneira como seus lindos olhos encaravam o chão, acho que ela sentia a mesma coisa.

Travis limpou a garganta e se sentou na ponta da cadeira. Seus olhos saltavam pelo grupo, nervosos.

— Não precisa falar se não estiver pronto — disse Dylan, em tom de apoio.

Ele e Travis tinham ficado mais próximos também. Parecia que estávamos todos fazendo pares. Olhei para minha mão na de Savannah.

Estava feliz por ela estar comigo... mais que feliz.

— Não — disse Travis —, eu consigo falar. — Mas ele fechou os olhos, como se fosse mais fácil dizer aquilo em voz alta se não pudesse ver todo mundo diante dele. — Fui o único da minha turma que sobreviveu a um tiroteio na escola.

O sangue se esvaiu do meu rosto quando ele revelou aquilo. Não podia imaginar... Nem sabia como reagir àquilo.

— Travis... — disse Dylan, indo imediatamente até onde ele estava e se ajoelhando ao lado dele. Travis abriu os olhos e sorriu, mas foi um sorriso forçado, e os lábios dele tremiam. O trauma dele estava exposto para todos nós.

— O pior é a culpa, sabe? — disse Travis, torcendo as mãos. — Tipo, por que eu? Por que só eu não fui atingido? De uma classe de doze, fui o único que escapou de uma bala. — Travis balançou a cabeça e seu queixo tremeu, como se ele lutasse para não chorar. — É isso que não consigo superar. Vejo os pais dos meus amigos me olhando às vezes e sei que estão se perguntando por que eu fui poupado, e não os filhos deles. — Ele soltou um riso sem humor. — Eu também me pergunto isso. Mas, principalmente... — Ele respirou fundo. — Eles eram meus *amigos*. Sou de uma cidadezinha da zona rural de Vermont. Conhecia aquelas pessoas desde o jardim de infância, algumas antes disso. Eram meus únicos amigos, e agora todos se foram. E eu testemunhei...

Dylan abraçou Travis antes que ele pudesse terminar a frase. Algumas coisas não precisavam ser ditas em voz alta para serem entendidas. Savannah fungou ao meu lado; quando me virei, lágrimas corriam pelo rosto dela. Alaranjadas à luz do fogo. Não suportava vê-la daquele jeito; a visão me partia o coração. Então movi a cadeira até estar bem ao lado dela.

— Quero que isso dê certo — disse Travis, apontando para todos nós. — Quero tanto que essa viagem dê certo, porque não consigo viver nessa escuridão que carrego dentro de mim, com esse peso no peito. Tem dias em que não consigo sair da cama porque a dor é tão cansativa. Parece que não consigo respirar.

— Você sente falta de estar feliz, de *sentir* felicidade — disse Dylan, compreendendo, e Travis assentiu. — Eu também — confessou Dylan.

— Eu também — disse Jade, seguida por Lili.

— Eu também — disse Savannah, com uma voz quase inaudível.

Meu coração batia tão rápido com o tanto que estávamos compartilhando que achei que fosse explodir no peito. Mas me permiti pensar na minha vida de antes. Porque *existia* um antes e um depois quando se tratava de luto.

Eu me permiti pensar nos invernos no lago jogando hóquei, nas manhãs de Natal e nos dias de jogo... memórias simples de quando éramos felizes de verdade.

Eu tinha sido *feliz* naquela época. E achado que aquilo nunca mudaria. Mas isso me fez pensar que, se tinha sido assim um dia, talvez, quem sabe, pudesse voltar a me sentir daquele jeito de novo.

— Eu também — por fim sussurrei.

A lenha no fogo estalou alto quando eu falei, abafando o desejo que me custou tanta energia para pôr para fora. Mas Savannah tinha me escutado. Ela se inclinou para mim e apoiou a cabeça no meu ombro, dois apertos na minha mão.

Estava começando a ansiar por essa sensação. Porque Savannah, de Blossom Grove, Geórgia, me fazia *sentir.* Depois de um ano afogado na escuridão, Savannah me fazia sentir algo que eu achava estar perdido para sempre para mim: esperança.

Ela me fazia ter esperança de que havia algo mais na minha vida além *disso*. Não sabia o que estava acontecendo entre nós. E me recusava a pensar demais no que era aquilo que nos unia. Pela primeira vez, queria deixar o universo tomar as rédeas e me guiar.

Dei uma última olhada no lago e nos picos antes de irmos para a cama. Sempre me lembraria do Distrito dos Lagos da Inglaterra como o lugar onde Savannah havia entrado na minha vida. Não tinha ideia do que aconteceria no resto da viagem, do que aconteceria comigo. Não tinha ideia do que Savannah e eu nos tornaríamos. Não sabia se o que Mia e Leo planejavam para nós realmente ia me tirar da escuridão infinita que me prendia. Mas um dos muitos tijolos que erguiam o muro ao redor do meu coração caiu por causa dessa garota.

Um único tijolo solitário, mas era um começo.

Era um *começo*.

E isso precisava valer de algo.

8
Sonhos ressurgidos e sorrisos congelados

Savannah,

Enquanto escrevo neste diário, observo você lá fora no quintal. Você está sentada debaixo da macieira, lendo. Ida está praticando dança ao seu lado. E eu estou com um sorrisão só de observar minhas duas melhores amigas. Uma barulhenta, outra quieta, mas ambas perfeitas aos meus olhos.

Quando eu partir, vou repassar essa memória sem parar na minha cabeça. E, quando olhar para vocês aqui embaixo, ainda vou amar o vínculo que nós três compartilhamos.

Quero que vocês se amem pelo resto da vida. Nunca percam esse vínculo que mantivemos tão firme. E, ao se abraçarem, sintam meu espírito abraçando-as também. Sempre estarei ao lado de vocês. Seja qual for o rumo que sua vida tome, tenham coragem e confiança, pois sempre estarei ao lado de vocês. Nunca mais estarão sozinhas. Assim como eu nunca estive sozinha nesta vida. Como poderia estar, com vocês nela e no meu coração?

Diga sim a novas aventuras, Savannah. Elas podem te levar à felicidade.

Para sempre e sempre,
Poppy

* * *

Savannah
Oslo, Noruega

> EU: Adivinha onde estou.

Tirei uma foto da paisagem diante de mim e apertei enviar. Segundos depois, a resposta chegou.

> RUNE: Reconheço o lugar.

Então ele completou:

> RUNE: Como estão as coisas?

Observei as pessoas andando pela praça, um grande rinque de patinação no gelo tomava a maior parte da vista. Já havia pessoas patinando. Era lindo ali. Tínhamos pousado em Oslo na noite anterior, mas já estava apaixonada pelo lugar. Eu conseguia imaginar os Kristiansen morando ali. Com aquele pensamento, uma onda de tristeza me abateu.

> EU: Ela teria amado ver isso aqui. Seu país natal.
> É tão lindo.

Poppy sempre falava de visitar Oslo com Rune... mas a vida tinha outros planos para ela antes que conseguisse.

Rune levou alguns minutos para responder. Imaginei se ele estava ocupado ou se minhas palavras o deixaram triste.

> RUNE: Teria mesmo.

Três pontos apareceram, então ele completou:

> RUNE: Acredito que ela está com você agora.

Pisquei para afastar as lágrimas.

> EU: Eu gostaria de acreditar nisso também.

Os três pontinhos apareceram de novo, então:

> RUNE: Sua irmã nunca vai te deixar. E ela estaria tão orgulhosa de você.

Meu peito se apertou, e olhei de novo para a praça lotada, o aroma dos caminhões de comida subia até a janela do hotel diante da qual me sentava. Rune estava certo. Poppy teria ficado orgulhosa de mim. Ela sempre ficava. Qualquer pequena conquista que eu tinha na escola, ela se comportava como se eu tivesse mudado o mundo. No sexto ano, quando fiquei em primeiro lugar na feira de ciências, Poppy celebrou como se eu tivesse ganhado o Nobel da Paz.

> EU: Eu sei.

Não tinha mais palavras a dizer.

> RUNE: Você consegue, Sav. Eu acredito em você também.

Sorri quando Rune enviou a última mensagem. Desde que Poppy morreu, Rune tinha ficado ainda mais próximo da minha família. Tinha se tornado para mim e para Ida o irmão mais velho que sempre foi destinado a ser. Era injusto ele ter perdido sua alma gêmea. Ela era tão jovem... eles nem tiveram a chance de fazer dar certo.

Senti os rumores do desespero se agitarem dentro de mim. Só diminuiu quando uma batida soou na porta. Abri e encontrei Jade e Lili do outro lado.

— Vamos — disse Lili, pegando minha mão.

Jade pegou meu casaco no cabideiro do quarto.

— Vem patinar com a gente.

— Ah, eu não sei patinar... — tentei dizer, mas, conforme elas me puxavam pelo corredor e por três lances de escada até a praça gelada, entendi que não tinha escolha.

Era familiar, três garotas correndo pela cidade para se divertirem. Eu tinha falado com meus pais e Ida naquela manhã. Sentia mais falta deles do que de respirar. Mas eu estava bem. Estava seguindo em frente.

Jade nos levou até o quiosque para alugar os patins. Conforme ela e Lili entregavam os sapatos e pegavam o equipamento, eu disse:

— Nunca patinei na vida.

Elas me olharam como se fosse algum absurdo. Meu rosto pegou fogo sob o escrutínio incrédulo delas.

— Vamos ajudar você — Lili disse, apontando para as minhas botas. — Entregue e pegue os patins.

Fiz o que ela pediu, sentindo os nervos me atacarem. Sentei no banco e os calcei. Tentei ficar de pé e quase caí no chão.

— Opa! — Jade disse, entrelaçando o braço no meu. — Vamos devagar.

Lili entrelaçou meu outro braço e fomos em direção ao gelo. A brisa fria beijou meu rosto, fazendo o meu corpo se arrepiar. O cheiro era fresco e limpo... cheirava a Cael.

Passei o olhar pelo rinque, me perguntando onde ele estava. Ainda não o tinha visto naquele dia. Também não tinha visto Dylan nem Travis. Talvez estivessem juntos. Ele estava se esforçando mais para se misturar com o resto de nós. E não parecia tão fechado. Esperava que continuasse assim. Eu... O que eu sentia por Cael era... abrangente. Ele me dava frio na barriga, e meu coração trovejava no peito quando ele estava perto, quando segurava minha mão ou apertava meu dedo com o dele. Mas era difícil estar perto de alguém tão consumido pela raiva, era difícil deixá-lo se aproximar.

No entanto, desde a noite no píer, ele parecia um pouco mais suave. Acreditava que era porque ele falara da morte do irmão, dizendo em voz alta o que tinha acontecido.

Ele tinha libertado as palavras que foram tão difíceis de dizer, que tinham apodrecido dentro dele até transformarem sangue em fogo. Eu torcia para que, acima de tudo, conversar comigo o tivesse colocado no caminho certo.

— Um passo à frente — Lili disse, me tirando dos meus pensamentos, e coloquei a lâmina no gelo.

Escorreguei no mesmo instante e soltei Jade e Lili para segurar nas placas na lateral do rinque. Soltei uma risada nervosa. As duas estavam diante de mim.

— Vão vocês. Acho que preciso ficar um tempinho aqui — falei.

Lili abriu a boca para protestar, mas assenti.

— De verdade. Só preciso me orientar.

— Tem certeza? — perguntou Jade.

— Certeza — eu disse, e as vi sair patinando.

As duas estavam um pouco vacilantes no começo, mas, em questão de minutos, já circulavam o rinque, acenando para mim quando passavam. Inspirei o ar gelado, e aquele cheiro fresco me envolveu de novo. Uma mão pousou no meu ombro, e então Dylan e Travis estavam no gelo na minha frente.

Dylan estendeu a mão.

— Vamos, Sav.

Travis escorregou e se agarrou em Dylan, fazendo os dois se esborracharem. O som das risadas altas deles, tão livres e espontâneas, me fez sorrir. Depois do que Dylan me contou sobre o melhor amigo, depois do horror que Travis havia nos revelado na noite anterior... as risadas espontâneas deles mais pareceram os sinos do céu.

— Acho que vou deixar essa com vocês — falei, e voltei para terra firme, longe da chance de cair também.

— Sav! — reclamou Dylan. — Tudo bem! — ele acrescentou, então apontou para mim enquanto se levantava. — Mas você vai tomar um chocolate quente comigo depois.

— Combinado — eu disse, então fui até o banco e desamarrei os patins. Em menos de um minuto, eu estava com as botas nos pés e bem menos medo no coração.

Fiquei parada nas placas e observei meus novos amigos circulando o rinque, de mãos dadas numa diversão muito necessária. Era lindo de ver. Se eles eram parecidos comigo, provavelmente fazia tempo desde que se permitiram experimentar uma alegria genuína como aquela.

Bufei uma risada baixinha quando Travis passou por Dylan, quase derrubando-o de novo, e algo me fez olhar para a esquerda. A praça estava movimentada, o rinque estava quase lotado, mas, no meio da multidão, avistei um gorro preto e um casaco conhecido. Cael estava olhando para o rinque, com uma expressão apreensiva em seu rosto bonito.

Qualquer felicidade que eu tivesse sentido ao observar meus amigos desapareceu com o olhar de tristeza absoluta no rosto de Cael. Ele se afastou das placas, com as mãos nos bolsos.

Soprei as mãos para afastar o frio e caminhei até onde ele estava. Aproximei-me devagar, para que ele pudesse me ver chegando. Quando me viu, ele endireitou a coluna.

— Oi — falei, e parei ao lado dele.

Os olhos de Cael estavam fixos no rinque de patinação.

Ele queria estar lá.

Eu me recordei do que Dylan havia contado. Cael era jogador de hóquei. Era muito talentoso, pelo que meu amigo tinha dito. Mas não jogava mais. Pelo jeito que ele olhava para os patinadores, acreditei que, lá no fundo, ainda desejava jogar.

— Não quer patinar? — perguntei, testando o terreno. O olhar de Cael endureceu, e ele balançou a cabeça. Um não firme, inflexível.

Dei risada quando Lili e Jade começaram a disputar corrida com Travis e Dylan. Eu me perguntei se aqueles que se abriram na fogueira na noite anterior estavam se sentindo mais leves. A razão de estarem ali tinha sido compartilhada. Foram tão corajosos. Eu me perguntei se era libertador simplesmente colocar a dor nas mãos de pessoas que nos apoiavam. Passá-la para outros em pedaços pequenos para que o fardo diminuísse e a vida parecesse um pouco menos cruel.

— Não sei como conseguem — me forcei a dizer. Não queria que Cael se sentisse tão mal. Queria tentar melhorar as coisas. — Não consegui nem mexer os pés sem escorregar.

Não estava esperando resposta, então virei a cabeça em surpresa quando ele disse:

— Só precisa de prática. — Ele me olhou nos olhos. — Eu... Eu... — Parou de falar, lutando contra o que o impedia de se expressar, mas disse: — Eu vi você. — Ele respirou fundo, tomando força. — Quis vir ajudar, mas...

As palavras dele ficaram presas na garganta, e a pele clara ficou ainda mais pálida.

O que aquele momento custava para ele emocionalmente? Parecia custar tudo ficar encarando o rinque, falar aquelas palavras.

Coloquei uma mão no braço dele.

— Está tudo bem — eu disse, indo para a frente dele, bloqueando a vista que lhe causava tanta tristeza. — Quer pegar alguma coisa para comer? — Apontei para as barracas ali perto. Ele assentiu e tirou os olhos do gelo. Parecia que o rinque era um ímã, atraindo-o para perto. Mas ele estava resistindo à atração. E fazer isso lhe causava dor.

O desejo de fazer Cael se sentir melhor foi tão forte que entrelacei o braço no dele. Nunca fui tão ousada. Nunca tive um namorado na vida. Eu tinha pouco traquejo social e nenhuma ideia de como fazer alguém fora da minha família se sentir melhor quando estava sofrendo. Mas eu sentia a mesma necessidade de cuidar de Cael assim como eu cuidava de Ida. Como eu tinha feito com Poppy também.

Não sabia o porquê. Mas era um desejo que eu não conseguia ignorar.

Escolhemos a barraca de doces. Pedimos um monte de coisa: biscoitos amanteigados e de amêndoa e pãezinhos de canela, todas coisas tradicionais da Noruega. Dei um biscoito para Cael. Seu olhar atormentado se suavizou quando ele deu uma mordida. Cor voltou para suas bochechas, e ele então pegou um pãozinho de canela, com um toque de humor no rosto. Saber que o fiz se sentir só um pouquinho melhor foi tão inebriante quanto como se eu realmente tivesse conquistado algo notável.

Mal tínhamos comido algumas guloseimas quando Jade, Lili, Travis e Dylan vieram correndo. Dylan jogou o braço no meu ombro.

— Chocolate quente? — ele perguntou.

Levantei uma sobrancelha para Cael, perguntando o mesmo.

— Vamos — ele disse, caminhando conosco até a barraca seguinte.

Parecia Natal ali naquela praça norueguesa. Como uma cena roubada de um filme, um pedaço de magia em um dia frio de inverno.

Era perfeito.

Todos nós voltamos para nossos respectivos quartos depois de algumas horas explorando a praça, satisfeitos e sonolentos. Ficaríamos em Oslo uma única noite. A Noruega seria diferente do Distrito dos Lagos. Não ficaríamos em um único lugar. Em vez disso, iríamos para o norte. Não sabíamos o que faríamos ou o que veríamos, mas eu já gostava dali. Parecia diferente daquilo com que eu estava acostumada, o que era uma coisa boa naqueles tempos.

No meu quarto, à noite, fiquei sentada à janela e observei a praça começar a esvaziar. Abri o caderno no colo, o de Poppy, e decidi que era hora de ler outra página. Parecia certo saber da minha irmã no país natal do amor da vida dela.

Savannah,

Só ver meu nome na letra dela encheu tanto meu coração que achei que ele fosse explodir.

Andei pensando em como ajudar você.

Sorri, imaginando-a com a ponta da caneta na boca, perdida em pensamentos.

E isso me fez pensar no que me ajudou nos últimos anos. Até mesmo agora, quando tenho poucas semanas de vida.

Aquela frase foi um soco no estômago. Odiava pensar em Poppy naquelas semanas finais. Quando ela estava fraca e não conseguia andar sem ajuda. Mas ela havia encontrado forças para me escrever. Era o tanto que ela me amava. Minha respiração estremeceu quando inspirei longamente.

Amigos. Pessoas. Família. Sem você e Ida. Sem mamãe e papai, sem os Kristiansen, tia DeeDee e Jorie, eu não teria sido capaz de me manter forte. Sem o amor do meu

Rune, não conseguiria enfrentar meu destino com dignidade e graça.

Com a compreensão de que é minha hora de partir.

Então esta é a minha tarefa para você, Savannah. Permitir que as pessoas se aproximem. Permitir que seu coração lindo e puro seja visto por gente de fora da família. Sei que você tem dificuldade de se abrir. Mas precisamos de amor, Savannah. Quando estamos feridos e o mundo parece desabar sobre nós, precisamos de pessoas ao nosso redor para nos segurar.

Ame, Savannah. Percebi que meu maior desejo para você é amor. Em qualquer forma. Ter vocês todos em torno de mim agora, quando meus dias estão contados e meu último suspiro se aproxima, me dá forças para enfrentar tudo isso. O amor de vocês me faz saber que não estou sozinha.

É mais fácil enfrentar a morte acompanhada.

Quando eu partir, também não quero que se sinta sozinha. Vai precisar de pessoas para ajudá-la a passar por isso. Se eu tenho um sonho para você, Savannah, é que encontre o seu Rune.

Meu estômago se revirou de medo. Encontrar um amor como o de Poppy e Rune me aterrorizava. Não porque não fosse bem-vindo. Mas o que aconteceria comigo se eu amasse tanto, encontrasse minha outra metade, minha chama gêmea, só para vê-la partir igual foi quando Rune perdeu Poppy? Vê-la desaparecer, dia após dia, sabendo que, em breve, a luz do coração dela se apagaria para não se acender nunca mais.

Eu não seria capaz de sobreviver.

Engasguei com um soluço quando li:

Sei que, só de cogitar a possibilidade, vai ficar apavorada. Ao ler isto, vai saber o que a minha morte causou em Rune.

Uma lágrima deslizou dos meus olhos quando vi que a tinta no nome de Rune estava borrada. E aquilo simplesmente me estraçalhou. Porque, por mais que Poppy fosse forte, pensar em deixar Rune deve tê-la feito chorar. Rune tinha sido o motivo de ela durar tanto tempo quanto tinha durado. Ela lutou com tudo para ter mais dias com a sua alma gêmea.

Rezo para que ele encontre paz. Que encontre felicidade depois de eu partir. Que encontre significado na minha perda. E torço para que isso aconteça contigo também, Savannah. Que não deixe minha morte te consumir. Mantenha o coração aberto e deixe o amor entrar quando ele se apresentar. Porque você é tão amável, minha linda irmã. Devo saber, pois te amo com uma força inacreditável.

Não somos nada sem amor. Então, por favor... apenas... deixe-o entrar.

Eu te adoro,
Poppy

Lágrimas silenciosas caíram no meu peito enquanto eu fechava o caderno. Cerrei os olhos e pensei em Rune. Após a morte de Poppy, ele ficara aos frangalhos. Mas aos poucos, dia após dia, começou a encontrar um jeito de voltar a viver. De encontrar significado no motivo pelo qual foi deixado para trás.

Poppy havia ensinado isto a ele: a ver o mundo como uma grande aventura. Ela era destemida e recebia a vida de braços abertos. Rune honrara isso tirando foto atrás de foto das maravilhas do mundo em homenagem à garota que o deixara cedo demais.

Meus braços ficaram presos em volta da cintura. E percebi que isso não me servia de nada. Eu nem tinha tentado viver. Apenas me permiti ser levada para um vazio de tristeza e ser despojada de toda a esperança. O que aconteceria se eu simplesmente tentasse abraçar a vida? Só por um tempo?

E se eu permitisse que o amor entrasse?

Abri os olhos e vi as luzes coloridas que adornavam a praça brilhando na minha visão periférica. Apoiei a testa no vidro da janela e olhei para baixo... De repente, sentei-me mais ereta e prendi a respiração ao ver uma figura solitária caminhando até a pista de gelo agora vazia; alguns postes espalhados eram a única fonte de luz.

Mas bastou para que eu visse *tudo*.

Visse Cael parar na entrada do rinque, com as botas a centímetros da beira do gelo. Cada centímetro de seu corpo estava tenso, e suas mãos estavam cerradas. Com a respiração presa, assisti, extasiada, enquanto ele se ajoelhava e tirava as luvas. Ele as guardou no bolso e lutou consigo mesmo por minutos e minutos antes de espalmar o gelo.

E ficou assim. Ficou assim por tanto tempo que minha mente vagou e ouvi a voz de Poppy sussurrar na minha cabeça: *Mantenha o coração aberto e deixe o amor entrar quando ele se apresentar...*

Aquele garoto... aquele garoto havia capturado algo dentro de mim. E vê-lo agora sozinho no rinque que antes era seu lugar de consolo foi minha ruína.

Deixando o coração me guiar, saltei do assento à janela. Ignorei o toque de recolher estabelecido por Mia e Leo, peguei o casaco e saí do quarto. Deixei minha coragem me guiar para fora das portas do hotel, sem ser vista por Leo e Mia, até a praça tranquila. Apenas umas poucas pessoas estavam por ali àquela hora da noite. Mas não dei atenção a elas. Em vez disso, fui até o garoto de joelhos, fraco e sozinho, e me juntei a ele no chão.

Ele olhou para o lado quando me ajoelhei. Lágrimas lavavam seu rosto com dor reprimida, e, sem pensar, precisando abraçar a pessoa para quem tinha aberto meu coração, passei os braços ao redor dele. De início, ele ficou imóvel, e me preocupei que ele estivesse bravo comigo por me aproximar. Que talvez eu tivesse sido muito presunçosa e que ele não quisesse companhia naquele momento de dor.

Mas suspirei de alívio quando Cael logo cedeu e também passou os braços ao meu redor... e me abraçou como se nunca mais fosse me soltar.

Os soluços trêmulos dele eram como balas na minha alma, cada uma penetrando mais e mais, até que ele me despedaçasse ali onde estávamos abaixados.

— Sav — ele murmurou na lateral do meu pescoço.

As lágrimas dele escorreram pela minha clavícula e por baixo do meu casaco. Lágrimas que sabia que ele tinha mantido presas por meses demais para contar, corroendo-o dia após dia.

Suas mãos estavam congeladas por ter tocado o gelo. Mas abracei o frio. Se aquilo ajudasse Cael naquele momento, se o ajudasse a se libertar dos grilhões pesados da dor, eu me jogaria no oceano Ártico só para ajudá-lo a se curar.

Passei as mãos pelo cabelo dele, tirando o gorro e colocando-o no chão ao nosso lado. Eu não disse nada. Não havia palavras de conforto que pudessem ajudar naquele momento. O silêncio era reconfortante. E eu sabia como era aquele exorcismo emocional. Era uma torrente, uma inundação repentina de tristeza tão forte que destruía tudo em seu caminho.

Cael passou os dedos pelas minhas costas, como se estivesse tentando encontrar uma maneira de ficar mais perto. Ele estava ferido e vulnerável, esfolado e emocionalmente exposto. Cael nunca havia mencionado nenhum amigo ou família. Pelo menos eu tinha Ida e meus pais. Tinha tia DeeDee e Rune.

Quem ele tinha para apoiá-lo nos momentos necessários? Ele os havia afastado como tentara fazer com todos nós?

Passei as mãos suavemente pelos cachos bagunçados; ele continuou chorando. E chorou e chorou, lágrimas salgadas sem fim. Parecia que estávamos completamente sozinhos ajoelhados ali no chão frio, e a Noruega ainda existindo ao nosso redor.

Vários minutos se passaram, e o corpo de Cael começou a se acalmar. Meu moletom e meu casaco estavam encharcados com as lágrimas dele, mas essas lágrimas pareciam estar diminuindo também. Ainda assim, eu o abracei. Eu o abracei até que aquelas lágrimas secassem e sua respiração irregular mudasse para inspirações pesadas, ofegantes.

Os efeitos de um expurgo emocional.

— Sav... — ele sussurrou, a voz rouca e grave com o esforço.

— Estou aqui — eu disse, e encontrei coragem para completar: — para você. — Engoli em seco e me forcei a repetir: — Estou aqui para você.

As mãos de Cael apertaram meu casaco com mais força, e então, devagar, ele jogou a cabeça para trás. O rosto estava vermelho e manchado; os olhos, assombrados. Mas, para mim, ele nunca esteve mais bonito. Cael retirou uma mão de onde estava enrolada em meu casaco e olhou para a palma. Ainda estava queimada pelo frio onde havia sido pressionada contra o gelo.

Ele olhou para o gelo que se espalhava diante de nós. Os fios de luzes acima faziam o rinque brilhar como se fosse feito de um milhão de opalas. Eu me perguntei o que Cael via quando olhava para lá. Se parecia o céu ou o inferno, ou algo entre os dois.

Uma lágrima perdida escapou do canto do olho dele. Por instinto, estendi a mão e a sequei. Parei quando ele virou a cabeça, preocupada que tivesse ido longe demais. Mas então Cael pegou minha mão e a levou aos lábios. Deu um beijo casto nela, e meu coração parou.

Ele moveu minha mão para cima e a pressionou no rosto, a pele fria e úmida. E a deixou lá, como se a quentura da minha mão estivesse transferindo um calor muito necessário para seus ossos congelados.

— Sou jogador de hóquei — ele disse, as palavras sussurradas pareceram um grito na praça silenciosa e tranquila.

Apertei a mão dele. Um leve sorriso surgiu em sua expressão desolada. Cael se virou para mim; os olhos estavam do azul do minério de ferro fundido, quando ele disse:

— Você faz isso quando estou perdendo o controle. — Prendi a respiração, sem saber se era uma coisa boa ou não. Ele soltou o ar pelo nariz e apertou minha mão. Dois apertos firmes. — Me mantém ancorado — ele admitiu, e, embora fosse noite, meu peito se encheu com a luz do sol. — Como você sabe quando preciso disso?

Ele examinou meu rosto, procurando uma resposta.

— Porque eu reconheço os sinais. — O pulsar no meu pescoço acelerou quando eu disse: — Porque também perco o controle com frequência.

Cael apertou minha mão com mais força e olhou para o rinque, e eu simplesmente o encarei. Aquele garoto me deixava completamente apaixonada.

— Sou jogador de hóquei — ele repetiu, mas dessa vez com mais convicção. A voz dele falhou quando disse: — Mas não posso mais jogar.

— Por quê?

Os ombros de Cael se encolheram.

— Porque era algo *nosso*.

Claro, eu sabia que ele se referia a Cillian. Ele parecia pensar tanto no irmão quanto eu pensava em Poppy. Mas havia uma diferença distinta: a dor dele não era igual a minha.

Ele não teve um encerramento quando Cillian morreu.

— Eu era bom, Peaches — ele disse, e eu me derreti com o apelido saindo de maneira tão afetuosa de seus lábios, especialmente em um momento tão atribulado. Ele estendeu o braço e passou a ponta do dedo da mão livre sobre a beirada do rinque. — Eu era *muito* bom.

Cael saiu de cima dos joelhos e se sentou no chão. Eu o imitei.

— Hóquei não é só algo que eu jogava. É quem eu sou, quem eu *era* — ele se corrigiu e balançou a cabeça. — Estou tão confuso.

Sua garganta estava fechada quando ele forçou aquelas palavras a sair. Apertei a mão dele duas vezes, e ele me deu um eco de um sorriso de gratidão. Então deu dois apertões de volta, e meu coração disparou.

— No começo, jogava por causa do Cill... — Ele se remexeu; o assunto era claramente desconfortável. — Cill jogava, e eu só queria fazer o que ele fazia.

— Mas você amou — eu disse; não foi uma pergunta.

Dava para ouvir a inflexão alegre que o hóquei inspirava na voz dele.

— Eu amo. — O uso do tempo presente não passou despercebido. — Perdi ambos naquela noite — disse Cael, e meu coração se partiu de novo com a agonia visceral na voz dele. — Perdi Cill e também nunca mais poderei enfrentar o gelo de novo. — Ele fez uma pausa, e uma expressão sombria se instalou em seu rosto. — Éramos tão grudados que não sei como existir sozinho. Irmãos, jogadores de hóquei, o maior apoiador um do outro. Eu ia aos jogos dele, ele ia aos meus. Treinávamos no mesmo lugar. Praticávamos no lago congelado da nossa casa o inverno inteiro e lamentávamos quando o verão chegava. Vivíamos para o frio. Hóquei era Cill, e eu sou hóquei. Cill era eu, e eu era ele, e agora tudo se perdeu.

— Cael...

— Era para jogarmos juntos na faculdade. — Ele me olhou de canto do olho. — Harvard.

Calafrios sussurrando palavras como "destino" dançaram pela minha espinha. Eu sabia daquilo, é claro. Mas estava orgulhosa dele por se abrir e me contar. Apertei a sua mão.

— Ele estava no penúltimo ano quando... — Cael não conseguiu terminar a frase. Ele abaixou a cabeça. — Eu entrei. Era para ter ido no outono passado, mas não consegui fazer isso sem ele. Nós nunca jogamos juntos pelo Crimson. E agora nunca jogaremos.

Coloquei a cabeça no ombro dele, em apoio.

— Eu estou tão perdido.

Abracei o seu braço, quando ele perguntou:

— E você, Sav? Por que não consegue seguir em frente?

O sangue sumiu do meu rosto. Não queria falar de Poppy, de mim. Mas Cael tinha sido tão aberto comigo, e eu quis dar algo em troca. Ficou claro que ele precisava daquilo.

— Também não sei viver sem ela — confessei. — Poppy morreu, e fiquei presa naquele momento, suspensa em alguma imagem paralisada da qual não consigo me libertar.

A cabeça de Cael baixou para pousar na minha.

— Ela morreu em paz — contei, tentando espantar aquele dia da cabeça, mas, depois de falar com Cael, percebi que Poppy havia morrido do jeito mais bonito. — Ela se foi do jeito que queria. Mas... eu não sei, Cael. Só tive dificuldades para seguir em frente. — Soltei um riso autodepreciativo. — Se não notou, sou um pouquinho... reservada.

Cael soltou uma risada, e, por um minuto, achei que ele poderia fazer piada. Eu me perguntei se ele tinha sido bem-humorado *antes*...

O som da risada dele fez meu coração aumentar.

— Acho que guardo muito as coisas para mim. Meu terapeuta tentou de tudo para me ajudar. Esse é meu último esforço para tentar conseguir seguir com a vida após a perda.

— Eu ri de novo, mas dessa vez a risada estava cheia de tristeza; era fraca, e fez com que eu me sentisse boba.

— Ela morreu há quase quatro anos, mas aqui estou eu, suspensa no tempo e mal vivendo. — Olhei para uma pedra no chão só para me concentrar em qualquer coisa enquanto dizia: — Eu deveria ser capaz de lidar com isso a essa altura. Sei que as pessoas acham que eu já deveria ter seguido em frente.

— Não acho que o luto funcione desse jeito. — Eu me virei para olhar Cael, sem saber o que ele queria dizer. — Não acho que o luto siga uma linha do tempo, Sav. — Ele observou meu rosto, e me perdi nas profundezas de seus olhos. — Se alguém te julga pelo tempo que está levando para superar a morte de um ente querido, fique feliz por essa pessoa, porque claramente significa que ela nunca passou por isso.

Minha garganta se fechou de emoção.

— Obrigada — falei, sentindo-me tão compreendida. E apenas com aquela frase.

Cael balançou a cabeça.

— Às vezes, queria poder arrancar meu coração e a parte do meu cérebro que guarda essas memórias e simplesmente jogar fora. Mesmo que por pouco tempo. Só para lembrar como era me divertir, como era a vida quando eu era despreocupado. Não quero mais acordar toda manhã com esse buraco no estômago, com tanta raiva fervendo nas veias, me queimando por dentro. — Cael suspirou, profunda e exaustivamente. — Não sou assim, Sav. Mas me esqueci de como ser qualquer outra coisa. Queria poder ser algo mais do que alguém arruinado pela tristeza. Só por um tempo.

Ele tirou o sentimento direto do meu coração. Porque eu também desejava aquilo. O tempo todo. Não esquecer Poppy, mas acabar com a dor da ausência dela. Um breve alívio.

Dirigi meu olhar para o rosto bonito e o corpo alto de Cael. Queria aquilo para nós *dois*. Um pouco de liberdade do luto. Um indulto para simplesmente *existir*. Eu me endireitei e disse:

— Então por que não fazemos isso?

Cael me olhou como se eu fosse louca. Aquilo me fez rir. Os olhos dele se suavizaram quando o som desconhecido se elevou acima de nós.

— Amo quando você ri. — Senti o frio na barriga se espalhar por todo o meu corpo, uma verdadeira invasão.

— Estou falando sério — falei, e apertei a mão de Cael com mais força. — E se, pelo tempo que estivermos aqui na Noruega, simplesmente deixarmos o luto de lado e tentarmos encontrar alegria?

— Não acho que seja assim tão simples — ele disse, mas senti curiosidade em sua voz. A esperança silenciosa de que aquilo poderia ser possível.

— Vamos tentar mesmo assim. Juntos — eu disse, e me senti tomada pela emoção. O rinque ficou embaçado diante de mim. — Só por um tempo, vamos fingir.

— Fingir o quê? — Cael perguntou, baixinho.

— Que somos apenas dois adolescentes normais viajando. Explorando a Noruega só porque *podemos.*

Cael me encarou por tanto tempo que me senti constrangida. Eu estava sendo idiota. Eu me *sentia* estúpida. Meu rosto ardeu de vergonha. O que eu tinha sugerido era impossível.

— Deixa pra lá — falei. — Não sei no que estava pensando...

— Eu topo — ele disse, interrompendo-me. Meus olhos se arregalaram. — Quero tentar — ele disse, apertando minha mão e me fazendo abrir um sorriso tão largo que minhas bochechas doeram. Cael passou um dedo por elas. — Você tem covinhas, Peaches.

— Todas as irmãs Litchfield têm — contei, me referindo a Ida, a Poppy e a mim. Congelei quando percebi que havia mencionado Poppy no tempo presente. Mas, se Cael tinha escutado, não me corrigiu.

Abaixei a cabeça, com as bochechas ardendo, mas Cael colocou o dedo sob meu queixo, como tinha feito naquele dia no Distrito dos Lagos, e inclinou minha cabeça para cima, até que eu lhe desse toda a minha atenção. Por um segundo, imaginei como seria se ele me beijasse. Se ele apenas se inclinasse e pressionasse os lábios nos meus.

— É um pacto — ele disse e apertou minha mão duas vezes, me tirando daquele devaneio. — E se sentirmos o outro ficando triste, usamos nosso sinal secreto para trazê-lo de volta. — Ele apertou minha mão duas vezes para demonstrar. — Fechado? — perguntou, e eu balancei a cabeça, concordando.

— Fechado.

Eu tinha certeza de que o que tínhamos planejado não era saudável, que Mia e Leo não aprovariam. Tinha certeza de que deixar o luto de lado seria como viver em um mundo de fantasia, com a realidade sempre pairando perto o suficiente para nos arrastar de volta. Mas estava feliz em fazer aquilo.

Só para nos ajudar a *respirar*.

— Cael? Savannah?

Nós nos viramos para olhar para trás ao ouvirmos nosso nome. Mia estava a alguns metros de distância, com os braços cruzados em advertência, mas também com um olhar preocupado.

— Vocês estão bem? Já passou da hora de entrar. Vocês deveriam estar no quarto.

Entrei em pânico por ter sido pega. Nunca tinha quebrado as regras. Sempre andei na linha. A culpa me atingiu com tudo. Mas então Cael apertou minha mão duas vezes, e lembrei por que eu havia feito aquilo. Cael precisava de mim. Eu não podia me sentir culpada por ajudá-lo quando ele precisava.

— Desculpa — eu disse. E fui sincera. Mas não me arrependia.

Mia passou os olhos por nós, verificando de novo se estávamos bem, e não deixei de perceber que ela notou nossas mãos unidas.

Nenhum de nós fez nenhum movimento para soltar. Não sabia o que ela ou Leo achariam daquilo.

— Então vamos voltar para dentro. A gente sai de manhã cedinho.

Andamos até Mia, de mãos dadas, e só soltamos para entrar no quarto. Ao abrir a porta do corredor, Cael olhou para mim por sobre o ombro e sorriu.

Eu me enfiei na cama, apaguei a luminária e, pela primeira vez em eras, ansiei pelo dia seguinte. Era a primeira vez em quatro anos que eu me sentia assim.

E dois simples apertos na mão tinham feito aquilo.

9
Rodopios de neve e riso aliviado

Cael
Tromsø, Noruega

A paisagem que nos recebeu não parecia real. Dei uma volta, olhando para as montanhas cobertas de neve, para as casas de madeira espalhadas ao nosso redor. Vermelho e marrom, as cores das folhas de outono, ao lado de rosas, azuis e verdes: tons de verão.

Tromsø.

De manhã cedinho, pegamos um voo curto para o norte, para essa cidade. Para um jogador de hóquei, era um paraíso. O gelo, a neve e o frio cortante nos açoitavam. Mas o céu estava cristalino. Nenhuma nuvem, o sol brilhante e ofuscante.

— Incrível — Savannah sussurrou ao meu lado. Olhei para ela. Os grandes olhos azuis estavam arregalados e cheios de deslumbramento enquanto ela olhava as paisagens. — Parece um sonho — ela disse, apertando minha mão com mais força.

Meus lábios se esticaram em um sorrisinho quando me concentrei em nossas mãos dadas. No minuto em que tínhamos nos reunido naquela manhã para ir ao aeroporto, eu entrelaçara minha mão na de Savannah e mal havia soltado.

Tínhamos feito um pacto. Um sentimento elétrico e empolgado corria em minhas veias. Eu havia acordado naquela manhã com a mesma sensação de pavor que sempre sentia. Mas pensei no rosto de Savannah e consegui afastar a sensação. Tínhamos feito um trato. E eu queria a folga da dor que ela sugerira mais do que queria respirar.

Lutei com afinco contra a escuridão que tentava se instalar em meus ossos até que a vi no corredor e me concentrei no sorriso tímido em seu rosto bonito. Peguei a mão dela no mesmo instante, ignorando o silêncio chocado do resto do grupo aos nos ver daquele jeito.

No minuto em que nossos dedos se apertaram, a escuridão foi empurrada para trás por um golpe de pura luz. Sem palavras, Savannah e eu dissemos um ao outro que, por enquanto, o nosso luto não venceria.

Que nos daríamos folga da tristeza, pelo máximo de tempo que pudéssemos segurar. Não éramos ingênuos. Conter a dor da falta de nossos irmãos mais velhos era uma medida temporária, uma trégua das forças invasoras que eram fortes demais para serem totalmente superadas. Mas usaríamos nossa armadura e lutaríamos contra elas pelo tempo que conseguíssemos.

Roubaríamos de volta um pouco de alegria temporária.

A luz do dia já estava desaparecendo; as horas de luz solar de Tromsø eram limitadas no inverno. Mas, pelo que todos diziam, a cidade prosperava na escuridão.

— Vamos para nossas acomodações agora — disse Leo, apontando para trás dele.

Um hotel grande de madeira estava coberto do chão ao telhado com neve de dias. Na verdade, cada parte da cidade estava coberta com restos de neve. Os telhados dos prédios e as montanhas. As únicas coisas que não estavam eram os fiordes que dominavam a vista. Por ser de Massachusetts, eu estava acostumado com neve. Mas ver a reação de Savannah àquele lugar, pasma e de olhos arregalados, fez meu peito se apertar.

Ela nunca tinha visto neve caindo.

Esperava que víssemos antes de partir. Era impossível para mim imaginar não saber como seria sentir neve batendo no rosto, a picada dos flocos gelados na pele.

Levamos as malas para o hotel, e havia uma grande lareira crepitante na recepção. Savannah parou, olhando para uma imagem na parede. Era uma fotografia ampliada que ocupava uma grande parte da decoração.

— Aurora boreal — ela murmurou, apertando minha mão. Ela virou a cabeça para mim. — Sempre sonhei em ver uma.

— A visibilidade está ruim esta noite — disse o recepcionista, percebendo que Savannah admirava a imagem com olhos arregalados. — Mas vai conseguir vê-la daqui a alguns dias.

O sorriso que enfeitou o rosto dela quase me derrubou. Savannah era a pessoa mais linda que já havia visto na vida. O sorriso e aquelas malditas covinhas me pegavam de jeito. Ela tinha entrado no meu inferno e me lançado uma tábua de salvação. Tive medo daquela viagem, lutei contra ela com todas as minhas forças.

Foi antes de saber que Savannah Litchfield estava do outro lado.

Cutuquei o ombro dela.

— Olhe só você com todo esse conhecimento.

Ela corou. Eu queria passar os dedos nas bochechas vermelhas. Então, passei. Percebi que a respiração dela falhou sob meu toque, e o rubor se aprofundou e apareceu na lateral do seu pescoço.

— Eu gosto de ciências — ela disse, como se fosse um comentário não muito importante.

Eu tinha notado essa mania dela. Savannah diminuía qualquer coisa que a fazia única e especial. Estava claro que ela era um gênio, mas não sabia receber elogios.

Ela tinha me dito que ia para Harvard. Não sabia o que ela estudaria, mas só de ser aceita mostrava quão inteligente era. A garota estava sempre lendo, absorvendo em silêncio o mundo ao redor como se fosse seu próprio projeto científico. Queria perguntar o que ela ia estudar, mas sentia uma dor no peito quando tentava. Era o que me impedia. Harvard me fazia pensar em Cill. Agora, além disso, tinha o fato de que eu também não iria para lá.

Uma dor aguda e lancinante me torceu por dentro quando percebi que, se Cill não tivesse morrido, eu teria ido como planejado, e Savannah estaria lá também. Poderíamos ter nos conhecido quando não estávamos tão destruídos. Como teria sido? Ainda teríamos essa conexão? Ou estávamos somente ligados pelo luto?

Dois apertos fortes me tiraram de meus pensamentos. Savannah entrou na minha frente, me guiando para encontrar seus olhos.

— Tudo bem? — ela perguntou, entendendo que eu tinha deslizado para as sombras.

Afastei os pensamentos e respirei fundo.

— Tudo — respondi, apoiando a testa na dela. — Estou aqui. *Voltei. Ainda querendo cumprir o nosso trato.*

— Então — disse Dylan, se posicionando entre nós. A expressão dele estava bem-humorada. — Vocês querem dividir alguma coisa com o grupo?

Balancei a cabeça. Fosse o que fosse, era somente nosso. A verdade era que não tinha ideia do que eu e Savannah *éramos* um para o outro. Eu pensava nela o tempo todo, adormecia com o sorriso tímido dela na mente. Andávamos de mãos dadas e mantínhamos um ao outro firmes.

Eu *queria* que fôssemos mais. Mas não sabia se ela estava pronta para isso. Não sabia se havia sobrado algo dentro de mim para dar a ela. Não sabia se minha escuridão estava indo embora de vez ou se ela se levantaria de novo e destruiria o que eu tinha com ela como fizera com meus pais e meu melhor amigo. Naquele momento, esse era meu maior medo. Mas, com Savannah, conversar com ela sobre Cillian, sobre hóquei, me abrir... parecia ter tirado o poder da escuridão.

Mia veio até nós e nos deu as chaves dos quartos. Ela nos reuniu diante da lareira.

— Hoje a noite é livre. Mas amanhã... — Ela abriu um sorriso largo. — Não quero estragar as coisas, mas o que vão ver enquanto estamos aqui é... — Ela deu de ombros, deixando-nos em suspense. — Vocês vão ver.

— Vamos dar uma olhada na cidade? — Travis se dirigiu ao grupo. Todos nós assentimos. — A gente se encontra aqui em vinte minutos?

Relutante, soltei a mão de Savannah e larguei a mala no meu quarto. Voltei lá para baixo depois de poucos minutos. Ficar sozinho no quarto só me levaria de volta a um lugar escuro. Dylan já estava sentado ao lado do fogo, vendo fotos no celular. Sentei-me ao lado dele, vislumbrando uma foto sua com um cara de cabelo escuro. Ele rapidamente guardou o aparelho no bolso.

— Ei — ele disse, apontando para o relógio na parede. — Também não quis ficar no quarto?

Balancei a cabeça. Olhei para as escadas, esperando Savannah. Minhas pernas saltavam enquanto os minutos passavam. Aquele lugar... ficar cercado de tanto gelo e tanta neve. Eram gatilhos demais. Era terrível. Desde Cill, tudo de que eu mais gostava havia se tornado meu próprio campo minado.

— Então, você e a Savannah? — perguntou Dylan, tirando-me de dentro da minha cabeça.

Estreitei os olhos para ele.

— Algum problema? — perguntei, e ouvi um laivo de ciúmes no meu tom.

Dylan levantou as palmas das mãos e ficou óbvio que tinha achado graça da minha pergunta.

— Não para mim — ele disse, então me cutucou no ombro. — Acho que vocês ficam bem juntos.

Eu sabia que ele e Savannah tinham ficado próximos. Ela parecia ser capaz de falar com ele com facilidade. Eu sabia quão raro isso era para ela.

— Não gosta dela mais do que como amiga?

Dylan ficou sério rapidamente, e algo que não sabia identificar assombrou seus olhos cor de âmbar.

— Confie em mim — ele disse em voz baixa. — Não sou nenhuma ameaça. — Ele deixou aquilo pairar no ar, pesado e cheio de significado. Seus olhos imploravam para que eu entendesse algo sobre ele, algo que ele não disse, ou *não podia* dizer, em voz alta. Não pressionei. O que quer que ele estivesse insinuando era uma verdade que ele deveria compartilhar, se e quando sentisse necessidade.

— Legal — eu disse, e vi os ombros dele relaxarem, um suspiro aliviado saindo de seus lábios.

Naquele momento, ouvi passos na escada. Jade, Lili e Travis vieram em nossa direção. Savannah estava apenas alguns segundos atrás deles. Fiquei de pé e logo estendi a mão para a dela. Ela não hesitou em pegá-la e, no mesmo instante, consegui respirar melhor.

Eu não sabia como ela conseguia, mas a presença, o toque, a natureza tranquila dela eram um bálsamo para minha alma. Travis liderou o caminho e todos nós estancamos a poucos metros da saída do hotel. A escuridão caíra desde que tínhamos entrado. Tromsø, sem o sol, parecia ter saído de dentro de um conto de fadas.

— As estrelas... — Savannah disse, e eu olhei para o céu, que parecia uma pintura.

Nunca tinha visto tantas estrelas. Nem sabia que havia tantas.

Savannah ficou tensa, e senti a mudança repentina em seu humor. Olhei para ela, e ela abaixou a cabeça, encarando o chão. Como tinha feito antes, coloquei um dedo sob o queixo dela e puxei sua cabeça para cima. Os olhos azuis brilhavam com lágrimas não derramadas. Não sabia o gatilho, mas obviamente não era bom. Então me certifiquei de que ela continuasse me olhando nos olhos e apertei sua mão duas vezes.

Savannah fechou os olhos e logo se recompôs. Quando os abriu de novo, forçou um sorriso reconfortante, e vi que ela se esforçava para afastar a onda de tristeza repentina.

— Tudo bem? — sussurrei, para verificar. Os outros tinham se virado para descer a rua, alheios à nossa tentativa de lutar contra nossas sombras.

— Tudo — ela disse com a voz rouca, colocando a cabeça no meu peito de um jeito tímido. Dei um beijo no topo do gorro rosa dela, desejando mais do que tudo que fossem seus lábios. Savannah se afastou e me lançou um olhar tímido por sob os cílios.

Ela era perfeita.

— Cael! Sav! — Travis gritou mais além na rua. — Vocês vão vir?

A neve fazia barulho sob nossos pés conforme eu e Savannah caminhávamos de mãos dadas. Quando encontramos o grupo no fim da rua, chegamos a um trecho de terra. Savannah se agachou e tirou a luva. Ela soltou a minha mão, e senti a perda na mesma hora. Com as mãos nuas, Savannah pegou a neve que devia ter caído antes de chegarmos.

Uma risada cristalina saiu da garganta dela enquanto as mãos afundavam até os cotovelos. Eu nunca tinha ouvido algo tão perfeito. Não pude deixar de sorrir também quando ela olhou para mim, mostrando as covinhas profundas, e riu de novo. Meu pêssego da Geórgia, tão acostumado ao sol e ao calor do sul, estava absolutamente cativado por alguns centímetros de neve.

Ela estava me ensinando mais nessa viagem do que qualquer um. Estava me ensinando que a felicidade não precisava de grandes gestos e momentos transformadores. Poderia ser só *aquilo*. Testemunhar alguém vendo neve pela primeira vez. Ouvir alguém rir, de modo verdadeiro e sincero. Não sabia que algo tão simples poderia me atingir com tanta força. Desde Cillian, nada, nem uma única coisa, me trazia felicidade.

Até ela.

Era quase doloroso sentir aquilo. E, ainda assim, era tão triste que me rasgava. Passar o tempo que passei sem sentir o menor lampejo de alegria, felicidade ou contentamento.

Olhar para Savannah afundando as duas mãos na neve, com outra risada leve escapando dos lábios, me fez querer engarrafar o som e guardá-lo para os dias em que não conseguisse sair da cama. Aquela garota… ela me fazia querer ser mais do que a casca que eu tinha sido no ano anterior.

— Ai! — Dylan gritou de algum lugar atrás de nós. Eu me virei bem a tempo de ver Travis atirar uma bola de neve nas costas dele. Dylan virou a cabeça para Travis. — Você não tem noção do que acabou de começar, Trav.

Dylan pegou um punhado de neve e atirou de volta. Juntando-se a eles, Jade e Lili começaram a pegar neve, lançando-a em qualquer coisa à vista.

Eu me abaixei e puxei Savannah para ficar de pé, pondo-a atrás de mim bem a tempo de eu levar uma bolada de neve no peito. Ela agarrou a parte de trás do meu casaco, me usando como escudo. Mas captei o tilintar da risada leve dela.

Quando vi que tinha sido Dylan quem havia jogado, ele começou a correr. Eu me abaixei, peguei neve e fiz uma bola compacta. Lancei-a em Dylan enquanto ele corria em direção a Travis, e o acertei nas costas.

— Cael! — ele gritou, só para que Travis também me acertasse, um laivo de proteção por Dylan aparente atrás dos óculos de armação grossa.

Afastei qualquer negatividade, memória difícil escondida e pensamentos trazidos pela neve e me joguei no momento, com Savannah atrás de mim o tempo todo. Jade e Lili gritaram quando Travis as empurrou na neve espessa. Ele e Dylan riram, o som unido de todos nós deixando tudo de lado por ora e só nos divertindo.

O pedaço de grama coberto de neve em que estávamos era extenso, com uma colina inclinada. Dylan e Travis começaram a se perseguir, tentando derrubar um ao outro no chão, e Lili e Jade seguiam logo atrás. Todos estavam cobertos de branco da cabeça aos pés. Eu me virei para ver Savannah, mas, quando fiz isso, uma bola de neve me atingiu no peito de novo. Olhei para cima, chocado, e vi as luvas dela cheias de neve e um ar brincalhão em sua postura.

— Peaches... — eu avisei, sentindo um ardor diferente no meu peito.

Ela parecia tão despreocupada naquele momento, tão livre. Estava *deslumbrante*. Com um brilho brincalhão nos olhos, ela jogou a segunda bola de neve e começou a correr de mim.

Ela era rápida... mas eu era mais.

Os demais corriam um atrás do outro, subindo uma colina e saindo de vista, o que nos deixou sozinhos. Savannah escorregou e lutou para correr pela neve compactada. Eu a alcancei centímetro a centímetro. Ela olhou para trás, vendo que eu me aproximava, e gritou em expectativa nervosa de ser pega. Não dei a ela a chance de ir mais longe. Passei os braços em sua cintura e derrubei nós dois na neve. O impulso nos fez rolar três vezes até parar. Ela estava deitada abaixo de mim, meu corpo apoiado acima do dela. Fui para o lado, só para não esmagá-la. Mas deixei as mãos em sua cintura, ficando o mais perto que podia.

Ela ria tanto que precisou abraçar a barriga. Eu também estava rindo, mas parei, completamente hipnotizado por vê-la daquele jeito. Vincos se formaram nas laterais de seus olhos. Lágrimas de alegria escorriam pelas bochechas, e as covinhas ficaram profundas enquanto ela tremia com a crise de riso.

Meu rosto pairou sobre o dela, pegando a névoa branca que o ar congelante criava enquanto ela exalava o hálito quente. Tudo o que conseguia ver naquele momento era a felicidade irradiando do sorriso largo de Savannah. Tudo o que conseguia sentir era ela em meus braços, o corpo pressionado contra o meu.

Savannah olhou para mim, e sua risada diminuiu conforme a tensão entre nós aumentava. Passei o olhar por cada parte de seu rosto. A pele cor de pêssego, as sardas cobrindo o nariz. As covinhas que me deixaram obcecado, os pequenos brincos dourados nas orelhas e a maneira como os longos cílios claros batiam nas bochechas quando ela piscava. Mas, acima de tudo, não conseguia tirar minha atenção dos lábios dela.

Estendi a mão e afastei uma longa mecha de cabelo caído do rosto dela. Savannah se aninhou na minha palma quando fiz isso, e parecia que o mundo inteiro havia desaparecido. A neve e as luzes ao nosso redor faziam parecer que estávamos em nosso próprio globo de neve, um em que a dor, a tristeza e a perda não conseguiam se infiltrar.

Savannah engoliu em seco, e senti um tremor percorrer o corpo dela enquanto eu passava o dedo pela ponta do seu nariz e pelo arco do cupido.

— Você é tão linda — eu disse com a voz rouca, e os olhos de Savannah se arregalaram com a minha confissão.

Não era fácil para mim falar aquele tipo de coisa.

— Cael... — ela murmurou, respirando de modo entrecortado. Dava para ver o nervosismo de Savannah. Eu não sabia se ela já tinha sido beijada. Se não tivesse, queria ser o primeiro. Nunca quis nada tanto assim. Ela não sabia, mas o hóquei tinha consumido minha vida inteira. Nunca tive tempo para namoradas; entre o hóquei júnior e o Team USA, só me restava tempo para estudar e dormir. Esse momento era tão monumental para mim quanto era para ela.

— Você também é lindo — ela disse, e aquele rubor bem conhecido explodiu em suas bochechas. As palavras suaves e trêmulas dela me destruíram. Sabia o que aquela admissão devia ter custado à timidez dela.

Levantei a mão dela e tirei a luva. Beijei as pontas de seus dedos, depois os dedos em si, pousei beijo após beijo na palma, no dorso da mão. Quando me inclinei, os olhos de Savannah se fecharam assim que pressionei os lábios na testa dela. O cheiro de amêndoas e cerejas me envolveu. Eu a abracei mais forte, com o braço em volta da sua cintura, puxando-a para mais perto. Meu peito estava encostado no dela, e pude sentir seu coração disparado.

Corri os lábios até sua têmpora, as mãos de Savannah agarraram a minha com tanta força que pensei que deixaria uma marca. Movi os lábios até a bochecha dela e beijei uma das covinhas que tanto amava. Savannah respirou fundo. Eu me afastei e a olhei nos olhos. Precisava saber que ela queria aquilo. Precisava saber que ela sentia por mim o mesmo que eu sentia por ela.

Queríamos que aquele tempo na Noruega fosse para aproveitar o momento e abraçar a felicidade que perdemos por tanto tempo. Não conseguia pensar em nada mais eufórico do que ter os beijos dela.

Savannah colocou a mão no meu rosto e começou a guiar os lábios para os meus; um convite claro. Cheguei cada vez mais perto, meu coração tão acelerado quanto o dela. Assim que meu lábio superior roçou no seu, um milhão de arrepios percorreu minha pele, e o som de nossos amigos correndo de volta colina abaixo em nossa direção quebrou o casulo em que nos escondíamos.

Parei, a boca pairando sobre a dela. Os olhos de Savannah se fecharam, então se abriram, e uma risada irrompeu de nós.

As vozes de Travis e Dylan chegaram a nós, e deixei minha testa cair na dela, em derrota.

— Momento ruim — disse a Savannah, e ela riu novamente.

Ergui a cabeça e vi suas pupilas dilatadas e o rosto aquecido. Beijei a bochecha rosada e mantive os lábios lá o máximo que pude antes de nossos amigos chegarem perto demais. Sabia que Savannah odiaria ser flagrada assim, exposta demais a olhos curiosos. Afastando-me de onde estávamos deitados, estendi a mão, e Savannah deslizou a dela na minha. Estava convencido de que duas mãos nunca haviam se encaixado com tanta perfeição.

Ajudei Savannah a se levantar e tirei a camada de neve que havia grudado em suas roupas. Ela estremeceu. A umidade da neve começava a congelar em contato com a pele. Incapaz de resistir, segurei as bochechas de Savannah e beijei a testa dela, sussurrando:

— Você é a melhor coisa que me aconteceu em muito tempo, Peaches.

— Cael — ela disse, apertando meus pulsos. Ela devia estar sentindo meu coração trovejando sob a pele. Quando comecei a recuar, ela me puxou pelos pulsos, fazendo com que eu parasse na metade do passo. Mordendo o lábio de nervoso, ela se aproximou de mim devagar, então ficou na ponta dos pés. Eu me abaixei um pouco para que ela pudesse colocar a mão no meu rosto também. Então Savannah se inclinou e deu um beijo na minha pele mal barbeada.

Meu coração parou.

Travis e Dylan vieram correndo em nossa direção, cobertos de neve da cabeça aos pés. Savannah se virou para eles, rindo, enquanto Jade e Lili se aproximavam também, com mais neve nelas do que parecia haver no chão.

Mas eu não conseguia tirar os olhos de Savannah.

— Estou congelando — Lili disse, tremendo de frio quando pararam.

— Jantar ao lado da lareira no hotel? — Travis sugeriu, e recebeu gestos firmes de concordância.

Fiquei para trás por um segundo, enquanto todos começavam a voltar. As estrelas eram um cobertor cheio de glitter acima, a neve branca vibrava em contraste com a noite escura, e lá estava Savannah, brilhando mais que as estrelas e a neve combinadas.

Sentindo minha ausência, ela se virou e estendeu a mão.

— Você vem?

Ajeitei o casaco, caminhei até Savannah e segurei a mão oferecida. Eu a segui até o hotel. A cada passo ao lado dela, me dava conta de que seguiria aquela garota para qualquer lugar.

Ela foi o milagre que eu jamais esperei.

Quando entramos no hotel, Mia e Leo estavam na recepção.

— Cael? Savannah? — disse Leo, chamando-nos.

Olhei para Savannah e vi o nervosismo tomar o rosto dela. Mia disse aos outros para irem jantar, então veio até nós.

— Só queríamos ter uma conversa com vocês dois — Leo disse, fazendo um gesto para que o seguíssemos até um cômodo privado ao lado do saguão.

Fomos, e a mão de Savannah apertou a minha. Ela estava nervosa. Havia uma mesa na sala e quatro cadeiras ao redor.

— Por favor, sentem-se — falou Leo, e Savannah e eu nos sentamos de um lado. Mia e Leo ficaram do outro.

Cerrei os dentes em agitação. Era óbvia a razão para terem escolhido a mim e Savannah. Mas não era raiva correndo por mim. Era nervosismo. Eu estava cheio de uma nova emoção: medo. Medo de que fossem desaprovar nós dois juntos.

Esperei Leo e Mia falarem. Savannah, sentindo meu desconforto, apertou minha mão duas vezes.

— Pedimos para virem aqui — disse Mia, a voz gentil — porque notamos alguns desenvolvimentos entre vocês dois.

— Olhei para Savannah. As bochechas dela estavam coradas de vergonha, mas ela manteve a cabeça erguida, e aquilo fez meu desconforto passar.

Leo se inclinou sobre a mesa.

— Essa não é a primeira viagem que fazemos, longe disso. E não é a primeira vez que temos pessoas se apaixonando uma pela outra enquanto estão longe de casa — ele disse.

Um pânico, forte e verdadeiro, encheu meu corpo, e me vi deixando escapar:

— Não vou ficar longe dela. — Meu coração disparou enquanto me preparava para uma discussão.

Leo me olhou nos olhos. Ele não pareceu irritado com a interrupção. Eu sabia que provavelmente soava insolente, mas Savannah tinha sido a única coisa boa na minha vida em muito tempo. Não deixaria que eles nos separassem; não *podia*. Não quando a raiva enfim desaparecera e eu conseguia respirar. Não quando tinha encontrado alguém que me fazia me sentir compreendido.

— Não estamos pedindo isso, Cael — ele falou, calmo. — Mas precisamos falar com vocês sobre o que esperamos dos dois.

— Certo — Savannah respondeu, colocando a mão livre sobre nossas mãos dadas. Apoio extra. — Nós entendemos. — Ela assentiu para mim, pedindo que eu também os escutasse.

Soltei uma respiração profunda, liberando o pânico que corria por mim.

— Não podemos impedir as pessoas de sentirem algo umas pelas outras — disse Leo. — Vocês têm dezessete e dezoito anos, não são crianças pequenas. Mas estamos aqui para ajudá-los com o luto, e o que nos preocupa é que o progresso de vocês seja prejudicado por dependerem muito um do outro e não de suas jornadas pessoais.

— Pedimos que sigam as lições e ensinamentos que exigimos de vocês, como *indivíduos* — disse Mia. — E também — ela continuou e se endireitou, mais autoritária em seu assento — *insistimos* que sigam as regras e limites do programa. Nada de saírem escondidos. Nada de dividir quarto. É terapia primeiro, relacionamento depois. Certo?

Encarei a mesa. Não gostava daquilo, mas nunca diria isso em voz alta por medo de que eles interferissem na minha relação com Savannah.

— Se quebrarem essas regras, entraremos em contato com os pais de vocês, e isso pode comprometer o lugar dos dois nessa viagem — Leo acrescentou.

Cerrei os dentes. Eu não estava nem aí para a terapia. No momento, só queria Savannah. Terapia não havia me ajudado. Ela ajudou, em questão de semanas.

— Não vamos quebrar as regras — disse Savannah.

Eu fiquei quieto. O que chamou a atenção de Leo, pois ele disse:

— Você entendeu, Cael?

— Savannah me faz bem — eu disse, olhando-o nos olhos.

Leo ouviu com atenção, com calma. Não tinha certeza do que ele estava pensando. Mas queria que ele *entendesse*. Engoli em seco, olhei para os olhos arregalados de Savannah, então disse:

— Eu... eu falei de Cill para ela. — Minha voz estava rouca por causa da energia que gastei para dizer aquilo em voz alta. — E eu... — Parei. — Estou me sentindo melhor. Minha raiva não é tão... controladora.

— Isso é *ótimo*, Cael. Percebemos uma mudança positiva em você — disse Mia, soando sincera. — E queremos que se abra para seus colegas. Eles são sua maior fonte de apoio nesta viagem. Mas queremos que confiem em nós também. Não somos seus inimigos. Queremos, mais que tudo, ajudar vocês. Vocês *dois*. Ficamos preocupados com a possibilidade de usarem um ao outro como muleta. Não é saudável, e nenhum relacionamento consegue se sustentar ou sobreviver a isso. Vocês precisam se curar primeiro, e não podem se esquecer disso enquanto ficam mais próximos.

— Não vamos — disse Savannah, falando por nós dois. — Respeitaremos vocês e o programa. Prometemos. — Senti a encarada séria dela, e a olhei nos olhos azuis, assentindo com relutância.

— É só o que pedimos — disse Leo, depois de uma pausa. — Eu sabia que ele me observava como um falcão. Sabia que tinha notado minha apreensão. Mas ele pareceu deixar isso para trás quando bateu no topo da mesa e falou: — Agora que isso está resolvido, vamos jantar.

— Ah, meu Deus — disse Savannah, quando observamos uma baleia atravessar a superfície da água, então mergulhar de novo.

O barco em que estávamos balançava de um lado para o outro, o ar frio do ártico ao nosso redor. Estávamos agasalhados com roupas térmicas e com cafés bem quentes nas mãos. Nossa atenção estava fixada no mar enquanto baleias irrompiam na água à distância.

Eu nunca tinha visto nada assim. Era tudo tão surreal. Eu ficava piscando, achando que aquilo fosse desaparecer, como se não estivéssemos realmente ali naquele lugar que parecia ser de faz de conta.

Savannah se aninhou mais no meu peito. Eu continuei ouvindo a respiração dela falhar enquanto outra baleia vinha à superfície, cada vez mais perto do nosso barco. As montanhas nos cercavam, cobertas de neve e paradas; as baleias batendo na água produziam o único som além dos suspiros do nosso grupo enquanto ficávamos fascinados com a visão incrível diante de nós.

— Tem outra — Lili disse baixinho e apontou para a lateral do barco.

Savannah apertou a minha mão, mas sabia que não era porque ela estava tendo pensamentos ruins sobre a irmã. Era porque estava tomada pelo que via. Ela não disse uma palavra na viagem de barco. Seus olhos estavam arregalados; os lábios entreabertos de admiração.

Ver aquilo era quase demais. Cercados por altas montanhas, com a pitoresca cidade de Tromsø atrás de nós. No luto, nosso mundo tinha sido reduzido apenas à perda dos entes queridos e aos sentimentos devastadores que cada dia sem eles trazia. Estar em um lugar como aquele, ver na vida real coisas que só tinha visto na TV, me lembrou de como o mundo era vasto. E de como minha vida era pequena no grande esquema das coisas. Um único grão de areia na praia do universo.

O aroma fresco dos fiordes deslumbrantes e das iguarias locais era muito diferente do cheiro dos carvalhos e da fumaça de fogueira da minha cidade natal. E o aroma de cerejas e amêndoas de Savannah trazia uma sensação de paz à minha alma, algo que não tinha certeza de que havia sentido *algum dia*, mesmo quando Cillian estava vivo.

Duas baleias irromperam da água, uma a uma, e Savannah virou a cabeça, olhando para mim com alegria pura brilhando no sorriso. Meu estômago deu cambalhotas, beijei a cabeça dela e a abracei com mais força.

— Não acredito que estou vendo isso — ela murmurou, só para eu ouvir.

Estava tomada pela vista, e um arrepio pareceu descer pela espinha dela.

Quando desviei minha atenção de Savannah e olhei para os outros, vi que estavam igualmente hipnotizados. Isso me fez voltar àquela manhã, àquela sessão em grupo da qual Mia e Leo nos fizeram participar. Só que tinha sido diferente das outras. Não houvera conversa sobre perda, tristeza ou sobre os sentimentos que nos afogavam. Em vez disso, eles viraram a chave e perguntaram o que nos trazia alegria. Eu ficara perplexo com a mudança repentina de tom. Eles queriam saber quais visões, sons ou tradições que amávamos traziam felicidade para nossa vida.

Outono, Jade havia respondido. *Hanukkah*, dissera Lili, com um sorriso nostálgico. *Estar perto de pessoas*, Travis relatara, e senti um nó no estômago. Depois do que havia acontecido com ele, não sabia se o garoto ainda tinha muitas pessoas ao redor.

Liberdade, Dylan respondera, então lançara um olhar rápido na minha direção. Eu tinha começado a pensar que Dylan se escondia e que talvez estivesse cansado de fazer isso. Quando Mia havia se virado para Savannah, ela brincara com as mãos, mas dissera: *Família*. Senti um aperto na garganta com a resposta silenciosa. *E o mundo*, ela havia acrescentado, o que me surpreendeu. Mantivera os olhos nas mãos ocupadas enquanto dizia: *Eu gosto de ciências. De estrelas. Gosto de ver coisas que me deixam sem fôlego. Que eu nem sempre entendo.*

Quis dizer a ela que só de olhá-la eu sentia isso.

Quando Mia fizera a pergunta para mim, eu não sabia o que responder. Pelo menos nada que eu pudesse falar em voz alta. Porque, quando Savannah segurara minha mão e a apertara duas vezes, vendo que eu estava em silêncio, eu queria dizer a todos que era *ela*. Savannah. Agora, ela era a única coisa que trazia qualquer forma de felicidade para a minha vida.

Aquilo era tão assustador quanto reconfortante.

— Você está bem? — Savannah perguntou, inclinando a cabeça para me olhar nos olhos.

— Estou — respondi, e pousei o queixo no topo da cabeça dela.

Savannah era pequena, mas se encaixava perfeitamente em mim, uma peça de quebra-cabeça feita sob medida para se encaixar na minha.

O barco continuou avançando pela água, mesmo quando as baleias pareciam desaparecer. Navegamos pelos fiordes, vendo pequenas vilas e litorais extensos cobertos de gelo e neve. Eles me lembraram um pouco do Distrito dos Lagos. Isolados e sozinhos. O lugar perfeito para fugir de tudo. Como os poetas que Savannah me mostrara. Ela não sabia, mas eu havia lido o livro de cabo a rabo só para saber o que a tinha deixado tão fascinada. Queria entendê-la melhor, mesmo quando tentava mantê-la à distância.

— Olhe aquilo — disse Savannah, apontando para uma praia coberta de neve.

Havia admiração em seu semblante. Era uma visão estranha – ver o que normalmente seria uma paisagem ensolarada e dourada agora coberta pelo branco da neve.

— Que incrível — ela murmurou, mais para si mesma do que para mim.

Arquivei aquilo para me certificar de que ela visse de perto antes de deixarmos a Noruega para nosso próximo destino.

O dia passou rápido e, durante todas as horas que passamos ao ar livre, não soltei Savannah. Isso me fez voltar à pista de gelo em Oslo. E a como tinha ficado paralisado só de vê-la. Não podia negar a forma como meus pés coçaram para calçar um par de patins. Isso me surpreendeu mais do que qualquer coisa. Eu me permiti alguns momentos para me lembrar de como era. A descarga de adrenalina que eu sentia quando pisava no gelo e deslizava pela pista numa velocidade tão rápida que era como se atravessasse um furacão.

E, fiel ao nosso acordo, lutei para separar essa memória de Cillian. Concentrado apenas no gelo e na sensação que ele me dava. Como me alinhava ao lado dos companheiros de equipe para o hino nacional, como metia o disco na rede. A euforia de quando colocava os protetores e esperava no túnel, pronto para o anúncio do meu nome e do meu número.

Era meu coração.

Era meu lar.

A paz inundava músculos, ossos e mente. Só de imaginar voar pelo gelo, empunhando o taco. Estar ali, cercado por montanhas, água e baleias, me deu permissão para *sonhar*. Sonhar e me lembrar de que já tive algo que amava tanto a ponto de querer dedicar minha vida inteira a isso. Eu *amava*. Amava jogar hóquei com Cillian também, mas, nesse momento, conseguia fazer uma distinção entre as duas coisas.

O hóquei também tinha sido só *meu*.

Savannah se virou em meus braços e examinou meu rosto.

— No que você está pensando? — ela perguntou, aninhada no meu peito. Ela conseguia me ler como eu lia um jogo.

— Hóquei — eu disse, e vi um lampejo de preocupação passar por seu rosto.

Balancei a cabeça. Os outros estavam muito ocupados admirando as paisagens para nos notar, então pressionei a testa na dela. Aquele estava se tornando rapidamente o meu lugar favorito.

— Como eu amava o esporte, e talvez *ainda* ame. Como me faz... feliz — eu disse e balancei a cabeça com uma risada autodepreciativa. — Não sei. — Apontei para a visão surreal ao nosso redor. — Este lugar... está me fazendo pensar em coisas que não tinha me permitido pensar. Coisas maiores. Coisas que pensei estarem fora de alcance.

— Isso me deixa feliz — ela disse, e percebi que estava sendo sincera.

Senti uma onda repentina de emoção subir pela garganta, roubando minha voz. Meus olhos arderam, e senti as mãos tremerem. Savannah percebeu. Ela se inclinou e acrescentou:

— Estou orgulhosa de você.

Meu nariz começou a coçar. Eu funguei para afastar a sensação; a vastidão do fiorde ficou embaçada diante de mim. Ela me deu um sorriso, e quase derreti.

— Adoraria ver você jogar um dia — ela disse, e me obliterou ali mesmo.

— É? — perguntei, a voz grossa.

Ela assentiu. Puxei-a para mim, enterrando o rosto no cabelo comprido. O barco balançou, e tentei parar de pensar em hóquei, mas não conseguia parar de imaginar Savannah me vendo jogar. Ela, nas arquibancadas, torcendo por mim. Por meses, quis livrar a mente de qualquer coisa que pudesse me lembrar do passado. Mas uma faísca tinha acabado de ser colocada de volta em minha alma. Não era muito. Não era um plano de pegar meus patins, nem mesmo achava que poderia, de alguma forma, ser o Cael de antes. Mas uma pequena faísca tinha se acendido...

E escolhi não lutar contra ela.

10
Céus coloridos e beijos congelados

Savannah,

Você sempre me pergunta sobre minha fé. Como minha alma simplesmente sabe que há algo maior que nós. Maior que este mundo. E que há um lugar cheio de amor e paz além desta vida. Estou em paz com a morte. Porque acordarei no céu e estarei livre da dor.

Sei que seu coração está com as estrelas. Com o espaço, a ciência e as maravilhas inexplicáveis que a hipnotizam. Embora vejamos as coisas de forma diferente, elas são igualmente especiais e significativas. Por favor, nunca perca isso. Não se perca na tristeza e na amargura.

Eu te desafio a encontrar magia no mundo. Encontre maravilhas, esperanças e a beleza que nos foi concedida nesta Terra. Abrace as alegrias do dia a dia e aprecie cada momento com o coração aberto e puro. Isso ajudará você a superar os momentos difíceis.

Sorria para as estrelas,

Poppy

* * *

Savannah

— Querida! — mamãe disse quando a ligação completou.

— Oi, mãe — respondi, e logo senti o conforto do lar me envolver. — Como vocês estão?

— Estamos bem, querida — ela respondeu. — Seu pai está aqui também. Vou colocar você no viva-voz.

Ela colocou, e a voz de papai soou no mesmo instante.

— Oi, amorzinho.

— Oi, pai! Adivinha o que vamos ver? — perguntei, olhando pela janela da recepção enquanto esperávamos o ônibus chegar. O céu noturno e eu estávamos cheios de uma expectativa inebriante.

— O quê? — ele respondeu.

— A aurora boreal.

— Savannah... — mamãe murmurou, de modo suave e gentil. — Você sempre sonhou com isso. Como é especial o seu sonho se tornar realidade — ela disse, e eu sorri.

— Não consigo acreditar — falei, sem saber como descrever a empolgação que explodia dentro de mim. Então vi as lanternas do ônibus aproximando-se do hotel. — O ônibus está chegando para nos levar para um ponto de observação, mas só queria saber de vocês e avisar que estou bem.

— Obrigada, querida. Você parece tão forte. — Meu coração ficou leve com aquilo. — E sentimos tanta saudade sua — mamãe disse, e me fez derreter. — Ah, tente ligar logo para sua irmã. Sabe que ela não consegue passar um dia sem ter notícias suas e vai ficar furiosa por ter perdido a ligação.

Meu coração floresceu. Era verdade. Mandava mensagens para Ida sem parar desde que tinha chegado ali. Telefonava para os meus pais na maioria dos dias também, mas pegar Ida livre entre as nossas atividades, a escola e os ensaios de torcida dela para falar no telefone era um pouco complicado.

— Vou fazer isso — respondi. Olhei para os outros no saguão. Cael levantou a mão, fazendo sinal de que era hora de ir. — A gente se fala amanhã. Amo vocês!

— Nós também te amamos! — eles responderam em uníssono, e desliguei, sentindo-me mais leve.

Quando fui para perto de Cael, ele passou o braço pelos meus ombros e me puxou para perto. Nós nos importávamos cada vez menos com os outros nos vendo daquele jeito.

Também havia notado que Cael nunca ligava para casa. Leo dissera a ele naquela manhã que tinha falado com os pais dele de novo para avisar que ele estava bem. Esse parecia ser o caso na maioria dos dias. Cael respondia a Leo com um movimento firme do queixo. Eu não tinha abordado o assunto dos pais com ele. Ele estava fazendo um progresso tão bom, mas estava claro que ainda passava por um período emocional difícil, e eu não queria me intrometer muito nos motivos. Ele estava menos bravo. Estava brincando e sorrindo mais. Era incrível de testemunhar. Temia que pressioná-lo demais sobre os pais apenas o faria recuar. E como Mia e Leo disseram, precisava deixá-lo explorar sozinho sua jornada pelo luto. Mesmo que eu só quisesse fazer Cael se sentir melhor.

Entramos no ônibus. Arrepios de empolgação me percorreram. Era um item da minha lista de desejos. Poppy veio à minha mente enquanto pensava nisso, mas, em vez de deixar a imagem me tirar do prumo, imaginei o rosto dela animado e o quanto ela ficaria feliz por mim. Muitas vezes sonhamos em ver a aurora boreal juntas: ela, eu e Ida. A mensagem de Rune veio à minha mente como um cobertor quentinho sendo colocado ao meu redor.

Ela está com você...

Eu queria acreditar.

Embora a aurora boreal pudesse ser vista de Tromsø, para obter o efeito completo estávamos indo de ônibus para fora da cidade, longe de suas luzes, para um lugar isolado onde poderíamos ver mais atividade.

    Cael sorriu para mim quando olhei pela janela, enquanto a cidade desaparecia ao fundo e a neve compactada ao nosso redor se tornava a única coisa à vista. Ele colocou a mão no meu joelho. Senti um friozinho no peito que desceu para a barriga. Eu estava mais que familiarizada com aquela sensação. Todos os dias, quando Cael estava perto, ela despertava.

    Eu me permiti dar uma olhada nos lábios dele. Lábios que quase beijaram os meus. Ainda podia sentir o calor do seu hálito quente e mentolado na minha pele fria. Ainda sentia como os lábios deles eram macios quando roçaram levemente os meus.

    Tive a sensação de que tudo acontecia em hipervelocidade, como se estivéssemos em um vácuo em que sentíamos e experimentávamos mais do que jamais faríamos em casa. Sentíamos altas emoções e alcançávamos momentos que nos punham para cima e nos faziam sentir conectados.

    Eu me sentia mais conectada com Cael do que com qualquer outra pessoa. Sendo tão introvertida, era quase impossível me abrir com os outros. No entanto, ele tinha batido com gentileza na porta do meu coração e entrado com cuidado. Não tinha invadido nem arrombado a porta. Mas pedido para entrar com suavidade e cuidado.

    E eu gostava que ele estivesse ali. Só que aquilo também me apavorava.

    Cael segurou minha mão e se recostou no assento do ônibus, alheio aos meus pensamentos afetuosos. Fechou os olhos, e isso me deu licença para observá-lo de verdade, sem ser vista. Ele era muito mais do que eu havia pensado no início da viagem. Tinha visto as tatuagens e os alargadores, os olhos tempestuosos e a mandíbula cerrada, os rompantes mordazes, e presumi que ele fosse frio e impetuoso. Alguém que não queria a companhia dos outros.

Mas isso estava longe de ser verdade. Ele era gentil, puro e sensível. Queria que ele se curasse da morte do irmão tanto quanto eu queria me curar da de Poppy. Ele só tinha me revelado pequenos detalhes sobre a morte do irmão dele. E estava tudo bem. Devido ao modo como Cillian morreu, devia ser quase impossível falar sobre isso sem desabar.

Desde que chegamos à Noruega, senti mais uma mudança em Cael. Não tinha certeza se conseguiríamos fazer o que tínhamos planejado, esquecer o luto por um tempo. Mas estávamos tentando, e eu me sentia mais leve. Sem o fardo pesado da tristeza pressionando meu pescoço, conseguia olhar para cima e ver o céu. Ver as estrelas, o sol e a lua.

Eu estava prestes a ver a aurora boreal.

No dia anterior, tinha feito uma sessão individual com Leo. Nós conversamos sobre terapia cognitivo-comportamental. Não era a primeira vez que eu a tentava. Era uma maneira de reformular meus pensamentos. Virá-los de cabeça para baixo para encontrar neles um significado mais profundo. Na Geórgia, Rob também tinha tentado comigo. A diferença aqui era que *eu* estava disposta a tentar. Em casa, eu era uma verdadeira estátua, a alma presa dentro do meu corpo congelado, incapaz de me libertar dos punhos gelados da tristeza.

Ali... meu corpo tinha começado a descongelar, permitindo que eu *tentasse*. E eu *estava* tentando. Ali na Noruega, estava tentando mais do que nunca. Rune tentara essa abordagem comigo também. Em vez de ficar triste por Poppy não estar ali comigo, eu deveria viver a experiência por ela, por nós duas.

Não era simples, nem fácil. E, se eu baixasse a guarda por apenas alguns minutos, a tristeza tentaria me atingir com a força de um maremoto. Mas eu estava resistindo, pelo menos por enquanto. Estava abraçando um breve alívio de paz.

Enquanto encarava Cael, o sono levando-o para a segurança por um tempo, esperava que aquilo fosse verdade para ele também. Olhei pela janela de novo. Tudo o que me saudou foi a neve. Quilômetros e quilômetros de neve, nada mais à vista. Enquanto o ônibus esmagava o gelo sob os pneus, deitei a cabeça em Cael e deixei o cheiro de sal marinho e ar fresco dançar ao meu redor.

Se alguém tivesse me dito algumas semanas antes que estaria ali naquele momento, com um garoto de quem eu gostava, na Noruega, prestes a ver a aurora boreal, teria achado que era mentira.

Mas se a vida me ensinou uma coisa é que ela podia mudar num piscar de olhos.

Era bondade do universo me mostrar que a mudança nem sempre era para pior.

O sol começou a se pôr ao longe, e eu já conseguia ver as primeiras estrelas acordando e lançando seu brilho no céu ainda não tão escuro. Era como se quisessem assentos de primeira fila para o espetáculo que estávamos prestes a ver.

Estrelas… elas sempre me lembrariam de Poppy. Quando ela morreu e eu procurava um significado para sua perda, ou quando a vontade de vê-la novamente se tornava muito avassaladora, procurava qualquer coisa que pudesse ser um sinal. As estrelas se tornaram isso para mim. O espaço era vasto e quase desconhecido. Fazia sentido para mim que Poppy pudesse ter se tornado uma estrela depois de morrer. Ela brilhava com força suficiente em vida para resplandecer nos céus. Por meses após a morte dela, quando a ferida estava aberta e incapacitante, ver as estrelas sempre me trazia um pouco de conforto. À noite, eu me enganava acreditando que a via de novo no céu. Algumas noites, não dormia até que amanhecesse e as estrelas desaparecessem.

Só para que ela não ficasse lá em cima sozinha.

Eu era mais jovem na época. Talvez tenha sido uma fantasia boba, uma maneira de lidar com a situação. Mas, mesmo aos dezessete anos e com quase quatro anos de ausência dela, ainda olhava para as estrelas e sentia falta da minha irmã.

Certa vez, li um livro sobre a aurora boreal. Por que ela ocorria e os muitos mitos e crenças que diferentes culturas deram para sua existência. A versão que se destacava para mim no momento era a de que eram ancestrais atravessando o véu celestial, mostrando aos entes queridos que estavam bem. Almas falecidas aparecendo para nossos olhos para nos assegurar de que ainda estavam vivas, de alguma forma.

Com esse pensamento, um dardo de tristeza atingiu a bolha protetora que eu havia criado ao meu redor, tentando entrar. Mas eu me mantive forte e o afastei.

Então senti dois apertos na minha mão.

Levantei o queixo e vi os olhos sonolentos de Cael examinando meu rosto. Dei a ele um sorriso choroso, e ele me beijou na cabeça. Eu me aconcheguei de novo no acolchoado do casaco dele e me consolei no silêncio do ônibus.

Um tempo depois, o ônibus parou, e nossos guias se ocuparam criando um local de observação para nós com cadeiras, câmeras e bebidas quentes. Quando saí do ônibus, o frio cortante tirou meu fôlego. A brisa invadiu meus pulmões, e cada respiração que eu dava parecia gelo-fogo escaldante.

Puxei o cachecol sobre a boca e peguei o chocolate quente que nos foi oferecido. Segurei a mão de Cael e nós nos sentamos, lado a lado, enquanto o crepúsculo caía rapidamente sobre a terra. Eu podia ver as tênues luzes bruxuleantes de Tromsø ao longe, mas ali estávamos isolados e testemunhávamos a vastidão reveladora do céu que cidades e vilas frequentemente disfarçavam.

As estrelas pareciam surgir no céu uma a uma em rápida sucessão. Fiquei paralisada enquanto apareciam constelação após constelação, parecendo mais claras e profundas do que nunca.

Nosso grupo inteiro ficou em silêncio, aguardando a explosão de cor que era esperada. Agarrei a mão de Cael com tanta força que fiquei com medo de machucá-lo. Mas ele segurou a minha com força em resposta. Respirações unificadas entraram em suspenso quando um lampejo verde começou a descer do céu. Fiquei imóvel, como se qualquer movimento pudesse perturbar o tímido fio de luz e assustá-lo.

Mas então ele brilhou novamente, só que dessa vez tinha ganhado força, como se estivesse esticando os braços e as pernas após um longo sono. O néon verde começou a brilhar e cair pelo céu negro como uma cortina brilhante.

Em pouco tempo, todo o céu estava cheio de luz verde, os clarões refletindo no branco da neve, aumentando seu efeito deslumbrante. Estrelas brotavam aos bilhões, brilhando como o mais caro dos diamantes. Era o maior espetáculo que a Terra já vira.

Uma sensação de paz muito profunda percorreu cada célula minha, e senti lágrimas começando a escorrer pelo meu rosto. Sentada ali, sob o céu infinito, podia ver por que as pessoas acreditavam que eram os espíritos visitantes de nossos entes queridos. Porque ver aquilo foi como ver Poppy novamente. Meu coração se encheu, minha alma cantou com a beleza e a graciosidade das luzes, dançando uma música que só o céu podia ouvir.

Um soluço escapou da minha garganta, um que não consegui segurar. Mas não era um grito de tristeza nem de perda; era um soluço de falta de ar, espanto e admiração tão forte que parecia irradiar de mim tão reluzente quanto as luzes diante dos meus olhos. *Era* Poppy. Tudo aquilo era Poppy. Ela tinha sido vibrante, brilhante e de tirar o fôlego. Ela tinha vivido apenas por um vislumbre de tempo, mas tinha vivido corajosamente. Tinha abraçado cada momento que a vida lhe dera...

Ela tinha ofuscado todo o céu noturno.

Cael me puxou para mais perto, mas não houve apertos na mão nem olhares de preocupação. Meu coração se aproximou dele ainda mais, pois tinha percebido que aquele momento era importante e sereno, não triste ou de partir o coração.

Era de *revigorar* o coração.

Enquanto nos sentávamos sob as luzes, azuis e vermelhos se juntaram à disputa. Era uma tapeçaria de luz. Estar sentada ali era ver o universo mostrar que era infinito e eterno. Estar sentada ali era ver entes queridos perdidos dançando entre as estrelas, livres da dor e inteiros. Sem medo, sem mais sofrimento.

E chorei. Conforme as luzes ganhavam força, mais lágrimas caíam. Rezei para que os mitos estivessem certos e que Poppy estivesse lá em cima, olhando para mim com seu sorriso com covinhas e seu entusiasmo pela vida.

Minha vida tinha sido tão contida, tão pequena naqueles últimos quatro anos. Tinha sido reduzida a uma única emoção devastadora. Enquanto estávamos sentados ali, o universo gritava para mim que havia mais coisas nesta vida do que naquela que vivíamos. Que, quando nossos batimentos cardíacos paravam, nossa alma voava para o norte, poeira estelar encontrando seu caminho para casa.

— Cael — sussurrei, e tirei os olhos das luzes para olhar brevemente para o rosto dele.

Suas bochechas também estavam molhadas; os olhos prateados pareciam duas estrelas que tinham sido arrancadas do céu e colocadas ali. Olhei para cima de novo e apenas me permiti sentir. Sentir tudo. Admiração, assombro, magnificência, espanto. Deixei o mundo mais amplo invadir minha alma.

Até abracei o pequeno fio de medo que se soltou do tecido do meu coração, o pensamento aterrorizante de ser tão pequena e insignificante sob uma vista tão poderosa.

Eu senti *tudo*.

Não me movi pelo que poderia ter sido horas ou anos. Fiquei parada na cadeira, com a cabeça inclinada para trás, hipnotizada pela aurora boreal e toda a beleza que ela trazia ao mundo, aos meus olhos e ao meu coração. Então, quando uma fita rosa cortou o céu quase todo verde, coloquei a mão sobre a boca para silenciar o grito que lutava para escapar. Ela dançava ainda mais lindamente que as outras, seu tom rosa pálido deslumbrante contra os verdes e azuis néon.

— Poppy... — sussurrei baixinho, mas alto o suficiente para que, se ela tivesse ido me ver, me ouvisse e soubesse que eu estava ali.

Não parei de observar aquele raio de luz rosa da cor da flor de cerejeira enquanto ele flutuava graciosamente pelas estrelas até desaparecer. Mas ele estava lá. Tinha ficado gravado em minha mente para sempre. Havia sido temporário, havia sido a beleza personificada, e havia queimado sua imagem em minha alma.

Então, devagar, a vibração das luzes começou a diminuir, cada fio desaparecendo pouco a pouco, até sumir de vez, deixando apenas um céu lavado como diamante.

Um dedo passou pela minha bochecha, e meus cílios tremularam. Minha garganta estava dolorida de tanto chorar, e meus membros estavam rígidos pela falta de movimento.

— Peaches — a voz rouca de Cael soou, rompendo o silêncio.

Virei o rosto para ele.

— Senti que ela estava aqui — eu disse, pela primeira vez na vida sem pensar demais no que dizia e soltando o que estava em meu coração.

Os olhos de Cael se fecharam, como se aquele pensamento o atingisse profundamente, e ele colocou a bebida no chão, passou os braços fortes em volta de mim e me puxou para seu peito. O rosto dele pousou ao lado da minha cabeça, e me senti tão contente que não queria mais ir embora. Eu tinha encontrado um paraíso na terra naquele lugar, com aquele garoto, e não queria voltar para o que tinha sido antes.

Uma mão se apertou nas minhas costas.

— Está na hora de ir — anunciou uma voz gentil e cuidadosa. Mia. Apertei Cael por mais uns momentos, então deixei que ele me guiasse de volta para o ônibus. Todos os rostos que vi a caminho do meu assento pareciam estupefatos.

Todos nós parecíamos *mudados*.

A viagem de volta foi um borrão. Quando chegamos ao hotel, já estava tarde. Mas, assim que entrei em meu quarto, me senti energizada, a eletricidade voava por mim. Não achei que fosse conseguir dormir naquela noite. Sentada na cama, me vi encarando a parede, perdida em meus pensamentos.

Peguei o diário que Mia e Leo nos deram, abri a página e deixei minha alma fluir nela.

Poppy, comecei.

> *Acho que senti você hoje à noite. Pela primeira vez desde que você morreu, eu a senti ao meu lado. Por favor, diga que era você.*

Um aperto fechou minha garganta.

> *Por favor, diga que aquela fita rosa da cor da flor de cerejeira que irrompeu entre o verde era você. Por favor, diga que está comigo nesta jornada.*

Inspirei fundo, e lágrimas desesperadas caíram quando soltei o ar.

> *Por favor, diga que você está feliz e viva, de algum jeito milagroso. Porque, Poppy... eu preciso disso. Preciso que você esteja viva em algum lugar. VOCÊ era grande demais e brilhante demais para não estar viva. Por favor, diga que estava em uma das estrelas que vi brilhando no céu esta noite, assim poderei olhar para você quando eu precisar. Quando precisar que minha irmã mais velha esteja comigo, pelo tempo que você puder.*
>
> *Posso viver na escuridão se você for uma das estrelas.*

Minhas palavras eram dispersas e suplicantes. Mas então olhei para a janela, e um grito de alegria saiu dos meus lábios quando vi outro lampejo das luzes do norte tentando aparecer sobre Tromsø. E aquele rosa... aquela fita rosa estava lá, serpenteando entre as estrelas como a mais bela das dançarinas. Segurei o diário junto ao peito, como se estivesse segurando a própria Poppy.

— Poppy, eu vejo você — sussurrei e observei enquanto aquele rosa sumia aos poucos, mas deixava uma mudança no meu coração. Lágrimas escorriam pelo meu rosto, mas estavam cheias de felicidade. — Poppy... sinto saudade sua... — sussurrei de novo, pela primeira vez acreditando que ela de fato pudesse me ouvir.

Eu mal tinha deitado na cama, ainda vestida, quando uma batida silenciosa soou na porta. Eu estava totalmente desperta. Eram quatro da manhã. Como um falcão, observei o céu em busca de qualquer outro sinal das luzes, mas elas tinham sumido. Nuvens se formaram sobre Tromsø, brincando de esconde-esconde com as estrelas.

A batida soou novamente, saí da cama e a abri só um pouquinho. Cael estava do outro lado, com os olhos cheios de vida e tão acordado quanto eu.

— Vem — ele disse, estendendo a mão com uma expressão suave mas animada no rosto.

A certinha dentro de mim me disse para ficar, que já tinha passado o nosso toque de recolher e que nos meteríamos em problemas se fôssemos pegos saindo escondidos. Mia e Leo insistiram para que não quebrássemos as regras. Mas a energia que ainda corria por mim me disse para esquecer as regras e aproveitar o momento. Isso me fez voltar para o meu quarto para pegar casaco, botas, luvas e chapéu. Fechei a porta sem fazer barulho, peguei a mão de Cael e, em silêncio, o segui escada abaixo até a rua.

Uma explosão de risadas silenciosas ecoou do meu peito quando ele começou a correr pela rua, me puxando. Não tinha ideia para onde estávamos indo. O vento chicoteava meu cabelo, e a brisa batia no meu rosto... E eu me sentia tão viva.

As pernas longas de Cael engoliam a distância que cobríamos, pisoteando a neve. Minha respiração ficava mais acelerada quanto mais rápido corríamos, o peito queimando com o frio. Eu estava ficando cada vez mais quente; risadas esporádicas ainda saíam livres do meu coração.

Então viramos uma esquina, e eu estanquei. Agarrei o braço de Cael enquanto olhava para a frente.

— A praia — eu disse, apreciando a vista.

Neve cobria o que deveria ser uma margem gramada nas proximidades, mas a areia estava intocada, e a água fluía com a mesma facilidade que nas praias da Geórgia.

Era um sonho tornado realidade.

— Cael — eu disse, virando para ele.

— Eu precisava mostrar para você — ele disse, com simplicidade, como se não fosse o presente mais perfeito que ele poderia me dar. O brilho da neve fazia tudo ficar visível no escuro. As estrelas à frente eram como a decoração de fios de luzes da própria Terra.

Num espaço de poucas horas, meus olhos se abriram para as cenas mais gloriosas que já vira. As nuvens estavam pesadas, e a brisa fria agitava meu cabelo, causando arrepios que deixavam rastros na minha nuca. Mas eu estava ali, naquele lugar.

Perdida no paraíso.

— Vamos — Cael disse, levando-me pela beirada nevada até a areia dourada. Paramos na beira da água. Até no inverno ela parecia clara como cristal e convidativa.

— Já tinha visto uma coisa tão linda? — perguntei, maravilhada de novo.

— Só uma vez — ele disse, a voz rouca de emoção.

Virei a cabeça para ele para perguntar o quê. Mas, pelo jeito que ele me fitava, observando meu rosto com adoração no olhar, logo percebi o que ele insinuava.

Engoli o nervoso, o rosto esquentando tanto que sabia que ele seria capaz de ver meu rubor, mesmo no escuro. Cael se aproximou, então chegou ainda mais perto. Eu estava congelada no lugar, observando cada movimento minúsculo dele. Fiquei ofegante, e aquele frio na barriga estava de volta, correndo por todo o meu corpo. Cael não disse uma única palavra quando parou diante de mim, tão perto que eu sentia seu cheiro viciante e seu hálito quente no meu rosto.

Ele soltou a minha mão, a que ele sem dúvida sentiu tremer, e tirou as luvas. Então, com as mãos nuas, segurou meu rosto com carinho. Ele era tão alto e largo, atlético e forte, mas me tratava como se eu fosse um bem precioso que não queria quebrar.

Os olhos azul-prateados mergulharam nos meus, e ele pressionou a testa na minha. Aquele toque íntimo trouxe calma instantânea. Aquele era Cael Woods. O garoto que havia me cativado. O garoto cujo coração de alguma forma se ligou ao meu de modo inexplicável O garoto que rapidamente se tornava meu porto seguro.

Eu não falei, não pronunciei o nome dele. Apenas deixei o calor de nosso corpo correr entre nós, compartilhando aquele espaço íntimo. Cael recuou, roçando a ponta do nariz na minha bochecha. Minha respiração ficou mais ofegante e meus olhos se fecharam. As pontas dos dedos dele passaram bem de leve pelo meu rosto, num movimento suave. Então seu nariz encontrou o meu, e ele se afastou um pouco. Senti a intensidade de seus olhos. Abri os meus e vi a pergunta pairando no ar denso e estático que crepitava entre nós.

Eu sorri, e foi o único convite de que Cael precisava. Aproximando-se, ele pressionou um beijo em meus lábios; hesitante, um toque leve. As luzes néon que tínhamos acabado de ver dançando diante de nossos olhos pareciam criar raízes dentro de mim. Cada clarão se movia no ritmo de cada batida do meu coração enquanto os lábios dele pressionavam os meus novamente, mais forte dessa vez. Agarrei os braços dele, segurando aquele garoto com firmeza, me dando meu primeiro beijo.

Os lábios dele eram macios, quentes e cheios de confiança e afeição. A aurora boreal e as estrelas tinham me deixado sem palavras; a sensação era como a de voar pelo alvorecer. Era vida e morte, tudo o mais entre as duas coisas. Transcendeu tudo o que eu já havia sentido e me envolveu em beleza de um jeito tão firme que era eufórico.

Retribuí o beijo de Cael, timidamente no começo. Mas, quando ele colocou as mãos em torno de meu rosto e lambeu ao longo da abertura dos meus lábios, caí no estado de sonho que o gosto mentolado e o toque cuidadoso traziam ao momento. Abri os lábios, dando permissão à língua dele para se juntar à minha em uma dança intrincada. Ele tirou uma das mãos do meu rosto para passá-la pelo meu pescoço e enfiá-la no meu cabelo. Nosso beijo se aprofundou, meu coração bateu mais rápido, e sentimentos que tive tanto medo de liberar explodiram dentro de mim, trazendo uma luz radiante aos meus nervos, mostrando a eles que não havia nada a temer.

Não havia *nada* a temer...

Cael me beijou. Ele me beijou e me beijou e nos uniu tanto que era como se fôssemos duas estrelas colidindo. Quando ele se afastou, achei que mais nada poderia fazer com que eu me sentisse tão adorada, até que ele sussurrou:

— Estou me apaixonando por você, Peaches.

Respirei fundo, hesitante e chocada. Mas, quando a voz rouca e aquela admissão falada de modo tão suave me atingiram, tive a sensação de que aquilo era o *certo*. Cael me desejando e eu o desejando tão ferozmente que o sentimento tomava cada um dos meus pensamentos.

Os olhos dele traíram seus nervos desgastados pela confissão vulnerável. Ele não tinha motivo para estar assustado.

— Estou me apaixonando por você também — sussurrei de volta, sem querer perturbar a paz que havíamos criado naquele lugar mágico, juntos ali naquela praia nevada.

O sorriso que iluminou seu rosto era ofuscante.

Ele entrelaçou as duas mãos em meu cabelo, e eu o beijei. Beijá-lo era tão natural quanto respirar. Meu peito pressionou o dele, e sorri em seus lábios enquanto seu coração batia em sincronia com o meu. Meus lábios formigavam sob o toque dele, e tive a sensação de que poderia ficar ali para sempre, beijando aquele garoto com tudo de mim, dando a ele todo meu coração e toda minha alma. Então...

Ofeguei nos lábios de Cael e joguei a cabeça para trás, inclinando-a para o céu. Uma risada saiu da minha garganta quando um floco de neve pousou na ponta do meu cílio.

— Está nevando.

Cael também olhou para o céu, os flocos de neve transformando-se de pequenos pedaços brancos em gotas grossas em meros segundos. Flocos de neve beijavam nosso rosto com tanta intensidade quanto nossos lábios tinham acabado de se beijar.

Ele me abraçou enquanto eu sentia a neve no rosto, e quando olhei para o mar, os flocos de neve desapareciam ao encontrar a superfície da água. Fechei os olhos e deixei a neve cair em mim. Abracei o frio cortante que se espalhava por meu corpo.

— O que *é* este lugar? — murmurei em descrença e olhei para Cael.

Ele já estava me observando com um sorriso gentil. O dedo sem luva traçou meu arco de cupido e correu sobre meu lábio inferior. Ele era tão lindo. O garoto mais perfeito que eu já tinha visto. Ri mais alto quando um aglomerado de flocos de neve começou a grudar em seu cabelo bagunçado que escapava da proteção do gorro.

— Eu poderia ouvir esse som para sempre — disse Cael.

Ocorreu-me naquele momento que ainda não tinha ouvido *Cael* rir. Não de verdade. Não uma risada realmente livre.

Deixei a testa pousar na dele e o abracei forte, suspensa sob a neve em uma praia vestida de inverno.

Cael me beijou de novo. Um beijo mais curto dessa vez, mas não menos doce. Ele se sentou na praia, então me guiou para me sentar encostada nele, entre suas pernas abertas.

E observamos a neve cair em silêncio. Precisei piscar várias vezes para acreditar que estava mesmo ali. Nada daquilo parecia real. Nem mesmo Cael me beijando. Levei o dedo aos lábios. Estavam quentes dos muitos beijos que compartilhamos.

Eu tinha dado meu primeiro beijo.

Meu primeiro beijo foi com um garoto que rapidamente se tornava o centro do meu mundo.

Encontre o seu Rune...

Enquanto a carta de Poppy para mim girava em minha mente, notei uma visão familiar acima.

— O cinturão de Órion — eu disse, apontando para as três estrelas no céu. Uma lembrança surgiu e expliquei: — Quando éramos mais jovens, Poppy, Ida e eu costumávamos dizer que aquelas estrelas eram feitas só para nós.

Balancei a cabeça, agarrando-me à felicidade que aquela lembrança inspirava, e não à tristeza que espreitava. Cael afastou meu cabelo comprido do pescoço e beijou a pele logo abaixo da orelha. Arrepios me percorreram com o toque leve como uma pluma.

— Você é uma boa pessoa — ele disse, e me fez ficar imóvel.

— Você também é — devolvi depois de me virar para olhá-lo nos olhos.

Ele parecia torturado. Claramente percebendo que eu tinha notado, ele falou:

— Ele não me disse. — E meu coração se partiu ao perceber que ele estava falando de Cillian. Flocos de neve beijavam as bochechas e os olhos dele, prendendo-se como pequenos anjos ao cabelo escuro ondulado. — Ele não me disse que tinha caído na escuridão. E eu não vi os sinais.

Apertei a mão dele, mas dessa vez não era para lembrá-lo de afastar aqueles sentimentos. Queria que ele soubesse que estava ali para ele.

Certas coisas jamais deveriam ser deixadas de lado quando a pessoa estava pronta para falar delas.

Ajoelhei-me entre as pernas dele e coloquei a mão em seu rosto. Procurei seu olhar desolado.

— Não posso falar em nome do seu irmão. Mas às vezes guardamos as coisas para nós mesmos porque elas são tão destruidoras que podem nos estraçalhar por dentro. — Beijei a bochecha dele, o canto da boca e, por fim, os lábios. — Às vezes, as pessoas não deixam seus entes queridos saberem o quanto estão sofrendo porque não querem causar dor a eles também.

Os olhos de Cael brilharam, e peguei uma lágrima perdida com o dedo antes que ela caísse. Eu a aninhei na mão. Era uma lágrima do crescimento de Cael.

— Ele te amava, Cael. — Respirei, precisando ser a força dele. — Disso não tenho dúvida.

O fôlego de Cael ficou pesado, e ele disse:

— Eu me senti tão sozinho por tanto tempo, Peaches.

Meu coração se estilhaçou. Porque eu também tinha me sentido daquele jeito.

— Você não está mais sozinho — eu disse, com a voz forte e firme.

Cael me beijou novamente, então me apertou junto ao peito. Sentei-me entre as pernas dele de novo, com seus braços em torno de mim como se nunca fossem me soltar.

A neve caía silenciosamente ao nosso redor: uma justaposição inebriante à praia dourada em que pousava. Acima, as estrelas eram abundantes entre as nuvens. Entrelaçando os dedos nos de Cael, perguntei:

— O que achou da aurora boreal? — Eu o senti ficar mais tenso, então simplesmente segurei sua mão com mais força.

— Foi incrível — ele disse. — Mas... acho que parte de mim que deveria sentir alegria está entorpecida. — Eu me inclinei para ele. — Às vezes me pergunto se algum dia sentirei algo por inteiro novamente. A raiva era a única coisa que me fazia sentir algo. Talvez seja por isso que me segurei a ela por tanto tempo. Talvez, mesmo sendo tóxica, fosse melhor do que *nada*.

Deixei aquilo ficar no ar entre nós por alguns minutos.

— Poppy acreditava no céu — eu disse e me vi olhando para o cinturão de Órion novamente. — Nunca ficava triste por estar morrendo — falei, tentando esconder a mágoa da minha voz. — Nunca consegui entender como ela não tinha medo do que estava enfrentando. Mas a fé dela era tão inabalável que não deixava espaço para dúvidas.

— No que você acredita? — Cael perguntou, abraçando-me mais forte.

— Sinceramente não sei — admiti. — Sempre amei a ciência. As respostas definitivas que ela pode dar. — Dei de ombros. — Mas não há definitivo quando se trata da morte, exceto que todos nós vamos enfrentá-la um dia.

— Levantei nossas mãos unidas e passei a outra sobre os dedos de Cael; eles eram ásperos, mas a sensação era perfeita contra os meus.

— Depois que Poppy morreu, li tudo que podia sobre a pesquisa científica em torno da morte. Mas a verdade é que nunca vamos saber até chegarmos lá. — Apontei nossas mãos juntas para o céu. — As estrelas são energia, e as pessoas também são energia. Todo o universo é feito de energia. Alguns veem isso como ciência, e alguns se referem a essa energia como Deus. — Balancei a cabeça. — Tenho a tendência de ir para a ciência. É o que me parece mais certo. — Suspirei com o peso que aquele questionamento criava. — Tudo que sei é que há algo maior do que posso compreender. — Sorri quando uma estrela cadente cruzou o céu. — Gosto de pensar em Poppy como uma estrela. — O sacrifício que admitir aquilo me custou foi exaustivo. Não tinha dito aquilo a ninguém. Nem ao meu terapeuta. Nem aos meus pais, nem mesmo a Ida. — Deve parecer ridículo.

— Não parece — disse Cael, o tom de compreensão deixando-me imediatamente à vontade. — É lindo — ele completou e, naquele momento, me apaixonei por ele mais um pouquinho.

Encarei a neve e as estrelas que nos vigiavam.

— O céu parece mais bonito agora que sei que ela está lá em cima — eu disse, sentindo uma parte da minha fachada desabar. — As estrelas são mais brilhantes, sabendo que minha irmã vive ali entre elas. — Sorri para mim mesma. — Algumas noites, eu me sento por horas tentando encontrá-la. Mas é impossível. Então sou confrontada com o número de estrelas no céu. E me recordo de quantas milhões de pessoas também perderam alguém que amavam. O luto faz com que você se sinta isolado e sozinho. Mas, na verdade, é o estado menos solitário de se estar. — Eu me virei nos braços de Cael e passei os braços em torno de seu pescoço. — Isso é ok? — sussurrei.

— Claro — ele disse, examinando cada centímetro do meu rosto. — Você tornou esta viagem tão melhor para mim — ele disse, e beijou meus lábios. — Você está tornando minha *vida* melhor.

Eu o abracei naquela praia nevada, sob um céu cheio de estrelas infinitas.

Estávamos nos tornando melhores. E, enquanto Cael afastava minha cabeça e reivindicava minha boca em outro beijo, eu me permiti me apaixonar completamente. Sem me segurar, sem medo no coração. Eu me permitiria ser engolida por Cael, e ele por mim.

Porque, depois de perder algo tão precioso, quando algo inestimável aparece, você o agarra com as duas mãos.

E nunca mais solta.

11
Almas unidas e corações abertos

Cael
Oslo
Vários dias depois

Estava tarde e o rinque em Oslo estava deserto. Não era bem toque de recolher, mas as ruas estavam quase vazias. Sentei-me no banco, simplesmente encarando o gelo enquanto amarrava os patins. Era memória muscular, amarrar aqueles cadarços. A sensação da lâmina sob a sola era tão reconfortante para mim quanto me sentar diante de uma lareira crepitante. Da minha boca saíam nuvens de névoa branca, e me levantei. Um raio de empolgação percorreu minhas veias; uma sensação tão inesperada que quase me fez perder o equilíbrio.

Precisei de sete passos para chegar à beira do rinque. Coloquei os patins no gelo. Fechei os olhos e, na contagem de cinco, tomei impulso. No minuto em que a brisa fria passou pelo meu cabelo, tudo pareceu fazer sentido novamente.

Abri os olhos e parei no meio do rinque. Abaixando-me, espalmei o gelo como havia feito vários dias antes. Só que dessa vez não permiti que aquele sentimento me esmagasse. Não pensei em Cill. Curti o momento, a euforia de estar de volta ao rinque, com o frio penetrando nos ossos.

Patinei até a borda do rinque, vendo todo o gelo diante de mim. E, assim como tinha feito milhares de vezes, tomei impulso e disparei pelo gelo numa velocidade tal que o frio da brisa queimou as pontas das minhas orelhas. Minhas bochechas começaram a doer enquanto eu voava, volta após volta, circulando o rinque com uma facilidade já conhecida. Minhas bochechas doeram novamente, e quase perdi o equilíbrio quando percebi que era porque estava sorrindo.

Fechei as mãos, ansiando segurar um taco de hóquei, bater num disco, mirar numa rede. Mas aquilo... aquilo era suficiente por enquanto. Aquilo e a felicidade que enchia meu coração enquanto eu continuava ganhando velocidade, tão rápido que parecia voar.

Então ouvi uma risada; uma risada orgulhosa e cheia de emoção. Parei bruscamente, espirrando gelo nas placas, e encontrei Savannah do outro lado, toda agasalhada com casaco, chapéu e luvas, os olhos brilhando de... orgulho.

— Cael, você... você... — ela disse, mas ficou sem palavras.

Ela não precisava falar nada. Eu podia sentir seu orgulho mesmo dali.

Foi uma sensação incomum quando percebi que eu também estava orgulhoso de mim. E que aquele momento não estava ligado a mim e Cillian. Que a alegria de patinar, do hóquei, pertencia apenas a mim. Eu *amava* a sensação.

Eu *amava* aquele jogo.

Apontei para o quiosque dos patins ao lado do rinque e falei:

— Coloque o equipamento, Peaches.

Achei que Savannah diria não. Achei que insistiria em ficar em terra firme. Mas ela não fez nada disso. A garota pegou os patins com confiança e os colocou nos pés em questão de minutos.

Ela cambaleou ao se levantar e se aproximar do gelo. Eu a encontrei na entrada e estendi a mão. Savannah não duvidou de si mesma. Não duvidou de mim. Simplesmente pegou minha mão, cem por cento de confiança, e deixou que eu a tomasse nos braços. Tive o cuidado de que ela permanecesse ereta e a guiei devagar pelo rinque. O olhar de felicidade em seu rosto me derreteu.

Estávamos sozinhos ali. Os outros assistiam a um filme no hotel, descansando antes da partida da Noruega no dia seguinte. Só ficaríamos uma noite em Oslo, para pegar um voo de manhãzinha. Estávamos no mesmo hotel de antes. Leo e Mia me deram permissão para ir ali. Não me surpreenderia se eles estivessem nos observando agora. Mas eu não me importava. Eu *precisava* estar ali. Eles também entendiam isso.

Não me surpreendia Savannah ter me encontrado. Ela estava conversando com os pais e a irmã no quarto quando vi que a pista estava vazia e decidi sair.

Eu não conseguia acreditar que ela estava no gelo comigo.

Parando no centro da pista, respirei fundo e levei os lábios aos dela. E a beijei. Beijei Savannah com toda a alegria recém-descoberta no gelo. Beijei-a em agradecimento por me ajudar a voltar àquele lugar, por não me pressionar, mas me apoiar para encontrar de novo aquela parte perdida de mim.

— Você estava incrível aqui — ela disse, e basicamente me destruiu.

— Pronta? — perguntei, e comecei a empurrá-la devagar, enquanto ela apertava minhas mãos com força.

— Vá na frente — ela disse, e me permiti ter aquilo. Eu me permiti ter aquele momento único de liberdade pura, de uma vida sem o fardo do luto. Deixei minha alma clamar sua paixão de volta. E deixei isso tudo acontecer tendo nos braços a garota sulista que estava mudando minha vida para melhor, dia após dia, hora após hora, país após país.

E patinamos. Patinamos sob as estrelas entre as quais Savannah acreditava que a irmã vivia agora. Um lampejo de paz entrou em meu coração quando me permiti imaginar que Cillian estava lá em cima brilhando também.

Por fim livre.

12
Areias douradas e tristezas profundas

Cael
Goa, Índia

O contraste entre a Noruega e a Índia era alucinante. Desde o segundo em que saímos do avião, fomos engolidos pela umidade pegajosa e pelo calor escaldante. O suor escorria das minhas têmporas quando descemos do ônibus e seguimos para onde nos hospedaríamos em Goa.

Era um paraíso.

Palmeiras balançavam na brisa morna, a praia se estendia diante de nós, areia branca e águas azuis cristalinas reluziam como algo que eu só tinha visto em cartões-postais. Quando eu viajava para jogar hóquei, ia principalmente para cidades frias e arenas ainda mais frias.

Savannah tinha descido do ônibus antes de mim. Eu a encontrei na calçada, com a cabeça inclinada para trás, aquecendo-se ao sol que beijava o rosto dela. Suas bochechas estavam coradas pela alta temperatura de Goa. O cabelo longo estava grudado no pescoço, mas havia felicidade em seu rosto enquanto os olhos permaneciam fechados e ela venerava o calor.

— Parece que estamos no inferno — eu disse, apenas para Savannah abrir um pouco um olho e fazer uma careta brincalhona.

— Eu amo o calor — ela disse e tirou o cardigã, revelando os braços cor de pêssego. Havia sardas a cada poucos centímetros. Ela era perfeita. Savannah devia ter percebido que eu estava olhando, pois o tom corado em seu rosto ficou mais forte até o que eu reconhecia agora como um rubor.

— Me lembra de casa — ela disse, levantando o cabelo da nuca. Observei uma gota de suor correr de seu couro cabeludo e desaparecer sob a regata branca.

— Bem-vindos a Goa — disse Mia. — A casa de vocês pelos próximos dias.

Ainda não conseguia entender o fato de que apenas um dia atrás estávamos envoltos em roupas térmicas sob uma neve que caía sem parar. Agora, o sol ardia intensamente, e o cheiro de protetor solar impregnava o ar.

Deslizei o braço em volta de Savannah, sem me importar se o calor corporal compartilhado aumentaria meu estado já superaquecido. Ela entrelaçou a mão na minha pousada em seu ombro. Fiquei instantaneamente à vontade.

— Venham por aqui — disse Leo, levando-nos para o resort em que passaríamos os próximos dias.

Fomos conduzidos a um salão que poderia ser usado para ioga. Música relaxante e meditativa saía dos alto-falantes escondidos na sala. O lugar estava pintado de um vermelho profundo e suntuoso, e almofadas grandes e fofas estavam dispostas em círculo.

— Por favor — disse Leo, fazendo um gesto para que nos sentássemos.

Tirei o moletom, ficando apenas de regata. Senti os olhos de Savannah queimando em mim. Tirei o gorro e passei as mãos pelo cabelo bagunçado. Sorri para ela enquanto ela examinava as tatuagens em meus braços, peito e pescoço.

Percebendo que eu a tinha flagrado observando, ela disse:

— Elas são tão lindas.

Ela passou a ponta do dedo sobre a âncora que era a peça central no meu antebraço. Então sobre o trevo que mostrava minha herança irlandesa. Eu não conseguia resistir, ou aguentar, a ela me olhando daquele jeito, então me abaixei e capturei seus lábios com os meus. Eu me sentia mais à vontade para dar afeto. Todos sabiam sobre nós, então não sentíamos necessidade de esconder. Pressionei os lábios nos dela e logo senti qualquer nervosismo que eu tivesse acalmando-se. Eu sempre ficava cauteloso com qualquer nova atividade ou novo país em que embarcávamos. Bem quando eu havia me acostumado com o último lugar em que estávamos, Mia e Leo nos desacomodaram ao nos mudar para um lugar completamente diferente. Era a pior parte da viagem. Antes eu amava conhecer novos lugares. Desde a morte de meu irmão, isso não me trazia nada além de desconforto.

Na minha opinião, um sinal de que eu ainda estava longe da cura.

Alguém limpou a garganta e me afastei de Savannah. Leo estava de pé, exasperado. Eu ainda não tinha certeza se ele aprovava nosso relacionamento. Não deixava transparecer muita coisa.

— Quando estiverem prontos — ele disse, e risadinhas correram pelo resto do grupo. Eles estavam esperando que nos sentássemos para continuar.

O rosto de Savannah estava escarlate enquanto ela corria para uma almofada e se sentava. Ela era tão tímida e reservada. Não comigo, porém, e isso fazia com que eu me sentisse o cara mais sortudo do mundo.

— Então — começou Leo —, alguém adivinhou o que estávamos tentando mostrar a vocês na Noruega?

— A natureza? — perguntou Lili, depois de pensar alguns minutos.

— Uma nova cultura? — Foi a vez de Jade.

Leo sorriu com os palpites delas e então disse:

— Queríamos levá-los para um lugar de fascínio e assombro. Para ver vistas espetaculares, únicas e muitas vezes avassaladoras para os olhos humanos.

— Muitas vezes, quando estamos consumidos pelo luto, nos sentimos sozinhos e nosso mundo se reduz a apenas nós mesmos e ao trauma pelo qual passamos. Nossa visão do mundo se torna míope — disse Mia. — Ao ver cenários tão deslumbrantes, que muitas vezes nos deixam pasmos e sensorialmente tomados, nossa perspectiva pode mudar. Pode nos dar acesso às maravilhas da vida e do universo que talvez nos ajudem a abrir a nossa mente e começar a pensar de um jeito diferente. Pode nos lembrar de que estamos vivos e que, mesmo que estejamos pelejando com o luto, ainda nos resta muita vida pela frente.

O grupo assentia, como se fizesse sentido para eles. Até Savannah parecia concordar, sentir-se daquela maneira. As estrelas, a aurora boreal, fizeram com que ela se sentisse mais conectada com Poppy do que estivera em anos. Eu tinha visto a mudança sutil nela. E ela ainda não havia sucumbido à ansiedade.

Ela parecia um pouquinho mais tranquila do que quando tínhamos partido. Não curada, mas ainda combatendo a força do luto. Mas de algum jeito mais leve. Eu percebia isso em tudo o que ela era.

Eu não tinha sentido aquilo como o resto deles. O pânico cresceu dentro de mim. Eu tinha voltado para o gelo. Foi um progresso. Pelo menos progresso com o que sentia pelo hóquei. Mas, quando se tratava do que eu achava do meu irmão, não havia mudado muito. Tentei imaginá-lo nas estrelas, mas, não muito tempo depois, a dúvida e os pensamentos sombrios surgiram. Por que não conseguira olhar para a aurora boreal e ver meu irmão dançando entre ela? Por que eu não conseguira imaginá-lo livre e em paz?

Mantive o rosto neutro. Não queria que Savannah visse como eu estava perturbado.

— Esse trecho da viagem — disse Leo — foi pensado para que confrontemos a mortalidade.

Em nossas sessões individuais, Leo me encorajava a me abrir sobre Cillian. Mas eu não dizia nada. Gostei de como me senti na Noruega quando deixei tudo de lado. Tinha se tornado viciante. E Savannah tinha se tornado a minha salvação. Quando estava com ela, abraçando-a, o buraco no meu estômago não doía; estava confortavelmente anestesiado. Minha raiva tinha diminuído. Era estranho. A maneira como me apegava à raiva mudou para a maneira como me apegava a Savannah. Ela era a corda que me prendia, impedindo que eu ficasse à deriva. Eu me recusava a perder isso.

— O que isso quer dizer? — perguntou Dylan, com nervosismo.

— Vamos explorar a jornada natural pela qual todos nós passamos: vida e morte e tudo entre os dois estágios.

Olhei para Savannah; ela torcia as mãos. Aquele pensamento também tinha me deixado nervoso. Observei a respiração dela. Até então, ela estava segurando a barra.

— Vamos visitar três lugares nesse trecho da viagem. Goa é o primeiro. Aqui, vamos fazer sessões coletivas e individuais, assim como aulas de terapia que podem nos ajudar a lidar com alguns de nossos traumas internos.

— Mas também é uma chance de vocês se recuperarem — completou Leo. — Tivemos duas experiências muito intensas na Inglaterra e na Noruega. — Ele fez um gesto para o redor. — Este lugar é um refúgio. Nós os encorajamos a relaxar um pouco, nadar, tomar sol. Comam juntos, fiquem juntos, *conversem* — ele disse, dirigindo-se ao grupo. — Descansem um pouco, desfaçam as malas, fiquem na piscina. Amanhã vamos começar as sessões e tudo o mais — disse Leo, entregando as chaves dos quartos.

Enquanto pegávamos a bagagem, Travis perguntou:

— Vamos nos encontrar na piscina?

Peguei a mão de Savannah.

— Quer nadar? — Eu a beijei de novo. Não queria parar nunca mais. A vida não era tão desoladora quando ela estava em meus braços.

Ela sorriu em meus lábios.

— Tudo bem.

Meu quarto ficava entre o de Dylan e o de Travis. Conforme nos aproximamos das portas, eles caminhavam juntos, trocando sussurros. Não tinha notado como tinham ficado próximos na Noruega. Mas até aí, com exceção de Savannah, não tinha notado muita coisa.

Vesti o calção de banho, fui até a porta de Savannah e bati. Quando ela não respondeu, fui procurá-la na piscina e parei quando a avistei. Ela estava na beira da piscina em seu maiô azul-claro. A brisa quente soprava o cabelo loiro-escuro ao redor da cabeça como uma auréola. A mão estava pousada em um tronco de palmeira enquanto ela olhava para a praia e o mar.

Naquele momento, não consegui acreditar na sorte que tive por alguém como Savannah ter se arriscado comigo. Eu estava destruído; sabia que estava. Quanto mais eu participava de sessões em grupo e quanto mais todos nós saíamos juntos, mais eu começava a ver que todos os outros estavam melhorando gradualmente. Estavam rindo mais, sorrindo mais, e alguns estavam até falando mais de seus familiares falecidos. Lembrando-se deles de maneiras boas, compartilhando memórias felizes.

Eu não tinha mencionado Cillian para ninguém além de Savannah.

À noite, ela lia o caderno que a irmã havia deixado. Então escrevia de volta para ela no diário que Mia e Leo nos deram. Como se estivesse conversando com ela novamente.

Eu não tinha recebido outro diário. Leo e eu havíamos decidido que aquilo não fazia parte da minha jornada no momento. Era muito estressante para mim, e nós nos concentraríamos em terapias de conversação em nossas sessões. O que também não estava funcionando muito bem, mas eu não ia escrever nada em um diário, e ele entendeu isso.

Aquele bilhete de sete palavras na minha carteira ainda estava lá, intocado. Um fardo na minha vida.

Apesar do calor escaldante, tudo o que senti foram calafrios gelados enquanto estava ali, perdido em minha cabeça. Só fui arrancado da minha própria escuridão quando Savannah se virou e me viu do outro lado da piscina. Ela parecia uma miragem enquanto seus olhos azuis, ainda mais vibrantes por causa do maiô, se abriam em um sorriso tímido diante da minha presença.

Eu não tinha certeza se algum dia mereceria aquele sorriso. Mas aceitaria o que ela quisesse me dar. Andei ao redor da piscina até onde ela estava. Mostrei o dedo do meio quando Dylan e Travis, já na piscina, jogaram água em mim, molhando minhas pernas.

Quando cheguei ao lado de Savannah, o cheiro do seu protetor solar me atingiu primeiro, assim como sua beleza. O cabelo comprido e liso estava enrolado em cachos formados pela umidade. Decidi que era assim que eu gostava mais dela, no sol, aonde ela pertencia.

— Oi — ela disse quando peguei sua mão.

— Ei, Peaches — respondi e a envolvi em meus braços. A sensação de sua pele nua na minha era perfeita e, conforme fui para trás, a beijei lenta e suavemente, sentindo o gosto de protetor labial de cereja em seus lábios.

— Você está bem? — perguntei a ela.

Ela assentiu quando parei de beijá-la e eu já podia ver o nariz e as bochechas dela ficando rosados no sol.

— E você? — ela devolveu a pergunta, com um leve vinco de preocupação na testa.

— Agora estou — eu disse, apenas para sentir outro borrifo de água nas pernas. — Olhei para baixo, para Dylan e Travis.

— Parem de se agarrar e entrem aqui — disse Dylan.

Sem aviso, pulei na piscina, certificando-me de encharcar Travis em sua boia. A risada leve de Savannah explodiu atrás de mim.

— Entre, Peaches — falei assim que emergi, observando enquanto ela entrava na piscina.

Eu a peguei quando caiu na água, e ela passou os braços em volta do meu pescoço, segurando enquanto eu caminhava pela água. Nós nos reunimos no meio da piscina. Dylan e Travis saíram das boias para entregá-las a Jade e Lili, que chegaram minutos depois.

— Prefiro isso a chuva e neve — disse Jade, fechando os olhos enquanto se recostava na boia.

Dylan mergulhou, então foi para baixo dela e virou a boia. Jade berrou ao cair de cabeça na água.

— Dylan! — ela gritou ao se levantar e ir atrás dele.

— Nem pense nisso — Lili disse para Travis quando ele mergulhou.

Não demorou muito: logo ela estava se debatendo na água depois de Travis empurrá-la da boia.

Savannah apertou os braços em volta do meu pescoço com mais força ao rir, o peito arfando enquanto os quatro perseguiam um ao outro pela piscina.

Era legal, pensei. Ouvir uma risada tão despreocupada. Quando a gente perdia alguém, o riso não vinha facilmente. Para mim, nunca veio. Quando me senti rindo baixinho também, pareceu tão estranho, como se meu corpo nem conseguisse se lembrar de *como* rir.

— Cael — Savannah disse, roçando a mão pelo meu pescoço, bem em cima do meu pomo de adão. Eu não sabia o que tinha levado lágrimas de felicidade aos olhos dela.

— Qual o problema? — perguntei, intrigado.

— Você riu — ela disse. — Não tinha ouvido você rir desde que começamos a viagem. — As palavras dela me atingiram como um tiro. Eu costumava rir o tempo todo. Eu me lançava à diversão. Pensei em Stephan, meu melhor amigo. Pensei no meu time em Massachusetts. Como a gente sempre aprontava, jogando gelo uns nos outros, um fazendo o outro tropeçar nos tacos.

Nós sempre ríamos.

Eu tinha sentido falta daquele som. Mas... eu tinha acabado de *rir*.

Talvez eu não estivesse tão destruído quanto pensava.

— Precisamos começar a falar logo, Cael — disse Leo, mas meu corpo estava rígido, e eu simplesmente não conseguia me obrigar a fazer aquilo. Eu *queria* ficar melhor. Queria que Leo e Mia me ajudassem, mas não sabia como começar.

Leo se recostou na cadeira. Nós nos reuníamos no salão vermelho desde o dia em que havíamos chegado. Todas as sessões em grupo tinham sido ali. Eu não havia participado. Mas tinha escutado, o que era um progresso em relação à maior parte das sessões anteriores.

— Quando se trata de suicídio — Leo disse com cuidado —, o que mais se nota em homens é a falta de conversa. — Meu corpo ficou imóvel quando ele disse aquilo. Todos os meus músculos travaram, e meus ossos viraram pedra. Leo se inclinou para a frente. Meus olhos foram para o chão. — Falar salva vidas. — Ele colocou o caderno no chão. — Cerca de oitenta por cento de todos os suicídios nos Estados Unidos são de homens. É uma das maiores causas de morte.

Senti a raiva despertar dentro de mim. Ele não precisava me dizer aquilo. Eu *sabia* daquilo. Tinha pesquisado.

— Estou preocupado com você, Cael — ele disse, e dessa vez eu o olhei nos olhos. — Você não conversa conosco. Você nem menciona seu irmão. Não apenas o nome dele, mas de jeito *nenhum*. Sei que se abriu um pouco com Savannah, mas Mia e eu estamos aqui para ajudar você a passar por isso. Estamos aqui para ajudá-lo profissionalmente. Para lhe dar ferramentas para seguir adiante. — Leo entrelaçou as mãos. — Preciso que você saiba que não há nada que pudesse ter feito — ele disse.

Senti um lampejo familiar de raiva acender dentro de mim. Só que, enquanto antes ela saía de mim em forma de gritos, berros e socos na parede, desde que estava com Savannah, desaparecia instantaneamente e se transformava em culpa, vergonha e tristeza. Era algo tão intenso que *doía* de verdade quando se instalava dentro de mim. Pois eu não acreditava em Leo. Ele não me conhecia, não conhecia Cillian. Ele não sabia como éramos próximos. Como nossas vidas eram interligadas. Eu deveria saber que havia algo errado com ele. Como não percebi? Como o deixei morrer?

Minha perna começou a saltar de agitação. Abri a boca para tentar falar, mas não saiu nada. Era como se houvesse um bloqueio mental toda vez que eu tentava falar daquilo, dar voz à minha dor, à minha vergonha e aos meus medos.

Leo olhou para o relógio na parede.

— Nosso tempo de hoje acabou, Cael. — Pulei do assento, precisando dar o fora dali. Antes que chegasse à saída, Leo disse: — Sei que é difícil. Acredite em mim, filho, eu *sei*. — Senti calafrios com o jeito que ele falou aquilo. Alguém próximo dele tinha feito o que Cillian fizera? Em caso positivo, como *ele* havia seguido em frente? — Mas para ajudar você a recuperar sua vida, precisamos começar a conversar. — A expressão de Leo era sincera, suplicante. Quando não reagi, ele disse: — Eu também falei com seus pais de novo hoje. — Senti um nó no estômago. — Disse a eles que você estava bem. Eles me disseram que você está ignorando mensagens e ligações. — Mais uma vez, ele deixou palavras não ditas pairando entre nós.

Ele estava certo. Ainda não tinha ligado nenhuma vez para eles desde que partira. Tentavam me ligar no mesmo horário todos os dias, não importava onde eu estivesse. Também mandavam mensagens todos os dias. Especialmente meu pai. Eu visualizava e não respondia.

Não tinha nada para dizer a eles.

Saí do salão e deixei o ar pegajoso da Índia cobrir minha pele. Andei sem rumo, perdido em pensamentos. Simplesmente não sabia como me abrir. Não sentia que algum dia seria capaz de fazer isso. O rosto de Savannah me veio à mente. Eu tinha falado de Cillian para ela. Disse que ele havia tirado a própria vida. Mas não disse mais nada. Não contei sobre aquela noite, sobre o que eu tinha visto...

Eu não sabia se algum dia seria capaz.

Virei a esquina do resort e vi Savannah e Dylan sentados juntos em uma mesa, tomando café. Ela o ouvia falar. Ouvia com tanta atenção, tão bem. Ela nunca julgava, nunca me fazia me sentir idiota. Meus músculos relaxavam e meus ombros caíam só de olhar para ela. Ainda me surpreendia como outra pessoa poderia ter tal efeito sobre mim.

Talvez um dia eu conseguisse contar todas as histórias de Cillian para Savannah. Quando ele me dava forças nos momentos em que eu estava mal, ou quando me ensinou a dar um *slap shot*, uma tacada forte, em alta velocidade. Ou como o encontrei... como a última imagem do meu irmão mais velho era dele morto, por sua própria vontade, mole em meus braços.

Uma onda de emoção me sufocou, e voltei para o corredor. Aumentei a velocidade até correr. Segui para uma pista de corrida e continuei. Não podia falar com Savannah sobre aquilo. Ela estava de luto pela própria irmã, lutava todos os dias para não sucumbir à ansiedade. Não precisava dos meus problemas pesando sobre ela também.

Então, eu corri. Corri e corri até ficar exausto. Até que a tristeza devastadora que viera à tona em minha sessão com Leo desaparecesse. Corri até não conseguir mais pensar em nada. Até que fiquei tão cansado que tudo o que queria fazer era dormir.

Mais uma vez, fugi com sucesso da morte do meu irmão, tão rápido quanto meus pés me levaram. E não sabia como isso poderia mudar um dia.

A aula daquele dia era ao ar livre, em um gazebo isolado com vista para o mar azul-turquesa. Miriam seria nossa terapeuta. Tivemos dias de aulas em grupo e individuais. Fizemos caminhadas em trilhas próximas, ioga, meditação e musicoterapia.

Hoje seria arte. Pintura, para ser exato.

— Vocês todos estão diante de uma tela em branco — Miriam disse, e olhei para as tintas, os pincéis e o recipiente cheio de água para limpar a tinta entre as pinceladas.

Eu não era muito dado à arte, então não tinha esperança para o que sairia daquela sessão. As atividades dos dias anteriores tinham sido boas e, quanto a enfrentar nossa própria mortalidade, tinham sido leves e graduais. Nada havia nos levado ao limite ainda. Não achei nem por um segundo que esses dias não viriam.

Savannah estava ao meu lado, mas nenhum de nós conseguia ver a tela do outro. Olhei para aquela tela em branco e me perguntei o que Miriam pediria para desenharmos.

— Para a sessão de hoje, gostaria que se recordassem da pessoa ou das pessoas que perderam — disse Miriam, e meu mundo parou totalmente. Mãos invisíveis agarraram meus pulmões e meu coração e começaram a apertar. Ouvi meu coração bater devagar em meus ouvidos enquanto um ruído branco tomava o resto do espaço vazio.

— Vocês têm uma gama de cores à sua frente. Quero que pensem em quem perderam e simplesmente pintem. Pode ser um retrato ou simplesmente uma representação conceitual de quem eles eram para vocês, quem eles eram em vida. Talvez como vocês se sentem desde que eles partiram. Quero que realmente coloquem o coração nas memórias que têm com essa pessoa e as expressem na tela.

— Miriam caminhou lentamente em torno de nós, circulando o cômodo silencioso. A tensão no ar era tão densa que parecia palpável.

— Quero que mergulhem fundo. — A voz dela assumiu um tom de empatia. — A atividade pode ser emocionalmente exaustiva. Mas precisamos enfrentar essas emoções de frente. Devemos pensar na pessoa que perdemos e não fugir das memórias dela ou da dor que a morte dela pode inspirar. — Miriam ficou no centro do círculo e colocou a mão no peito. — *Sintam* essa pintura. *Sintam* seus entes queridos. Deixem que sua alma os leve nessa viagem e permitam que todo o acúmulo de tristeza, alegria e injustiça que sentem saia de seu corpo. — Miram sorriu para cada um de nós. — Quando estiverem prontos, por favor, comecem.

Encarei a tela por tanto tempo que perdi completamente a noção do tempo. Não sabia o que pintar. Nada me vinha. Na minha visão periférica, vi pessoas começando a usar os pincéis. Não olhei para as cores que usavam ou o que poderiam estar pintando. A tela diante de mim parecia uma montanha intransponível.

Um calor familiar passou queimando através de mim. E, dessa vez, deixei passar. Eu *precisava* sentir aquilo. Eu estava tão *bravo* com Cillian. Ele tinha pegado nossos sonhos e os deixado aos pedaços, tantos que nunca poderiam ser reunidos novamente. Tinha destruído nossa família. Tinha destruído seus amigos, sua equipe; tinha deixado tanta destruição em seu rastro que mais parecia o mais mortal dos tornados.

E ele não tinha dito a ninguém. Ele havia escondido a dor com sorrisos fáceis e gargalhadas altas. Jogado todas as partidas de hóquei como se estivesse na final da Copa Stanley. Falava com animação, era a alma da festa em reuniões familiares, nos jantares de família. E eu, eu era o idiota que não tinha enxergado as fraturas dele através das rachaduras. Não tinha visto a tristeza em seus olhos. Nem notado o cansaço em sua voz, não havia reparado que ele desistia, dia após dia, fingindo para o mundo que estava bem.

Mas, o pior de tudo, ele não havia contado a ninguém o porquê. Não havia nenhuma razão óbvia para ele ter feito aquilo. Nenhuma briga com amigos, nenhuma namorada que o deixou de coração partido. Ele não estava em apuros. Estava na primeira fila em Harvard, a caminho da Frozen Four — a final do campeonato universitário —, a NHL brilhava intensamente em seu futuro. Ele tinha uma mãe, um pai e um irmão que o adoravam.

Mas ele tinha ido embora mesmo assim, merda.

Foi só quando o pincel já estava na minha mão e a tela ficou borrada na minha frente que percebi que estava pintando. Que tinha jogado cor na tela branca, despejado tudo o que estava pensando e transformado em algum tipo de obra de arte.

Pisquei e sequei as lágrimas que se formaram. E simplesmente encarei... Encarei o que estava diante de mim.

Escuridão. Redemoinhos pretos entrelaçados com vermelho. Vermelho para sangue e raiva. Preto para a perda e o estado em que eu tinha sido deixado. Gelo escorreu por minha espinha, ganhando velocidade até que um pensamento me veio à mente: essa pintura era como Cillian se sentia naquela noite para fazer o que fez? Não havia nada em seu coração que o encorajasse a viver?

Morte, sua única opção.

Morte, para deter a dor.

Morte, para escapar de qual fosse o inferno que a vida se tornara para ele. Ele tinha sofrido em silêncio e morrera assim também.

Uma mão pousou em meu ombro. O toque era gentil e reconfortante.

— Lindo — disse Miriam, e a voz dela estava trêmula. Não olhei para cima, mas achei ter ouvido choro no tom dela. — Lindo de verdade, Cael.

Olhei para a pintura e não vi beleza nenhuma. Era como um vácuo sugando tudo de brilhante e luminoso para dentro da boca. Quanto mais olhava para lá, para os lampejos de vermelho, para as espirais e para a escuridão opaca do centro, mais uma frieza profunda se instalava no resto de mim.

Arrepios cobriram minha pele quando realmente estudei a imagem. Era quase como se Cillian estivesse ao meu lado guiando o pincel. Como se Cillian quisesse que eu *soubesse* como ele se sentia dentro da alma, dando-me um vislumbre de por que ele sentira que não havia opção. Eu me remexi no assento.

Não tinha ideia do que acontecia depois que morríamos. Mas teria sido possível ele me mostrar isso? Ele de alguma forma estava neste momento comigo, me incitando a *ver*? A *entender*. Tolo que era, procurei ao redor qualquer sinal de que ele estivesse ali. Então balancei a cabeça para minha idiotice.

No que eu estava *pensando*?

No entanto, a pintura me encarou de volta, como se tivesse uma força sinistra, uma agenda malévola, tentando me engolir na escuridão também. A suposta depressão de Cillian era tão entorpecente que toda sua luz teria sido sugada para um vazio de desespero? Teria sido demais conviver com tal desolação, e sua razão para tirar a própria vida teria sido simplesmente dar um fim a esse nível de angústia e escuridão?

Se fosse, como eu poderia odiá-lo? Como poderia questionar as razões dele para ficar neste mundo se era isso que ele vivia a cada minuto de cada dia?

Essa escuridão também havia roubado a voz dele? Fora por isso que ele não me disse que estava sofrendo? Ela havia roubado o pedido de ajuda dele? Não lhe dera escolha a não ser sucumbir à sua atração?

Senti o gosto de sal nos lábios e percebi que era das lágrimas que caíam dos meus olhos. Eu não queria sentir aquilo. Não queria que aquela pintura também fosse de mim. Se essa escuridão estava em Cillian, se podia derrubar um herói tão forte, poderia estar em mim também? O pânico me envolveu e quase me fez cair de joelhos.

Leo apareceu ao meu lado.

— Vamos dar um passeio, filho.

Fiquei de pé, sem querer pensar, querendo apenas ser levado dali, daquela escuridão que sentia que chamava meu nome.

Senti os olhares do grupo nas minhas costas e sabia que haveria um par de olhos azuis hiperfocados em mim. Mas deixei Leo me levar para a areia branca da praia. Nem senti o calor do sol escaldante em mim. Calafrios me mantinham congelado, como se eu estivesse em um freezer, incapaz de escapar.

Leo não falou de início. Apenas sentou-se ao meu lado. Até que disse:

— Foi meu pai.

Eu parei de respirar. Somente voltei a fazer isso quando ele disse:

— Eu tinha quinze anos. — Leo fez uma pausa, e o ouvi respirar fundo. — Eu o encontrei.

Fechei os olhos, ouvindo o fluxo calmo da água, tentando desesperadamente usá-lo para me acalmar antes que meu coração tentasse pular do peito.

— Isso me consumiu por anos — continuou Leo. — Tanto que me perdi na escuridão também. — Ele passou os braços em torno das pernas. — Eu era autodestrutivo. Repeti de ano e saí da escola. Joguei fora qualquer possibilidade de futuro.

Ele deixou aquela confissão pairar no ar entre nós, até que eu a peguei, puxei o fio e perguntei:

— O que mudou?

— Fiquei de saco cheio daquilo, Cael — ele disse, e ouvi sinceridade em sua voz grave. — Tinha perdido meu pai, mas naquele dia também perdi a mim. O menino que eu era morreu, e o que me tornei depois nasceu. — Ele sorriu, e eu franzi o cenho. — Então conheci minha mulher.

O rosto bonito de Savannah surgiu no mesmo instante na minha mente, e senti uma faísca do divino crescer dentro de mim, e a solitária chama de uma vela começou a subir, sugando mais oxigênio do poço de dor dentro de mim, ganhando força.

— Eu queria ser melhor para ela. — Leo bateu no peito, sobre o coração. — Mas eu *precisava* ser melhor para *mim mesmo*. — Ele por fim me olhou de frente. — Então voltei a estudar e decidi que, em vez de fugir da morte do meu pai, iria enfrentá-la de frente, iria honrar o homem que tinha sido meu mundo inteiro ajudando pessoas como ele... e como eu: os que sentem dor.

— Por que ele fez isso? — perguntei, o peito abrindo e dando a sensação de que sangrava, manchando a areia dourada de vermelho.

— Eu nunca soube — disse Leo, passando um punhado de areia pelos dedos. Um a um, os grãos caíram de volta na praia: a ampulheta da natureza. Olhei para aqueles grãos de areia. Um bilhão de pequenas partes formando um todo. — Sabendo o que sei sobre depressão, imagino o que foi. Mas nunca soube. — Ele me encarou de novo. — E, Cael, precisei fazer as pazes com isso.

Emoção irradiava do corpo de Leo, mas eu podia ver que ele a acolhia, usava-a como capa em vez de mortalha.

Leo colocou a mão no meu ombro.

— Vou sempre estar disponível para conversar, quando você também estiver.

Ele se levantou e me deixou na praia. Fiquei lá fora até o sol começar a desaparecer no horizonte, um semicírculo laranja queimado lançando um brilho dourado. Só me movi quando a escuridão caiu e as estrelas apareceram. Olhei para cada uma delas e pensei no que Savannah havia dito na Noruega.

Olhei cada estrela procurando a que poderia ser Cillian. Mas havia tantas, como os bilhões de grãos de areia sobre os quais me sentava. Eu me levantei e voltei para o hotel. As luzes do gazebo onde tínhamos pintado ainda estavam acesas.

Um repuxar dentro de mim me guiou de volta para lá, para o quadro que nem me lembrava de ter pintado. Quando cheguei ao gazebo, as pinturas de todos ainda estavam do lado de fora, secando. Caminhei ao redor delas, olhando para o que meus amigos estavam pensando quando abriram o coração. A de Dylan estava cheia de azuis e de tons pastel. Era afetuosa, de alguma forma. Pacífica. Como a sensação de voltar para casa.

A de Travis fez meu peito doer. Onze cruzes brancas em um campo verde vívido. O sol amarelo e claro brilhava sobre elas.

E havia um brilho laranja e vermelho de pé ao lado, a mão sobre uma das cruzes. Entendi que era Travis, sofrendo pelos amigos.

A pintura de Lili mostrava três mãos que se seguravam com força, sem nunca se soltar. Apenas duas delas eram mais claras, quase transparentes, angelicais. A de Jade era uma explosão de cores, todas as cores que poderiam ser nomeadas. Ela falava de pessoas vibrantes, brilhantes, divertidas e cheias de vida. A mãe e o irmão dela.

Então parei na de Savannah. Tons de rosa-claro faziam flores na tela. Um pote de vidro estava ao lado, e também havia ao fundo uma cerejeira em flor. Estrelas pendiam do céu, olhando a cena. Era calma e tranquila. Parecia um lugar que eu queria ver.

— O bosque florido — disse uma voz gentil saindo da escuridão.

Virei-me e vi Savannah vindo das escadas de pedra do hotel e entrando no gazebo. Ela usava um vestido verde-sálvia de alcinha que flutuava em torno dos seus joelhos. O cabelo loiro estava solto e cacheado com o calor. Ela era mais bonita do que qualquer uma daquelas pinturas.

— É um bosque de cerejeiras em flor, na Geórgia. O que deu o nome à nossa cidadezinha. — Um sorriso nostálgico surgiu nos lábios de Savannah. — Era o lugar predileto de Poppy. — Ela veio para meu lado e passou a mão pela parte inferior da pintura. — É onde ela está enterrada.

— Savannah — eu disse, querendo puxá-la para os meus braços. Mas eu me sentia exausto, estranho. Não queria abraçá-la com aquele sentimento. Não queria manchá-la com meu toque. Aquele dia tinha me abalado. Feio. Eu queria sair da minha própria pele.

— É onde ela ficava mais feliz. Era certo que ela descansasse ali pela eternidade.

Senti tanto orgulho de Savannah naquele momento, e sempre sentiria. A garota que conheci no JFK nunca teria falado assim da irmã. Ela estava ao meu lado naquele momento, com força em sua postura e um amor franco pela irmã que guardava no coração. E Savannah Litchfield, descobri, tinha o maior dos corações.

— O que é isso? — perguntei, com a voz rouca, apontando para o pote de vidro.

Minha garganta estava dolorida, como se minha alma estivesse tão cansada que não queria que eu falasse. Mas eu precisava. Todos aqueles sentimentos fervilhavam dentro de mim, vindo à tona, começando a escapar.

O sorriso de Savannah se alargou.

— Nossa vovó deu a Poppy um pote de corações de papel antes de morrer, com mil deles. Cada vez que Poppy desse um beijo, um de fazer a terra tremer, precisava escrever e registrar. Ela tinha que colecionar mil beijos durante a vida. — A mão de Savannah tremeu de leve enquanto ela traçava a borda do pote. — Quando ela foi diagnosticada com câncer, não achava que ia conseguir. Mas ela conseguiu. Com a alma gêmea dela, Rune. — Savannah olhou para mim. — O beijo número mil foi dado no último suspiro dela.

Meu coração disparou. Nunca tinha escutado nada como aquilo.

— Quando pensava em Poppy, pensava na perda e na dor, sentia a ausência pesada e insubstituível dela caminhando ao meu lado todo dia, agourenta, agoniante. Mas quando Miriam pediu que a gente pintasse os entes queridos que perdemos, quem eles eram para nós, que sentimentos despertavam, não consegui pintar nada além de alguma coisa linda. — Savannah inspirou de modo trêmulo. — Embora a vida dela tenha sido curta, ela viveu de um jeito grande e ruidoso e nunca desperdiçou um só instante, nem quando estava morrendo. Ela viveu a vida até seu último suspiro. Era a personificação da graça até o fim... e mesmo além.

Pensei na minha pintura ao nosso lado no gazebo. Os pretos e vermelhos, o vazio que bebia triunfante sua felicidade. Havia uma parede atrás de mim, e me afundei nela, exausto. Savannah também, mas não antes de passar a mão pelo meu cabelo bagunçado. Entrelacei as mãos no colo e olhei para o bosque de cerejeiras, para a beleza e as cores edificantes, e disse:

— Não sei como falar daquela noite.

Savannah estendeu o braço e o entrelaçou no meu.

— Estou aqui para quando você estiver pronto.

— Você tem o suficiente para enfrentar, Peaches. Não precisa do peso extra do meu trauma.

— Não é pesado — ela disse, apertando meu braço. — Se isso alivia para você, então é o peso mais leve do mundo.

Ela beijou meu bíceps exposto, e os cacos de gelo que tinham criado uma armadura impenetrável ao meu redor derreteram no lugar exato que seus lábios tocaram.

Eu me sentia culpado por sequer pensar em despejar todo o meu trauma aos pés dela. Mas ali estava eu, em Goa, à noite, ao lado de uma praia digna de sonhos, com uma pintura que assombrava cada movimento meu, e só precisava purgar tudo da minha alma.

Eu queria ser melhor para ela. Mas eu precisava *ser melhor para* mim mesmo. As palavras de Leo ecoavam em minha mente, me encorajando.

— Foi um dia como outro qualquer — comentei, e minha visão ficou embaçada, me forçando a reviver tudo na minha mente. — Fui para o treino. Aí Cillian tinha um jogo naquela noite. — Soltei um riso sem alegria. — Ele foi considerado o melhor jogador da noite. Eles ganharam, não tomaram gol. Cillian marcou todos os gols, três seguidos. — Balancei a cabeça. — Ele deu tudo de si no jogo. Agora me pergunto se ele jogou daquele jeito porque sabia que nunca mais jogaria de novo. Foi a despedida do time que ele tanto amava e dos torcedores que o apoiavam desde que tinha começado em Harvard?

Minha perna saltava de nervoso. Nunca tinha falado tanto assim na vida. Era como cortar meu coração e deixar sangrar, por vontade própria.

— No jogo, eu estava com meus pais. Mas depois me encontrei com meus companheiros de time. Stephan, meu melhor amigo, tinha me convidado para a festa de um dos caras de Harvard, ao lado de onde meu irmão morava. — Eu me lembrei de chegar à festa, todo mundo celebrava. — Já tinha ido a centenas de festas antes. Meu irmão estava lá, mas, quando ele me viu entrar, em vez de me dar o sorriso feliz de sempre, seus olhos estavam tempestuosos, e ele me disse para voltar para casa.

Balancei a cabeça, como se estivesse lá de novo, revivendo aquela noite.

— Ele nunca tinha se comportado daquele jeito comigo. Fiquei em choque. Ele *nunca* tinha me mandado para casa. Sempre ficava ao meu lado. Achei que ele só deveria estar cansado... — Minha voz ficou embargada e me engasguei com um soluço. — *Houve* um sinal, Sav. E eu não percebi. Ele nunca agia daquele jeito comigo, nunca. Ele era o típico irmão mais velho enquanto a gente crescia. Sempre foi tão bom comigo. — O rosto dele me veio à mente. Ele parecia mais com meu pai do que comigo; eu tinha os traços da minha mãe. Mas qualquer um podia dizer que éramos irmãos. — Ele era uma boa pessoa, e muito ligado à família. Nunca me tratou como se eu fosse inferior a ele. Caramba, ele nunca nem me mandou sair do quarto dele. Ele não me mandava sair do lago congelado na nossa propriedade quando os amigos dele vinham jogar hóquei. Ele me incluía. *Sempre*. — Eu me virei para Savannah e vi lágrimas escorrendo pelo seu rosto. O lábio inferior tremia. — Mas ele nunca me disse que estava sofrendo, Sav. Ele nunca me disse. Nunca me contou *a* coisa mais importante.

Funguei, controlando as lágrimas, e simplesmente cedi à tristeza. Eu a mantivera presa por tempo demais.

— Ele nunca tinha me mandado embora antes. Mas, naquele dia, ele *mandou*. Eu deveria ter brigado com ele, perguntado por que estava agindo daquela maneira. Acho que fiquei muito chocado. Ele jogou uma nota de vinte na minha mão e me disse para correr até a loja para pegar uns lanches para a casa.

Olhei para minha mão e a palma que tinha segurado aquele dinheiro.

— Eu não percebi naquele momento, mas ele apertou meus dedos quando colocou o dinheiro na minha mão. Com força. Apenas alguns segundos a mais do que o normal, mas ainda assim senti. Como uma marca a ferro.

Savannah pegou aquela mão e a levou aos lábios, beijando a palma. Um choro sufocado escapou da minha boca com o toque dela, com os lábios macios tocando aquela pele calosa, danificada.

— Você está indo tão bem — ela disse, pousando a cabeça no meu ombro.

O calor de seu corpo se infiltrava no meu, derretendo um pouco do gelo.

— Eu olhei nos olhos do meu irmão mais velho e ele disse: "*Se cuida, hein, garoto*". Parando para pensar, a voz dele estava rouca e cheia de emoção. Achei que talvez ele estivesse ficando gripado ou algo assim. Disse a ele que sim. Achei que ele estava se referindo a como Stephan dirigia. Mas agora sei que ele estava falando da minha *vida*. *Caramba*, Savannah, foi a despedida dele para mim, e eu nem percebi. Aquela foi a última vez que ouviria a voz dele ou sentiria o toque dele na minha mão. Ali foi o *fim*.

Savannah passou os braços em torno de meus ombros e me abraçou enquanto eu caía em prantos na curva de seu pescoço e minhas lágrimas umedeciam seu cabelo encaracolado.

— Eu repasso esse momento repetidamente na minha cabeça, várias vezes por dia. Vejo as pistas sutis agora. Ouço o leve tremor na voz dele. Mas não vi isso na hora. A janela dele não era transparente; estava embaçada de condensação, e eu simplesmente não consegui enxergar através dela.

Olhei para as flores de cerejeira que Savannah havia pintado, depois para as estrelas que pendiam como pedras preciosas do céu.

— Stephan estava comigo. Estávamos indo para a loja quando ele percebeu que tinha esquecido a carteira na casa. Ele queria comprar comida, estava com fome e não tínhamos dinheiro suficiente para passar no drive-thru. Nós voltamos e vimos o carro do meu irmão rugindo pela rua em que estávamos, indo na direção oposta. Fiquei tão confuso pensando para onde ele poderia estar indo. Ele deveria estar na festa. Mas o que mais me preocupou foi a velocidade. Era imprudente. Ele *nunca* era imprudente. Sempre calmo e comedido. Eu disse a Stephan para segui-lo. Uma tensão no meu estômago me dizia que algo estava errado.

Cerrei os dentes. Não tinha certeza se conseguiria falar aquela última parte. Não sabia se encontraria forças para falar em voz alta o que havia acontecido.

— Se não consegue continuar, está tudo bem — disse Savannah, entendendo a situação. Pousei um beijo em seu cabelo, então fitei seus olhos marejados. Queria contar para aquela garota. Queria dividir aquilo com ela. — Ninguém está pressionando você a dizer.

Examinei seu rosto, então pensei de novo na minha pintura. Eu *tinha* que contar a ela. Não queria que aquela escuridão fosse meu futuro. A verdade é que acho que ela já tinha começado a tomar conta de mim. Eu tinha começado a acreditar que aquele tipo de escuridão agia num ataque furtivo. Invadindo a alma, pouco a pouco, até que a consumisse sem que fosse percebida. Então, a pessoa ficava fraca demais para lutar contra ela.

Eu me endireitei, determinado a lutar contra aquela coisa maldita. Não queria que ela me consumisse.

— Vimos as luzes traseiras de Cillian adiante e o seguimos. Estava tão preocupado com ele. Ele ia cada vez mais rápido, guinando enquanto lutava para manter o carro na rua. — Fiz uma pausa, lutei contra o nó na garganta. Respirei fundo e sussurrei: — Então o vi bater de frente, de propósito, em uma árvore firme e enorme bem na curva fechada da rua.

Savannah respirou fundo. Eu tremia, tremia tanto enquanto era jogado de volta para aquele momento, quisesse ou não estar lá.

— Saí do carro de Stephan antes que ele parasse. E corri para Cill. Corri mais rápido do que nunca. E, quando cheguei lá, abri a porta do passageiro e o vi... — Balancei a cabeça, tentando me livrar daquela imagem. — Era tarde demais, Sav. Ele tinha partido.

Os braços de Savannah me envolveram com mais força, e ela me apertou contra o peito. Eu desmoronei, me afoguei nas lágrimas até o peito ficar em carne viva e os pulmões queimarem tanto que doía só de respirar.

— Não havia drogas nem álcool no organismo dele. Descobrimos depois que ele havia desativado o airbag, Sav. Antes de dirigir. O cinto de segurança também. Ele se certificou de que não haveria como voltar atrás no que pretendia fazer. — Tentei limpar a garganta, mas minha voz estava tão rouca que praticamente não saía. — Eu o tirei do carro... e o abracei. Abracei seu corpo quebrado até os paramédicos chegarem e me forçarem a soltá-lo.

Soluços convulsivos ainda vinham, revigorados e carregando tanto peso quanto os anteriores.

— Eu ainda o sinto em meus braços às vezes, ainda sinto o corpo sem vida dele apertado contra o meu peito. Eu tentei trazê-lo de volta, fiz RCP, implorando a Deus para salvá-lo, mas ele tinha partido, Savannah. Ele tinha *partido*. Rápido assim... e eu vi tudo.

— Estou aqui — Savannah disse quando caí da parede para o chão, e ela me seguiu para baixo. Então me abraçou no gazebo sob as estrelas, cercados por memórias pintadas dos mortos, e tudo o que vi foi Cillian. Então a abracei mais forte. Virei as costas para a pintura que me reduziu *àquilo* e lutei com todas as minhas forças.

Eu me recusei a deixar que aquilo me consumisse também.

13
Corações partidos e memórias fraturadas

Savannah

O corpo grande e forte de Cael tremeu em meus braços. Rezei para eu ser o suficiente para confortá-lo, para abraçá-lo naquele momento. Chorei também. Chorei enquanto repassava o que ele havia me dito. Chorei por Cillian e chorei por Cael.

Ele tinha visto.

Ele o tinha encontrado.

Ele tinha embalado o irmão mais velho nos braços... Eu só conseguia imaginar o trauma que isso havia causado. As cicatrizes que devem marcar seu coração partido. Eu o balancei para a frente e para trás e não consegui deixar de ser empurrada de volta para o quarto de Poppy, segurando a mão dela depois que morreu. Como eu tinha sido ingênua ao pensar que, se simplesmente não a soltasse, nada daquilo seria real. Que se apenas ficasse ao lado dela, seus olhos se abririam e um milagre ocorreria. Ela acreditava em Deus com devoção, então é claro que Ele lhe concederia um milagre e a manteria conosco. O câncer deixaria seu corpo e ela ficaria saudável mais uma vez. Viveria seus dias com as pessoas que mais amava. Veria nossos aniversários, casamento e o nascimento de nossos futuros filhos. E nós veríamos os dela. Veríamos seu casamento com Rune no bosque de cerejeiras que se tornou sinônimo deles como um casal.

Mas aquele milagre nunca se concretizou. Eu sabia agora que, quando se tratava de morte, eles raramente aconteciam.

Eu me curvei sobre Cael e abri as comportas. Meu esterno doía enquanto meu peito era tomado de tristeza. Acho que nunca tinha chorado tanto na vida. Sempre tinha segurado, controlado. Mas ver Cael destruído, ouvir a história de Cillian, e Cael encontrando o irmão, *vendo* o irmão, acabou comigo.

As lágrimas intermináveis dele ensoparam meu vestido. Mas vi cada uma daquelas lágrimas derramadas como uma bênção. Ele tinha vivido com aquilo por tanto tempo. Tentado esconder com tatuagens e piercings. Ouvia as nossas sessões em grupo com distanciamento forçado e silêncio. Até *eu* participava, o que várias semanas atrás parecia impossível.

Cael precisava disso.

Eu precisava vê-lo enfrentar aquilo também.

Passei a mão em seu cabelo escuro. Em algum momento ao longo dessa jornada, meu coração se estendeu e se fundiu ao dele. Desde Poppy, eu tivera tanto medo de me apaixonar por alguém. Tivera medo de sequer cogitar perder essa pessoa também. Mas minuto a minuto nessa viagem, senti um ímã criando uma atração entre mim e Cael, tão poderosa que era impossível resistir. Compartilhávamos uma dor que as pessoas que nunca viveram essa experiência jamais entenderiam.

E agora, com ele tão perturbado e vulnerável em meus braços, e com meu coração se partindo por causa da dor que ele compartilhava, cheguei à conclusão inebriante de que estava apaixonada por ele. Perdidamente apaixonada por esse garoto destruído dos arredores de Boston. Salpiquei beijos ao longo do rosto e do cabelo dele. As mãos e os dedos dele estavam entrelaçados aos meus.

— Estou tão cansado, Savannah — disse Cael. As palavras esgotadas e ditas de modo suave rasgaram meu peito.

— Então vamos dormir — eu disse, puxando-o de pé.

Ele era tão alto, largo e fisicamente forte. Mas tudo em seu andar gritava que ele estava fraturado. Com o braço dele sobre meus ombros e o meu em volta de sua cintura, voltamos para o andar em que ficavam os quartos. Quando passei pelo meu, só o pensamento de deixá-lo sozinho me causou náuseas. Eu também não queria ficar sozinha.

Quando entramos no corredor, Leo estava esperando. Paramos quando o vimos.

— Como você está, Cael? — ele perguntou. Eu tinha a sensação de que o nosso psicólogo ficava de olho nele o tempo todo. Na verdade, eu tinha certeza de que ficava.

— Cansado — disse Cael, amontoado ao meu lado.

Olhei para Leo e vi a tristeza em seu rosto.

— Por favor — falei em voz baixa. — Por favor... me deixe ficar com ele.

— Savannah... — disse Leo, balançando a cabeça.

— Não vai acontecer nada, prometo. Vamos dormir em cima das cobertas. Por favor... Só quero ficar ao lado dele — eu disse, implorando com os olhos.

Não podia deixá-lo sozinho. Meu coração não me permitia. *Ele está tão destruído*, tentei transmitir a Leo em silêncio. *Ele acabou de se abrir para mim e me contou tudo. Ele está muito ferido e vulnerável para ficar sozinho esta noite.*

Leo foi para o próprio quarto e voltou com uma cadeira. Ele a colocou ao lado do quarto de Cael.

— A porta fica aberta, e vou checar vocês com frequência — ele disse. — *Não* traiam a minha confiança.

— Não vamos — sussurrei.

O alívio que a permissão de Leo trouxe foi intenso. Segurei a mão de Cael com mais força e o levei para o quarto, deixando a porta aberta. Gratidão, forte e flagrante, brilhou no olhar desolado dele. Eu sabia que tinha feito a coisa certa. A tristeza doía mais quando a gente estava sozinho.

Eu o levei para a cama e nos deitamos, completamente vestidos. Cael me envolveu em seus braços e me apertou junto ao peito, como se eu fosse a única coisa que o ancorava à esperança. Eu o abracei, somente aspirando seu cheiro de sal marinho. Ele beijou o topo da minha cabeça e soltou um longo suspiro derrotado.

— Obrigado — ele disse, e as palavras dele encheram o quarto de hotel.

— Não há nada pelo que agradecer — eu disse, aninhando-me mais perto. Era verdade. Isso é o que se faz pelas pessoas que amamos. Nós as abraçamos nos momentos de escuridão.

— Ele não era má pessoa — Cael por fim disse, e aquilo quase partiu meu coração.

— Claro que ele não era — respondi, séria, e me levantei sobre os cotovelos. Passei a ponta do dedo por seu rosto. Seus olhos estavam vermelhos de chorar, e a pele, pálida, mas manchada por todas aquelas lágrimas.

— Ele só estava triste — afirmou, mais para si mesmo do que para mim. — Ele só estava triste demais para continuar. — Ele piscou para afastar as lágrimas. — E ele não era covarde. — Meu coração implodiu. — Ele era forte e corajoso e era a melhor pessoa que já conheci.

— Claro que ele não era covarde — ecoei. — Ele foi forte até o fim. Nunca acredite no contrário.

Cael assentiu, como se precisasse desesperadamente ouvir aquilo. Ele pegou a minha mão.

— E como ela era? Poppy?

Galhos de amor começaram a brotar dentro de mim, apagando a tristeza. Sorri, ainda que meus lábios tremessem. Eu sentia tanta saudade dela.

— Ela era gentil — eu disse em voz baixa, e apertei a mão de Cael com mais força. — Ela era linda. E tão motivadora.

Engoli as emoções devastadoras que ameaçavam roubar minhas palavras. Pela primeira vez em muito tempo, *queria* falar de Poppy, de como ela tinha sido maravilhosa.

— Ela me encorajou mais do que qualquer outra pessoa na vida. Ela era minha âncora. Foi a pessoa que me ajudou a sair da concha na qual eu me escondia sem nem fazer esforço. — Eu ri quando o rosto de Ida me veio à mente. — Minha irmã mais nova, Ida, também é assim. — Senti um aperto no peito. — Mas não me abri de verdade com ela desde que Poppy morreu. — Lágrimas se formaram em meus olhos. — Não fui para ela a irmã mais velha que Poppy foi para nós duas.

— Você estava abalada — disse Cael, correndo um dedo para cima e para baixo no meu rosto.

— Ela também — eu disse, e a verdade daquele fato me encheu de culpa. — Foi Ida quem me convenceu a vir. — Olhei Cael nos olhos. — A verdade é que estou diferente desde que Poppy morreu.

Um pensamento que sempre mantive em segredo gritava para ser libertado. Cael olhava meu rosto, como se soubesse que eu também queria dizer algo. Beijei sua mão, afaguei os nós de seus dedos tatuados e disse:

— Às vezes... — Eu respirei fundo, trêmula. — Às vezes acho que eu é quem deveria ter morrido. — Meu coração disparou quando essas palavras tão íntimas foram compartilhadas. — Poppy era tão cheia de vida. Ela tinha o Rune. Eles teriam se casado. Teriam tido a vida mais linda juntos. Verdadeiras almas gêmeas.

Passei os olhos pela escuridão do quarto. Sabia que Leo estava ouvindo cada palavra, mas não me importei. Talvez fosse hora de compartilhar com ele também.

— Ida é igual a Poppy. Elas são tão vibrantes. Estar perto delas é ser sufocado por felicidade e esperança. Eu... — Me calei. — Sou quieta, reservada. — Minha respiração falhou. — O mundo teria continuado sem mim. Nenhuma grande onda de tristeza nem de injustiça teria se formado caso eu tivesse ido embora tão silenciosamente quanto vivi. Ninguém teria sido afetado se eu tivesse sido a vítima da doença.

— Eu seria — disse Cael. A voz dele não estava mais fraca, e sim tão forte e tão cheia de convicção que não consegui deixar de olhar para ele. Ele estava muito sério; podia ver isso nas profundezas de seus olhos azul-prateados. — Meu mundo teria sido afetado, Savannah. Eu teria passado a vida me perguntando por que sentia uma dor repentina no peito. Minha vida teria sido incompleta porque você nunca teria entrado nela.

— Cael... — eu disse, engasgada com a emoção, e ele se inclinou e me beijou.

Sua mão encontrou meu rosto, e os dedos se entrelaçaram no meu cabelo. Eu o beijei também e tentei absorver tudo o que ele tinha dito. Meu coração inchou com aquelas palavras. E retribuí o sentimento. Cael entrou na minha vida e uniu sua alma com a minha, dois corações compartilhando uma válvula. Era inebriante e avassalador, e uma alegria e uma sensação quase fortes demais para suportar.

Ele se afastou e apoiou a testa na minha.

— Eu teria sentido sua falta para todo o sempre, Peaches. E teria vasculhado cada centímetro do mundo e além, tentando encontrar você. — Cael se afastou um centímetro. Seu rosto estava sério, e, olhando em meus olhos, ele sussurrou: — Eu te amo, Savannah Litchfield. Eu estou tão apaixonado por você.

Meu coração disparou como uma bola de canhão. O frio na barriga que só a voz dele causava aumentou e se espalhou tanto que o senti nas pontas dos dedos.

— Eu também te amo — disse, sem nenhuma dúvida no coração, repleto de Cael. Ele era minha medula e meu sangue, cada célula minha. O sorriso que se espalhou pelo rosto dele era ofuscante. E Cael me beijou de novo. Ele me beijou de um jeito tão suave e cuidadoso que me perguntei quando iríamos parar para tomar ar.

Ele me abraçou. Eu me encaixava ao lado dele perfeitamente, como se o universo nos tivesse feito para encaixar. Cael segurou nossas mãos dadas entre nós, brincando com meus dedos. Uma caverna profunda enterrada dentro de mim. Era assim que Poppy se sentia com Rune? E era assim que Rune se sentia com ela? Se era, como eles tinham sobrevivido? Como Rune tinha conseguido continuar tendo sua alma gêmea tirada dele?

— Tentei me convencer de que tudo era um grande erro — disse Cael, sem tirar os olhos de nossos dedos que se moviam. — Tentei me convencer de que tinha sido um acidente e que Cillian não tinha escolhido nos deixar. — Ele engoliu em seco, e esperei pacientemente que continuasse. — Mas quando fui para casa naquela noite, entrei no meu quarto e vi uma entrada velha para um jogo dos Bruins na minha mesa. Foi o primeiro jogo que vimos juntos quando éramos crianças. Eu tinha prendido o ingresso na parede depois que voltamos. Uma lembrança que queria guardar para sempre.

Meu coração acelerou.

— Ele tinha escrito sete palavras na parte de trás. — A voz de Cael foi brevemente roubada pela dor até que ele pigarreou e disse: — *Não conseguia mais seguir com isso. Desculpe.*

Enquanto aquelas palavras pairavam no ar entre nós, queria alcançá-las e segurá-las na palma da mão. Elas *irradiavam* dor. Irradiavam tanta tristeza que lágrimas escorreram pelo meu rosto.

Puxei Cael para mais perto e coloquei nossas mãos unidas no peito, sobre o coração, e as aninhei ali.

— Ainda tenho aquela entrada, Sav. Na minha carteira. Levo comigo sempre. Mas não olhei para ela desde aquela noite. — Cael parecia exausto. — Quando li, soube que o que a polícia e os paramédicos suspeitavam era verdade. O que eu tinha visto com meus próprios olhos era verdade. Ele havia tirado a própria vida.

— Eu sinto muito — falei, e as palavras pareceram inadequadas.

— Não consigo olhar para aquela entrada de novo, Sav. — Cael soou tão torturado.

— Uma vez você me disse que o luto não seguia uma linha do tempo. Você precisa se tratar com a mesma gentileza — comentei, beijando o rosto de Cael e roçando o nariz no dele.

— Eu te amo — ele disse, e suas pálpebras começaram a pesar de sono.

— Eu também te amo — sussurrei, convidando o silêncio da noite.

Cael beijou minha testa e um suspiro profundo e cansado escapou de seus lábios. Ele olhou para a porta aberta, e seus ombros perderam qualquer tensão restante. Ele tinha contado tudo a Leo também. Obviamente queria que ele ouvisse.

Era um progresso.

Cael me encarou de novo, as pálpebras pesadas. Em poucos minutos, ele estava dormindo. Mas tudo que eu conseguia pensar era em Cillian e no fato de Cael tê-lo encontrado, visto o irmão morrer. Então, pensei em Poppy e em como ela tinha morrido de modo pacífico. Aquilo me atingiu em cheio. Quão especial havia sido aquele momento. Como a morte dela realmente tinha sido especial.

Olhei para Cael na cama, dormindo. Ele era tão bonito. Tão gentil e lindo. E ele me amava. Cael Woods *me amava*. E eu o amava também.

Eu me enrolei no peito dele. E adormeci nos braços do garoto que eu adorava.

14

Savannah
Distrito de Agra
Índia

— Uau — Lili murmurou ao meu lado. A palavra simples ecoava como eu me sentia por dentro, pasma pela magnitude daquela construção deslumbrante. Uma que tinha visto milhares de vezes na TV e em livros. A que estava diante de mim agora. Parecia um sonho.

O sol da manhã lançava um brilho laranja queimado sobre o mármore branco. A mão de Cael apertou a minha enquanto a vasta maravilha se estendia diante de nós.

— O Taj Mahal foi construído para homenagear um grande amor perdido — disse a nossa guia, Fatima. Arrepios percorreram meu corpo. — O xá Jahan o construiu em homenagem à esposa que ele adorava. Mumtaz Mahal morreu no parto em 1631. O xá Jahan ficou angustiado. Ela era o mundo dele e havia partido. Ele queria imortalizar a mulher que tinha sido uma constante ao seu lado, então construiu esse túmulo para mostrar ao mundo quão querida ela era.
— Fatima se virou para nós.

— O Taj Mahal foi eleito uma das sete maravilhas do mundo. Sim, por sua arquitetura deslumbrante, mas também porque, na vida, todos vamos experimentar a perda. E todos vamos honrar nossos entes queridos de algum modo. — Ela sorriu. — O Taj Mahal é um lugar onde a beleza encontra a morte. Onde a perda encontra a eternidade. Onde o luto encontra a honra. É realmente uma maravilha.

Enquanto visitávamos a famosa construção, Fatima nos falou das cúpulas, da história de como foram feitas.

— O mármore branco foi usado especificamente para que a luz mudasse a tonalidade do túmulo ao longo do dia. O nascer do sol traz uma sinfonia visual de laranjas e vermelhos; a noite cria uma obra-prima do azul e do prateado da lua. Toda a beleza natural do mundo encapsulada em um único dia. Venham — disse Fatima, guiando-nos para dentro do túmulo.

A decoração, os detalhes, a riqueza que havia sido despejada naquele edifício eram impecáveis. Em seguida, vinham os jardins. Os recursos hídricos e a vegetação exuberante tornavam a paisagem um Jardim do Éden. Tudo em que eu pensava enquanto passava por cada centímetro daquele vasto memorial era o quanto o xá Jahan devia ter amado a mulher. Como nossas pinturas em Goa, era uma representação tangível do que ela significava para ele. Ele tornou a mulher que adorava conhecida no mundo inteiro.

O poder do amor dele tinha feito isso. Era quase demais para compreender.

Caminhamos admirados por aquele testamento vivo de almas gêmeas, com o pescoço doendo de tanta coisa que havia para ver. E o tempo todo Cael segurava minha mão. O garoto que eu amava me segurava perto enquanto visitávamos uma construção em que cada pedaço de mármore e pedra pulsava de amor. Um sentimento de contentamento se instalou em mim.

Depois de caminhar por horas, observamos o dia virar noite, e o Taj Mahal absorver o azul-prateado da lua.

Não passou despercebido para mim que era a cor exata dos olhos de Cael.

De volta ao hotel naquela noite, Mia disse:

— Nós trouxemos vocês aqui, uma parada rápida na viagem até o próximo destino, para falar sobre honrar aqueles que morreram. — Ela abriu um sorriso encorajador. — Grande parte de lidar com a perda é tentar encontrar pontos positivos, embora pareçam poucos e espaçados. Mas empenhar energia em lembrar da pessoa ou das pessoas que perdemos com carinho é saudável; é um progresso. Muitas religiões e culturas têm cerimônias e festivais nos quais fazem isso. Mas é importante honrar seus entes queridos pessoalmente também. Do seu próprio jeito.

— Alguém quer abordar como honrou, ou talvez planeje honrar, seus entes queridos? — perguntou Leo.

Estávamos jantando curry, naan e arroz, feitos com temperos que eu nunca tinha provado antes. Não era como nossas sessões de sempre. Era relaxante e reconfortante, um grupo de amigos compartilhando uma refeição e sentimentos.

— Nós nos sentamos durante a shivá — disse Lili. Ela colocou a comida sobre a mesa. — É uma tradição judaica em que a família mais próxima do morto fica sentada por sete dias depois do enterro da pessoa ou das pessoas que perderam. É um período para tentar enfrentar a perda inicial, então recordar deles com afeto e aceitar a morte. — Lili sorriu. — Aquilo me ajudou. Sentei com meus avós, tias e tios. Eles me firmaram quando eu estava desmoronando.

— Isso é lindo — disse Mia.

— Temos o *Día de los Muertos,* ou o Dia de Finados — disse Jade. — Sou mexicana, e essa é uma das nossas principais tradições. É uma celebração alegre daqueles que perdemos. Nós nos lembramos deles com carinho e celebramos a vida que levaram. É para ser inspirador. E é. Ajuda a tirar a dor da tristeza e transformá-la em uma celebração da vida das pessoas que mais amamos. É um dos meus feriados favoritos.

— Eu adoraria ver isso um dia — disse Lili, envolvendo Jade num abraço.

Elas estavam se tornando melhores amigas rapidamente, e esperava que não perdessem contato depois que a viagem acabasse. Percebi que ter pessoas com quem conversar, pessoas que tinham percorrido o mesmo caminho pedregoso de luto que eu, era imensurável. Elas simplesmente entendiam. Não era preciso explicar que uma parte da sua alma estava faltando, porque acontecia a mesma coisa com a delas.

— Organizei uma arrecadação de fundos para uma placa memorial em nossa cidade — disse Travis. — Um lugar onde meus amigos e colegas de classe sempre serão lembrados. Um lugar para onde nós, que os perdemos, podemos ir e apenas senti-los ao nosso redor de novo.

— Que lindo — disse Leo.

Senti meu coração bater mais rápido. Ainda não era muito boa em compartilhar, mas disse:

— Vou para Harvard. Curso preparatório de medicina. — Cael olhou para mim e percebi o interesse em seu rosto. — Minha irmã Poppy morreu de linfoma de Hodgkin. Ela tinha dezessete anos. Meu sonho é ser oncologista pediátrica. — Olhei Cael nos olhos e disse: — Quero ajudar crianças como ela. Quero honrar a memória dela ajudando a vencer ou tratar essa doença dos modos que puder. — Engoli um nó na minha garganta. — Ou simplesmente ajudar os que não podem ser salvos a fazer a passagem sem dor e do modo mais digno possível.

— Linda — Cael disse e beijou meus lábios.

Desde o dia em que ele me contou sobre o irmão, nos tornamos ainda mais inseparáveis, como se aquela noite tivesse nos fundido permanentemente, duas metades de almas gêmeas que se tornaram um inteiro. Apoiávamos um ao outro em nossa dor. Falávamos do que havia em nossa mente. Às vezes eram nossos irmãos, mas outras vezes eram coisas variadas. Cael até falava mais sobre seu amor pelo hóquei, o que eu sabia que era um grande passo para ele. Não me ocorreu compartilhar o que eu queria fazer na faculdade.

— Esse é um jeito muito nobre de honrar Poppy, Savannah — Mia disse, e senti minhas bochechas arderem com o elogio.

— Cael? — perguntou Leo.

Ele nunca participava dessas sessões. Estava melhor, falava mais com Leo nas sessões individuais, mas ainda havia uma nuvem escura pairando sobre sua cabeça. Eu me preocupava muito com ele. Nossa jornada pelo luto parecia um passeio de montanha-russa. Mas sentia que a dele era mais tumultuada do que a da maioria.

Cael ficou em silêncio como sempre. Leo ia perguntar para Dylan, quando Cael disse com a voz rouca:

— Eu queria continuar jogando hóquei. Como pretendíamos fazer juntos. Em homenagem a ele, mas... — Ele parou de falar e balançou a cabeça, um sinal claro de que tinha acabado.

Mas ele tinha *falado*. Tinha contribuído com o grupo e falado do irmão para os outros.

Eu estava tão orgulhosa dele que poderia explodir.

— Um dia por vez, filho — disse Leo, e percebi a emoção na voz dele também.

Eu me inclinei para perto de Cael e disse:

— Estou tão orgulhosa de você. Eu te amo.

Cael passou o braço em volta dos meus ombros e me puxou para perto. Eu o senti tremendo de leve, mas não mencionaria isso. Aquela admissão tinha custado muito a ele. Mas ele *tinha* conseguido.

— Dylan? — disse Mia, e houve silêncio ao meu lado.

Dylan balançou a cabeça. Franzi a testa para meu amigo. Ele normalmente era direto sobre a perda de Jose. Embora eu tenha pensado no que Cael havia dito sobre o irmão. Escondendo a dor com risadas altas e sorrisos largos. Eu me perguntei se Dylan fazia o mesmo.

Uma onda de pânico surgiu no meu peito pelo meu amigo. Não muito tempo depois, nós nos separamos para irmos para a cama. Cael me acompanhava até o meu quarto quando avistei Dylan no pátio do hotel, olhando para uma estátua de mármore no meio de uma fonte enorme. Ele estava sozinho. Estava encolhido. E parecia carregar o peso do mundo nas costas.

Eu me virei para Cael.

— Vou dizer boa-noite aqui.

Cael olhou por cima da minha cabeça. Ele também devia ter visto Dylan parecendo arrasado.

— Certo — ele disse, beijando-me. — Boa noite, Peaches.

Ele se afastou e eu segui o caminho de pedra até onde Dylan estava sentado. Ele olhou para cima enquanto eu me acomodava ao seu lado. O som da água da fonte era relaxante; os pássaros noturnos cantando nas árvores ao redor eram uma trilha sonora celestial para a brisa amena.

— Você está bem? — perguntei, e Dylan se recostou no banco.

Os olhos dele estavam focados na fonte, mas sabia por seu olhar vidrado que ele estava perdido em pensamentos. Coloquei minha mão sobre a dele, e Dylan inclinou a cabeça na minha direção. Alguns minutos depois, ele disse:

— Jose não era apenas meu melhor amigo. — A voz dele saiu quase inaudível. Mas eu ouvi, e ouvi a dor gravada em cada palavra.

Fiquei em silêncio, deixando que ele falasse sem ser interrompido. Dylan suspirou, e a expiração foi trêmula. Ele inclinou a cabeça para trás, e uma lágrima escorreu do canto do seu olho.

— Eu precisei vê-lo enterrado, e todas as pessoas no funeral acreditando que ele era apenas meu melhor amigo. — Dylan finalmente me encarou com os olhos âmbar assombrados. — A verdade, Sav, é que ele era *tudo* para mim.

O lábio de Dylan tremeu e peguei a mão dele, mostrando de modo tácito que ele poderia me dizer qualquer coisa. Eu jamais trairia a confiança dele.

— Nós nos conhecemos ainda crianças na escola — ele disse, e o canto do lábio se curvou para cima com carinho. — Nós nos tornamos melhores amigos no mesmo instante. Inseparáveis. Morávamos na mesma rua. Nossas famílias se tornaram amigas também. Era perfeito. — Ele fez uma pausa e apertou a minha mão. — Quando chegamos ao ensino médio, eu me odiava. Porque em algum momento, ou talvez desde o começo, eu tinha me apaixonado perdidamente por ele.

Eu quis abraçar Dylan, mas também precisava dar a ele tempo para revelar esse segredo que tinha enterrado tão fundo.

— Tinha medo de que ele percebesse. Verificava cada movimento que fazia perto dele, só para o caso de tocá-lo por muito tempo. Para o caso de ele perceber como eu o achava bonito. — Dylan soltou uma risada. — Ele me chamou a atenção, é claro. Perguntou por que eu estava sendo tão estranho. Era a cara dele. De uma sinceridade brutal. — Dylan deu de ombros. — Eu tentei evitar as perguntas infinitas dele até que não aguentei mais e deixei escapar que o amava.

Eu sorri quando Dylan sorriu.

— Por fim, ele também me amava. Sabíamos que nossa família não aprovaria, então guardamos para nós mesmos.

E nos amamos em segredo. Fizemos planos de deixar nossa cidade natal quando fôssemos mais velhos, para podermos ficar juntos sem sentir vergonha. — Dylan me olhou nos olhos. — Nunca tive vergonha do nosso amor, Sav. Ele era a melhor pessoa do mundo, e, quando ele morreu, amaldiçoei o universo por tirá-lo de mim antes de termos a chance de nos amarmos livremente. E precisei ficar no velório e ouvir todos me dizendo como eu tinha sido um bom *amigo* para ele. — Dylan cerrou o maxilar. — Eu queria calar a boca de todos e dizer que ele era minha alma gêmea, que nós nos amávamos tanto que às vezes meu coração doía quando ficávamos separados só por alguns minutos.

Dylan ficou ainda mais sério. Percebi que o que ele estava a ponto de dizer o partiria em dois.

— Numa manhã como outra qualquer, ele foi atropelado por um carro enquanto atravessava a rua. Motorista bêbado. Ele morreu ainda naquele dia no hospital, por causa dos ferimentos. Não me deixaram entrar no quarto porque eu não era da família. — A voz dele falhou. — Mas ele *era* a minha família. Ele era meu mundo inteiro, e eu o dele. — Sua respiração ficou ofegante enquanto ele sufocava as lágrimas. — Quando me disseram que ele tinha partido, precisei fingir que ele não tinha levado meu coração inteiro junto. Tive que dizer às pessoas que sentia falta do meu melhor amigo, não do meu *namorado*. Embora "namorado" nunca fosse o suficiente para descrever o que ele era para mim. Ele era minha razão de respirar. E precisei sofrer por ele em silêncio desde então. Em particular. É doloroso demais. — As lágrimas dele então caíram, exorcizando a dor secreta que o consumia. Dylan se virou para mim. — É a primeira vez que conto isso para alguém.

— Fico honrada — respondi, e dessa vez o abracei.

Ele se jogou voluntariamente, apenas esperando que alguém o segurasse. Eu não conseguia imaginar ter que esconder a dor dessa forma. A vida às vezes era injusta ao ponto de Dylan e Jose terem precisado esconder o amor deles por medo de desaprovação ou pior. Ele precisou esconder quem Jose realmente era para ele quando queria gritar em voz alta.

— Sinto muito, Dylan — eu disse, e ele assentiu em meu ombro.

O som de água nos embalava.

Dylan recuou e secou os olhos.

— Essa noite, quando estávamos falando sobre homenagear os entes queridos que perdemos, não pude participar. Como eu poderia? Ninguém nunca soube de nós. E estou com medo de dizer em voz alta.

— Agora você falou — eu disse, e a testa dele franziu em confusão. — Você compartilhou sua verdade comigo. Disse a alguém que o amava romanticamente. Você se livrou do fardo do seu segredo. Em troca, livrou Jose também.

Um brilho de alívio passou pelo rosto bonito de Dylan.

— Não estou pronto para me assumir ainda — ele disse, tristeza permeando cada palavra. — Minha família… eles não vão aceitar. Eles não vão me aceitar. E, agora, eles são tudo que tenho. Eu não posso perdê-los também.

Pensei no que Cael me dissera sobre o luto não ter uma linha do tempo. Eu não tinha a experiência de Dylan e nunca conseguiria entender o sofrimento dele, mas pensei que o conselho talvez inspirasse empatia.

— Não tenho experiência nisso, Dylan, e não tenho certeza de que tenho algo que valha a pena dizer. Mas tenho certeza de que, quando você se assumir, se um dia decidir se assumir, vai ser no seu próprio tempo. Quando estiver pronto. — Dylan apertou minha mão, e eu rezei a Deus para estar dizendo a coisa certa. — Se você nunca contar a ninguém além de mim quem Jose era para você, acredito que também vai ficar tudo bem. Essa é a sua jornada, Dylan. Sua vida. Como você a vive só diz respeito a você mesmo.

— Obrigado — ele disse, e voltou a encarar a fonte. Seu rosto se enrugou como se ele sentisse dor física. — Sinto saudade dele, Sav. Sinto tanta saudade dele que tem dias que não sei se vou conseguir sobreviver.

Puxei o braço dele para mim, abraçando-o com mais força.

— Minha irmã Poppy — eu disse, acalmando meus nervos — tinha um amor de infância quando morreu. O nome dele é Rune. Eles eram como você e Jose, melhores amigos que viraram namorados. — Engoli um nó na garganta. — Quando Poppy morreu, Rune ficou arrasado.

— Como ele está agora?

Pensei em Rune visitando o túmulo dela, nas lágrimas que ele havia derramado. Em como ele falava com minha irmã como se ela estivesse sentada ali ao lado dele. Pensei em todas as fotos que ele pregou no túmulo dela, dos lugares que viu, das aventuras que eles deveriam ter vivido juntos, mas agora ele viajava sozinho. *Em homenagem a ela*, percebi. Ele estava vivendo por ambos. Compartilhando as experiências com a garota que mais amava por meio de suas fotografias preciosas. Fotografias que ela também adorava.

— Sav? — chamou Dylan, me arrancando de meus pensamentos.

— Desculpe — eu disse, com a voz grossa. — Ele está bem, Dyl. Sente saudade dela. Todos os dias. Mas ele está na faculdade e fazendo o que ama. — Dylan estava concentrado em cada palavra que eu dizia. — Não acho que ele tenha encontrado outra pessoa. Eu... — me impedi de falar.

— O quê? — Dylan insistiu.

Eu suspirei.

— Não sei se ele algum dia vai encontrar.

Dylan assentiu, como se tivesse entendido.

— Eu acredito que, assim como você, ele sente que falta metade do coração e da alma dele. — Balancei a cabeça. — Eu não falei com ele a fundo sobre isso, para ser sincera. — Meu estômago revirou. — Deveria ter falado. Ele é como um irmão para mim. Eu deveria ter procurado Rune mais vezes. Deveria ter falado sobre o que ele estava sentindo, perguntado se ele estava, se *está*, bem. — Olhei para Dylan. — Você pode contar comigo, Dylan. Sempre que você precisar, mesmo que seja só para conversar. Ou para relembrar Jose, como você o conheceu. Estou aqui.

— Obrigado — ele disse com a voz rouca, e passei as duas horas seguintes sentada com ele no pátio, encarando a fonte enquanto Dylan lentamente se endireitava, parecendo um pouco mais leve por falar sua verdade em voz alta.

Eu estava tão orgulhosa dele. E rezei para que ele também estivesse orgulhoso de si mesmo.

Eu sabia que Jose estaria, e esperava que, seja qual for o tipo de vida após a morte que exista, ele estivesse sorrindo para sua alma gêmea também.

Orgulhoso.

15

Escuridão profunda e luz ofuscante

Cael
Varanasi, Índia

Havia pessoas por toda a parte. Cada viela estreita e sinuosa pela qual caminhávamos se enchia gradualmente com multidões ainda maiores. O cheiro de especiarias e de chá impregnava o ar, vindo das pessoas que vendiam comida e bebida nas calçadas.

Tudo ficava ao ar livre ali em Varanasi. Era quase avassalador para os sentidos, e a cidade estava cheia de tantas coisas diferentes para ver, para absorver, que minha mente girava. Havia barbeiros cortando o cabelo das pessoas para fins religiosos. Imagens de deuses hindus pintados com cores vivas decorando a cidade. Era movimentado e barulhento e cheio do que só podia ser descrito como *vida*.

Savannah me segurava com força enquanto serpenteávamos pelos becos, seguindo Mia e Leo conforme nos aproximávamos do rio que tornava Varanasi famosa: o Ganges. Nosso guia, Kabir, já havia nos falado sobre o rio. Na cultura hindu, acreditava-se que ele tinha propriedades curativas. Os peregrinos que faziam a viagem única na vida ao Ganges mergulhavam nele e deixavam a água sagrada lavar suas impurezas e seus pecados.

A água que fluía pelas mãos de uma pessoa também era uma forma de lembrar seus ancestrais, os mortos. Senti um aperto forte no peito quando Kabir mencionou isso.

Era de manhã cedo, o sol mal havia nascido, quando nos aproximamos da Assi Ghat, uma grande extensão de degraus na margem do Ganges. Assim que chegamos ao topo da escadaria, estanquei com o cenário diante de mim. Risadas vinham da multidão reunida no rio. Pessoas de todas as idades, de idosos a crianças, pegavam a água e despejavam sobre si, deixando-a cair de volta no rio.

Fui tomado pelo fascínio. Só de ouvir as risadas delas, das pessoas vivendo aquele momento, acreditando que aquela água perdoava seus pecados, era uma lembrança que sabia que nunca esqueceria.

— Esse momento, para muitos deles — disse Kabir —, será um dos grandes destaques da vida. — Kabir sorriu para as crianças brincando na água, e eu puxei Savannah para perto de mim.

Havia algo naquele lugar que parecia me acalmar. Quando chegamos, Kabir explicara que a cidade era conhecida como o lugar onde a vida encontrava a morte. Um local altamente espiritual, sagrado para aqueles da religião hindu. E era possível sentir isso. Era possível sentir a felicidade de peregrinos e turistas, mas também era possível sentir o manto pesado da morte pairando. Como se cada estágio da vida girasse em um enorme caldeirão, borbulhando ao redor da gente.

Olhei para cima e me virei para ver as escadarias lá no fundo da fileira de oitenta e poucos degraus na margem do rio. Eram as escadarias de cremação. Os mortos eram queimados ali vinte e quatro horas por dia. As cinzas eram colocadas no Ganges para purificá-los na morte. Kabir nos explicara que, segundo uma crença hindu, se alguém morresse em Varanasi ou se seu corpo fosse levado até lá para ser cremado, essa pessoa se libertaria do ciclo de reencarnação e alcançaria o nirvana.

Por isso, a cidade estava sempre movimentada, entes queridos querendo dar aos familiares falecidos o maior presente de todos: a eternidade do paraíso.

Olhei para aquelas escadarias à distância e senti uma pontada no peito. Adoraria ter dado algo assim a Cillian. Adoraria ter dado a ele um pedaço do céu depois do inferno em que ele viveu tão secretamente.

As escadarias de cremação nunca paravam. As cinzas das chaminés flutuavam no ar. Kabir nos dissera que Varanasi era uma cidade onde a morte e a vida eram estágios interligados do ser. Não ficavam escondidos atrás de portas nem mantidos em sigilo, mas vividos em público para todos verem.

Savannah estava quieta desde que havíamos chegado ali. Assim como a maioria do grupo. Era um lugar inebriante de se ver. Poderia ser confuso para os que não fossem daquela fé e daquela cultura. Mas estávamos determinados a aprender. Leo e Mia disseram que essa parte da viagem tinha a ver com enfrentar a mortalidade. Goa e o Distrito de Agra nos levaram lentamente a essa noção; dessensibilização sistemática, Mia e Leo a chamaram. Varanasi era nosso mergulho direto. E sentimos isso. Sentimos o desconforto da morte sombreando cada movimento nosso.

Nós nos sentamos nos degraus e observamos as pessoas dentro do rio. Elas estavam eufóricas.

— É lindo de se ver — disse Savannah. Ela usava uma calça rosa mais folgada e camiseta branca larga. — Ver pessoas com uma fé tão firme experimentando esse momento. — Ela sorriu. Era o sorriso que eu começara a reconhecer como seu sorriso por Poppy. Quando ela se lembrava da irmã com carinho. Isso vinha acontecendo com mais frequência desde o Distrito de Agra. Ela ainda tinha um olhar desolado que eu também reconhecia, quando pensar na irmã não era tão fácil. Fiquei feliz em ver aquela expressão se tornando menos frequente.

— Poppy acreditava muito em um ser superior. — Ela apontou para uma mulher que havia entrado totalmente no rio, de modo delicado, mostrando à água seu maior respeito. — É como um batismo.

Savannah então olhou para mim.

— Mesmo quando a gente não compartilha da crença, como é possível assistir a uma cena como essa e não sentir calma e paz? Como não ser levado pela alegria e serenidade que esse ritual dá a essas pessoas? Um momento monumental na jornada espiritual delas. É incrível — ela disse.

Havia um homem mais velho à direita, sozinho, rezando. Um jovem casal de mãos dadas mergulhava junto na água. Meu coração parou por um segundo quando eles emergiram e se olharam com tanto amor que era quase demais para testemunhar.

— Nunca vi nada assim — eu disse e continuei assistindo. Observamos tudo até o sol subir mais alto no céu e a escadaria onde estávamos sentados ficar muito cheia para continuar lá.

Enquanto voltávamos para o hotel, paramos quando passou um cortejo. Meu coração afundou quando percebi o que estava testemunhando. Kabir nos disse para estarmos preparados.

Uma família carregava seu parente falecido em uma espécie de cama. O morto estava enrolado em linho branco e sendo carregado na direção da escadaria de cremação. Fiquei tão chocado ao ver aquilo de perto que meu corpo travou.

Lampejos da memória de segurar Cillian nos braços me tomaram e se recusaram a me soltar. Senti o peito ficando mais apertado e o coração batendo fora de sincronia. Só piorou quando a mão de Savannah estremeceu na minha e, ao olhar para ela, percebi que ela estava rapidamente entrando em pânico. Seu rosto empalideceu e a respiração ficou entrecortada.

— Sav — eu disse, com a voz rouca.

Estava tentando estar ali para ela, mas não conseguia tirar Cill da cabeça. Tinha a impressão de que, se olhasse para baixo, o veria em meus braços... morto.

Savannah tropeçou, a ansiedade tomando conta de tudo. O rosto assustado dela foi o suficiente para me fazer andar. Dei um passo na frente dela, bloqueando sua visão. O cortejo foi embora, e segurei o rosto de Savannah e disse:

— Concentre-se em mim, Peaches. Olhe para mim. — Ela olhou. E no meio do beco com pessoas passando, eu disse: — Inspire por oito. — Minha voz estava enfraquecida pelos meus próprios pensamentos, mas precisava fazer com que ela passasse por aquilo. Ela estava indo tão bem. Mas o luto era assim. Um gatilho, e tudo pelo que lutamos parecia virar pó e éramos empurrados vários passos para trás. — Segure por quatro. Sinta e ouça o seu batimento cardíaco desacelerar.

Savannah fez o que eu disse, mas sua atenção se desviou para o beco de novo. Seus olhos se arregalaram e sua respiração ficou entrecortada. Eu me virei para ver o que ela olhava e vi outro cortejo fúnebre carregando seu ente querido para a cremação.

Um grito tenso escapou dos lábios de Savannah. Mia veio rapidamente para nosso lado. Ela deu uma olhada para Savannah e disse:

— Por aqui. Precisamos levá-la para o hotel.

Savannah se aninhou em mim com tanta força que quase a carreguei. Ela parecia tão pequena em meus braços. Ela manteve a cabeça escondida no meu peito, e eu a protegi de mais gatilhos. Passamos por mais quatro cortejos antes de chegarmos ao hotel.

Quando nos reunimos no saguão, Mia e Leo rapidamente nos levaram para a sala de conferências que estávamos usando para as sessões em grupo. Tínhamos uma em cada hotel em que ficávamos.

Leo fechou a porta, e foi a primeira vez que olhei para os outros. Todos estavam abalados e chocados.

— Nunca tinha visto um morto antes — disse Dylan, abalado.

Travis estava branco como um fantasma. Ele tinha. Tinha visto vários. Dylan passou o braço em torno dele. Jade e Lili seguiram Leo pela sala e foram pegar um pouco de chá que o hotel tinha deixado para nós.

Kabir voltara conosco também. Ele foi com Leo e as meninas. Abracei Savannah com força. Seus olhos estavam vermelhos, e lágrimas molhavam suas bochechas. Eu as sequei e perguntei:

— Você está melhor, linda?

Ela assentiu, mas depois fez que não.

— Me lembrou de Poppy — ela disse, com as mãos tremendo nas minhas. E soltou uma risada autodepreciativa. — Quero ser médica de crianças com câncer e não consigo nem encarar uma pessoa que já faleceu. — Ela balançou a cabeça novamente. — Talvez eu não consiga fazer isso, no fim das contas.

Mia apareceu ao nosso lado.

— Foi sua primeira vez desde sua irmã. — Ela olhou para o outro lado da sala, para Leo, que voltava com uma bandeja de chá. — Vamos nos sentar — disse Mia. — Deveríamos discutir o que vimos e os sentimentos que nos trouxe. — Ela, então, se dirigiu a Kabir. — E seria útil se você pudesse falar mais ao grupo sobre Varanasi e sua relação com a morte. Pode nos ajudar a processar tudo.

Kabir assentiu.

— Eu ficaria honrado.

Nós nos sentamos, e Leo nos entregou o chá quente. Eu o engoli imediatamente, tentando deixar o calor aquecer o gelo em meus ossos.

— Como vocês se sentiram ao ver aqueles cortejos? — Mia perguntou, passando os olhos pelo grupo.

— Triste — disse Lili. — Ver os familiares andando atrás deles... me deixou muito triste. Me fez lembrar do momento em que soube da minha mãe e do meu pai.

— Fez eu me lembrar daquele dia... — Travis disse. A cabeça dele estava abaixada. — Não as partes boas, as memórias que tinha dos meus amigos, mas a parte ruim. Vê-los todos depois...

Travis fungou para conter as lágrimas. Dylan colocou a mão no ombro dele. Olhei para Sav; ela estava com a cabeça baixa e a respiração mais calma, mas ainda ofegante. Eu me senti preso em meu inferno pessoal também. O inferno de ver Cill no carro, de senti-lo imóvel em meus braços.

Quando ninguém mais se ofereceu para falar, Leo disse:

— Saber sobre a morte, lamentar por um ente querido e até mesmo vê-lo depois da morte pode ser traumático. — A verdade daquelas palavras era evidente na nossa postura prostrada. — Nós nos lembramos daquele momento acima de tudo, nós o levamos gravado na memória. Quando pensamos na pessoa que amamos, a maioria evoca essa imagem primeiro. — Leo suspirou. — Mas a verdade é que a morte está ao nosso redor. Nós a vemos todos os dias, embora possamos não perceber. Caminhamos pelas árvores no outono, as folhas morrendo conforme ficam vermelhas, amarelas e marrons e caem no chão. Vemos animais morrerem, exibimos flores em nossas casas e as descartamos quando morrem. Nós sentimos isso de um jeito mais forte e profundo quando é um ente querido, é claro. Mas a morte não será uma experiência única para nenhum de nós. Experimentaremos o luto várias vezes na vida. Nós o veremos na natureza o ano todo, ano após ano. Ele nunca irá embora.

Mia fez um gesto de cabeça para Kabir. Ele foi mais para a frente no assento.

— Pelo que entendo, no mundo ocidental, a morte é algo que acontece a portas fechadas. É mais um assunto privado. — Ele não estava julgando; eu percebia pelo tom. — Aqui, especialmente em Varanasi, celebramos *todas* as partes da vida. Até a morte. Para nós, é apenas mais uma parte da jornada que fazemos como pessoas. Vivemos a vida em aberto, e isso significa que vemos a morte em aberto também.

Arrepios percorreram meu corpo. A cabeça de Savannah se ergueu, e ela ouvia cada palavra que Kabir dizia.

Ele apontou para Mia e Leo.

— O propósito de trazer vocês aqui, para esta cidade onde a vida encontra a morte, é mostrar que a morte não precisa ser temida, mas que pode ser vista como um rito de passagem comemorativo. E pode ser valorizada e sagrada também. No espaço de algumas horas, vimos peregrinos banhando-se alegremente no Ganges, lavando seus pecados. Então vimos entes queridos levando seus familiares para serem cremados e enviados para o céu. Acreditamos que morrer aqui quebra o ciclo da reencarnação e envia as almas de nossos entes queridos direto para o nirvana. Para nós, isso é algo a ser celebrado, não lamentado.

— Todos nós acreditamos em coisas diferentes sobre a vida após a morte — disse Mia. — Varanasi nos ensina a abraçar a morte da mesma forma que abraçamos a vida. Sei que pode parecer um conceito difícil de aceitar. Mas essa parte da viagem foi pensada para encararmos a nossa mortalidade. Não há lugar melhor para ver isso do que nesta cidade mágica e vibrante.

— Se eu pudesse, gostaria de mostrar uma coisa a vocês — Kabir disse, perguntando a todos nós em silêncio se estava tudo bem. — Mas teremos que voltar lá para fora.

Savannah se endireitou, preparando-se para enfrentar o ataque do luto, mas então respirou fundo e assentiu. Eu estava tão orgulhoso da força que crescia dentro dela. Podia vê-la escalando a montanha do luto cada vez mais alto, dia após dia. Estava chegando ao topo. Ela era uma revelação. Pequena em estatura, mas sua força era a de um titã.

Uma coisa estava ficando clara: ela era mais forte que eu.

— Tudo bem? — perguntei, quando nos levantamos.

— Tudo bem — ela respondeu e apertou minha mão. Apenas uma vez. — Você?

— Tudo bem — eu disse em voz baixa. Eu estava tudo menos isso. Mia e Leo não tinham falhado conosco ainda. Então, confiaria neles. Levei muitas semanas para dar algum controle a eles, mas percebia o que estavam fazendo. E aquilo tinha ajudado.

Seguimos Kabir de volta para o labirinto de vielas. Em apenas dez minutos, vimos mais dois cortejos. Prendi a respiração no momento e segurei Savannah também.

Ela tremia, mas manteve o queixo erguido. E, quando a família passou, ela abaixou a cabeça em respeito, e lágrimas brotaram dos meus olhos. Senti que tinha aprendido mais sobre a vida com Savannah em algumas semanas do que em qualquer escola.

Abaixei a cabeça também. Esperava que a passagem das pessoas tivesse sido boa. Que tivesse sido pacífica e que o nirvana realmente as aguardasse. Que imagem, chegar a um lugar livre de dor e julgamento, um lugar cheio de amor em todas as suas formas. Sem tristeza nem problemas. Apenas paz e felicidade. Esse pensamento me aqueceu com esperança. Esperança de que fosse verdade.

O som de risadas veio da esquina, tirando-me dos meus pensamentos. Kabir nos levou naquela direção. Quando chegamos, era uma mistura de padaria e doceria. Havia pessoas vestidas de branco, rindo e comendo, *celebrando*.

Kabir apontou para elas.

— Acabaram de ver o ente querido deles ser cremado.

Eu franzi a testa, incapaz de compreender. Pensei no funeral de Cillian, depois no velório. Eu mal me lembrava. Minha mãe e meu pai choraram muito. Outros familiares também. Houve muitos silêncios tensos, entorpecimento e pavor.

Não houve nenhum riso. E nenhuma celebração.

— Eles se alegram porque o ente querido está agora no céu. Livre das restrições terrenas. Está curado, em êxtase eterno. O maior desejo para qualquer pessoa que amamos é alcançar isso.

Um nó se formou rapidamente na minha garganta enquanto Kabir dizia aquelas palavras. Enquanto eu olhava para os membros da família, seus sorrisos eram largos, e eles eram puros.

Eu me perguntava quem eles tinham perdido. Eu me perguntava quem a pessoa era para eles. O quanto a vida deles seria mudada sem a pessoa nela.

— Aqui — disse Kabir, apontando ao nosso redor — nós celebramos a morte. — Ele sorriu. — A morte é a melhor lição da vida. A morte nos ensina a *viver*, pelo curto tempo que temos aqui. A morte nos ensina a viver com todo o coração e toda a alma, dia após dia, minuto a precioso minuto.

Um homem que presumi ser o dono da loja saiu e nos ofereceu um doce desconhecido. Savannah estendeu a mão.

— Obrigada — ela disse e olhou para o doce de laranja como se fosse um ponto de virada em sua vida. Ela se prendia às palavras que Kabir nos dissera, ouvindo a explicação dele com os olhos arregalados e vidrados.

O dono da loja também me deu um de presente. Olhei para aquele doce de laranja, e algo dentro de mim queria agarrá-lo, ficar com ele. Mas ainda havia uma voz que não queria que eu estendesse a mão. Era irracional, eu sabia. Mas era como se, caso fizesse aquilo, precisaria admitir que havia algo de bom na morte de Cillian. Minha mão se fechou em um punho, mas me forcei a pegar o doce. Acenei para o dono da loja em agradecimento, e ele retribuiu com um largo sorriso.

Ele estava celebrando com a família, conosco. A morte. Você percebia na expressão alegre dele que o que Kabir havia nos explicado era uma crença firme no coração daquele homem. Ele fornecia uma parte integral da celebração para uma família que tinha acabado de enviar um ente querido para o nirvana.

Imaginei que não houvesse sentimento melhor.

Olhei para o céu. Estava claro, sem nuvens. O sol estava alto, e o calor aumentava. O cheiro de açúcar e especiarias flutuava no vento. Eu queria que Cillian estivesse lá em cima também; feliz.

— Varanasi nos ensina a deixar nossos entes queridos ir embora — disse Kabir, e o barulho ao meu redor desapareceu.

Como em câmera lenta, observei Kabir, a agitação ao redor se transformando em ruído branco. Senti que ele olhou diretamente para mim, como se soubesse que era eu quem mais precisava daquela lição.

— Aqui, em Varanasi, devemos libertar a alma de nossos entes queridos das algemas do nosso coração, para que eles possam voar. Para que possam ir livremente para o nirvana sem estarem presos a nós aqui na Terra.

Savannah respirou fundo. Quando olhei para ela, seus olhos estavam fixos em mim. Eles refletiam o mesmo medo que eu sentia no coração. Eu não podia deixar Cillian partir. Se deixasse... significaria que ele realmente tinha ido embora.

— Por mais difícil que seja, há uma grande liberdade em deixar ir — concluiu Kabir, gentilmente, então se virou para falar com o dono da loja e os familiares que comemoravam. Savannah e eu permanecemos lado a lado, presos no brilho das palavras que Kabir acabara de dizer.

— Vamos voltar para o hotel — disse Mia, reunindo todos.
— Acho que o resto do dia deveria ser de reflexão.

— Estamos orgulhosos de todos vocês — disse Leo, e, entorpecidos, andamos atrás deles de volta para o hotel.

Savannah e eu estávamos de mãos dadas, como se fosse a única âncora impedindo que ambos se afastassem. Quando chegamos, Lili e Jade foram para o salão de recreação particular do nosso grupo. Travis e Dylan voltaram para a rua, em direção ao rio.

Virei Savannah em meus braços e a puxei para meu peito. Não tinha certeza de quem precisava mais do contato naquele momento, se eu ou ela. Senti seu coração bater em sincronia com o meu: um ritmo unido de confusão. Senti o peito dela subir e descer. Era estranho, depois de segurar Cillian imóvel e sem respirar em meus braços, sentir o peito de Savannah subir e descer com *vida*. Isso me trouxe um nível supremo de conforto. Para mim, não havia nada mais assustador do que um peito imóvel.

— O que você quer fazer? — perguntei.

Savannah pousou o rosto em meu peito. Quando levantou a cabeça, vi seus olhos assombrados e cansados, e não pude deixar de me abaixar e capturar seus lábios. Cada vez que a beijava, me apaixonava ainda mais.

— Vamos caminhar — ela disse.

Tinha percebido que, quando a ansiedade de Savannah estava alta, ela gostava de andar. Era uma luta para ela ficar parada. Peguei sua mão novamente e voltamos de mãos dadas para as ruas de Varanasi. Andamos em silêncio, sem seguir nenhuma direção específica, até que chegamos a uma escadaria para o rio.

— Já está confortável para se sentar, linda?

Savannah sorriu para mim e me deixou sem fôlego. Ela assentiu e nos sentamos na escadaria pitoresca, olhando para o rio diante de nós. Para os muitos barcos que levavam turistas em passeios. Ainda não tínhamos feito aquilo. Mia e Leo nos disseram que seria no final da viagem.

— É tão diferente — eu disse enquanto Savannah descansava a cabeça no meu bíceps. Queria que ela jamais saísse do meu lado. — O que Kabir nos contou sobre como a morte é vista aqui.

Pássaros pousavam nos degraus, procurando restos de comida. Savannah levantou a cabeça do meu braço para que eu pudesse vê-la. Suas bochechas estavam rosadas, um bronzeado claro na pele cor de pêssego por causa do tempo que passamos sob o sol da Índia.

— É importante... — ela disse, depois de alguns momentos de reflexão. Essa era Savannah. Nunca falava até ter algo significativo a dizer. O que tornava suas palavras muito mais impactantes. — Ver como outros países, religiões e culturas veem a morte.

Ela encarou o Ganges, as pessoas passando as mãos pela água na lateral dos barcos, tendo um breve momento de purificação da alma.

Savannah balançou a cabeça.

— Imagino que faça a gente se sentir menos sozinho. Ver tantas pessoas de luto em um lugar isolado.

Cruzei os braços e os apoiei sobre os joelhos dobrados. Coloquei o rosto nos braços e encarei Savannah, enquanto palavras escondidas no fundo da minha alma ansiavam por liberdade. Ela se virou quando sentiu meu olhar pesado sobre ela, claramente sentindo que eu precisava dela naquele momento.

— Não *consigo* deixar ele partir — sussurrei, os ossos doendo com o quanto aquela admissão me custava.

O rosto de Savannah se suavizou, e ela se inclinou e me beijou. Foi leve e gentil, como ela. Ela entrelaçou o braço no meu e disse:

— Quando Poppy foi diagnosticada, fiquei apavorada. Acordava todos os dias com um buraco no estômago, porque sabia que estávamos um dia mais perto de perdê-la.

Lamentava a cada mês que passava, porque era mais um mês que não teria com a irmã que eu via desaparecendo diante dos meus olhos.

Savannah soltou uma risada leve e sufocada que foi uma facada no meu coração.

— Peguei todos os livros sobre tratamentos de câncer que consegui encontrar na biblioteca. Eu era novinha, mas acreditava de verdade que, se pudesse encontrar algo que ainda não tínhamos tentado, isso a salvaria.

O sotaque de Savannah ficou um pouco mais carregado quando ela disse aquilo. Sem barreiras e cheia de paixão. Eu podia imaginá-la acordada a noite toda procurando uma solução.

— Foi assim que eu lidei com aquilo, acho. Eu amava livros. Era boa em ciências. Sentia que poderia ajudá-la. Até os últimos dias dela, muito depois de Poppy ter aceitado seu destino, eu continuava tentando desesperadamente encontrar uma cura.

Savannah observou uma jovem descer a escadaria e sentar-se em um nível mais baixo. Ela tinha a imagem de alguém na mão, que então levantou e colocou sobre o coração. Tive a impressão de que também havia perdido alguém.

Outra pessoa como nós.

Savannah me encarou novamente. Olhando nos meus olhos, ela disse com a voz rouca:

— Eu morria de medo de perdê-la. Agora estou com medo de esquecê-la.

O sangue sumiu do meu rosto. Savannah havia colocado palavras nos sentimentos que me roíam todos os dias. Eu me perguntava havia muito tempo se me apegava a essa tristeza e a essa raiva desse jeito para não ter que dizer adeus a Cillian. Porque estava me agarrando a ele, então Cillian nunca deixaria a minha vida.

Eu me concentrei no rio ondulante diante de nós e disse:

— Toda vez que tento imaginar um mundo onde Cillian partiu e eu segui em frente, não parece certo. — Balancei minha cabeça. — Depois que ele morreu, amigos e parentes ficavam mais por perto, nos envolviam com apoio. Deixavam comida e se sentavam com a gente enquanto desmoronávamos. Então os meses se passaram, e aquelas pessoas voltaram para a própria vida, para os próprios problemas e para a própria família, como deveriam fazer. Mas ainda estávamos lá, congelados na tristeza, incapazes de seguir em frente com a aderência implacável do luto nos asfaltando no chão. — Engoli o nó na garganta. — Víamos a vida retomar ao nosso redor, mas, ainda assim, não conseguíamos nos mexer. — Savannah veio para mais perto de mim, pousando a cabeça no meu braço, e pude respirar com um pouco mais de facilidade. — Tenho a sensação de que ainda não me mexi. Que ainda estou naquele asfalto, observando o mundo existir ao meu redor, enquanto não vivo nada disso.

— E seus pais? — A voz de Savannah era cuidadosa.

Era óbvio que eu os tinha afastado. Um lampejo de vergonha me atravessou. Leo havia falado com eles, não eu, e a culpa me atacou. Eles tinham perdido um filho. Eu sabia que estavam só tentando ajudar, mas eu sentia tanta raiva. E estava descontando tudo neles havia muito tempo.

— Eles tentaram seguir em frente — eu disse. E pousei a cabeça no topo da de Savannah. — Eles voltaram ao trabalho. Caramba, Savannah, eles estão *tentando*. — Minha voz gaguejou quando disse: — Tenho sido um filho terrível.

A cabeça de Savannah se levantou rapidamente; havia determinação em seus olhos.

— Não é verdade! — ela disse com firmeza. — Você está em luto, Cael. Está sofrendo. Está lutando. Isso não faz de você uma pessoa *má*.

Não pude evitar sorrir, apesar da dor, ao ver aquela garota pequena sair em minha defesa. E ela fez isso com a força de um furacão.

— O quê? — ela perguntou, questionando meu sorriso.

Segurei seu rosto entre as mãos, o coração inchando quando ela se aninhou nelas; seus olhos fechando com o toque. Ela era tão suave sob minha pele, mas tinha a tenacidade de um tubarão. Não achava que visse isso em si mesma. Ela se achava fraca. Eu nunca tinha conhecido alguém tão forte.

— Você está me levando adiante — eu disse baixinho, quase sem som.

Savannah inclinou a cabeça para mim, e o amor que vi em seus olhos ficaria comigo por toda a vida. Não tinha certeza de que alguém já tinha me visto do jeito que Savannah me via. Nunca havia amado ninguém do jeito que era consumido por ela e por tudo que ela era e representava.

Savannah havia passado meses e meses procurando um milagre para salvar a irmã. Eu tinha recebido um quando menos esperava. Eu tinha recebido *ela*. Talvez o universo soubesse que precisávamos um do outro para sobreviver. Talvez ele soubesse que nós dois tínhamos perdido e estávamos sofrendo, então nos enviou a outra metade da nossa alma para nos tornar mais inteiros de alguma forma.

Eu tinha certeza de que Savannah me diria que eram Cillian e Poppy conspirando de lá do lugar deles entre as estrelas.

— Eu te amo — disse, e a beijei novamente. Como poderia não amar?

Savannah retribuiu meu beijo.

— Eu também te amo, Cael Woods.

Ela chegou ainda mais perto. Não estava perto o suficiente. Então me aproximei e a levantei até ela estar sentada no meu colo. Ela riu, e foi como ouvir felicidade. Então a beijei. Eu a beijei até que meus lábios ficaram doloridos, e nós dois, sem fôlego.

Quando enfim nos separamos, um rubor cobriu as bochechas macias de Savannah, a minha nova cor favorita. O sorriso dela desapareceu, e ela acariciou meu queixo com o dedo.

— Seu luto não faz de você uma pessoa má. A maneira como você o processa não o torna fraco. Preciso que entenda isso.

— Certo — eu disse, segurando firme em sua cintura. A sinceridade dela me fez tanto querer acreditar naquilo.

Savannah olhou para a mulher que ainda estava no pé das escadas, segurando a foto de seu ente querido com força junto ao peito. Ela estava perdida em oração. Um lugar como Varanasi continha uma espiritualidade que era quase tangível. Mágica, até.

— Há medo no luto — Savannah disse de repente. Eu me concentrei novamente na minha garota. — Para mim, é um medo de que Poppy não tenha seguido para um lugar melhor como ela acreditava. Medo de que o mundo seja muito estranho sem ela. E meu maior medo... — A voz dela vacilou. — Meu maior medo é que de alguma forma eu seja feliz sem ela aqui. — Ela se virou para me olhar nos olhos. — Como eu poderia voltar a ser feliz sem ela? — Savannah engoliu em seco, então pressionou a testa na minha. — Mas eu te encontrei, e você me faz imensuravelmente feliz. — Uma lágrima escorreu de seu rosto, passando pelo meu, como se compartilhassem o mesmo caminho. — Encontrei a felicidade com você. Sem Poppy na minha vida. O que eu pensava ser impossível. Está me fazendo questionar tudo em que já me permiti acreditar. — Ela se afastou e piscou. — E a pior parte é que ela teria amado você, mas nunca vai te conhecer.

Eu odiava ver Savannah chorar. Aquilo me destruía. Mas senti um pouco mais de dor surgir no meu coração quando pensei em Cillian.

— Cill teria amado você também — sussurrei, e a dor daquilo foi uma punhalada no coração.

Mas o sorriso que aquela observação inspirou em Savannah foi como finalmente ver o sol depois de uma eternidade de escuridão.

Ela envolveu os braços ao me redor e apoiou a bochecha no meu peito. Eu a abracei também, ainda mais forte quando percebi que ela tinha adormecido. Pensei na primeira vez que a vi no aeroporto. Já tinha sentido algo por ela mesmo naquela época, mesmo através do escudo pesado da minha raiva. Alguma centelha de reconhecimento; minha alma acordando de um longo sono profundo.

Beijei o topo da cabeça de Savannah enquanto repassava cada parte da nossa viagem até então. O Distrito dos Lagos, a escalada sem fim, as sessões em grupo, os encontros individuais desastrosos, mas eu pude contar com Savannah o tempo todo, uma completa estranha. A Noruega, a aurora boreal, a praia, nosso primeiro beijo. E Savannah, dia após dia, fundindo seu coração ao meu. Almas derretendo até virarmos uma forma borrada. Dando apoio quando o outro estava caindo.

O aroma de cerejas e amêndoas invadiu o cheiro de açúcar e especiarias. O cabelo macio de Savannah pressionou minha bochecha quando deitei minha cabeça no topo da dela. Ela se moveu em meus braços e piscou enquanto observava o sol poente.

— Eu dormi? — ela perguntou, cansada.

— Só um pouquinho — eu disse, e ela virou o rosto para mim. — Vamos voltar?

A verdade é que eu poderia ficar daquele jeito com ela para sempre. Segura em meus braços. Segura de qualquer mal.

Savannah sorriu e assentiu.

Voltamos para o hotel. A noite caiu e fui para a cama. Quando eu estava prestes a dormir, meu telefone acendeu com uma mensagem.

> PAI: Espero que esteja gostando da Índia, filho. Leo disse que você está indo bem. Nós te amamos.

Meu coração disparou. Pensei na escadaria naquela tarde e na minha confissão para Savannah de que era um péssimo filho. Minhas mãos tremiam enquanto lia repetidamente aquela mensagem até meus olhos ficarem turvos. As muitas mensagens sem resposta que eles haviam me enviado nas várias semanas em que estive fora. Eles nunca pararam de tentar. Na verdade, meus pais nunca desistiram de mim. Eu os afastei, descarreguei minha raiva neles e tornei a vidas dele um inferno. No entanto, eles ainda estavam ali, tentando. Tentando tanto *por* mim.

Desbloqueei o telefone e respondi:

> EU: Eu amo vocês também. Saudade.

A resposta do meu pai foi imediata.

> PAI: Cael. Filho. Obrigado por responder. Queremos falar com você acima de qualquer coisa. Ouvir sua voz. Mas vamos esperar até você estar pronto. Estamos tão felizes por você ter respondido. Sentimos muitas saudades suas e estamos muito orgulhosos de você. Siga em frente, Cael. Nós te amamos. Por favor, continue falando conosco.

> EU: Eu vou. Prometo. Estou tentando, pai. Eu amo vocês.

Eu não conseguiria ligar para eles mesmo se quisesse. Minha garganta estava apertada de emoção, e a mensagem do meu pai ficou borrada enquanto eu a lia repetidamente e lágrimas me enchiam os olhos.

Eles não me odiavam. O impacto que aquilo teve em mim foi total.

Coloquei o celular de lado, e meu coração, antes acelerado, voltou ao ritmo normal. Sequei os olhos, então esperei pela dor que sempre vinha quando eu tentava dormir. As noites eram sempre o pior para mim. Talvez porque tinha sido quando Cillian morreu. No escuro. Talvez porque a noite me dava tempo para pensar demais. Mas, naquela noite, a dor estava reduzida.

E, com o coração um pouco mais leve, dormi melhor do que havia dormido em muito tempo.

16
Cores vibrantes e risadas altíssimas

Savannah,

Minha parte favorita de ser sua irmã e de Ida era o quanto nós ríamos. Como nos dávamos bem uma com a outra. Embora tivéssemos amigos, nunca precisávamos de mais ninguém. Éramos tão próximas quanto é possível ser.

Acho que esta é uma das coisas de que mais vou sentir falta quando partir: rir com vocês duas. Neste momento, estou pensando na noite em que Rune veio até a porta depois que descobriu sobre a minha doença. Ele veio para me levar em um encontro, e estávamos rindo da reação horrorizada do papai na porta enquanto Rune estava lá, com cara de encrenca com aquelas roupas escuras e as botas. Eu me lembro do golpe que senti no peito com a imagem. Vou sentir falta de cada minuto em que não estiver rindo com minhas irmãzinhas.

O riso é o remédio que cura a alma. Você sempre foi a mais séria de nós, Savannah. Por isso, eu me esforçava para fazer você rir. E quando você ria... ah, minha alegria era desenfreada! Você tem a risada mais doce e o sorriso mais brilhante. Eles devem ser mais compartilhados. Como sua irmã mais velha, eu insisto.

Então, encontre alegria no mundo novamente, Savannah. Encontre motivos para rir, não importa quão triviais ou minúsculos sejam. Ria até as lágrimas escorrerem pelo rosto. E saiba que estarei rindo junto com você enquanto a observo linda e livre.

Sempre vou te amar,
Poppy

Savannah

Estávamos todos vestidos de branco. Era de manhã cedo, e já podíamos ouvir as pessoas se preparando do lado de fora. Senti o cheiro das fogueiras apagadas que foram acesas na noite anterior; a empolgação das ruas pulsava como uma onda de felicidade através das paredes do hotel.

Era o festival hindu de Holi. Um dia em que os seguidores da fé celebravam a chegada da primavera, o amor eterno e o triunfo do bem sobre o mal. O festival é uma explosão de cores. Água e pó de cores vivas são jogados com alegre desembaraço. É repleto de risos e felicidade, e, por um dia, tudo é bom e cheio de positividade e luz.

O povo de Varanasi estava se preparando havia dias. Eu geralmente era avessa a participar de eventos sociais em massa. Muitas vezes me sentia intimidada. Mas até mesmo *eu* sentia uma fissura de empolgação. Sorri ao ver Cael todo de branco também.

— Estou vendo você me encarando de novo, Peaches — ele disse, em tom de piada.

Decidi que adorava essa versão dele. O lado engraçadinho, brincalhão. Ele me lançou um olhar de esguelha prolongado.

Um riso de surpresa saiu de meus lábios e explodiu acima de nós.

— Só não estou acostumada a ver você usando qualquer coisa além de preto. — Meu coração bateu mais rápido. — Você está tão lindo.

Os olhos de Cael se derreteram. Era verdade. Quando usava branco, o cabelo escuro dele se destacava com tanto orgulho; os olhos azul-prateados ficavam ainda mais claros e sedutores que o normal. Roupas brancas transformavam o olhar turbulento dele em um mar calmo e sereno.

Cael enrolou os dedos no meu cabelo, que estava preso em um rabo de cavalo alto.

— Você vai se dar mal, Peaches — ele disse, segurando firme os sacos de pó colorido que Kabir nos dera. Poderíamos pegar mais se acabassem, ali no hotel ou de vendedores na rua.

Eu ri de novo. Era uma sensação *boa*. A leveza. Esse breve escape do luto. Celebrar a virada da primavera e da luz, que o mal não tenha prevalecido. Poderia não compartilhar da fé hindu, mas fiquei feliz em abraçar a cerimônia e me jogar em um dia de pura diversão e felicidade dentro da cultura mais linda que existia.

Aparentemente Cael estava pensando a mesma coisa.

— Opa, papo de briga — disse Dylan, chegando perto de nós e esfregando as mãos. Ele me cutucou no braço. — O que acha, Sav? Eu e você contra Cael e Trav?

Eu ri enquanto Travis foi para o lado de Cael e pousou o braço no ombro dele. Travis era muito mais baixo que Cael, e a visão dos dois lado a lado era cômica. O cabelo ruivo de Travis também se destacava contra as roupas brancas.

— Equipes? — Lili perguntou, sorrindo de empolgação, enquanto ela e Jade se juntavam ao combate.

Estávamos todos esperando na porta do hotel como cavalos de corrida batendo o casco nas baias, esperando serem soltos para sair correndo.

— Três equipes — disse Travis.

Dylan passou o braço em volta dos meus ombros, elevando-se sobre mim. Desde a nossa conversa, ele parecia um pouco mais leve. Dylan havia me confiado mais algumas coisas. Havia me contado história atrás de história sobre ele e Jose e a vida deles juntos. Cada vez que terminava uma história, havia um novo brilho em seus olhos cor de âmbar. Vê-los se encherem de vida mais uma vez se tornou meu objetivo.

Com algumas pessoas, a gente simplesmente se identifica. Era assim com Dylan. Olhei para Cael. Era assim com ele também.

Ele me viu olhando e apontou para mim de brincadeira, então virou os polegares para baixo. Não consegui segurar a risada. Não conseguia parar de olhar para ele. Cael estava sorrindo. A última vez que ele sorrira tanto assim tinha sido na pista de gelo na Noruega. Cael era um atleta nato. Claramente se sobressaía na competição. Ele precisava jogar hóquei de novo. Ia além de simplesmente jogar; era *quem* ele *era*. Eu não sabia como fazer isso acontecer. Mas era verdade. O esporte e a emoção da competição eram o seu refúgio de felicidade.

E ele havia se tornado o meu.

Os sons de gritos e risadas ficaram mais próximos conforme as ruas em frente ao hotel começavam a encher e as pessoas corriam para as escadarias. Pó colorido respingava das janelas, e Dylan esfregou as mãos.

— Eu te dou cobertura, Sav — ele me disse e beijou o topo da minha cabeça.

— Melhor ficar longe da minha garota, Dyl — avisou Cael, com um sotaque carregado de Massachusetts, mas um toque de humor em cada palavra.

Dylan mexeu as sobrancelhas. Cael riu, mas então apontou para Dylan da mesma forma que tinha apontado para mim.

Fiquei impressionada por um momento. Sabia que devia estar testemunhando um vislumbre do Cael de antes da morte de Cillian. Aquele que brincava com os companheiros de equipe. O Cael livre, que não estava acorrentado pela dor.

Eu não conseguia tirar os olhos dele. As tatuagens escuras e os alargadores se destacavam contra o branco das roupas. Ele era alto e largo, os músculos dos braços definidos por anos de treinamento de hóquei. Nunca tinha conhecido ninguém mais bonito.

Dylan sussurrou no meu ouvido:

— Você está babando, Sav.

O constrangimento ardeu em minhas bochechas, e cutuquei as costelas de Dylan. A risada dele foi leve e linda. Eu o cutuquei na barriga de novo, e ele fez um som muito mais dramático do que meu toque pedia. Ao que parecia, aquilo era muito divertido para ele também.

— Pronta? — Dylan perguntou quando Kabir foi até a porta. Até Mia e Leo estavam conosco, com seus sacos de pó colorido.

— Pronta — eu disse, segurando meus saquinhos com mais firmeza. Meu coração estava acelerado. Eu não sabia o que esperar. Mas Kabir havia me dito que seria um momento de que me lembraria por toda a vida.

Caminhando até mim e Dylan, Cael deu um beijo na minha cabeça e sussurrou no meu ouvido:

— Eu te amo, Peaches. — Então a porta se abriu para o que parecia ser o interior de um arco-íris. Pouco antes de sairmos, ele acrescentou: — Mas vou atrás de você.

Eu ri quando Dylan segurou minha mão e me arrastou para a rua movimentada. Mal tinha andado dois metros quando uma bola azul atingiu meu peito. Tossi quando o pó explodiu diante de mim. Virei para ver quem tinha jogado, mas fui rapidamente atingida por outra. Era rosa. Mal conseguia ver a rua por causa das cores: azul, verde, rosa e roxo. As pessoas não tinham um alvo específico; era como estar dentro de uma pintura de Jackson Pollock.

Uma bola amarela me atingiu no flanco, e vi Cael elevando-se sobre o resto das pessoas na rua. Ele já estava coberto por um arco-íris de cores, seus olhos prateados tão brilhantes quanto o pó que o pintava. Mas percebi que *ele* tinha jogado a bola amarela em mim.

— Sav, pega ele! — Dylan gritou do meu lado.

Eu me movi por instinto e, pegando pó verde do saco, joguei nele. O rosto de Cael estava iluminado de felicidade, e isso me deixou sem fôlego. Ele aproveitou a vantagem de minha pausa momentânea e jogou roxo no meu braço. Então se abaixou e deu um rápido beijo empoado em meus lábios, como se para suavizar o golpe.

Enfiei a mão no meu saco, enquanto Cael recuava com os dentes brilhando ao sol e as próximas horas se tornavam uma confusão de cores, risos e diversão. Celebrando e vivenciando uma cultura que só tinha sido gentil conosco.

Corremos pelas ruas, sem nos afastarmos muito uns dos outros do grupo. Crianças e adultos jogavam pó e água colorida em nós, seguidos de abraços graciosos. O chão se tornou uma enorme obra de arte de rua; as paredes dos prédios, uma profusão de vida. E, durante tudo isso, Cael permaneceu por perto. Minhas bochechas doíam de tanto sorrir, meu peito estava dolorido de tanto riso, e meu coração estava pleno. A dor constante do luto havia desaparecido por ora, e eu saboreava a sensação. Era liberdade. Era hedonista.

Era tão incrivelmente *necessário*.

Precisando de uma pausa, me encostei numa pequena parte curva de uma parede, só para recuperar o fôlego. Pressionei o coração acelerado com a mão, e ri enquanto Dylan jogava o resto do pó azul em Lili. O grito dela foi ensurdecedor. Jade perseguiu Travis por um beco, e Cael pulou e a cobriu da cabeça aos pés de rosa. Assisti a tudo se desenrolando diante de mim como um filme. Observei o cabelo de Cael mudar, de uma hora para outra, de preto para um sonho néon multicolorido.

Estava tão apaixonada por aquele garoto que era quase demais para conter no coração.

Aquilo era a vida. *Aquilo,* riso e felicidade, conexão e brincadeira. A simplicidade daquele dia fez com que eu me sentisse mais viva do que me sentia em anos. E amor. Amar Cael tinha sido a maior bênção da minha vida. Permitir que outra pessoa entrasse no meu coração era uma felicidade que eu tinha afastado por muito tempo.

Não mais. Queria me agarrar ao que tínhamos com cada pedacinho de força. Agora que o tinha, não conseguia imaginar perdê-lo.

Um homem mais velho espirrou água laranja em Cael. Ele retaliou jogando uma bola azul de pó nas costas dele. Risadas e abraços foram compartilhados, e não pude evitar o sorriso que se estendeu pelo meu rosto. Como se fosse um farol para Cael, ele levantou a cabeça e me procurou pela área. Só de ver como ele me procurou com minúcia fez meu coração bater mais rápido.

Ele foi atingido por água e pó quando parou para me encontrar, só relaxando quando nossos olhos se encontraram acima da multidão. A expressão de alívio e então de amor que brilhou nas belas feições dele quase fez meu coração explodir.

Cael caminhou pela multidão, ainda sendo atingido por pó e água coloridos por todos os lados. Quando se abaixou na alcova que me servia de abrigo e esconderijo, ele riu.

— Você combina com todas essas cores, Peaches. Como isso é possível?

Eu ri também. A sensação era incrível.

— Você combina com elas também.

Fiz um borrão rosa, vermelho e azul na bochecha dele com o dorso da mão.

— Você está bem? — ele perguntou.

Várias horas haviam se passado, e as ruas se esvaziavam devagar, a cidade em preparação para as celebrações mais calmas da noite.

— Estou — disse, e segurei a sua mão.

Não sabia o que tinha acontecido naquela manhã, mas o fio que eu sentia nos unindo tinha se apertado ainda mais, ficado mais forte. As mãos dele correram para cima e para baixo em meus braços nus, misturando a tinta. Arrepios se espalharam no rastro. Senti frio na barriga e falta de ar. Houve uma mudança entre nós de alguma forma.

— Você está linda — ele disse, e senti essas palavras até os ossos.

Eu não conseguia parar de tocá-lo. Sentia a leveza que vinha dele tão poderosa quanto o sol do meio-dia na Geórgia. Era um vislumbre do que poderíamos ter. De como nosso futuro poderia ser. *Nós*, curados e aliviados do fardo do luto. Um vislumbre de um futuro em que poderíamos rir sempre e não acordar com dor. Um futuro em que poderíamos nos lembrar de Poppy e Cillian sem sentir que estávamos nos afogando, mas flutuando: penas gêmeas à deriva em mares calmos.

— Eu te amo — Cael disse, roçando a ponta do nariz pelo meu rosto.

Eu sabia que ele também sentia aquela nova reviravolta estranha em nosso relacionamento. Como se estivéssemos soldados juntos, incapazes de nos separar. Meu coração batia no ritmo do nome dele, querendo marcá-lo em minha alma. Eu o queria mais perto de alguma forma. Não, precisava disso. Ansiava por isso. Queria que ele conhecesse cada parte minha. Queria que minha alma se colidisse com a dele. Tentei identificar quando havíamos alcançado essa nova reviravolta em nosso relacionamento. Ela estava acontecendo tão gradualmente que se aproximou de nós sem nem fazer barulho. Mas poderia ter sido a maneira como nos abrimos um para o outro, exibindo nossos medos e cicatrizes mais profundos. Poderia ter sido como havíamos aprendido a confiar um no outro, nos apoiando em momentos de necessidade. Ou poderia ser o riso que compartilhamos quando nos permitimos estar livres e temporariamente aliviados do luto.

Ou poderia ser por simplesmente termos compreendido que éramos almas gêmeas, e nada além de compartilhar uma vida poderia nos tornar mais próximos do que já éramos.

Cael me beijou. Foi profundo e avassalador, mas havia um toque afirmativo nele também. Foi um beijo que eu podia sentir que nos mudou. Um beijo que prometia um futuro, um parceiro, uma alma brilhante para nos ajudar a atravessar qualquer caminho de escuridão que pudéssemos encontrar.

A mão de Cael envolveu meu rabo de cavalo.

— Não acredito que conheci você — ele sussurrou nos meus lábios. Vibrações familiares percorreram meu corpo. Frios na barriga que respondiam apenas ao comando dos beijos e toques de Cael. — Todos os dias eu acordo e agradeço ao universo por ter trazido você até mim. — Ele balançou a cabeça em descrença. — Como tive tanta sorte? — Ele expirou. — Eu não mereço você, Sav. E nunca vou deixar de agradecer por isso.

As palavras sinceras dele me deixaram sem fôlego.

Cael me beijou e me beijou. Ele me beijou até a multidão se dispersar e a primeira parte do dia acabar. Um arco-íris derramado no chão era a única evidência da celebração que havia ocorrido. Quando Cael levantou a cabeça, olhei em seus olhos e vi meu amor e afeição derramando-se de volta para mim.

Ele era meu espelho em todos os sentidos.

Ficamos ali, suspensos no momento, o ar crepitando ao nosso redor. Naquele momento, um desejo incrível tomou conta de mim. O riso, a cor, o amor que tinham sido lançados no próprio ar ao nosso redor intensificavam *tudo*. Eu queria *aproveitar* a vida. Queria agarrá-la e não soltar mais, vivê-la enquanto estava ali, feliz e saudável e envolta em gratidão. Grata pela minha saúde e por aquele garoto que segurava meu coração com tanto cuidado.

Os olhos brilhantes de Cael falavam da mesma necessidade. Eu ri de novo enquanto nos observava. O sorriso largo dele enfeitou seu rosto mais uma vez. Uma pequena covinha apareceu. Não a tinha visto antes. Não o tinha visto sorrir com tanta intensidade. Era a perfeição, aquela covinha...

Parecia combinar com a minha também.

— Estamos uma sujeira só — eu disse, tentando tirar um pouco do pó das nossas roupas e pele. Não ajudou. Estávamos cobertos por uma miscelânea de cores.

Cael inclinou a cabeça para o lado.

— Você parece a aurora boreal — ele disse, e minha respiração ficou presa no peito.

Nós parecíamos. Os dois. Outra memória que guardaria para o resto da vida. Especialmente porque Cael também estivera lá comigo.

Ele deslizou a mão na minha.

— Vamos voltar para o hotel, Peaches.

Ele me levou em silêncio da alcova isolada para as ruas enquanto aquela nova aura dançava ao nosso redor. Risadas residuais ainda podiam ser ouvidas à distância nas escadarias. Aquela cidade, onde a vida encontrava a morte, era uma maravilha. Fazia a vida não parecer tão assustadora. Porque era isto que eu tinha: medo de viver após a morte de Poppy. Pavor que minha vida pequena e confortável mudasse. Mas a vida *tinha* mudado. Foi isso que Varanasi ensinou ruidosamente e à vista de todos.

A vida mudava. As pessoas mudavam. Essa era a jornada da humanidade. Uma que não tínhamos escolha a não ser abraçar.

Voltei para o quarto e tomei banho, ainda sorrindo para as cores que se misturavam à água limpa ao circular no ralo. Quando fiquei limpa, vesti outra roupa branca. Deixei os meus cachos úmidos e soltos e me juntei ao resto do grupo no salão de recreação. Cael conversava com Travis. Ainda sorrindo, ainda energizado.

E eu ainda estava louca, perdidamente apaixonada por ele.

— Você olha para ele como eu olhava para Jose — Dylan disse baixinho, aparecendo de repente ao meu lado.

— Dylan... — eu disse, quando meu coração se apertou. Eu não queria causar dor nem desconforto a ele com meu relacionamento com Cael.

Dylan balançou a cabeça.

— Não. É uma coisa *boa*, Sav. É... — Ele engoliu em seco. — É lindo de ver. Me dá esperança também, sabe? De que talvez possa ter isso de novo um dia.

Passei os braços em volta da cintura dele e o abracei.

— Você vai. Eu sei que vai. Você é incrível demais para não viver algo assim de novo quando estiver pronto.

Dylan beijou o topo da minha cabeça.

— O que eu disse sobre beijar minha garota, Dylan? — Cael questionou, com humor na voz.

Eu me afastei de Dylan quando Cael me puxou de brincadeira para seus braços. Ele imediatamente me aconchegou e me beijou na bochecha. Fui preenchida por um calor instantâneo, e aquela estática que havia surgido entre nós ainda estava lá, e mais forte, se fosse possível. Dylan revirou os olhos brincando.

— Se todos estiverem prontos, vamos até o rio — disse Mia.

Todo o grupo estava completamente limpo depois das celebrações anteriores, com apenas algumas manchas de cor desbotada na pele, que senti que levariam muito mais banhos para sumir. Cael me abraçava com firmeza. Até mesmo o peso daquela demonstração de afeição parecia mais fácil para ele naquele dia. Eu queria me agarrar àquele lado dele o máximo que pudesse.

Luzes piscavam nas ruas enquanto o crepúsculo se aproximava. Era pacífico e silencioso, depois de uma manhã e uma tarde de caos. Era quase possível sentir a santidade do festival engrossando o ar a cada passo, simplesmente aumentando quando chegamos a uma escadaria e nos sentamos nos degraus apenas para observar e absorver a cultura. Para testemunhar um mundo muito distante do nosso.

— As pessoas passam as noites indo aos templos para Puja — Kabir explicou em voz baixa.

Fiquei impressionada com a paz ao nosso redor. Com a quietude. Inclinei a cabeça no ombro de Cael e deixei meu corpo absorver o silêncio, o significado religioso daquela cidade para as pessoas que viajaram até ali por uma série de razões. Fiquei perdida observando-as entrar e sair dos templos. O som da música religiosa enchia o ar, e eu assistia aos homens santos realizando rituais nos degraus de pedra em que nos sentávamos. Vi o quanto o festival significava para eles em seu coração e alma.

A noite avançava, e me agarrei firme a Cael, hipnotizada. Não sabia se era a emoção intensa do dia, a espiritualidade que sentia girar em cada centímetro de ar, mas me senti mudada de alguma forma. *Era assim que Poppy devia se sentir,* pensei, não pela primeira vez. E experimentar a paz com que ela vivia em sua fé inabalável preencheu outra parte do buraco em meu coração. *Era por isso que ela não estava com medo.* Eu não poderia estar mais grata por ela ter tido essa fé para ajudá-la a enfrentar a morte com tanta bravura e graça.

Cael me deu um beijo na cabeça, e levantei meu queixo para vê-lo. Ele parou de olhar os homens santos cantando e olhou para mim. Nossos olhares se encontraram e algo mais profundo se enterrou dentro deles. Eu não conseguia explicar. Era apenas... *mais*. Alguma bênção que ia até a alma que ele trouxera para mim ganhando vida entre nós. Arrepios percorreram todo o meu corpo. Mas não de medo. Da sensação de *ser o certo*. Como se o universo que eu estudava e adorava tanto estivesse gritando para mim que ele era meu, e eu era dele.

Eu sabia que Cael era meu para sempre. Talvez fosse Poppy me enviando essa confirmação. Eu não queria viver mais um dia sequer em que ele não soubesse quão verdadeiramente amado e estimado era.

Queria dar a ele tudo de mim. Se ter perdido Poppy me ensinou alguma coisa, foi que o tempo é passageiro. Não queria mais esperar um único minuto para mostrar a ele quão amado ele era. Então me aconcheguei ao seu lado e contei os segundos até que pudéssemos ficar sozinhos.

Quando voltei para o quarto, esperei impacientemente que Leo e Mia fizessem as rondas finais. Quando eles se despediram e foram para os próprios quartos, eu me levantei. Sabia que estava desobedecendo às regras e traindo a confiança deles com o que tinha planejado fazer, mas eu *precisava* de Cael. Essa era a única maneira de explicar. Queria mostrar a ele todo o meu amor e, no meu coração, senti que valia a pena correr o risco de ser pega.

Tinha acabado de chegar à porta quando uma batida suave, quase sem som, soou do outro lado. Confusa sobre quem poderia ser, abri a porta e vi Cael do outro lado. Ele observava o corredor, claramente certificando-se de que não tinha sido visto, quando encontrou meus olhos. Ele engoliu em seco, parecendo lindamente nervoso. Abriu a boca para falar quando peguei sua mão e o puxei para dentro do quarto. Eu não precisava de uma explicação para a presença dele. Eu sentia a mesma coisa.

Fechei a porta sem fazer barulho e me virei para encará-lo. Quando nossos olhos se encontraram, nervosismo correu por minhas veias. Não um nervosismo ruim, mas um que estava aceso e pulsando com *vida*. Pela intensidade nos olhos de Cael, percebi que ele queria estar comigo também. Eu o vi engolir em seco, o pomo de adão balançando sob as tatuagens que tentavam disfarçar sua dor. Mas eu via o garoto que ele era por baixo. Sempre fui capaz de ver quem ele realmente era por dentro.

Segurei a mão dele.

— Sav... — ele sussurrou, a voz grave enchendo o quarto com uma pergunta não dita. Beijei a palma de sua mão, depois cada um dos dedos. Eles tremiam levemente. — Sav — ele repetiu, as palavras lhe escapavam.

— Eu quero — falei, e me colei nele. Levei os lábios aos seus. O beijo de Cael foi hesitante, gentil e tão, tão cuidadoso. Ele me abraçou como se eu fosse frágil, um bem precioso do qual não suportaria se separar. Eu me sentia assim a respeito dele também.

Sem me afastar dos lábios dele, nos guiei devagarinho até a cama. Enquanto nos deitávamos, Cael se ergueu acima de mim e me olhou nos olhos. Afastou o cabelo do meu rosto.

— Você tem certeza? — ele perguntou, verificando se era o que eu queria.

— Tenho — respondi, a voz forte de convicção. Mas engoli um pouco de tremor quando disse: — Eu... eu nunca fiz isso antes.

Ele pousou a testa na minha.

— Nem eu.

Explodi em luz, exalando o que restava de nervosismo que vivia em meu coração.

— Eu te amo — eu disse e lentamente tirei a camisa dele.

— Eu também te amo — ele disse e enfiou a mão no bolso de trás da calça jeans para pegar a carteira. Ele tirou um preservativo, e esperei que mais nervosismo viesse. Mas não veio. Minha convicção se manteve forte.

Estava farta de ter medo de tudo e de qualquer coisa, de não aproveitar os momentos da vida por causa do medo. Em vez disso, queria aproveitar o *amor* e tudo o que ele trazia: alegria, maravilha, embriaguez. Eu queria Cael mais do que queria respirar, e queria estar com ele de todas as maneiras.

Eu queria *viver*.

Com adoração no olhar azul-prateado, ele me beijou e se derreteu no meu corpo, me tornando completamente dele. Ele segurou minhas mãos, apertando-as duas vezes. Meu coração floresceu quando ele fez isso. E ele me beijou de um jeito suave e doce. Ele me tratou como algo precioso, me respeitou e cuidou de mim mais do que eu acreditava ser possível.

Ele me fez dele até que fôssemos uma só alma. Nada nunca pareceu tão especial.

Depois, ele me abraçou junto ao peito e beijou a minha cabeça. Passei a mão pelo seu peito e pelo navio tatuado na pele clara. Os dedos de Cael acariciaram meu cabelo, brincando com os cachos que a umidade trouxera. Nunca me senti tão em paz. Tão contente. Fechei os olhos quando percebi que minha mente havia se acalmado. Aquilo fez as lágrimas brotarem.

— Sav? — Cael disse, congelando quando minha lágrima atingiu seu peito e escorreu pela sua barriga.

Com o dedo sob meu queixo, Cael inclinou minha cabeça para ele. Havia preocupação em suas feições quando o olhei nos olhos.

— Meus pensamentos estão calmos — sussurrei, e um sorriso de choro repuxou meus lábios. Cael me observou com atenção, até que percebi que ele entendeu o que eu queria dizer. E que era uma coisa boa.

— É? — ele sussurrou, passando o dedo pelo meu rosto. Cada movimento dele irradiava amor. Eu jamais iria querer ficar longe daquele garoto de novo.

— Minha ansiedade... — eu fiz uma pausa, tentando explicar. — Minha cabeça está sempre cheia, os pensamentos correndo. Isso faz com que eu me sinta fora de controle. Vencida. — Sorri e observei as tatuagens na barriga dele. — Agora... — Parei de falar e entrelacei nossos dedos. Olhei para Cael de novo. — Com você... assim — eu disse, corando. Os lábios dele se moveram, mostrando um traço de sorriso. Eu tinha percebido que ele amava quando eu ficava vermelha. — Quando estou com você, eu fico calma.

Cael aninhou meu rosto com a mão livre.

— Porque seu coração sabe que vou proteger você. — Ele engoliu em seco, mostrando vulnerabilidade. — Que sempre vou te manter em segurança. — A voz dele ficou mais rouca. — Que nunca vou deixar de te amar. — Meu coração floresceu de calidez. — Porque eu não conseguiria te amar mais mesmo se tentasse.

Cael se moveu até que estivéssemos face a face. Então me beijou, e eu soube que depois daquela noite nada entre nós seria a mesma coisa. Eu tinha dado meu coração a ele, e ele me dera o seu.

Mas confiava que Cael o manteria em segurança, que me manteria em segurança. Confiava nele com tudo o que eu era.

Cael me puxou de volta para seu peito, e me deitei nele. Eu amava aquele garoto. Ele me compreendia, e eu o compreendia. Nosso caminho para a cura ainda estava em andamento, e eu não sabia o que nos esperava, mas, ali, naquele momento, estávamos, pela primeira vez, em paz. Minutos e minutos se passaram, até que Cael disse:

— É melhor eu voltar para o meu quarto, Peaches. Não quero que a gente tenha problemas.

— Certo — eu disse, mas o abracei forte por mais alguns segundos.

Seu risinho afetuoso me fez sorrir. Ele se vestiu e, curvando-se, colocou a mão no meu rosto e me beijou com tanta suavidade que meu coração derreteu.

— Vejo você amanhã, linda — ele disse, e então foi até a porta, olhando para trás antes de sair de fininho para o corredor e voltar para o próprio quarto.

Deitei-me na cama e me senti tão feliz que pensei que fosse explodir. Sabia que não conseguiria dormir e queria tanto gritar meu amor por Cael aos quatro ventos. Queria que todos soubessem que estávamos apaixonados e que era incrível. Então, peguei o celular e liguei para a pessoa que eu sabia que entenderia a gravidade do que tinha acabado de acontecer. Ida atendeu no segundo toque.

— Savannah! — ela disse, a felicidade irradiando pelo meu celular.

— Ida... — sussurrei. — Tenho tanta coisa para contar...

17
Corações partidos e despedidas

Savannah
Varanasi, Índia
Alguns dias depois

O canto sinfônico dos sacerdotes chegava ao nosso barco no Ganges. Era nossa última noite na Índia, e estávamos participando da Ganga Aarti, uma cerimônia religiosa que acontecia todos os dias ao anoitecer, em que os sacerdotes agradeciam ao rio Ganges por suas propriedades de purificação. Eles sopravam conchas, tocavam sinos e címbalos.

Era majestoso.

Ver a cidade daquele ângulo era de tirar o fôlego. As escadarias estavam lotadas de gente, velas sendo acesas enquanto o sol descia pelo céu, trazendo a noite.

Ficamos todos em silêncio enquanto Kabir nos entregava pratos feitos de folhas e flores e uma vela acesa. Eu segurei a vela.

— Para agradecer ao rio... — Kabir disse, e então acrescentou: — E para honrar aqueles que vocês perderam.

Senti um aperto forte no coração. Arquejei ao ver muitos pratos de folhas seguindo pelo rio, pessoas e sacerdotes enviando suas oferendas. A cabeça de Cael estava abaixada enquanto ele olhava para aquela vela. Na única chama amarela, seus olhos brilhavam com lágrimas não derramadas.

Ele me viu olhando e forçou um lampejo de sorriso. Ele estava sofrendo. Lutava tanto para superar a raiva residual que guardava do irmão. Dava para ver que isso o torturava, mesmo agora. Queria tanto tirar aquele fardo dele. Mas era a jornada dele, e o movimento teria que partir dele.

— Pelas boas lembranças — eu disse baixinho, apenas para Cael. Ele piscou para conter as lágrimas, mas assentiu. Meu coração estava na garganta quando ele colocou a vela no prato, jogou-a no rio, e ela começou a se afastar: um símbolo do motivo pelo qual estávamos ali.

Para tentar deixar nossos entes queridos partirem.

Segurei meu prato por um momento a mais do que os outros, e ainda mais perto do peito. Era a lição mais difícil até agora, tentar aprender a libertar Poppy do meu coração. Queria mantê-la comigo para sempre. Mas mantê-la tão perto me impedia de seguir em frente. Pensei no que Kabir havia dito quando chegamos àquela cidade maravilhosa. Devemos libertar a alma de nossos entes queridos também. Para que eles sejam libertados desta vida.

Eu queria que Poppy voasse livre. Ela merecia seu lugar entre as estrelas; o céu noturno ansiava por seu brilho sobrenatural. Fechei os olhos e disse em silêncio: *Obrigada por me amar como você amou. Obrigada por me mostrar como amar. Sinto sua falta. Tanto... Seja livre...*

Quando abri os olhos, uma lágrima escorreu pelo meu rosto. Coloquei a vela no rio e a observei flutuar para longe. Inclinei-me para trás nos braços de Cael, que me aguardavam, e ele me abraçou tão forte que quase não consegui respirar. Ele me mantinha inteira. Eu só esperava estar fazendo o mesmo por ele. Às vezes, achava que ele estava progredindo bem. Outras vezes, me perguntava o que estaria se passando naquela mente quieta dele.

Ele só precisava continuar tentando.

Enquanto nosso barco balançava no rio, agradeci em silêncio à cidade por me fazer encarar a morte. Mas também por me deixar ver sua beleza. Nunca acreditei que poderia vê-la dessa forma. Mas ali, em Varanasi, era impossível não ver.

Enquanto admirava a paisagem uma última vez, refleti sobre o tempo que havia passado ali. Mal podia esperar para escrever para Poppy em meu diário sobre todas as coisas que eu havia visto e sentido. Sobre o que havia compartilhado com Cael. Aquele lugar sempre seria a cidade que me fez me apaixonar ainda mais pelo garoto que rapidamente se tornava meu mundo. Poppy queria isso para mim. Ela ficaria tão feliz.

E esse pensamento me deixou feliz também.

Eu não estava curada. Ainda sentia dor, mas estava deixando aquela cidade, aquele país, mais leve e talvez um pouco mais esperançosa. Deitei a cabeça no peito largo de Cael, observando os homens santos em sua adoração. Cael beijou minha cabeça, e eu sorri.

Eu poderia até dizer que estava ainda mais apaixonada.

18

Mágoas e almas gêmeas

Cael
Filipinas

— Aqui.

Savannah me passou outro prego. Eu o peguei da mão dela e sequei o suor da testa. O som dos martelos batendo ecoava em torno de todos nós. O tempo estava quente e úmido, e o sol forte nos castigava.

Naquela semana estávamos em uma área rural das Filipinas. Era um lugar deslumbrante. Tropical e verde, areia branca e macia e um mar azul cristalino. Paradisíaco. Mas o motivo para estarmos ali não era tão idílico.

Havia uma nota de tristeza no ar que nunca nos deixava enquanto reconstruíamos casas. Pelo menos para mim e para a maioria do nosso grupo. Mia e Leo faziam retiros ali nas Filipinas, em outra parte do país. Um lugar para onde as pessoas podiam ir enfrentar a dor. Era o que faríamos em breve.

Mas, antes, nos levaram para um vilarejo que tinha sido destruído por um furacão havia alguns meses. Nós nos juntamos a uma instituição de caridade que estava reconstruindo casas e ajudando os moradores que perderam tudo, até mesmo membros da família.

— Outro? — Savannah perguntou e me fez parar de prestar atenção na escola que ficava logo acima da colina.

Voluntários tinham reconstruído a escola havia um tempo. Grande parte dela estava cheia de crianças que perderam pais ou irmãos, pelo menos alguém, e, toda vez que via o prédio, meu peito quase estalava de tristeza. A maioria delas era mais jovem que nós. Mas, além de perderem entes queridos, também tinham perdido a casa. Meios de subsistência lhes foram arrancados. As plantações foram destruídas e não havia água corrente. Isso me dava uma perspectiva de perda que não tinha tido antes.

Ela poderia ser verdadeiramente absoluta.

— Exposição — Savannah disse, seguindo minha linha de visão até a escola.

Suspirei ao ouvir a palavra. Ela me dava arrepios toda vez que era dita. Esse era o tema principal dessa parte da viagem. Só tínhamos mais um país para ir depois disso. Meu sangue gelou com o pensamento. Eu não queria ir embora. Não queria ir para casa, não queria voltar para minha vida antes disso.

Olhei para a loira que estava colada ao meu lado naqueles dias, aquela sem a qual eu sentia que não conseguia respirar. Não queria deixar Savannah. Só pensar nisso me dava enjoo.

— Exposição — repeti.

Mia e Leo nos disseram que era hora de encarar o que tinha acontecido com nossos entes queridos. Que os países anteriores estavam nos preparando para isso; o mais difícil dos passos. Ali, enfrentaríamos o que tinha acontecido com nossos entes queridos de frente.

Meu sangue gelou só de pensar nisso. Não tinha ideia do que eles haviam planejado para nós no retiro. Esta parte era óbvia. Estávamos ajudando pessoas como nós, só que em um país muito distante. Na Índia, em Varanasi, estávamos cercados por pessoas que tinham sofrido perdas.

O luto estava por toda parte.

Mas eu estava nervoso com o que nos aguardava adiante.

— Mia e Leo querem que a gente vá para a escola depois que acabarmos, para jogos — disse Savannah, tirando-me dos meus pensamentos.

Assenti distraído quando vi que Savannah esperava uma resposta. Ela deu um passo à minha frente e colocou a mão em meus ombros nus, então inclinou a cabeça para o lado.

— Você está bem? Anda distraído desde que chegamos aqui. — Os olhos de Savannah estavam preocupados. Ela mordeu o lábio, ansiosa.

Varanasi tinha feito algo comigo. Desde que tínhamos saído da Índia, eu me sentia inquieto. Não sabia bem por quê. Não, eu sabia. Lá, me senti em paz. Como havia me sentido no Distrito dos Lagos, na Inglaterra. Mas colocar a vela no rio Ganges, aquele ato simples, de alguma forma havia me paralisado. Senti a nuvem escura que sempre me acompanhava movendo-se lentamente de volta para cima de mim enquanto aquela vela se afastava. Tinha feito de tudo para ignorá-la, mas ela estava lá, sempre por perto.

— Estou bem — disse a Savannah, vendo a luz se apagar em seus olhos.

Ela sabia que eu estava mentindo. Mas eu não sabia o que dizer a ela. Eu me sentia triste. Desanimado. Ver aquela vela indo embora... tinha fechado algo dentro de mim. Não sabia como explicar.

Savannah colocou a palma da mão no meu rosto.

— Estou aqui para você. Sempre.

Assenti, tentando afastar o nó que logo obstruiu minha garganta. Assenti, porque *sabia* que ela estava. Eu a amava tanto. E, melhor ainda, sentia todos os dias o amor que ela sentia por mim.

— Você pode falar qualquer coisa comigo — ela acrescentou.

Então me lançou um sorriso choroso e pegou outro pedaço de madeira. Ela o passou para mim.

— Próximo. — Eu o peguei e enxuguei sutilmente uma lágrima. Se Savannah viu, não deixou transparecer.

O pátio estava repleto de crianças brincando. Travis e Dylan estavam no meio de uma partida competitiva de pega-pega com um bando de crianças de uns dez anos. Savannah lia com duas meninas que deviam ter seis. Lili desenhava com um pequeno grupo de crianças de oito sob uma árvore, e Jade cantava cantigas de ninar com crianças talvez do jardim de infância.

Fiquei de lado, sem saber onde me encaixava. Leo me viu do outro lado do quintal e veio até mim. Eu estava encostado em uma árvore, com um buraco no estômago enquanto observava aquelas crianças brincando. Havia risos e felicidade. Elas tinham perdido muito, mas pareciam ter encontrado uma maneira de seguir em frente.

Todas, exceto uma. Um garotinho que parecia ter nove ou dez anos estava sentado de lado, sozinho. Ele observava as outras crianças com o que parecia ser inveja. Tive a impressão de estar olhando para um reflexo de mim mesmo. Estava óbvio que ele sentia dor e não sabia como interagir com os outros.

— O irmão mais velho dele morreu — Leo disse, e cada músculo do meu corpo se retesou. Minha respiração ficou mais acelerada. — Ele o salvou. Quando o furacão chegou. Ele colocou Jacob, esse é o nome do menino, em segurança, mas ele mesmo não conseguiu se salvar.

Senti náuseas. Meu sangue gelou.

Leo inclinou a cabeça na direção de Jacob.

— Ele sabe falar inglês. Eles aprendem na escola.

Meus pés estavam plantados no chão. Senti o peso do olhar de Savannah quando ela levantou a cabeça do livro que lia para seu grupo de crianças. Não me virei para ela. Em vez disso, mantive o foco em Jacob. O anseio nos olhos dele era claro como o dia: um anseio de estar com as outras crianças. Mas ele não se permitia.

Eu sabia como era.

Minha mente me arrastou para o passado. Aquilo me lembrou de Cillian me levando com ele para onde quer que fosse quando eu tinha mais ou menos a idade de Jacob. Eu me perguntei se o irmão do menino também tinha sido assim. Ele o salvara. Meu estômago se revirou. Não conseguia imaginar a culpa com a qual Jacob provavelmente vivia por causa disso. Aquele nó estava de volta na minha garganta, e lágrimas brotavam do fundo dos meus olhos. Porque sabia que, se eu tivesse estado em perigo, Cillian também teria me salvado. Se estivéssemos naquele furacão, eu sabia, lá no fundo, que Cillian teria me levado para um lugar seguro, mesmo que ele tivesse que se sacrificar por isso.

Antes que me desse conta, meus pés me levaram pelo pátio, até o banco onde Jacob estava sentado sozinho. Os ombros dele ficaram tensos quando me sentei ao seu lado. Encarei o pátio. Sorri quando uma criança pequena seguiu Travis, tentando pegá-lo. Travis gritou de brincadeira quando a criança conseguiu; ele era bom com elas.

Inspirei fundo e disse a Jacob:

— Você não quer brincar de pega-pega?

Ele negou com a cabeça e brincou com as mãos. Seu olhar estava abatido. Era assim que eu tinha me fechado o ano todo? Era assim que eu parecia para Stephan? Para meus pais? Como parecia para Savannah?

— Eu sou o Cael — eu disse. Jacob lançou um olhar para mim, então voltou a se concentrar em suas mãos. Ele estava nervoso. Eu entendia. — Você é o Jacob?

Ele assentiu, mas ainda seguiu em silêncio. Odiei aquilo. Não por ele não falar. Mas por aquela criança que claramente havia perdido seu herói não saber como seguir em frente.

Meu coração batia forte no peito enquanto eu formava uma imagem mental de Cillian. Do sorriso dele quando olhou para mim. *"Você consegue, moleque..."* Eu ainda conseguia ouvir a voz dele, como se ele também estivesse sentado naquele banco conosco, guiando-me. Fechei os olhos e senti a brisa quente correr pelo rosto. *"Ajude-o"*, disse a voz fantasma de Cillian. Aquele era meu irmão. Ele era uma pessoa tão boa. E, caramba, eu o amava tanto.

Imaginei-o passando o braço em volta dos meus ombros e me levando para assistir aos jogos de futebol americano do ensino médio. *"Esse é meu irmãozinho, Cael"*, ele dizia a qualquer um que quisesse ouvir. *"Ele vai ser o próximo Gretzky"*, dizia. Meu peito se enchia de tanta luz que era como se eu fosse feito de sol. Ele sentia tanto orgulho de mim. Mesmo poucas semanas antes de falecer, estava me elogiando...

— Ei, Cael! — ele gritou do pé da escada. — Vamos!

— Para onde? — perguntei enquanto vestia a jaqueta e descia as escadas correndo.

— Comer — ele respondeu, e o segui até o carro.

Coloquei o cinto de segurança e olhei para Cill. Ele usava a jaqueta do Crimson Hockey e calça de moletom. Aquele seria eu em breve, pensei. Quando jogássemos juntos.

— *Você está treinando direitinho?* — *Cillian me perguntou.*

Fiz que sim com a cabeça.

— *Estou* — *falei. Era verdade. Eu estava arrasando. Nada conseguia me parar naqueles tempos. Tudo pelo que eu tinha trabalhado parecia estar dando frutos.*

— *E você?* — *perguntei.*

— *Não quero falar de mim* — *disse Cillian.* — *Só quero saber do meu irmãozinho e de como ele vai conquistar o mundo do hóquei.* — Eu ri, e ele riu também. — *Você sabe disso, né? Meus companheiros de equipe já estão na contagem regressiva para você se juntar ao Crimson.*

Passamos pelo drive-thru e Cillian pediu hambúrguer e batata frita para nós. Não deveríamos comer porcaria na temporada, mas eu que não ia discutir com ele.

Cillian estacionou e pareceu se perder, simplesmente encarou o para-brisa.

— Cill? — chamei, acenando diante do rosto dele.

Ele piscou, balançou a cabeça e colocou seu sorriso despreocupado de sempre no rosto.

— Foi mal, moleque. Estou distraído. — Eu ri quando ele me entregou o hambúrguer e as batatas fritas. — Suas notas estão boas, né? — ele perguntou. Eu assenti. — Os treinadores estão felizes com o jeito como está jogando?

— Estão — respondi, e dei uma mordida no hambúrguer. Cillian sempre vinha para casa, já que o lugar ficava a um curto trajeto de carro no grande esquema das coisas. Mas ele estava vindo mais ultimamente. Passando mais tempo comigo. Checando se eu estava no caminho certo para a faculdade.

— Ótimo. — Cillian parou de comer, então colocou a mão na minha nuca, virando-me para ele. Ele parecia perdido em pensamentos novamente, mas então disse: — Eu sei que você vai longe — ele disse, e eu me senti com três metros de altura. — Que vai fazer algo épico.

— E você também vai — eu disse. Porque esse era o plano. Nós faríamos tudo juntos. Cill sorriu, mas não parecia real. Ele não respondeu.

Comecei a franzir a testa, e ele disse:

— Você assistiu ao último jogo dos Bruins? — Ele riu. — De lavada, mano!

E Cillian ficou comigo pelas próximas horas, depois me deixou em casa.

— *Vejo você no seu próximo jogo* — *eu disse, e o sorriso de Cillian vacilou.*

— *É claro* — *ele respondeu. Desci do carro e me abaixei para olhar pela janela aberta do passageiro.* — *Te amo, moleque* — *disse Cillian.* — *Lembre-se sempre disso.*

— *Também te amo* — *respondi e dei adeus. Eu odiava quando ele tinha que voltar para a faculdade. Mas eu o veria novamente dali a algumas semanas. Então, em pouco tempo, eu o veria todos os dias. Jogaria ao lado dele em Harvard. Todos os nossos sonhos finalmente se tornariam realidade...*

Pisquei contra o sol brilhante que me cegava e me arranquei daquela memória. Pensei naquela noite várias vezes. Porque, em retrospecto, vi sinais de que havia algo errado com Cill naquela vez também.

Soltei um longo suspiro entrecortado. Eu mal sentia raiva quando pensava em Cillian. Agora, havia apenas uma dor profunda no peito que nunca passava. Olhei para Jacob, que ainda brincava nervosamente com as mãos ao meu lado. Não pude acreditar quando me ouvi dizendo:

— Eu também tinha um irmão mais velho. Cillian. — Minha voz estava áspera e tensa quando disse o nome dele em voz alta. Mas as palavras estavam vindo, e isso em si já era um milagre. Vi as mãos de Jacob pela minha visão periférica. — Ele era meu melhor amigo — eu disse e olhei para Savannah, que estava amarrando o cabelo de uma menina em um rabo de cavalo que devia ter se desmanchado.

Sorri ao vê-la daquela forma. Ela queria trabalhar com crianças e se preocupava em não ser boa o suficiente. Mas ela era. Era perfeita. Sentindo meu olhar, ela olhou para cima. Savannah corou sob minha atenção, então me presenteou com um largo sorriso.

Um pouco da dor no meu peito diminuiu. Virei-me para Jacob, que me olhou nos olhos. E dessa vez ele não os desviou. Limpei a garganta e disse:

— Ele... — Tossi novamente. — Ele morreu não faz muito tempo.

Os olhos de Jacob se suavizaram um pouco. Naquele momento, percebi que ele sabia que éramos iguais. Marcados pela perda fraternal. Jacob se remexeu e perguntou:

— Seu irmão também salvou você?

Lágrimas arderam em meus olhos. Cerrei o maxilar e pisquei rápido para impedi-las de cair. A pergunta dele me roubou o fôlego. Mas, quando pensei em Cillian, um filme de velhas memórias passou pela minha cabeça. Mostrando todas as risadas e a diversão que compartilhávamos: horas e horas passadas no lago congelado, aniversários e feriados. Férias no México, apenas rindo. E todas as vezes em que tinha tido um jogo ruim e ele me esmagava no peito, beijava minha cabeça e me dizia que tudo ficaria bem. Para esquecer aquilo e voltar a me concentrar.

Seguir em frente...

— Isso — eu disse de modo quase inaudível. — Ele... ele me salvou também — falei, porque era verdade. Ele havia me salvado de todas as maneiras que contavam. Até o fim, ele foi o melhor irmão mais velho que alguém poderia desejar.

Jacob virou a cabeça para o pátio movimentado quando alguém gritou de rir.

— Você também sente saudade dele? — Jacob perguntou, virando-se para mim. Seus olhos castanhos estavam arregalados e tristes enquanto ele esperava minha resposta.

— A cada minuto de cada dia — sussurrei.

— Ele estava me ensinando a jogar futebol — disse Jacob. — Daniel, meu irmão. Ele tinha começado a me ensinar, pouco antes...

Vi a quadra esportiva na lateral do pátio.

— Você quer jogar agora?

Jacob seguiu minha linha de visão.

— Você joga futebol? — ele perguntou.
Eu sorri.
— *Mais ou menos* — eu disse. — Meu esporte é o hóquei.
Jacob abriu um pequeno sorriso.
— No gelo?
— Isso. Esse mesmo.
— Não temos muito gelo por aqui — ele disse.
Mas então ele se levantou e foi direto para a quadra. Eu me levantei e o segui. Quando ele abriu a porta, eu congelei. Porque havia uma pilha de tacos de hóquei de madeira sem marca e um balde de bolas de treino olhando para mim.
— Alguém do Canadá veio aqui. Ele também gostava de hóquei no gelo e fez isso com a madeira que não estava sendo usada nas casas — disse Jacob. Ele abaixou a cabeça. — Ele ensinou algumas pessoas a jogar um pouco em terra. Eu queria participar, mas...
Ele não conseguiu. Eu entendia isso.
Os tacos praticamente brilhavam encostados na parede da quadra, juntando poeira. Minhas mãos se flexionavam com a necessidade de segurar um. Lembrança após lembrança invadia minha mente. De Cillian me ensinando a jogar. A segurar um taco...
— *Uma mão em cima* — ele disse. O taco parecia enorme nas minhas mãos, mas Cill tinha começado a jogar hóquei recentemente e eu queria jogar também. — *Agora coloque uma mão aqui* — ele disse, colocando minha outra mão mais para baixo no taco. — *Qual é a sensação?* — ele perguntou e parou na minha frente. Ele colocou uma mão no meu ombro e apertou. *Estava orgulhoso.*
— *É boa* — eu disse, abrindo um sorriso tão largo que minhas bochechas doeram. — *É uma sensação muito boa.*
Estendi a mão, peguei um taco e soprei as teias de aranha para longe da madeira. Passei a mão pela superfície lisa e a

apertei. Na hora senti como se aquilo fosse *o certo*. Fechei os olhos e me permiti um momento de paz. Fazia muito tempo que não segurava um taco sem jogá-lo longe ou quebrá-lo em pedaços. Permaneci no momento, respirando o ar quente, sentindo que estava relaxado. Pensei em Cillian. Por um segundo, quase acreditei que senti a mão dele apertar meu ombro de novo. Orgulhoso de mim mais uma vez.

Quando abri os olhos, me virei para Jacob.

— Quer aprender como segura?

Os olhos dele brilharam de empolgação. Entreguei o taco a ele e me agachei. Ele era um menino pequeno, mas naquele momento vi um sopro de vida arder de novo em seus olhos tristes.

— Coloque uma mão em cima — orientei, imitando o que Cillian havia me ensinado tantos anos atrás. — E a outra aqui — completei, ouvindo a emoção embargar minha voz. — Qual é a sensação? — perguntei, tentando permanecer naquele momento surreal e não permitir que ele me destruísse.

— Boa — disse Jacob, e senti o ar em torno de nós brilhar. Realmente parecia que Cillian estava bem ali comigo. E eu queria muito acreditar que ele estava.

— Ótimo — eu disse, bagunçando o cabelo de Jacob.

Peguei o balde de bolas e as redes improvisadas que tinham sido jogadas ali também. Preparei tudo e ajudei Jacob a aprender a manobrar o taco, a manter o controle, a enfiar a bola na rede. Não parecia em nada com hóquei no gelo, mas era alguma coisa.

Só quando Jacob marcou e levantou as mãos no ar é que percebi que todos tinham parado para nos assistir. Dylan foi até a quadra e pegou o resto dos tacos de hóquei. Antes de fazer isso, ele me olhou nos olhos como se perguntasse silenciosamente: "Tudo bem?". Assenti, sentindo que realmente estava, e Dylan entregou os tacos para as outras crianças. Elas esperaram ansiosamente pelas minhas instruções. Olhando para o lado, vi Savannah me observando com os olhos marejados.

— Peaches — eu disse, acenando. — Vem aqui.

As bochechas dela ardiam enquanto ela se aproximava, odiando estar sob os holofotes. Peguei um taco com Dylan. Guiei Savannah na minha frente e fiquei atrás dela. Mostrei às crianças como segurá-lo, usando Savannah como exemplo. Mantive o peito nas costas dela, movendo suas mãos, dando beijos suaves em seu rosto quando as crianças não estavam olhando.

Quando elas estavam praticando, monitoradas pelo resto dos nossos amigos, a mão de Savannah descansou no meu braço.

— Você está bem? — ela perguntou. — Deve ter sido difícil para você.

— E foi — eu disse, e vi que ela percebia a emoção na minha voz. — Mas também foi bom. — Eu apertei o taco com mais força. Abri a boca para dizer algo, mas parei.

— O que foi? — perguntou Savannah, recusando-se a deixar que eu me fechasse em mim mesmo.

— Senti... — Respirei fundo. — Senti que ele estava comigo. Agora mesmo. — Mantive os olhos baixos, sentindo-me idiota. A mão de Savannah pousou em meu rosto. Ela me guiou até que a olhasse nos olhos.

— Então ele *estava* — ela disse com convicção total. — Acredito de todo o coração. Somos todos parte do mundo, nossa própria energia. Mesmo quando morremos, essa energia permanece. Talvez a energia deles fique por perto. E se lembra de nós.

Puxei Savannah para meu peito e a envolvi com os braços, apertando o máximo que podia.

Alguém pigarreou ao nosso lado. Quando soltei Savannah, Leo estava ali segurando um taco de hóquei.

— Posso não ter feito parte da equipe de desenvolvimento do Team USA como alguns, mas sei jogar um pouco... topa?

Savannah riu, e não consegui evitar que um sorrisinho brotasse nos meus lábios.

— Tem certeza de que não está muito velho? — eu disse, sentindo a leveza passar pelo meu corpo enquanto fazia a piada.

Leo apontou para mim com a ponta do taco.

— Depois dessa, não vou pegar leve com você.

— Saiam do pátio! — Travis gritou, ouvindo o desafio e posicionando as redes em cada extremidade.

Ele colocou uma bola no centro. E me movi até lá e me posicionei para o *face-off*, quando os jogadores ficam de frente um para o outro, esperando que o árbitro lance o disco. Olhei para Savannah na lateral da quadra, e ela tinha uma mão sobre o coração e lágrimas nos olhos enquanto me observava.

Aquela garota era perfeita.

Leo me lançou um sorriso competitivo, e então Travis soprou um apito que havia encontrado no galpão. E eu saí em disparada. Pelos vinte minutos seguintes, com suor escorrendo pelo rosto e pelas costas, acabei com Leo, corri pelo pátio, com o taco na mão, metendo a bola na rede tantas vezes que perdi a conta. Lamentei a falta de gelo e de patins nos meus pés, o frio na pele. Mas me senti mais como eu mesmo naquele momento do que em mais de um ano.

Leo se abaixou, um aceno de rendição lançado no ar. Mas não parei. Até quando as crianças voltaram para a aula na escola, continuei lá fora naquele pátio, praticando até ficar exausto e o sol ameaçar me dar uma insolação.

Savannah e nossos amigos ficaram e me observaram. Acho que viram como aquele momento era importante para mim. Não me importei com o público. Estava tão dentro de minha cabeça, parecia que éramos só eu e o taco de novo.

Tinha sentido falta.

Tinha sentido falta *daquilo*.

Então as crianças saíram correndo quando a aula terminou. Jacob logo se aproximou de mim. Ele ainda estava nervoso, mas disse:

— Você vai voltar?

— Amanhã? — eu disse, e ele sorriu.

O menino correu para uma mulher que presumi ser mãe dele. Ela deu um pequeno aceno. Isso me fez pensar na minha mãe. Ela viajava para todos os lugares conosco para jogarmos hóquei. Era uma ótima mãe, e eu sentia falta dela. Do meu pai também. Eles só queriam o que era melhor para mim. Estava mandando mensagens para eles todos os dias. Estava me abrindo mais. Estava me aproximando novamente dia após dia.

Uma mão pousou no meio das minhas costas. Savannah.

— Está pronto para ir? — ela perguntou.

Assenti, um pouco entorpecido pelo dia. Ela me ajudou a guardar o equipamento e então pegou minha mão.

Eu não a levei para as cabanas em que estávamos hospedados. Em vez disso, a levei para a praia. O sol estava se pondo, o dia havia perdido a ardência forte do calor e restava apenas uma brisa amena.

Soltei a mão de Savannah e caminhei direto para o mar, baixando corpo e cabeça sob as ondas calmas. Lavei o suor do corpo, do cabelo, e, quando fui à tona, Savannah estava com água até os tornozelos na praia.

A cabeça estava inclinada para trás enquanto ela se aquecia no sol poente, algo que sempre fazia. Sem que ela percebesse, eu me aproximei. Jogar hóquei novamente havia trazido uma leveza ao meu peito. Lembrar de Cillian de uma maneira boa tinha afugentado um pouco da escuridão da minha alma.

Eu estava a poucos centímetros de Savannah. Ela olhou para baixo no momento em que passei os braços em volta de sua cintura e a arrastei para águas mais profundas. Segurei firme enquanto caíamos sob a superfície. Então a levantei das ondas, segurando a minha garota com firmeza.

— Cael! — ela gritou, agarrando meu pescoço.

Ela respirou fundo e limpou a água do rosto. Não consegui evitar, mas ri. Ri do fundo do meu coração. Savannah riu também, parando apenas para colocar a mão na minha bochecha. O sorriso largo permaneceu em seu rosto. E aquelas benditas covinhas surgiram...

— Eu amo quando você ri — ela disse enquanto andávamos na água morna. — E adorei ver você jogando hoje. — Ela afastou o cabelo do meu rosto. Passou o dedo sobre os piercings no nariz e no lábio. — Você é incrível, Cael. — Ela então ficou séria. — Espero ver você jogar no gelo um dia.

Meu riso parou, mas não estava chateado nem bravo. Só não sabia como responder.

— Fui longe demais? — ela perguntou, com preocupação marcando seu sotaque lindo, tornando-o mais forte. Eu poderia ouvi-la falar o dia inteiro.

— Não — respondi, e beijei uma gota de água que escorria pelo seu pescoço.

Savannah ficou vermelha de novo, as sardas aparecendo às centenas por ela ter ficado muito sob o sol. Ela passou as mãos pelo meu cabelo de novo. Seu toque sempre me fazia me sentir melhor.

— Eu acho... acho que posso querer — eu disse. Soltei uma risada sem humor. — Mas não sei se é tarde demais. Eu simplesmente larguei meu time júnior e nem fiz contato com Harvard. Só me recusei a ir. — Olhei nos olhos azuis dela. Eles tinham a mesma cor do mar. — Meus pais explicaram tudo para o treinador, claro. Mas... — Suspirei. — Eu não fui profissional.

— Você estava, *está*, de luto. Quem não entende isso não vale seu tempo. O hóquei de Harvard teria sorte de ter você no time no ano que vem. Você é incrível.

Sorri com a ferocidade na voz dela. Então suspirei novamente.

— Ainda estou trabalhando na questão do hóquei. Preciso de um pouco mais de tempo.

— Certo — ela disse, e eu a beijei. Não consegui evitar ao notar como ela estava bonita naquele momento. Quando me afastei, ela perguntou: — Qual era o número da sua camisa?

— Oitenta e sete — respondi. Passei a mão para cima e para baixo em suas costas. — Cillian era o número trinta e três. — Ela sorriu, provavelmente porque eu tinha contado outro detalhe sobre meu irmão. Eu a beijei novamente e disse: — Você foi ótima com as crianças hoje.

Savannah suspirou.

— Você acha?

— Eu *sei* que foi — eu disse, então perguntei: — Está preocupada com essa etapa da viagem?

— Estou — ela respondeu com sinceridade. O pôr do sol brilhava na água ao nosso redor, refletindo nos olhos e no cabelo molhado dela. Isso a fez parecer um anjo. — Sei que, seja o que for que planejaram para nós, vai doer. Muito, eu imagino.

Uma pontada de apreensão apertou meu estômago. Ela estava certa. Sabíamos que as próximas semanas seriam difíceis. Mas tínhamos chegado até ali. E eu queria continuar. Abracei Savannah com mais força.

— Por enquanto, só podemos aproveitar que estamos aqui.

Savannah pressionou a testa na minha.

— Vou aproveitar estar onde você estiver.

Eu sentia o mesmo.

19

Histórias angustiantes e raiva extinta

Cael
Retiro, Filipinas
Algumas semanas depois

Meus pés pararam de repente quando Leo nos levou até uma porta fechada. Meu sangue gelou quando vi a placa. Tivemos dias para chegar àquele ponto. Sessões individuais. Sessões em grupo. O que fosse, nós fizemos. Foi brutal e intenso. Eu já estava exausto, cansado e no meu limite emocional.

Mas aquele era o dia em que eu precisaria encarar o que acontecera com Cillian. Era o dia em que eu encararia de frente o que Cillian havia feito.

Eu não tinha muito orgulho de dizer que estava completamente apavorado.

Leo pousou a mão nas minhas costas.

— Eu não te traria aqui se não achasse que você conseguiria — ele disse, pressionando a mão no peito. — Eu passei pela mesma coisa. E, embora doa muito, *ajuda*.

Eu confiava em Leo. Quanto mais tempo passava com ele e Mia, mais confiava neles. E Leo tinha trilhado o mesmo caminho que eu. Esse era o trabalho da vida dele. Eu precisava confiar nele se quisesse melhorar.

O tempo que passamos reconstruindo casas havia sido comovente. Eu tinha concordado em manter contato com Jacob por e-mail e cartas. Mas fazer algo físico, como construir casas e abrigos, tinha sido gratificante. Era com o lado emocional que eu mais tinha dificuldade.

Savannah iria para sua experiência de exposição em alguns dias. Ela estava passando um tempo com médicos no retiro. Aprendendo como eles tratavam as pessoas, especialmente as com câncer. Eu sabia que ela estava absorvendo tudo como a aluna perfeita que era. Mas vi o quanto aquilo doía nela também. A tensão que causava no luto dela por Poppy. Em alguns dias, ela iria para a ala de câncer infantil de um hospital. Exposição direta. Eu estava tão preocupado com ela. Savannah tinha feito tantos progressos. Estava preocupado que isso a fizesse regredir.

Eu me preocupava que isso acontecesse comigo também.

— Pronto? — Leo perguntou.

Não, eu queria dizer. *Acho que nunca estarei pronto*. Mas assenti. Precisava fazer aquilo. Precisava lutar pelo meu futuro. Tinha chegado até ali. A empresa de Leo e Mia possuía vários retiros ao redor do mundo. Eram todos lugares para que as pessoas fugissem dos Estados Unidos e conseguissem ajuda profissional para qualquer problema que estivessem enfrentando. Leo e Mia concentravam o tempo deles no luto, em particular, embora empregassem outros terapeutas e psicólogos para ajudar seus pacientes com uma série de problemas diferentes.

Atravessamos a porta e vimos um pequeno círculo de cadeiras, alguns homens sentados nelas. Leo me explicou que as pessoas que frequentavam aquela parte do retiro tentaram tirar a própria vida. Por vários motivos, eles ainda estavam ali. Alguns homens olharam para mim quando entramos. Naquele segundo, tudo o que via eram vários Cillians me encarando. Aquilo me abalou tanto que tive dificuldade para respirar.

— Leo — um homem disse, cumprimentando-o com um aperto de mão. Ele se virou para mim. — E você deve ser o Cael. — Ele apertou minha mão. Eu parecia um robô. Congelado de medo. — Sou Simon. O terapeuta responsável por este grupo. — Ele apontou a cabeça para Leo. — Ele é tecnicamente meu chefe. — Ele tentou brincar, sorrir, tentando me deixar à vontade, mas eu não conseguia me mover. Tudo o que via eram os homens olhando para mim. Eles tinham tentado acabar com a própria vida. Mas eu não tinha.

Por que Cillian não podia ter ficado vivo também?

Leo me levou em estado catatônico até o grupo, e me sentei. Aceitei uma garrafa de água, mas apenas a segurei. Leo sentou-se ao meu lado, um apoio silencioso. Minha garganta estava seca e fechada, e meu coração batia rápido demais. Meus olhos iam de homem para homem, imaginando o que eles haviam feito e, mais ainda, por que tinham feito aquilo. Será que tinham família? Algum deles era um irmão mais velho que quase deixou seus irmãos mais novos para trás?

— Cael, conversei com o grupo e disse a eles que você ia participar. — Meus olhos estavam arregalados, gotas de suor brotavam na minha testa. — Todo mundo aqui está disposto a dividir a própria história com você. Para ajudá-lo a entender.

Minha respiração estava ofegante. Tanto que Leo se inclinou para mais perto.

— Respire como ensinamos, Cael. Você consegue.

Pensei em Savannah. Pensei em como eu respirava com ela: inspirando por oito, segurando por quatro, expirando por oito. Imaginei-a ali, contando comigo também. Então os homens começaram a contar suas histórias. Uma mais excruciante que a outra. E eu escutei com atenção.

— ... e então eu acordei — disse Richard, um dos pacientes, o cômodo totalmente em silêncio a não ser pela voz dele. Ele passou a mão pelo rosto, como se apenas falar de sua experiência o jogasse de volta para lá, para aquele momento ruim. — E percebi que não tinha morrido. Em vez disso, estava no hospital. Meus pais estavam sentados um de cada lado da cama, apertando minhas mãos como se não fossem me largar nunca. Eu os tinha deixado apavorados. — Meus pulmões se apertaram com força com aquela imagem. Richard olhou para mim, olhou no fundo dos meus olhos. — Eles não tinham ideia do quanto eu estava sofrendo... Não tinha contado a eles. Eu me tornei um mestre em mascarar isso. — Muitos dos outros homens concordaram com a cabeça. — Eu *queria* partir. Não era um pedido de ajuda. No começo, fiquei tão chateado por não ter conseguido. Mas... — Ele suspirou e eu vi um pouco do conflito e da dor abandonarem seu rosto. — Mas então consegui ajuda, e agora estou tão grato por estar aqui. E falo sério.

Fiquei feliz por Richard, de verdade. Tão feliz por ele ter tido uma segunda chance na vida. Mas tudo em que eu conseguia pensar era Cillian. Que talvez, se eu soubesse fazer uma ressuscitação cardiopulmonar direito, eu *poderia* ter salvado meu irmão. Poderia ter trazido Cillian de volta, e poderíamos ter conseguido ajuda para ele, como foi com Richard e aqueles outros homens.

Conforme o grupo compartilhava seus testemunhos, todos diferentes, um aspecto se destacou, e era sempre o mesmo. A depressão incapacitante da qual sofriam. O transtorno opressivo que fazia muitos sentirem que a vida não valia a pena ser vivida e que a morte era a única saída.

Eu sabia que Cillian tinha sentido aquilo. O bilhete que ainda estava na minha carteira me dizia isso. E, pelas histórias que me foram contadas, soube que muitos tinham sofrido sozinhos, calados. Mas, para minha vergonha, a raiva que sempre senti por Cill ainda estava lá. Eu tinha conseguido superar os acessos de raiva e a maneira como ela controlava minha vida. Mas, quando se tratava de como me sentia em relação ao meu irmão, eu não conseguia me livrar daquilo. Eu estava tão *puto* com ele. Fiquei e ouvi as histórias de todos, para não ser desrespeitoso com aqueles que se abriam comigo, mas, no minuto em que a última pessoa falou, eu me levantei da cadeira e saí da sala.

Eu precisava respirar. Precisava me mexer. Porque Cillian poderia ter falado comigo. *Deveria* ter falado. Éramos tão próximos.

Por que ele não tinha falado comigo?

— Cael? — Simon, o líder do grupo, veio ficar ao meu lado enquanto eu andava de um lado para o outro no gramado verde do lado de fora da sala de terapia do retiro. Vi Leo na porta, observando.

— Não consigo — eu disse entre dentes. — Não consigo falar disso.

Simon sentou-se no banco ali perto e perguntou:

— Consegue se sentar?

Eu não queria. Eu me sentia carregado por uma energia infinita. Precisava correr até me livrar dela. Estava correndo de novo todos os dias, e minha forma física estava voltando. Estava ajudando. Mas agora não sabia se correr um milhão de maratonas ajudaria a esfriar o inferno que ardia dentro de mim. Não queria ficar raivoso de novo. Eu não podia voltar a ser aquela pessoa.

— Por favor — pediu Simon.

Leo voltou para dentro, para o grupo. Eu achava que nem ele conseguiria me entender agora. Simon esperou mais vários minutos até que me sentei ao lado dele. Minha perna ainda balançava, mas fiz o que ele pediu. Quando me sentei, olhei para as palmeiras e para o sol brilhante. Estava escaldante, mas dentro de mim parecia inverno.

— Eu não compartilhei minha história ali dentro — ele disse. Eu fiquei imóvel, mas continuei olhando para a frente.

— Não tentei tirar minha própria vida.

Eu me concentrei na respiração. Respeitava muito os homens lá dentro por me contarem suas histórias, por contarem como a depressão havia roubado tudo deles até que sentissem que não havia saída além da morte. Mas ainda não conseguia entender por que Cillian não tinha me contado como ele se sentia. Não havia dois irmãos mais próximos que nós. Contávamos tudo um ao outro.

— Quando eu tinha dezoito anos, meu irmão tirou a própria vida — Simon disse, e parei de me mover. Tive a sensação de ter levado uma martelada no peito. Eu me virei lentamente para Simon. Ele encarava as nuvens, mas então me olhou nos olhos quando sentiu que eu o observava. Ainda havia tristeza em seu olhar.

— Eu era como você. Cheio de raiva. Éramos próximos, meu irmão e eu. Thomas. — Ele sorriu. — Fazíamos tudo juntos. Eu era o mais novo, assim como você. — Simon se inclinou para a frente e apoiou os cotovelos nas pernas. — E, assim como você, ele não me contou como estava se sentindo antes de nos deixar. Eu fiquei furioso. Fiquei tão bravo que aquilo me corroeu como uma doença. E foi assim até que um terapeuta me fez a pergunta que virou tudo de cabeça para baixo.

— E qual foi? — perguntei, a voz brusca, mas cheia de desespero.

Queria descobrir qualquer coisa que pudesse sumir com aquela raiva de vez. Isso me ajudaria a ver Cillian de forma diferente. Eu o amava. Só precisava conseguir *entender*.

Simon se recostou e me encarou novamente.

— Todos nós sabemos que a depressão é um transtorno de humor horrível e destrutivo. Mas o problema é que muitas pessoas ignoram como ela pode ser debilitante.

Rápida e forte, a culpa envolveu meu coração.

Simon suspirou.

— Deixe-me perguntar uma coisa, Cael. — Bebi cada palavra dele. — Se Cillian tivesse tido uma doença terminal, se ele tivesse tido uma longa batalha contra, vamos dizer, o câncer, você ficaria com raiva dele por morrer?

Só de pensar em Cillian morrendo daquele jeito eu senti meu estômago se apertar tanto que parecia que aquilo nunca ia ter fim.

— Claro que não — eu disse com veemência. — Quem pensaria assim?

— Veja bem, Cael — Simon disse em voz baixa, com cuidado —, a depressão, para algumas pessoas, pode ser tão difícil de suportar que se torna uma doença terminal.

Algo estava acontecendo com o fogo dentro de mim enquanto ele falava. Estava ficando mais fraco. Perdendo calor.

Segundo a segundo, enquanto eu repetia as palavras de Simon na cabeça, aquele escudo protetor em meu peito começou a cair, expondo o coração mutilado e cheio de tristeza que jazia por baixo. *A depressão, para algumas pessoas, pode ser tão difícil de suportar que se torna uma doença terminal...*

— A depressão é uma doença que corrói toda a felicidade e luz até que não reste nada além de desesperança e desespero. Assim como o câncer devasta o corpo, a depressão devasta a mente, a alma, o espírito. É uma assassina silenciosa, roubando a vida aos poucos, momento a momento, extinguindo toda a luz da alma. — Simon colocou a mão nas minhas costas. — Entender isso pode ajudar a aplacar a raiva que sente de Cillian por ter deixado você. E talvez possa colocá-lo no caminho do perdão e te dar a chance de lamentar a morte dele sem julgamento. Talvez o ajude a entender por que ele fez o que fez, e que você não poderia ter feito nada para impedir... e, no final, nem ele poderia.

Cillian... Não...

Eu me abaixei e deixei o fogo se extinguir completamente até que eu estivesse em carne viva, exposto e contorcido de culpa. E as lágrimas vieram. As lágrimas vieram tão rápidas e livres que mal conseguia respirar, mal conseguia enxergar. Cillian estava doente. Ele não queria nos deixar, me deixar, mas a doença dele o levou embora. Assim como Poppy foi tirada de Savannah. Ele não conseguiu evitar... meu irmão não conseguiu evitar.

— Vamos voltar para o seu quarto, filho — disse a voz suave de Leo, cortando meu colapso emocional.

Quando olhei para cima, o sol havia sumido do céu e a lua estava nascendo; estrelas explodiam às centenas no céu escuro. Simon ainda estava ao meu lado. Ele tinha ficado comigo enquanto eu desabava.

Devemos ter ficado ali por horas, suspensos no tempo, com aquela nova perspectiva.

Leo colocou o braço no meu e me ajudou a ficar de pé. Eu me sentia fraco, como se minhas pernas fossem ceder a qualquer momento. Depois que a culpa se foi, a sensação era a de que eu tinha acabado de perder Cillian de novo.

— Eu o segurei nos meus braços — sussurrei para Leo e me inclinei nele, agarrando-me firmemente aos braços dele.

— Eu sei, filho. Eu sei.

— Ele não vai voltar — eu disse, e o choro que rasgava meu peito era brutal e dolorido. Minhas emoções não suportaram mais. A tristeza que se seguiu foi uma avalanche, aumentando até se tornar algo impossível de parar.

— Cael? — Uma voz que eu reconheceria em qualquer vida atravessou a névoa da minha dor. Ergui os olhos inchados e vi Savannah correndo para mim, com Mia atrás dela.

— Savannah... — eu disse, e ela me envolveu nos braços. Eu tinha chamado por ela? Talvez? Não conseguia me lembrar.

Pesado demais para ela, caímos no chão, os joelhos batendo na grama, totalmente rendidos à minha tristeza.

— Não foi culpa dele — eu disse em voz baixa e segurei Savannah junto ao peito. O aroma de cerejas e amêndoas dela também me envolveu, mantendo-me seguro em nossa bolha.

— Não foi culpa dele, Peaches. Ele estava doente. Ele estava doente e não conseguia lutar contra isso... — Eu me estilhacei na curva do pescoço dela. Sabia que Leo e Mia estavam por perto, vigiando. Só por precaução.

— Ele estava doente, meu amor — disse Savannah, passando a mão para cima e para baixo na minha espinha. — Ele era uma pessoa tão boa, que te amava tanto. Ele não teria deixado você se pudesse evitar. Eu não o conheci, mas sei disso.

Agarrei a camisa de Savannah com mais força e apenas segurei enquanto meu corpo derramava meses e meses de raiva, culpa, vergonha e tristeza no chão abaixo de nós.

Por fim, Leo e Mia nos ajudaram a voltar para o meu quarto. Deitei-me na cama, exausto e tão dilacerado que sentia a dor de uma ferida aberta. Savannah sentou-se ao meu lado. Leo sentou-se em uma cadeira do meu outro lado.

Imaginei Cillian em meus braços, quebrado e morto. Não tinha sido culpa dele... ele não era o culpado. Mas *eu* tinha colocado a culpa nele. *Eu* era o irmão ruim.

Pisquei no quarto, tendo a sensação de que via tudo diferente agora. Savannah se moveu para perto de mim, e me curvei no colo dela, braços enrolados com firmeza em volta da sua cintura. Queria ter certeza de que ela não me deixaria também. Ouvi os soluços leves da tristeza dela. Nunca me senti tão grato pelo amor e apoio de uma pessoa em toda a minha vida como me sentia naquele momento.

— Vou dar a vocês um momento a sós — disse Leo, falando com Savannah. — Volto em breve. Chame se precisar de mim.

— Obrigada — ela respondeu baixinho. Eu o ouvi sair do quarto e abracei Savannah com mais força ainda.

Respirar doía no meu peito, e meus membros pareciam feitos de chumbo. Fitei Savannah, mirando seus tristes olhos azuis.

— Eu te amo, Peaches — falei com a voz áspera. — Eu... desculpe... — completei, sentindo apenas culpa por ter colocado tudo aquilo no colo dela.

Savannah foi para baixo na cama até se deitar ao meu lado.

— Eu te amo — ela disse e afastou meu cabelo do rosto. — Não há nada pelo que se desculpar. — Preocupação estava estampada no rosto bonito dela. Preocupação comigo.

— Ele partiu, Sav — eu disse, e, pela primeira vez em um ano, realmente me permiti deixar que a ficha caísse. Era como ser chicoteado por mil lâminas. Mas eu permiti. *Finalmente.* Tudo. Absolutamente tudo. Cada grama de dor.

— Eu sei — Savannah sussurrou. Senti a tristeza na voz e no toque dela.

— Nunca mais vou ver meu irmão nem falar com ele.

— Eu sei. — Savannah deixou as lágrimas escorrerem por suas bochechas.

— E... e se ele não estiver em um lugar melhor? — Meu coração se apertou com o pensamento. E se ele nunca chegou aonde nós vamos depois desta vida?

— Ele está em paz — Savannah disse com convicção. Eu ouvia em sua voz que ela acreditava naquilo.

— Dói — eu disse, envolvendo os dedos nos dela.

Apertei a mão dela duas vezes. Nosso sinal de que eu estava desabando. Mas sabia que dessa vez eu precisava fazer aquilo. Precisava sentir aquilo. Precisava permitir que a verdadeira tristeza entrasse. Só assim eu iria melhorar.

— Você é forte — disse Savannah. — E você pode contar comigo quando não for.

Deitei a cabeça na barriga dela e apertei forte. Minhas pálpebras começaram a ficar pesadas, o sono me puxou. Mas, enquanto adormecia, imaginei o rosto de Cillian e silenciosamente disse: *Desculpe, Cill. Desculpe por não entender...*

Sinto sua falta.

Eu te amo.

E queria que você pudesse ter ficado...

20
Céus escuros e estrelas brilhantes

Savannah,

Acho que a parte mais difícil da minha doença é ver como ela impactou vocês. Eu me lembro de um dia em particular em que você e Ida foram me ver no hospital. A equipe médica tinha acabado de me dizer que meu plano de tratamento não estava dando certo e que eu só tinha alguns meses de vida. E, Savannah, eu me lembro de olhar nos seus olhos e saber que você entendia. Que eu estava morrendo. Eu tinha feito as pazes com isso. Mas sentir você desmoronar em meu abraço foi um dos piores momentos da minha vida.

Não há nada pior do que ver aqueles que a gente ama abatidos pela tristeza. Dói muito porque está fora do nosso controle. E eu rezo de todo o coração para que meus últimos meses sejam lindos. Não quero deixar a escuridão me consumir nunca, nem nas circunstâncias mais terríveis.

Espero que, quando leia isto, sua vida esteja cheia de amor e luz. Se não estiver, te dou a tarefa de se esforçar para deixar essa luz entrar. Banhe-se na graça, e então luz e esperança se espalharão para aqueles ao seu redor. Contagie-os com alegria. Cubra-os com um amor tão inflexível que não terão escolha a não ser sentir esse amor até o fundo do coração.

Sentada aqui agora, rezo para ter feito isso por você. Por mamãe e papai, por Ida. E por Rune, que ficou tão magoado com minha ausência quando ele estava na Noruega que eu não sabia se ele poderia sentir alegria de novo. Mas eu o vejo sorrir mais e mais a cada dia. Ele caminha ao meu lado, a alma gêmea que eu sempre soube que era.

Procure a felicidade, Savannah. Então espalhe felicidade e esperança para todos que encontrar. Especialmente para aqueles que mais precisam. Você é meu raio de sol. E sempre será. Sei que pode ser isso para aqueles que precisam também.

Mandando amor,
Poppy

Savannah

Fiz uma trança embutida e coloquei brincos simples de ouro nas orelhas. Alisei os vincos da blusa e da calça. Estava pronta. Meu coração batia tão forte que achei que conseguiria vê-lo por baixo da blusa. Mas fiz um grande esforço, me concentrei na minha respiração e mantive minha coluna ereta.

Eu consigo, disse a mim mesma. Fechei os olhos e falei em silêncio: *Poppy, por favor, coloque a mão nas minhas costas e me ajude a passar por isso.*

Abri os olhos e senti a ardência das lágrimas. Mas consegui afastá-las e me virei para Cael, que estava sentado na cama do meu quarto. Leo permitira que ele ficasse ali durante o dia, desde que a porta ficasse aberta. Ele tinha chegado de manhã, ao amanhecer. Leo já aparecera para nos ver várias vezes. Ver Cael. Mal tinha saído do lado dele desde que ele dera aquele importante passo.

Cael me observava com tristeza no olhar. Os últimos dias tinham sido difíceis para ele. E isso partia meu coração. Depois de escutar o grupo de homens alguns dias antes e de conversar com Simon, que o ajudara a reordenar seus pensamentos, Cael vinha sofrendo tanto.

Eu me virei e me sentei ao lado dele, que estendeu a mão. Se era possível, os últimos dias haviam nos aproximado ainda mais. Eu o vi chorar. A insônia o tomava. Estava atormentado pela dor. Mas eu fiquei ao lado dele o tempo todo. E, naquelas horas em que estava mais perdido e seu coração parecia machucado, ocorreu-me que eu tinha superado aquele estágio. Desde que começara aquela jornada com Mia e Leo e meus novos amigos, com Cael, de alguma forma eu havia ficado mais forte.

Tinha encontrado maneiras de seguir em frente.

Um calor percorreu minhas veias, e me lembrei das palavras de Poppy em seu diário. "*Procure a felicidade, Savannah. Então espalhe felicidade e esperança para todos que encontrar. Especialmente para aqueles que mais precisam. Você é meu raio de sol. E sempre será. Sei que pode ser isso para aqueles que precisam também.*"

— Como você está se sentindo? — Cael perguntou, com a voz rouca.

Senti um aperto no estômago.

— Nervosa — eu disse, e rocei os lábios pelas nossas mãos unidas. Cael levou a que estava livre até a minha nuca e me puxou para perto. Ele me beijou com leveza e compaixão. Caí nos braços dele, e meu coração se encheu. Por mais destruído que ele se sentisse no momento, ainda estava me dando apoio, sempre verificando se eu estava bem.

Olhei para o sol lá fora.

— Estou com medo de não conseguir lidar com isso. Ver os pacientes. — Engoli o nó na garganta. — Especialmente aqueles que não vão sobreviver.

Cael me abraçou mais forte e trilhou beijos no meu cabelo. Eu vi Poppy em minha mente. Quando ela estava mais doente e frágil, pálida. Eu a vi nos primeiros dias de tratamento, quando o cabelo tinha caído e ela estava deitada na cama do hospital, com o que parecia um milhão de fios presos à pele. Eu a imaginei perto do fim, quando estava em coma e achamos que nunca mais falaríamos com ela, para dar nosso último adeus.

Mas, se eu fosse me tornar a médica que queria ser, precisava enfrentar aquilo. Precisava tentar. Por Poppy. Por crianças como ela. Por famílias que colocavam a vida de seus filhos nas mãos dos médicos que faziam de tudo para salvá-los.

Seria meu primeiro passo para realizar aquele sonho. O sonho que estava determinada a realizar em homenagem à minha irmã. Em homenagem à mamãe e ao papai, a mim e a Ida e a todas as famílias que foram vítimas do câncer.

— Eu consigo — falei, secando as lágrimas e me sentando mais ereta.

Mantive a cabeça abaixada, não tão confiante quanto fazia parecer, mas Cael colocou as mãos no meu rosto, segurando minhas bochechas, e me trouxe para sua linha de visão.

— Não há ninguém que conheço mais capaz que você.

— Meu amor... — eu disse, e virei a cabeça ao toque dele, beijando a palma de sua mão.

Cael me puxou de volta aos seus lábios, beijando-me uma vez para me dar coragem, então disse:

— Vou estar aqui para você quando voltar.

Entendi a mensagem no tom dele. Estaria ali para mim, se eu estivesse destruída pela terapia de exposição. Aniquilada por causa das crianças doentes que veria naquele dia.

Uma batida soou à porta, e Mia colocou a cabeça para dentro do quarto.

— Pronta, Savannah? — Assenti. Mia sorriu, então olhou para Cael. — Leo está esperando por você, Cael.

Dei um último beijo nele, me levantei e saí, olhando mais uma vez para ele para ter força. Ele me deu a sombra de um sorriso que eu sabia que deveria ter custado muito. Então fui com Mia até chegarmos ao carro que nos levaria ao hospital infantil.

— Como está se sentindo? — Mia perguntou ao sairmos da segurança do retiro.

— Nervosa — eu disse. — Mas... — Respirei fundo para me fortalecer. — Mas pronta, acho.

— Você chegou tão longe, Savannah. — Senti o orgulho na voz dela. — Você fez progressos incríveis.

— Obrigada — respondi, e pensei no jantar da noite anterior.

O grupo estava taciturno. Todos, menos eu, tinham ido às sessões de exposição. Dylan se encontrara com aqueles que perderam parceiros ou melhores amigos. Seus olhos estavam vermelhos quando ele voltara, mas havia uma leveza lá também. Travis se encontrara com alguns sobreviventes de tragédias em que colegas de classe faleceram. Lili se encontrara com adolescentes que perderam os pais. E Jade se encontrara com pessoas que perderam membros da família em acidentes de carro. E então, é claro, havia Cael.

Mia e Leo haviam me apresentado a alguns oncologistas que conheciam por meio de seus programas. Passei dias conversando com eles, ouvindo-os falar da vida e da carreira. O que só me deixara mais determinada a me tornar médica também. Quando a dra. Susan Dela Cruz, uma das chefes da oncologia do hospital infantil local, perguntou se eu gostaria de ir à ala de câncer e acompanhá-la, eu não sabia se conseguiria. Mas, depois de conversar com Mia e Leo, decidíramos que aquilo me faria bem.

Eu estava atormentada pelo medo. Mas, se aquela viagem havia me ensinado alguma coisa, é que precisava enfrentar o medo para derrotá-lo. *Eu* precisava derrotá-lo. Estava farta de fugir.

Uma hora depois, chegamos à cidade e paramos em frente a um edifício branco e alto: o hospital infantil. Minhas memórias de hospitais estavam envoltas em escuridão. Mas tentei mudar meus pensamentos para vê-los como um lugar de segurança e esperança para aqueles que sofriam de doenças potencialmente fatais.

Um lugar de cura, e não de perda.

Enquanto atravessávamos as portas de vidro, o cheiro de desinfetante me envolveu, o que logo me fez voltar para a lembrança de Poppy deitada na cama, em coma, perfurada por fios e oxigênio. Mas respirei em meio à dor dessas memórias e me concentrei no momento quando ela tinha recebido alta. Quando ela tinha voltado para casa para passar seus últimos dias com aqueles que mais amava. Em paz.

Susan observou meu rosto.

— Como você está se sentindo?

— Quero fazer isso — eu disse, e esperei que a mão de Poppy estivesse nas minhas costas, como havia pedido a ela. Precisava dela para me ajudar a passar por aquilo. Segui Susan até a ala da oncologia.

— Estamos com a ala cheia — disse Susan, e meu coração se apertou. Tantas crianças. Ela deve ter visto a tristeza nos meus olhos, pois esticou o braço e colocou uma mão no meu ombro. — Estamos confiantes de que podemos salvar muitas delas.

Mas não todas...

Assenti, incapaz de encontrar minha voz. Estava sendo generosa comigo mesma. Minha força e minha convicção para fazer aquilo tinham diminuído momentaneamente, mas eu ainda estava ali. Ainda estava tentando.

Susan digitou o código de segurança nas portas e entramos. Enfermeiros vieram falar com ela. Por não saber o idioma, não conseguia entender nada, então deixei o olhar vagar para as janelas ao redor dos quartos. A tristeza apertou meus pulmões a ponto de doer quando vi um menino sem cabelo deitado na cama, lendo um livro. Ele estava pálido e magro, e ao lado dele havia uma mulher, que presumi ser sua mãe, segurando a mão dele como se nunca fosse soltar. Na cama ao lado havia outra paciente: uma menina, com não mais que dez anos, dormindo, com poucos tufos de cabelo crescendo novamente no couro cabeludo liso.

Uma enxurrada de memórias me invadiu. Lembrar de Poppy em todos esses estágios foi como se balas estivessem perfurando minha força. A mão de Mia pousou nas minhas costas e, por um segundo, pensei que tinha sentido Poppy.

— Se for demais, podemos sair por alguns minutos — disse Mia, e eu balancei a cabeça. Eu ficaria. Eu queria ficar. Encarar aquilo.

Estava na hora.

Mia assentiu bem quando Susan voltou com um prontuário.

— Estou prestes a começar as rondas — ela disse, observando meu estado abalado. — Sei que não vai entender a língua na maior parte do tempo, mas temos uma menina de catorze anos que é filha de um inglês. Se quiser, acho que vai gostar de falar com ela. — Minha pulsação acelerou no pescoço. Susan sorriu. — Ela sabe que você está vindo. Está animada para te conhecer.

— Certo — eu disse com a voz rouca. Catorze. Ela não era muito mais nova do que Poppy quando recebeu o diagnóstico. Olhei para Susan. — Ela está melhorando?

Percebi imediatamente pela expressão de dor de Susan que ela não estava.

— Ela tem linfoma de Hodgkin em estágio avançado. Tem apenas alguns meses de vida. Parou de responder ao tratamento.

Minha visão embaçou. Ela tinha a mesma doença que Poppy. E estava morrendo.

— Queremos que enfrente as coisas, Savannah, mas apenas até onde conseguir aguentar — disse Mia, e Susan assentiu.

Imaginei o rosto sorridente de Poppy. Como ela tinha sido forte e vibrante até o fim.

— Quero fazer isso — eu disse com a voz rouca. — Quero conversar com ela.

Susan abriu um sorriso largo em resposta.

— Vamos fazer as rondas primeiro. Depois levo você até Tala.

Tala. O nome dela era tão lindo.

Segui Susan até o primeiro quarto, afastando-me o suficiente para dar espaço para que ela fizesse seu trabalho. Ouvi o tom suave enquanto ela falava com as crianças, a vi sorrir muito e tratá-las com tanta gentileza e respeito que era inspirador.

Susan me contava antes de entrarmos em cada quarto em que estágio o paciente estava da doença. Se tinha acabado de começar a quimioterapia, se estava quase terminando. Mas os que mais causavam dor eram aqueles que estavam em cuidados paliativos. Eu olhava para seus olhos cansados e sorria. Quando alguns tentavam sorrir de volta, quando seus pais apertavam minha mão, era atingida por um momento de pura raiva. Não era justo que estivessem perdendo aquela batalha. Não era justo que a família os perdesse lentamente, dia após dia.

Mesmo aqueles que estavam tristes, chorando e exaustos, para mim brilhavam com a força interior de um guerreiro.

Assim como Poppy tinha brilhado.

Paramos no último quarto. Susan se virou para mim.

— Este é o quarto da Tala.

Senti um aperto no coração e controlei a respiração. Não queria que ela me visse chateada. Já estava passando por muita coisa.

— Estou pronta — falei, endireitando a coluna.

Susan entrou em um quarto privado, e eu a segui. Tala estava deitada na cama. Ela era frágil, com cabelo curto. A bagagem estava ao lado, e ela usava roupas casuais. E, quando me viu, seu sorriso foi ofuscante.

— Tala — disse Susan. — Como está se sentindo? — Ela falou em inglês dessa vez.

— Bem — a menina respondeu, e então voltou o olhar para mim novamente. Meu coração parou quando vi que ela tinha olhos verdes. Meu lábio inferior tremeu, mas respirei fundo e me segurei. — Você é a Savannah? — perguntou, com um leve sotaque. Era tão lindo.

— Eu mesma — disse, e fui apertar a mão dela. Tala apertou a minha com força.

— A dra. Dela Cruz me disse que eu receberia uma visita hoje. Dos Estados Unidos. — Um sorriso empolgado se abriu em seus lábios.

— É um prazer te conhecer, Tala. — Certifiquei-me de que minha voz estivesse firme.

— Você quer ser médica?

— Isso mesmo.

— Por quê? — ela perguntou, e senti o sangue gelar. Olhei para Susan, a dra. Dela Cruz, que assentiu, encorajando-me. Então ela disse a Mia:

— Vamos deixar as meninas conversando por um tempinho?

Mia olhou para mim, e assenti. Mia e Susan saíram do quarto, e Tala deu um tapinha na beirada da cama.

— Por favor, senta — ela disse. — Minha família vai chegar em breve. — Ela sorriu. — Estou indo para casa hoje... — Ela parou de falar e me sentei ao seu lado. Eu sabia por que ela estava indo para casa. Pelo mesmo motivo que Poppy tinha ido perto do fim.

Tala não soltou a minha mão. Ela estava fraca, mas tinha muita força.

— Por que você quer ser médica? — ela perguntou novamente. — De pacientes com câncer? — acrescentou.

— Isso. Câncer infantil, especificamente. — Ela me observou e esperou pela segunda parte da resposta. — Eu tive uma irmã mais velha... — comecei, lutando para manter a voz firme, piscando para afastar as lágrimas. — Ela teve câncer, linfoma de Hodgkin. Igual a você.

O rosto de Tala ficou sério.

— Onde ela está agora? — perguntou, e minha alma chorou.

Olhei no fundo dos olhos verde-floresta dela.

— No céu — respondi, e me permiti acreditar naquilo de todo o coração.

Os dedos de Tala apertaram os meus. Ela olhou para nossas mãos unidas. Então disse:

— Eu também estou morrendo. — Aquelas quatro palavras abriram um buraco imenso na minha alma.

— Eu sei — sussurrei, e apertei a mão dela com mais força.

Lágrimas fizeram aqueles olhos verdes brilharem.

— Eu tento não ficar com medo. Mas às vezes... — Ela engoliu um seco, uma só lágrima escorreu pelo seu rosto. — Às vezes não consigo.

— É compreensível — eu disse, e fui para mais perto dela. — O que você está enfrentando é a coisa mais difícil que uma pessoa pode enfrentar.

— Sua irmã sentiu medo? — ela perguntou. — Qual era o nome dela?

— Poppy — falei. — O nome dela era Poppy.

— Poppy — Tala repetiu, fazendo o nome ressoar. Ela sorriu. — Gosto desse nome.

Ela esperou que eu respondesse à pergunta dela.

— Poppy não sentiu medo — eu disse. — Pelo menos tentava não sentir. — Pensei na resiliência de Poppy, em seus sorrisos e na felicidade inata que ela radiava até seu suspiro final. — Ela era tão feliz. Amava a família e o namorado, muito. Ela amou a *vida*... até o final.

Tala virou a cabeça e olhou para uma foto ao lado da cama. Havia uma mulher filipina, um homem caucasiano, um menino e uma menina. E, claro, havia Tala, com os braços em volta de todos eles.

— Eu também amo a minha família — ela disse, passando um dedo pelos rostos sorridentes. Virou-se para mim novamente. — Acho que meu maior medo é deixá-los para trás.

— Também era o de Poppy. — Envolvi as duas mãos em volta das dela. — Mas estamos bem — eu disse, e senti algo dentro de mim mudar. Estava ficando melhor. Pela primeira vez em quatro anos, tinha esperanças de estar ficando melhor. De que *ficaria* bem. Sorri. — E eu ainda converso com Poppy. No túmulo dela, perto de onde moramos. E falo com ela nas estrelas.

— Nas estrelas? — perguntou Tala.

Abri um sorriso discreto para ela.

— Gosto de pensar nela brilhando sobre mim, vivendo entre as estrelas. — Uma lágrima escorreu pelo meu rosto. Eu me lembrava de Poppy com *alegria*. — Ela brilhava tanto nessa vida, eu sabia que ela só poderia brilhar mais ainda na próxima.

Tala abriu um sorriso, que logo sumiu de seu rosto.

— Gostei disso — ela disse. — O que você falou sobre as estrelas.

— Então o que foi? — perguntei, notando que ela tinha algo na cabeça.

— Eu só me sinto muito cansada ultimamente. Tão cansada. — Ela levantou a cabeça e olhou para mim. — Não sei se brilho tanto quanto sua irmã. Às vezes, acho que minha luz está se apagando. Que as coisas estão ficando escuras.

Meu coração parou por um segundo ao ouvir aquelas palavras. Eu me curvei, apertei mais as mãos dela e disse:

— As estrelas brilham mais no escuro.

O sorriso que ela me deu em resposta rivalizou com o brilho das estrelas, da lua e do próprio sol.

— Meu nome, Tala, em tagalo, nossa língua, significa "estrela brilhante". Fui batizada em homenagem à deusa das estrelas.

Então eu senti. Uma ondulação do destino brilhando entre nós. A sensação de uma mão suave pressionada nas minhas costas, e soube que Poppy estava ao meu lado. Uma sensação de ventura ou algo parecido encheu o quarto. Eu sabia que o caminho de Tala e o meu estavam destinados a se cruzar. Eu estava destinada a conhecê-la, e ela a mim.

Uma batida soou à porta, e Susan colocou a cabeça para dentro.

— Tala, sua família está aqui para te levar para casa.

A porta se abriu mais, e um menino e uma menina entraram, pulando na cama de Tala, envolvendo-a em seus pequenos braços.

— Você está voltando para casa, querida! — disse da porta um homem com sotaque inglês, corando levemente quando me viu ao lado da filha. — Ah, perdão pela interrupção.

— Imagina — respondi. Quando olhei para ele, vi os olhos verdes de Tala me encarando. Sorri para ele e para a mulher que entrou em seguida, a mãe dela.

Eu me levantei da cama, soltando a mão de Tala. Ela sorriu para mim.

— Tchau, Savannah.

— Tchau, Tala — eu disse, a garganta áspera. Porque eu sabia que nunca mais a veria.

Ela engoliu em seco e, sobre a cabeça da irmã e do irmão, disse:

— Vejo você das estrelas.

Abri um sorriso choroso para ela.

— Vou procurar você — consegui responder antes de sair do quarto e entrar na sala privada à esquerda.

Levantei a cabeça em direção ao teto e deixei as lágrimas escorrerem em rios gêmeos dos meus olhos. Cobri o rosto com as mãos e apenas deixei toda a tristeza pela situação de Tala transbordar.

Ela era tão corajosa, tão pura. Uma alma tão linda e não merecia morrer.

— Savannah? — Mia entrou no cômodo, seguida por Susan, fechando a porta ao entrar.

— Quero fazer isso — eu disse, sem sentir dúvida nenhuma, com a voz embargada de emoção. — Quero ser oncologista pediátrica. Quero ajudar a curar essas crianças que não merecem estar doentes. Quero trabalhar tão duro que um dia o câncer não vai tirar as pessoas de seus entes queridos. Quero colaborar para que o câncer, *todo tipo de câncer*, seja curável. Eu quero isso. Tanto.

A cada palavra, minha voz ficava mais forte. *Eu* ficava mais forte. Queria tanto aquilo que sabia que iria para Harvard no outono. Que iria para o curso preparatório de medicina e só pararia quando nenhuma outra família precisasse perder uma Poppy, uma Tala. Perder um ramo precioso de sua árvore genealógica.

— Eu consigo — disse a Mia. — *Sei* que consigo. — Eu sorri e completei: — Porque terei Poppy no meu coração.

Os olhos de Mia brilharam e ela me abraçou.

— Estou tão orgulhosa de você, minha menina.

— Obrigada — sussurrei.

A verdade é que eu estava orgulhosa de mim também. E estava imensamente orgulhosa de Poppy por me fazer ver isso. Por seu diário, que me encorajava e me abraçava através das páginas quando eu não tinha seus braços para me abraçar na vida real. E estava orgulhosa de Tala, por me permitir aquele presente: falar com ela, me ajudar a encontrar minha força interior quando eu pensava que ela tinha se perdido. Estava honrada por ter conhecido aquela garota.

Saí do hospital a passos determinados e com um senso de propósito no coração. Eu enfrentaria o que viesse pela frente com gratidão no coração. Porque eu tinha uma luz que poderia compartilhar com o mundo. Assim como Poppy tivera. Nós tínhamos o mesmo sangue. O que corria por ela corria por mim.

Eu faria aquilo por nós duas.

21

Gestos cuidadosos e renascimento musical

Savannah
Manila, Filipinas
Alguns dias depois

Era nossa última noite nas Filipinas. Tinha sido o país mais emotivo e difícil da nossa viagem. Eu ainda estava em carne viva por causa da conversa com Tala, mas minha determinação se manteve forte. Sabia que não voltaria atrás no que queria da minha vida. Eu seria médica. Estava firme nessa ambição.

Mas isso não significa que eu não estava emocionalmente abalada por me encontrar com as crianças doentes e as que estavam morrendo. Por conversar com Tala sobre seus últimos dias e o que vinha depois.

Eu tinha falado sério. Procuraria Tala nas estrelas do mesmo jeito que fazia com Poppy. E do jeito que agora procurava por Cillian.

Naquela noite, estávamos em Manila. No dia seguinte, voaríamos para o Japão. Mia e Leo nos disseram na noite anterior qual seria nosso último país. Fiquei sem fôlego quando eles contaram. Porque era o começo da primavera. E, no Japão, isso significava uma coisa: as cerejeiras estariam em flor.

Poppy sempre quisera ver o Japão e as flores de cerejeira. Não passou despercebido para mim que terminaria minha viagem de cura entre as flores que ela tanto amava.

— Está pronta?

Virei a cabeça para a porta do meu quarto no hotel. Cael estava lá, com uma camisa social de manga comprida, os primeiros botões abertos, e calça preta de sarja. O cabelo estava penteado, sem o gorro. O rosto estava bem barbeado, e eu podia sentir o cheiro de sal marinho e neve fresca de onde estava sentada. A beleza indiscutível dele me fez engolir em seco.

— Cael — eu disse. — Você está deslumbrante. — Senti minhas bochechas queimarem. Aquela era uma coisa que eu sabia que nunca deixaria de lado: a facilidade com que ficava constrangida.

A variedade de tatuagens de Cael se destacava orgulhosamente em sua pele bronzeada. Um pequeno respingo de sardas decorava seu nariz, destacando ainda mais os piercings prateados no nariz e no lábio.

Os braços dele estavam cruzados sobre o torso enquanto ele se inclinava contra a porta, mas o olhar azul-prateado tinha um ar suave quando pousou em mim. Levantei-me do assento da penteadeira e passei as mãos pelo vestido de verão azul-claro que usava. Meu cabelo estava solto em ondas suaves, e eu tinha calçado sandálias de salto alto. Coloquei brincos de ouro nas orelhas e até havia me maquiado um pouco.

Fui levantar a cabeça, para perguntar como estava, mas, antes que pudesse, os braços de Cael me envolveram, puxando-me para seu abraço forte. Com a boca no meu ouvido, ele disse:

— Merda, Peaches, você está incrível.

Minhas bochechas queimaram, mas eu abri um sorriso largo.

Cael recuou e afastou meu cabelo do rosto. Ele examinou cada uma das minhas feições e disse, rouco:

— Nunca vou entender como você se arriscou comigo. Mas nunca vou deixar de ser grato.

— Meu amor — murmurei enquanto ele beijava minha testa, cada uma das minhas bochechas e, finalmente, meus lábios.

Nem pareceu se importar com o brilho labial que eu usava. Ele me beijou profunda, completamente, a língua gentil encontrando a minha. As mãos de Cael envolveram meu cabelo, e ele me manteve rente ao peito. Ele me tratava como um tesouro, de todas as maneiras possíveis.

Se havia uma coisa que eu agora sabia neste mundo era a sensação de ser amada. Ser adorada. Como era receber apoio tanto nos momentos mais fracos quanto nos mais fortes.

Eu sabia o que uma alma gêmea era de verdade.

Quando Cael deu um passo para trás, entrelaçou nossas mãos. Ele me estudou por tanto tempo que minha nuca se arrepiou.

— Espero que você saiba o quanto eu te amo — ele sussurrou.

Meu coração floresceu como um botão na primavera, mas havia uma pitada de tristeza em minha alma que refletia o pesar na voz rouca de Cael, em sua postura.

Os ombros dele não estavam tão retos como de costume, os sorrisos largos tinham desaparecido, e a risada se tornara inexistente. Ele estava trabalhando incansavelmente com Leo naqueles dias. Mas o fato é que Cael tinha recuado um pouco com sua terapia de exposição. *Não*, não recuado; ele foi colocado no caminho *certo*. Mas era imensamente difícil para ele, e eu desejava todos os dias poder mandar a dor dele embora.

Eu respirava um pouco mais aliviada agora. A respiração de Cael andava difícil. Eu o observei na noite anterior com nossos amigos e fiquei em pânico. Ele estava tão reservado, tão distante, que sabia que os outros também haviam notado.

Ele nunca foi muito falante, mas estava mais silencioso e retraído. Nos últimos dias, parecia que estávamos em lugares diferentes com nossa dor. Vi isso no grupo também. Cinco de nós estávamos mudando: mais saudáveis mental e emocionalmente. Cael havia ficado para trás, e foi a coisa mais difícil de testemunhar.

— Você está bem? — perguntei, traçando de levinho o dedo sobre o piercing labial dele. Eu amava a sensação daquele acessório nos meus próprios lábios quando nos beijávamos. Os olhos claros de Cael foram para o chão. Quando ele os voltou para cima, estavam atormentados pela dor.

— Só estou triste, Peaches — ele disse baixinho. — Estou só... — Ele soltou um longo suspiro. — Estou só muito triste.

— Eu sei — falei, e o abracei. Pensei ter sentido uma lágrima cair no meu ombro, mas, quando Cael levantou a cabeça, os olhos dele estavam secos. — Consegue ir a esse jantar hoje? — perguntei.

Mia e Leo tinham marcado um jantar em um restaurante local. Uma rara noite longe da terapia pesada que aquele trecho da viagem havia proporcionado.

Uma chance para todos nós recuperarmos o fôlego antes do voo do dia seguinte.

Cael assentiu, e um sorriso repuxou o lado direito de sua boca.

— Consigo.

— Que foi? — perguntei, desconfiada de seu sorriso.

— Posso ter algo planejado para nós mais tarde.

Senti um friozinho na barriga.

— Sério?

— Sério — ele disse, mas então vi um lampejo de preocupação. — Eu só... só espero que dê tudo certo.

— Vai dar — eu disse, e beijei o dorso da mão dele. — Sei que vai.

Cael me levou para fora do quarto e encontramos Travis e Dylan no corredor.

— Nossa! — disse Dylan. — E não é que vocês dois ficam uma graça arrumadinhos?

Eu ri, então admirei Dylan e Travis. Eles também estavam de camisa social e calça de sarja, e tão bonitos. Era bom se arrumar um pouco depois de todas as muitas, muitas semanas vestidos tão casualmente.

— Vocês estão lindos — eu disse, e beijei os dois no rosto.

— Bem, obrigado, senhora — disse Travis, abrindo um sorrisão. Ele olhou para Cael. — Você está bem, cara?

Cael assentiu, desanimado, então apertou o botão do elevador. Eu percebia que Travis e Dylan estavam preocupados com ele. Mas não diriam nada que pudesse aborrecê-lo. Todos nós queríamos que Cael se curasse. Tinha toda a nossa força por trás dele.

Encontramos Mia, Leo, Lili e Jade na recepção e fizemos uma curta caminhada até o restaurante sob as luzes da cidade de Manila. O ar estava ameno, e a brisa, leve. Parecia que a noite beijava nossa pele. No restaurante, Cael se sentou à minha direita, e Dylan, à minha esquerda. Era uma mesa redonda em uma sala privativa, e podíamos ver todos do grupo. Leo bateu com a faca em seu copo com água e o levantou. Todos nós seguimos o exemplo.

— Ao Japão — ele disse, e tomou um gole.

— Ao Japão — ecoamos, e também bebemos.

Quando todos nós baixamos os copos, Mia disse:

— Como vocês sabem, nossa estadia aqui nas Filipinas foi dedicada à exposição. — Ela abriu um sorriso orgulhoso, mas cauteloso. — Sei como essa parte foi difícil para vocês. Sempre acontece com todos os grupos. É a parte que nos deixa mais abalados. Mas também é a que mais pode ajudar.

A mão de Cael apertou a minha coxa. Estiquei o braço e envolvi os dedos nos dele. Senti seus músculos tensos relaxarem um pouco com o meu toque.

Leo limpou a garganta.

— No Japão, chegaremos ao estágio final: aceitação.

Arrepios me percorreram com aquele anúncio. A mesa estava quieta e, quando olhei nos olhos de Dylan, Travis, Lili e Jade, me senti tomada pela emoção. Nós tínhamos conseguido.

Agarrei-me firmemente a Cael e olhei para ele também. Os olhos fitavam a janela. Eu queria abraçá-lo com força e tirá-lo de toda sua dor. Mas não consegui, então simplesmente deitei a cabeça em seu ombro e suspirei quando ele deu um beijo suave na minha cabeça.

— O Japão é um país deslumbrante, e o que planejamos para vocês lá vai inspirá-los e fazê-los ir um pouco mais longe.

Leo assentiu para Mia, que disse:

— Estou tão orgulhosa de todos vocês. E espero que, ao embarcarmos para mais um país, vocês também estejam orgulhosos de si mesmos. — Ela fez uma pausa e acrescentou: — Todos vocês.

Percebi seu olhar sutil na direção de Cael. Porque ele deveria estar orgulhoso de si mesmo. Ele se livrara da raiva em relação ao irmão que o mantivera cativo e abrira o coração para a cura.

Eu estava mais orgulhosa dele do que de mim mesma.

A refeição estava deliciosa, e o clima ao redor da mesa era leve. O alívio por estarmos deixando para trás a parte mais difícil da viagem pairava no ar, e nós compartilhamos risadas.

Quando a refeição terminou, Mia se levantou.

— Travis, Dylan, Lili, Jade, vocês vêm comigo.

Nossos amigos se levantaram, desejaram boa-noite e seguiram Mia para fora do restaurante. Leo se levantou também.

— Vou esperar vocês dois lá fora.

Franzi as sobrancelhas, confusa.

— O que...? — comecei dizer, mas então lembrei que Cael dissera que tinha algo planejado. Eu me virei para ele, sorrindo. Preocupação estava gravada em seu rosto. Meu sorriso logo desapareceu. — Cael...

— Quis fazer algo para você — ele soltou, apressando as palavras. — Mas não sei se fui longe demais.

— O que é? — perguntei, o coração disparando em expectativa.

Cael se remexeu na cadeira e apertou minha mão. Ele olhou para mim, como se tentasse ler meu rosto para encontrar a resposta para uma pergunta que ainda não tinha feito.

— Um tempo atrás, você me disse que não conseguia mais ouvir orquestras ao vivo, nem mesmo música clássica, porque Poppy tocava violoncelo e ela queria ser uma violoncelista profissional. — Senti que estava ficando mais quente, a pulsação vibrando no pescoço e nos pulsos. Assenti, sem palavras. Ele passou a língua pelo lábio inferior, então continuou: — Descobri que uma orquestra profissional estava tocando rua abaixo. É assim que você diz? — ele perguntou, adoravelmente nervoso.

— Uma orquestra sinfônica? — perguntei, ofegante.

— Isso — ele disse, abaixando a cabeça. — Perguntei ao Leo se poderia comprar ingressos e levar você. — Ele olhou para mim novamente. — Não estou te pressionando a ir, e se ainda achar muito difícil ouvir esse tipo de música, o Leo vai levar a gente até o grupo lá no parque, que tem outro tipo de música tocando. — Ele respirou fundo, então expirou moderadamente. — É só que eu queria fazer isso por você. — Os cílios longos e escuros beijaram o rosto de Cael enquanto ele fechava os olhos. — Você me deu apoio em tantas coisas. Segurou a barra nesses últimos dias quando eu estava estilhaçado, tomado pela dor.

Meu lábio tremeu. Aquele garoto... aquele garoto tão gentil, tão atencioso. Eu o amava tanto.

— Você me deu tanto, Savannah, e acho que não entende o que isso significa para mim. — A voz de Cael falhou, e eu pressionei a testa contra a dele, apenas sentindo-o, respirando-o. — Eu só queria te dar algo em troca... dar de volta uma parte de Poppy.

— Cael — eu disse, e minha voz ficou embargada com um choro baixinho.

Os olhos dele voaram para os meus, e eu vi o pânico estampado em seu rosto. Ele aninhou o meu.

— Está tudo bem, Savannah. Eu prometo. Nós não vamos. — Ele balançou a cabeça. — Não deveria ter pressionado você. Deveria ter deixado ir no seu tempo, quando estivesse pronta. Eu... Meu Deus, desculpa...

— Não — eu disse, segurando os pulsos dele. O olhar inseguro de Cael disparou para o meu. — Você entendeu errado — completei, sorrindo através das lágrimas. — É um gesto lindo. — Abaixei a cabeça para encontrar a dele mais uma vez. — É o presente mais gentil e atencioso que já me deram.

Cael suspirou, aliviado. Eu me recostei, sem o soltar.

— Vai ser uma honra ir com você.

Ele observou meu rosto, à procura de qualquer dúvida. Só havia verdade. A maior paixão de Poppy na vida era a música. Era seu violoncelo. Queria ouvir novamente a música que ela amava tocar. Queria sentir a memória dela ao meu redor enquanto o arco dançava sobre o som familiar das cordas.

Queria romper aquela última barreira. E queria fazer isso com Cael ao meu lado. Eu me inclinei e o beijei. Então me levantei da mesa, e Cael também.

— Tem certeza? — ele perguntou.

— Absoluta.

Nós saímos e fomos até Leo, que nos acompanharia. Leo foi na frente e logo chegamos ao imenso edifício. As pessoas se aglomeravam no saguão, e Cael entregou nossos ingressos. Leo ficaria sentado longe de nós para nos dar aquele momento a sós.

Enquanto éramos conduzidos até a área principal, eu absorvia tudo. A familiaridade de ver o fosso da orquestra. Nunca perdíamos uma apresentação de Poppy. Estávamos sempre lá, vendo-a se apresentar. Eu me sentava, hipnotizada enquanto ela tocava com os olhos fechados e um sorriso no lindo rosto. Ela se perdia nas notas, balançando ao som das melodias, as mãos delicadas como se executasse um balé intrincado com o arco.

Eu tinha amado. Todas as vezes.

Enquanto nos sentávamos, apertei firme o programa que nos entregaram. Havia uma fissura de nervos estalando em meu peito. Senti Cael me observando.

— Ela praticava o dia todo — eu disse, e a mão dele se moveu para pousar em minha coxa. Fiquei olhando para a cortina fechada que escondia a orquestra. — Eu me encolhia no assento da janela da sala de estar e lia enquanto Poppy tocava ao fundo.

Sorri com a lembrança. E, quando o fiz, não senti dor. Uma dor embotada, talvez, mas a lembrança não me feria mais. Foi... *bom* lembrar dela daquele jeito.

— Claro, ela tocava em concertos. Ela era incrível. Fazia parte de muitas orquestras. Sempre a primeira violoncelista, porque era talentosa nesse nível. Mas minha mente ainda me leva de volta àqueles dias preguiçosos e chuvosos enquanto eu lia na sala de estar, com Poppy tocando ao meu lado, Ida brincando no chão com suas bonecas.

Eu podia sentir Cael sorrindo.

Lágrimas brotaram nos meus olhos.

— A casa está muito quieta há algum tempo. — Pisquei para afastar a visão turva. — Perto do fim, ela não conseguia mais tocar. Ficou fraca demais para segurar o arco. Mas ainda havia música clássica tocando o tempo todo lá em casa.

Cael apertou minha perna novamente. Olhei para ele, para ver que seus olhos também brilhavam com lágrimas.

— Depois que ela nos deixou, a música também foi embora. — Pensei em ler no meu canto da janela novamente quando voltasse para casa. — Talvez, quando estiver em casa, eu coloque a música para tocar de novo. Para ela — comentei, então sorri. — E para mim.

— Eu acho que ela ia gostar, Peaches — Cael disse, e apoiei a cabeça nele, fechando os olhos enquanto beijava meu cabelo. De repente, aplausos irromperam, e a cortina se levantou, exibindo a orquestra. Meus olhos imediatamente procuraram os violoncelistas.

Eu os observei, arrebatada, enquanto eles se sentavam e o maestro subia ao palco. A multidão ficou em silêncio, e o ar ao nosso redor parou também. O regente deu instruções, e a orquestra ganhou vida.

Sorri quando *As quatro estações* de Vivaldi começou a preencher a sala. Sorri porque "Primavera" era um dos concertos favoritos de Poppy. E, quando começou, eu pude vê-la. Eu pude vê-la naquele palco mais uma vez, tocando com os olhos fechados, um sorriso no rosto, um laço branco no cabelo, e se balançando ao som da música.

Também fechei os olhos. Fechei os olhos e só vi Poppy. Fazendo uma última apresentação para mim. Só ela no palco, tocando para mim do além. Ainda mais quando a peça de que ela mais gostava começou. "O cisne", de *O carnaval dos animais*.

Deixei as lágrimas escorrerem pelo meu rosto enquanto o violoncelista assumia. Deixei as notas se afundarem em meu coração. Deixei a melodia preencher cada centímetro da minha alma. E deixei Poppy tocar para mim em minha mente. Deixei minha irmã me dar aquilo. Me devolver o presente de sua música favorita.

A mão de Cael tremia na minha enquanto ele me apertava com força. Até ele podia sentir a beleza intensificada daquele momento. Um momento que *ele* me dera. Um presente estimado que ele havia me devolvido.

Enquanto a nota final estremecia na corda, vibrando no corpo do teatro, ela passou por cima da minha cabeça. Abri os olhos quando o público irrompeu em aplausos arrebatados. Também aplaudi, mas lutei para ficar de pé. Meus olhos estavam arregalados, e meu peito, dolorido. Mas era por ter aquela parte de mim de volta, da minha irmã, da minha família. Não era tristeza. Era amor, alegria e esperança.

Era Poppy.

Virei-me para Cael enquanto a orquestra fazia as reverências e começava a sair do palco. Nós nos levantamos, e fiquei na ponta dos pés e o beijei. Afundei nele e sussurrei:

— Obrigada. Muito obrigada.

Soube que ele tinha me ouvido, mesmo com os aplausos, porque ele levou a boca até meu ouvido e sussurrou:

— Eu faria qualquer coisa para deixar você feliz, Peaches.

Aquele garoto tinha meu coração todinho.

Encontramos Leo esperando por nós, e ele me abraçou quando saímos do teatro. Até os olhos dele mostravam os resquícios de lágrima, provando quão tocantes podem ser a música e as artes.

Cael e eu voltamos para o hotel de mãos dadas. Olhei para as estrelas. Poucas eram visíveis na cidade, mas algumas ainda brilhavam.

— As estrelas — eu disse, e Cael olhou para cima também. Pressionei o rosto no braço dele. — Eles dois estão lá em cima, você sabe. Observando e sorrindo para nós.

A respiração de Cael ficou ofegante, mas então ele disse:

— Realmente espero que estejam.

Leo nos acompanhou até o quarto, e cada um de nós entrou no seu. Esperei apenas dez minutos antes de sair escondida e bater na porta de Cael. Quando ele a abriu, assumi meu lugar ao lado dele, os braços logo circundando sua cintura. E o abracei com força. Nenhum lugar jamais seria mais seguro para mim do que os braços de Cael.

Quando me inclinei para trás, ele me beijou. Eu o beijei também, sem querer desperdiçar um único segundo ao lado dele. Senti um aperto no estômago quando pensei no Japão como nosso último país. Não conseguia suportar a ideia de ser arrancada daquele garoto por quem estava perdidamente apaixonada. Mas ainda tínhamos tempo. Ainda havia tempo.

Eu o beijei mais uma vez e disse um boa-noite relutante. Naquela noite, Cael Woods tinha me dado o melhor dos presentes. Ele era tão lindo e altruísta, e no momento estava aos pedaços. Mas ele era meu, e eu era dele.

Para sempre.

E sempre.

E eu lutaria para deixá-lo inteiro também. Da maneira que estivesse ao meu alcance.

22
Pratos quebrados e beleza encontrada

Cael
Tóquio, Japão

Tóquio era uma explosão de cores. Ficamos na calçada, apenas olhando a cidade, os prédios, as cores néon que decoravam aquele lugar especial em luz digital prismática. Até mesmo entorpecido como eu estava, vi quão cativante o lugar era.

— É incrível — Savannah murmurou ao meu lado.

A mão dela alisou minhas costas, e fechei os olhos sob seu toque. Olhei para ela. As luzes refletiam em seus olhos, um sorriso se estendia em seu rosto. Percebendo que eu estava olhando, ela disse:

— Já viu algo assim?

— Nunca — respondi.

Travis estava do meu outro lado, Dylan ao lado dele; Lili e Jade estavam do lado direito de Savannah. Estávamos todos impressionados com a vista. Devíamos estar iguaizinhos ao estereótipo do turista americano enquanto olhávamos boquiabertos para os prédios.

— O lar do mangá — Travis disse, esfregando as mãos. — Estou em *casa*!

Dylan riu, e os dois começaram uma conversa que eu não conseguia acompanhar. Nunca tinha lido um mangá na vida.

Savannah riu de como eles ficaram animados, ainda mais quando Lili gritou e disse:

— Eles têm cafés com gatinhos. *Gatinhos!*

— Precisamos ir — disse Jade. As duas enfiaram a cabeça no celular, procurando o mais próximo.

Peguei Savannah olhando para nossos novos amigos com tanto carinho em seu lindo rosto. Ela me disse que absorveria cada segundo do tempo que passássemos no Japão.

Porque acabava ali. Era o fim.

Meu coração se contorceu com a ideia de deixar aquele grupo para trás. Posso não ter sido o membro mais inspirador da nossa turma dissonante, mas passei a me importar com todos eles; profundamente. E me importava mais ainda com a loira pequena ao meu lado, que se inclinava e olhava para um café que Lili mostrava a ela.

Passei o braço em volta dos seus ombros e a abracei enquanto ela falava com as meninas. Não sabia que era possível sentir falta de alguém antes que a pessoa nos deixasse, mas era o que eu estava sentindo por Savannah. Cada dia ali era um passo mais perto de precisar dizer adeus à garota que se tornara meu mundo, meu pilar de sustentação. Meu único consolo era que ela iria para a Nova Inglaterra no outono.

Como eu aguentaria viver sem ela até lá era uma incógnita.

— Vamos — disse Savannah, passando o braço em volta da minha cintura. — Eu levantei a sobrancelha. — O quê? — ela perguntou, brincando. — Não quer tomar uma xícara de café enquanto é atacado por gatos?

Um sorriso bem-humorado repuxou meus lábios. Meus sorrisos ultimamente se tornaram tão raros que o ato parecia estranho. Ficou claro que Savannah tinha a mesma opinião, pois seu olhar suavizou com meu lampejo de sorriso.

Quanto a Savannah, ela estava indo muito bem. Ela ainda era introvertida – era apenas quem ela era. Mas havia uma leveza nela agora. Uma sensação de paz irradiava de seus poros.

E ela não tinha um ataque de ansiedade há semanas.

Eu sabia que o Japão era especial para ela. Ela havia me contado sobre o desejo de Poppy de ver as cerejeiras em flor aqui. Ela nunca conseguiu.

Até eu senti arrepios ao perceber que tínhamos chegado ao Japão quando a maioria das flores de cerejeira estava florescendo. Igual a como me sentia a respeito de Savannah, parecia que algo maior havia conspirado para colocá-la ali quando as árvores que ela associava à irmã estivessem em plena floração. Tínhamos visto algumas em Tóquio. Mas, em alguns dias, iríamos para Kyoto. Era lá que participaríamos dos festivais das floradas de cerejeira.

Eu queria ficar animado. Queria me sentir em paz e mais forte. Mas não me sentia. Ainda estava conversando muito com Leo. Sabia que não estava acompanhando o desenvolvimento do grupo. Não voltaria para casa curado. Voltaria para casa em carne viva. E havia uma parte de mim que temia o que me tornaria sem o grupo. Sem Leo e Mia, e especialmente sem Savannah. Eu afundaria ainda mais na tristeza, ou a raiva que tinha lutado tanto para afastar voltaria correndo no minuto em que eu me deparasse com os gatilhos de casa?

Leo e Mia me ofereceram mais ajuda. A verdade era que reformular meus pensamentos sobre Cillian tirar a própria vida não era mais meu maior problema. Era que, por um ano, eu não tinha conseguido tirar da mente a maneira como ele morrera. Como eu havia testemunhado aquilo. *Visto.* Como eu o tinha abraçado e visto morrer.

Toda vez que fechava os olhos, eu via aquilo. Quando me sentia cansado, eu via. Ouvia uma buzina de carro, pneus cantando, e era jogado de volta para lá, Cillian em meus braços, mole e totalmente *morto*.

Lembrei-me da conversa que tivera com Leo havia apenas alguns dias durante nossa sessão individual...

— *Cael, Mia e eu andamos conversando, e achamos que você se beneficiaria de mais ajuda.*

Eu nem reagi, mas senti uma pequena reviravolta no estômago. A verdade era que eu sabia. Eu sentia. Balancei a cabeça. Faria o que fosse necessário. Nem me oporia. O que eu tinha testemunhado era traumático, e sabia que levaria mais tempo para me curar. Se quisesse ser melhor para Savannah, para meus pais, para mim, eu precisava continuar.

— *Depois desta viagem, encontraremos ajuda para você nos Estados Unidos.* — *Leo fez uma pausa e disse:* — *Achamos que um programa de internação pode ser melhor. Para realmente ir fundo e ajudar você a passar por isso.* — *Leo esperou até que eu o olhasse nos olhos.* — *É algo a que estaria disposto?*

— *É* — *eu disse. Imaginei o rosto de Savannah novamente.* — *Vou fazer o que for preciso.*

— Volte para mim — Savannah disse, rompendo a lembrança. As mãos estavam no meu rosto, no centro de Tóquio, enquanto milhares de pessoas se aglomeravam ao nosso redor como se fossem água correndo em torno de nossa rocha imóvel. Respirei e senti vontade de desmoronar. Estava ficando tão cansado de lidar com a dor.

Estava me destruindo.

Enquanto olhava para Savannah, simplesmente soube que, se não conseguisse lidar com aquilo, eu iria destruí-la também. Não tinha contado a ela sobre a ajuda extra quando voltássemos. A verdade é que eu não queria que ela se preocupasse.

— Estou aqui — falei, com a voz rouca. Olhei em torno de nós. Nossos amigos tinham ido embora.

Savannah devia ter percebido minha confusão.

— Eles foram para o café. — Ela pegou minha mão. — Vamos. A gente vai para outro lugar.

Eu a impedi de me puxar.

— Não — eu disse, forçando um sorriso tenso. — Vamos com eles. — Respirei e rezei para que o gesto me desse forças. Savannah não parecia convencida. — A viagem já está acabando. Queremos passar mais tempo com nossos amigos.

— Só se você realmente quiser — disse Savannah, depois de examinar meu rosto.

Coloquei o braço em volta dos ombros dela e a levei para o outro lado da rua.

— Eu quero, Peaches. Não consigo pensar em nada mais emocionante do que ser atacado por gatinhos enquanto tento comer.

A risada curta de Savannah foi como um raio de luz atravessando meu céu nublado.

— Percebi seu sarcasmo, sr. Woods, mas vou deixar passar dessa vez. Não há nada que eu queira mais do que saber como você lida com vinte gatinhos, todos competindo por sua atenção.

Então fomos ao café com gatinhos, e enterrei minha tristeza por mais um dia. Era normal naqueles dias.

— Meu nome é Aika, e vou trabalhar com vocês hoje.

Aika era uma mulher japonesa esbelta de um metro e cinquenta e três, com cabelo preto e grisalho amarrado em um coque. Sorria muito e exalava uma sensação de paz a cada respiração. Parecia estar na casa dos sessenta e tinha um estúdio no centro de Tóquio.

Estávamos em um espaço grande e vazio com paredes brancas reluzentes. Havia uma mesa com uma pilha de pratos. Todos nós nos alinhamos diante dela, e Aika ficou à nossa frente.

— Diante de vocês, há uma pilha de pratos. Peço a todos que peguem um.

Fizemos o que ela pediu e recuamos para aguardar mais instruções. Savannah olhou para mim e deu de ombros. Ela também não tinha ideia do que era aquilo. Aika parecia uma artista, e seu estúdio poderia ser de arte também. Embora nada além de paredes brancas e nuas nos cumprimentassem.

— Deem uma olhada em seus pratos. O que vocês veem? — Aika perguntou.

— É um prato — disse Travis, claramente tão confuso quanto o restante de nós.

— Isso — disse Aika. — E?

— É liso? — disse Jade, nervosa.

— E? — perguntou Aika.

— É um círculo perfeito — disse Lili.

Aika assentiu, um aceno rápido.

— Rachaduras?

— Nenhuma rachadura — disse Dylan, examinando o prato.

Fiz a mesma coisa. Nenhuma rachadura.

— É um prato totalmente perfeito — disse Savannah, de modo tímido.

— É — disse Aika. — Quero que vocês se espalhem e se distanciam um do outro. — Fizemos o que ela disse. Aika assentiu em aprovação. — Agora, levantem o prato. — Fiz o que ela mandou, surpreso quando ela acrescentou: — E joguem no chão.

Todos nós congelamos, sem saber se ela estava brincando ou não. Olhamos uns para os outros para ver se alguém obedeceria. Era um teste? Se fosse, não tinha ideia para que serviria.

— Joguem o prato no chão — ela repetiu, gesticulando com a mão.

— Para quebrá-los? — Lili perguntou, insegura.

— Isso — Aika disse sem rodeios. — Deixem cair, partir, quebrar... em pedaços.

Dylan foi o primeiro a jogar o prato no chão, que se quebrou em cinco pedaços a seus pés.

— Ótimo — Aika disse, então se virou para o restante de nós. — Agora vocês.

Um a um, o som de pratos quebrando invadiu a sala. Deixei o meu cair, minha altura de um metro e noventa e três dando a ele um pouco de velocidade. Quebrou-se em nove pedaços. Eu contei.

Savannah olhava para o dela. Estava quebrado em seis partes maiores. Aika percorreu a fila de uma ponta à outra, passando pelos pratos quebrados.

— Agora, encaixem as partes de volta.

Eu não tinha ideia do que estava acontecendo.

— Como? — perguntou Dylan.

— Peguem os cacos — disse Aika. — E juntem de novo.

Fazendo o que ela pediu, abaixei-me e peguei os cacos. Eu me ajoelhei e os encaixei no formato circular de antes. Lascas de cerâmica, ou do que quer que o prato fosse feito, tinham sumido de vista, deixando partes pequenas que não podiam ser restauradas. Coloquei os pedaços no lugar correto, mas o prato estava quebrado. Era simples assim.

— Peguem o prato por inteiro — disse Aika, e apenas o silêncio a cumprimentou.

— Não podemos — disse Travis. — Vai se despedaçar.

— Ah — disse Aika, com as mãos atrás das costas e uma expressão de sabedoria. — Então vamos precisar consertar isso — ela disse, e foi até uma porta fechada do outro lado da sala. Ela a abriu. — Peguem os cacos e venham comigo.

— O que é isso? — Savannah sussurrou para mim, e balancei a cabeça. Eu não tinha ideia.

Peguei os pedaços do meu prato e segui o grupo para a sala ao lado. Fui o último a entrar, mas logo vi por que todos tinham parado. A sala estava cheia do chão ao teto com cerâmica de todos os tipos. Cerâmica listrada de ouro e prata.

Aika caminhou até uma mesa redonda com muitas cadeiras. Ela fez um gesto ao redor dela.

— Todos os pedaços quebrados que foram consertados. Podem ser usados de novo.

— Mas mesmo assim não são mais como eram antes — disse Dylan.

— Ah, agora você entende — disse Aika, então levei apenas alguns segundos para perceber o que ela estava fazendo.

Olhei para o prato quebrado na minha mão. Os nove cacos, as partes onde as lascas tinham desaparecido, deixando uma beirada áspera. Minha garganta imediatamente se fechou de emoção.

O prato nunca mais seria o mesmo. Estava quebrado, mas...

— *Agora*, vou ensinar vocês a transformá-los em pratos funcionais de novo — disse Aika, casualmente arrancando um pedaço da minha alma.

Savannah se inclinou para mim, e eu soube que ela também entendia por que Aika estava nos ensinando aquela lição.

Olhei ao redor do grupo e vi que todos tinham entendido. Aqueles pratos haviam sido estilhaçados, mas pegaríamos algo irreparavelmente danificado e faríamos funcionar novamente.

Nós éramos os pratos quebrados.

— Por favor, sentem-se — disse Aika, e, quando nos sentamos, ela distribuiu pincéis e uma mistura dourada. Assim que terminou, ela se sentou e pegou um prato quebrado que devia ter guardado para aquele momento.

Prendemos a respiração enquanto a observávamos. Sabíamos que aquela aula não era apenas para aprender uma nova habilidade. Todos nós sentíamos que era para algo maior. Algo para todos nós, para nossa cura, coração e alma.

Aika pegou os dois pedaços maiores e cobriu um lado com o líquido dourado.

— Esta é a arte japonesa do *kintsugi* — ela disse, sem tirar os olhos do que estava fazendo. — Estou usando laca dourada como cola para consertar o prato. Para juntar os pedaços quebrados.

Aika apertou os pedaços juntos, as duas partes quebradas do prato agora unidas. Uma linha dourada deslumbrante corria pela rachadura.

— Essa forma de arte é a manifestação física do princípio do *wabi-sabi*. O *wabi-sabi* nos ensina a abraçar as imperfeições da vida, sua impermanência e sua incompletude.

— Como as sakura, as cerejeiras — Savannah sussurrou, a emoção engrossando sua voz.

— Isso. Como as sakura — Aika disse. Ela então acenou para nossos pratos quebrados e nossas ferramentas. — Por favor, comecem. Sigam o que estou fazendo.

Minha mão tremia quando peguei o pincel. Savannah não se moveu por alguns minutos, permanecendo de olhos fechados, respirando. Coloquei a mão na coxa dela. Os olhos dela se abriram.

— Você está bem? — perguntei, baixinho.

— Estou — ela disse. Ela me deu um sorriso de choro. — Eu só... precisava de alguns minutos. — Savannah pegou o pincel e começou a reconstruir seu prato.

O silêncio foi total enquanto trabalhávamos. Cada pedaço que eu colava me trazia lembranças do ano anterior. Do estado catatônico em que fiquei depois que Cillian morreu. Da raiva que havia se enraizado e se espalhado como uma praga por todo o meu corpo até me consumir. Lembrei-me da primeira vez que evitei meus pais, gritando para eles me deixarem em paz. De quando saí do rinque de hóquei do meu time sem olhar para trás, recusando-me a começar Harvard no outono. Quando joguei meus patins no galpão do lago e bati a porta. Quando peguei o taco de hóquei de Cillian e o quebrei em pedacinhos no lago congelado que tanto amávamos.

Cada uma dessas lembranças era uma rachadura na minha alma.

Crock.

Crock.

Crock.

Elas eram a manifestação física de meu coração partindo, de minha alma esfacelando-se em mil pedaços. Nunca imaginei que pudesse juntá-los de novo.

Até aquela viagem.

Até me apaixonar pela garota mais incrível, que me fez ousar ter *esperança* de novo.

Seriam eles a minha laca dourada? Era isso que estava acontecendo com meu espírito quebrantado? Aquela viagem, aquelas novas amizades, a orientação de Leo e Mia e me apaixonar profundamente pela minha garota, era isso meu *kintsugi*? Eu, *todos nós*, poderíamos de alguma forma ser reconstruídos? Ou eu tinha me quebrado de novo desde a terapia de exposição? Meus pedaços tinham sido partidos novamente? Precisaria lutar para encontrá-los de novo? Ou formavam tantos caquinhos que era impossível de salvar? Este era meu maior medo: que tivesse chegado a um estado do qual não pudesse ser curado.

— Está com dificuldades? — Aika me perguntou.

Minhas mãos estavam suspensas no ar, e percebi que estava sentado imóvel, perdido na minha cabeça. Então ouvi a pergunta dela entrar em meus ouvidos. Eu estava com dificuldades?

Demais.

Engolindo em seco, encarei os olhos inquisitivos de Aika.

— Existe... — Eu me mexi no assento, desconfortável por fazer a pergunta em voz alta. Mas eu precisava saber. — Existe algum prato que está quebrado demais para poder ser reparado? Algum... caso perdido?

A sala ficou em silêncio enquanto minha pergunta pesava o ar. Senti a mão de Savannah pousar no meu joelho em apoio, mas não tirei os olhos de Aika. Prendi a respiração enquanto esperava a resposta dela.

— Não — disse Aika, com naturalidade. — Os pedaços quebrados podem levar mais tempo para serem encontrados, e certamente levaria mais tempo para serem consertados. Mas qualquer prato quebrado pode ser consertado com tempo e pura tenacidade.

O alívio que senti com a resposta dela quase me derrubou da cadeira. Eu podia sentir Aika me observando mais de perto. Quando olhei para cima e a fitei, ela assentiu uma vez, como se pudesse ver a minha alma. Aquele aceno curto foi um encorajamento. Sabia que ela entendia por que eu tinha feito aquela pergunta. Todos ao redor da mesa entenderam.

— Tudo bem, meu amor? — Savannah perguntou, a voz sussurrada tremendo de tristeza. Tristeza por mim.

— Estou bem — eu disse e apertei a mão dela, então segui em frente, ignorando a atenção pesada de todos em mim.

Perdido nas horas que levei para consertar o prato, sentei-me quando a última peça foi fixada. Enquanto olhava para o meu prato laqueado, perdi o fôlego.

Estava consertado. Não era como antes, mas tinha sido remontado. Era algo novo. Mas era um prato novamente.

— O que vemos agora quando olhamos para nossos pratos? — Aika perguntou, a voz mais suave, mais gentil, como se soubesse que éramos todos tão frágeis quanto os pratos que passáramos o dia reconstruindo. A laca levaria tempo para secar. Para torná-lo tão forte quanto era antes.

— É lindo — disse Savannah, olhando para o próprio prato. Ela piscou para afastar as lágrimas e olhou nos olhos de Aika. — Acho que é ainda mais bonito do que era antes.

— Ah — disse Aika. — Isso é verdade. — Ela fez um gesto para todos os nossos pratos. — Uma lição, então — ela disse, e sorriu. — O que está quebrado, uma vez consertado, pode ser mais bonito do que era antes.

Calafrios desceram pela minha espinha e se espalharam pelo meu corpo. Estendi a mão e peguei a de Savannah. Os dedos dela tremiam e, quando olhei para cima, lágrimas escorriam pelo rosto dela, como se fossem seus próprios rastros salgados de laca. Encarei, cativado pela minha garota. Ela era linda quando nos conhecemos. Quando estava partida em milhares de pedaços. Mas agora, depois que aquela viagem e a terapia gradualmente a colaram de novo com laca dourada, ela estava mais linda que nunca.

Eu sabia que meus próprios pedaços ainda estavam quebrados. Nem todos grudados com laca... *ainda*. Mas, quando olhei para meu prato, soube que *poderiam* ser. Algum dia. Eu nunca mais seria o mesmo depois de perder Cillian; nenhum de nós seria depois de perder nossos entes queridos. Não é possível perder alguém muito amado e voltar a ser a pessoa de antes.

A perda mudava a gente.

Mas era possível se *curar*. Era possível consertar o espírito fraturado com laca dourada e se agarrar à *vida*. Essa vida nunca mais seria a mesma. Mas isso não significava que não valeria a pena. Que não seria bonita. Talvez a perda ensinasse a amar *mais* a vida. Porque a gente entendia como era perder essa vida. E não a tomava mais como certa.

Eu sabia que ainda não estava lá. Mas se eu insistisse... se continuasse *tentando*, continuasse consertando meus pedaços quebrados, talvez pudesse chegar lá.

Uma mão pousou no meu ombro. Aika estava ao meu lado.
— Quero dar a vocês um kit para levar. Para praticar em casa. — Ela sorriu, e seus olhos castanhos estavam cheios de gentileza. — Para quando sentirem que a vida não pode ser bonita de novo.

— Obrigado — sussurrei, agarrando aquele kit de *kintsugi* como se fosse uma tábua de salvação. Como se, só de segurá-lo com força, a laca dourada fosse correr em minhas veias, entrar pelas artérias e consertar meu coração partido.

Ouvi a voz de Aika ecoar em minha cabeça... *O* wabi-sabi *nos ensina a abraçar as imperfeições da vida, sua impermanência e sua incompletude.*

Nada dura para sempre. Vida, felicidade... até mesmo a dor.

Mas a *esperança* durava. Se ficar perto de Savannah me ensinou alguma coisa, foi que a esperança sempre pairava por perto. E, se fosse perdida, poderia ser encontrada outra vez.

Savannah deitou a cabeça no meu ombro e simplesmente encarou o próprio prato. Eu fitei o meu, o mundo sumindo ao nosso redor. Eu *precisava* encontrar uma maneira de consertar meus pedaços quebrados. Beijei o cabelo de Savannah, senti seu cheiro de cerejas e amêndoas. Eu queria uma vida com aquela garota. Queria encontrar a felicidade com ela também.

Eu simplesmente queria *ela,* em todos os sentidos.

A laca dourada brilhava sob as luzes do teto. Talvez a morte de nossos irmãos tenha partido o meu coração e o de Savannah. Mas, quando começamos a consertá-los, talvez os tenhamos fundido de novo para criar os dois corações como um só.

Éramos mais fortes assim. Batendo em uníssono.

E tinha certeza de que eram mais lindos do que jamais foram sozinhos.

23
Cerejeiras florescendo e velhos amigos

Savannah,

Sei que muita gente se pergunta por que eu amo tanto as cerejeiras. Sempre amei. Fomos criadas entre elas. As cores, a fragilidade delas simplesmente me fascinavam. A maioria das crianças contava os dias até o Natal. Eu contava os dias até a temporada das cerejeiras.

Enquanto me sento aqui agora, elas estão florescendo. O bosque está cheio de pétalas brancas e cor-de-rosa. Está vivo, tão vivo. A doce fragrância floral, a beleza estonteante que floresceu, tiram meu fôlego cada vez que sou levada para lá.

Não consigo mais andar. Agora uso cadeira de rodas. Mas não me importo. Desde que eu consiga ver meu bosque florido em toda a sua beleza mais uma vez, fico contente. Especialmente com meu Rune ao meu lado. Podemos nos sentar por horas lá. Estou segura nos braços dele sob aquelas árvores. Cada respiração que dou é apreciada. Cada beijo que Rune me dá é um presente que não pensei que teria novamente.

Eu não dei nada disso como certo.

Mas a floração deste ano é agridoce, pois sei que será minha última nesta Terra. Sei que em breve, quando a primeira pétala cair, minhas respirações estarão contadas. Meus *batimentos cardíacos serão finitos. Estou ficando cansada, Savannah. Mesmo agora, só de segurar a caneta e escrever para você me esgota. Mas não sinto medo. Quero que saiba disso. Como a flor de cerejeira, posso ter tido uma vida curta, mas ela foi vibrante e plena, e muito doce.*

Mais doce ainda quando estou com aqueles que amo. Mais doce quando estou com você e Ida. Com meu Rune.

Deus sabia que minha vida seria curta, Savannah. É por isso que Ele me deu meu amor pelas flores de cerejeira. Para que eu entendesse o que era viver uma vida limitada, mas plena. Nasci em Blossom Grove para viver entre as árvores que tanto inspiraram minha vida. Eu acredito nisso. Nada é permanente nesta vida, Savannah. Então, abrace a beleza dela enquanto é tempo.

Quando ler isto, saiba que estou no céu, segura entre as flores de cerejeira que não morrem mais. E ficarei tão feliz em me sentar debaixo delas, pensando em meus familiares prosperando em vida até que retornem para mim e, como as cerejeiras celestiais sob as quais espero, fiquem para sempre ao meu lado.

Até esse dia,
Poppy

Savannah
Kyoto, Japão

Era muita coisa para absorver. Para onde quer que eu olhasse, havia um cobertor rosa e branco. Árvores ladeando cada caminho, parques abarrotados de árvores floridas. O perfume floral estava infundido em cada fração de ar, e tudo o que via, para onde quer que olhasse, era Poppy. Estava feliz por ver Kyoto no fim da jornada. Porque, se tivesse vindo meses atrás, quando a viagem estava apenas começando, eu não teria conseguido suportar.

Agora, podia olhar para aquelas árvores cheias de vida temporária e admirá-las com o respeito que merecem. E podia ver Poppy a cada instante e não acabar baqueada. Mas *fortalecida*. Eu sorri, embora meu peito subisse e descesse com um choro suave enquanto lágrimas caíam dos meus olhos. Elas caíram no chão, deixando um pedaço de mim para sempre naquele lugar: um tributo de irmã. Cael segurou minha mão esquerda, apenas absorvendo aquela visão maravilhosa comigo. Estendi a mão direita, e a brisa teceu entre meus dedos. E, na minha mente, vi Poppy ao meu lado, abraçando-me com força. Ela estaria olhando para as árvores que tanto amava sem nada além de amor e gratidão no coração.

— Incrível — Dylan sussurrou atrás de nós. Abri os olhos e vi pássaros circulando no ar como se a paisagem também lhes tivesse tirado o fôlego. — É parecido com o bosque florido, Sav? — Dylan perguntou.

Eu tinha contado sobre o bosque para ele.

Pensei em casa e senti uma pontada de saudade. Por mais magnífica que fosse aquela vista, *nada* poderia tomar o lugar do nosso pequeno bosque florido. Especialmente agora que minha irmã descansava lá. Era um lugar mágico, sereno e abençoado.

Abri a boca para responder, mas uma voz ao lado de Dylan disse:

— Nada jamais poderia substituir nosso bosque florido.

O choque me deixou imóvel por alguns segundos. Eu *conhecia* aquela voz. Tinha *sentido falta* daquela voz. Soltei a mão de Cael e dei a volta por Dylan. E lá estava Rune Kristiansen em carne e osso, ao nosso lado naquele deslumbrante parque de Kyoto.

— Rune... — eu disse, e novas lágrimas brotaram dos meus olhos.

Corri até ele e o abracei firme. Rune me puxou para si, e senti o cabelo longo e loiro no rosto. Era tudo tão surreal. Estar ali, entre tantas árvores floridas, agora com o Rune de Poppy ao meu lado.

Eu me afastei e enxuguei os olhos. Rune estava vestido como sempre: jeans preto, camisa preta e botas de motociclista. Ele não tinha mudado nada, só estava um pouco mais velho. E, assim como o Rune de antigamente, ele estava com uma câmera na mão.

— Surpresa — ele disse, e eu balancei a cabeça, incapaz de falar. Ele sorriu. — Faz algumas semanas que estou trabalhando na Coreia do Sul com o meu mentor. Tivemos alguns dias livres entre os projetos. Ele ia se encontrar com alguns colegas, então decidi pegar um avião e dar uma passadinha aqui. Vou ficar só por uma noite. Mas sua mãe me disse que você também estaria aqui. Entrei em contato com os líderes do seu grupo, e eles me disseram onde vocês estariam. Queria fazer uma surpresa.

— Você está aqui — sussurrei, ainda em choque.

Os olhos de Rune se suavizaram e uma pitada de tristeza cintilou em suas profundezas por alguns segundos.

— Eu nunca perco as flores de cerejeira, Sav. — Ele tocou a câmera. — Ainda preciso mostrar para a minha garota.

As fotos no túmulo de Poppy.

Todo ano, no fim da temporada das flores de cerejeira, perto do aniversário da morte dela, uma nova foto de um festival de flores de cerejeira em algum lugar do mundo aparecia na lápide de Poppy.

Rune e eu trocamos um longo olhar de cumplicidade, e a emoção bloqueou minha garganta com tanta força que não consegui falar. Rune abaixou a cabeça, e eu o vi enxugar sutilmente os olhos. Quando ele me encarou de novo, vi em seu rosto bonito o quanto ele sentia falta da minha irmã.

— Peaches? — Cael surgiu atrás de mim e colocou o braço em volta do meu ombro, virando-me para encará-lo. — Você está bem?

Ele olhou para Rune, confuso. Rune inclinou a cabeça para o lado, notando a proximidade de Cael comigo. Um calor tomou minhas bochechas. Claramente, minha família não havia contado a ele sobre Cael. Rune levantou uma sobrancelha, como quem tinha entendido tudo. O gesto desanuviou o peso do momento.

— Cael — eu disse, e fiz um gesto para Rune. — Esse é o Rune, da Poppy ... — Parei, sem saber mais o que falar.

Meu estômago se revirou até que Rune disse:

— Sou o Rune da Poppy.

O Rune da Poppy... Porque ele sempre tinha sido mais do que um namorado para minha irmã. Ele era a vida dela, a batida do coração e a alma gêmea dela. Eles estavam separados apenas por um tempinho.

Cael tirou o braço de mim, e seu rosto se iluminou ao perceber quem era.

— Cael — ele disse, apertando a mão de Rune.

Rune sorriu e então olhou para mim do jeito que qualquer irmão mais velho faria. Como se eu precisasse me explicar.

— Rune? — disse Dylan. Virei para meu amigo, que olhava sério para Rune.

— *Hei* — Rune disse a Dylan, apertando a mão dele, o idioma norueguês escapando. Eu me lembraria de pedir a Rune para falar com Dylan em algum momento antes de ir embora. Achava que ele poderia ajudar Dylan também.

— Dylan — ele disse —, amigo de Savannah. Estou na viagem com ela.

Dylan fez sinal para todos os outros enquanto eles se aproximavam de nós com interesse. Os olhos azuis de Rune brilharam em compreensão. Um a um, ele conheceu todos os meus amigos. Cael colocou a mão nas minhas costas, um apoio silencioso. Rune abriu um sorriso tímido para todos nós. Ele sabia bem onde todos nós estávamos emocionalmente. Ele também havia trilhado, *estava trilhando*, aquele caminho.

— Não acredito que você está aqui — eu disse, encontrando minha voz de novo.

Rune inclinou a cabeça na direção do parque.

— Você tem tempo para conversarmos?

Olhei para Mia e Leo, que estavam atrás de nós. Ficou claro que eles já tinham conhecido Rune e o ajudaram a planejar a surpresa. Mia nos enxotou com a mão. Virei-me para Cael. Queria ver as flores de cerejeira com ele também. Ele deve ter visto a batalha estampada em meu rosto, porque pressionou a testa contra a minha e disse:

— Eu vou com o grupo. Fique o tempo que precisar com Rune. Estarei esperando quando voltar. — Cael me beijou. Foi suave e terno, e eu fiquei toda arrepiada.

— Até daqui a pouco — sussurrei, e fui até Rune, que tinha ficado de lado para nos dar privacidade.

Rune começou a andar. Ele passou o braço em volta de mim e me puxou para o seu lado.

— Senti saudade, Sav. — Ele me soltou e me examinou com atenção. — Você parece melhor. — Ele respirou fundo, aliviado. — Mais forte.

— E estou — disse, e fui sincera. — Estou melhorando. Estou mais forte. — Levantei a mão e passei os dedos suavemente sobre um botão de flor cor-de-rosa vibrante, prestes a florescer. — Esta viagem... — Eu balancei a cabeça. — Nem sei por onde começar.

Chegamos a um gramado repleto de mesas baixas para piquenique. Rune fez sinal para que nos sentássemos. Aquela parte do parque era coberta por um dossel baixo de galhos de cerejeira, formando um teto de pétalas. Sorri para a camada espessa de flores; eram tantas que bloqueavam a maior parte do sol da primavera.

— Eu diria para começarmos pelo rapaz que acabou de beijar você — Rune disse, o humor impregnando a voz.

Minhas bochechas arderam. Mas eu estava orgulhosa por Cael. Eu me orgulhava por ele ser meu.

— Agora você sabe que o nome dele é Cael — eu disse, ouvindo na minha voz o quanto eu tinha me apaixonado por ele. Rune cutucou meu braço. Eu ri de sua brincadeira, mas então fiquei séria. — Ele perdeu o irmão mais velho. — Todo o humor deixou Rune também. — Cillian... o irmão dele... tirou a própria vida.

— Não — Rune sussurrou, sem dúvida pensando em Alton.

— Cael viu tudo. Abraçou o irmão logo depois. — Respirei bem fundo para afastar a dor que sentia ao imaginar Cael daquele jeito. — Tem sido... está sendo tudo muito difícil para ele.

— Claro que está — Rune concordou, completamente solidário. Era uma das razões pelas quais Poppy o amava, eu tinha certeza. — A viagem o ajudou?

— Ajudou — respondi, mas tive que admitir a verdade para mim mesma. — Mas ele ainda está sofrendo. As terapias que fizemos trouxeram à tona coisas com as quais ele ainda está lutando.

Rune assentiu, então olhou para as flores. Ele fechou os olhos, e a brisa dançou em seu cabelo. Eu gostava de pensar que era Poppy passando a mão pelas longas madeixas enquanto se sentava ao lado dele. Pelo sorriso que se desenhou em sua boca, ele talvez pensasse isso também.

Rune abriu os olhos e disse:

— Quando perdi sua irmã... — Ele balançou a cabeça. — Nos primeiros dias depois que ela se foi, eu não sabia como *respirar*, Savannah. — A voz de Rune ficou embargada. Lágrimas brotaram dos meus olhos também. Porque comigo tinha sido exatamente do mesmo jeito. — Então, quanto mais o tempo passava, pior ficava. Porque eu *sentia* a ausência dela. O intervalo entre a última vez que a tinha beijado e o momento presente parecia muito longo. Tempo *demais* com que lidar. — Rune levantou a câmera e, vendo algo que eu não vi, tirou uma foto. Quando a baixou, disse: — Aqueles últimos meses com sua irmã... com *Poppymin*, foram tudo para mim. — A voz dele estava rouca e ferida. Eu sabia que aqueles meses tinham sido especiais. Eu tinha visto. Tinha visto minha irmã e a felicidade que Rune trouxera de volta à vida dela em seus últimos dias. Por mais que ela amasse a família, somente Rune poderia ter tornado sua morte tão linda quanto foi. Ele a tornou perfeita para ela. E voltou à vida dela exatamente quando ela mais precisava dele.

Assim como Cael tinha entrado na minha.

Rune colocou a mão na minha e apertou.

— Você ama esse garoto?

Eu não sentia nem um pingo de dúvida quando disse:

— Amo. Mais do que achava possível.

Rune sorriu. Abriu um sorriso tão largo que soube que era em nome de Poppy também.

— Então você o conheceu — ele disse. — O garoto com quem vai passar o resto da vida.

Eu o cutuquei e disse:

— O meu Rune.

Rune se engasgou com a risada, e uma lágrima escorreu pelo canto de seu olho.

— Seu Rune — ele repetiu.

— Ele é jogador de hóquei e mora nos arredores de Boston — eu disse.

— Boston, hein? — ele respondeu, claramente referindo-se ao meu futuro em Harvard.

— Ele deveria ter ido para Harvard no outono passado. Com uma bolsa de hóquei. Mas abandonou tudo quando o irmão faleceu. O irmão dele também jogava hóquei, e ficou muito complicado para Cael continuar jogando... As lembranças... eram muito difíceis.

— Dê tempo ao tempo — disse Rune. — Ele tem passado por maus bocados. Mas pode se reencontrar. — Ele se virou para mim. — Um acaso feliz, isso de que Cael também deveria ter ido para Harvard... — Era exatamente o que eu pensava. Rune apontou para o céu. — Eu diria que tem um dedo da sua irmã em tudo isso.

Eu ri.

— Ela amava o amor.

— Ela amava o amor — repetiu Rune, de modo melancólico. — Meu Deus, Sav. Sinto tanta saudade dela. Estar nesses lugares me faz sentir mais falta dela ainda, e que também ela está aqui, ao meu lado.

— Sei o que você quer dizer — eu disse. Então perguntei a ele o que eu deveria ter perguntado havia muito tempo. — Você está bem, Rune? Bem *de verdade*?

Vi em seu rosto que ele sabia que eu não estava perguntando sobre algo em geral. Eu estava perguntando sobre como ele estava sem Poppy.

— Estou — ele respondeu, e um aperto se instalou no meu peito. — Porque sei que vou ver sua irmã novamente. Sei que estarei com minha garota mais uma vez. Vou poder beijá-la e abraçá-la de novo. Vou poder ouvi-la rir e tocar violoncelo. Vou poder dormir ao lado dela e simplesmente estar com ela. Como sempre deveria ter sido. E todos os anos que precisamos passar separados vão virar pó.

Abaixei a cabeça para que ele não me visse desmoronar. Claramente não funcionou, porque ele disse:

— Por enquanto, eu a vejo em meus sonhos, Sav. Falo com ela todos os dias e sei que ela me ouve. Vejo o sorriso perfeito dela com covinhas. E, na minha alma, ela me assegura que está feliz e que não sente dor. Falo dela sempre que posso. Isso a mantém viva para mim. — A voz dele ficou rouca, engrossada pela emoção. — Nunca haverá outra pessoa para mim. Mesmo do céu, Poppy me dá mais amor do que eu poderia precisar. — Ele levantou a câmera. — Eu viajo pelo mundo e tiro fotos para *ela*. Em homenagem a ela. Poppy me dá um propósito, todos os dias. E isso me ajuda a seguir em frente. Me ajuda a ficar longe da escuridão da tristeza. — O lábio dele se ergueu carinhosamente de um lado. — Poppy me ensinou isso. A valorizar e amar a vida. Mesmo longe daqui. Devo a ela viver por nós dois. Eu prometi. E nunca quebraria a promessa que fiz à minha garota.

— Um propósito... como estudar medicina será para mim — eu disse, pensando em Tala, em todas as crianças nas Filipinas, especialmente naquelas que não podiam ser salvas.

— Como você estudando medicina — ele disse, concordando. — Nós honramos Poppy ao continuar, em nome dela. Isso será o suficiente para mim até que eu a veja novamente. — Ele ficou quieto por alguns minutos, nossa conversa flutuando acima de nós. — Não me arrependo de um único momento da minha vida com sua irmã, Sav — ele disse. — Nem dos momentos ruins. Os piores momentos. Quando ela estava lá embaixo, na pior, eu estava lá com ela. Ela sabia disso. Foi isso que nos tornou tão fortes. Nos altos e baixos, eu estava ao lado dela, segurando a mão dela. Nada me faria deixá-la... nem mesmo a morte.

Imaginei Cael e soube que éramos assim também. Estaria com ele fizesse chuva ou sol, quando ele estivesse dançando na luz ou perdido no escuro. Apenas rezei para que ele soubesse que podia contar comigo, cem por cento. Eu sabia que ele se considerava um fardo para mim. Mas estava longe disso. Ele me elevava, me fazia voar. Sabia que ele odiava quando ficava aos pedaços, quando estava caído e imerso na escuridão. Mas o que Cael não entendia era que a vulnerabilidade dele só me fazia amá-lo ainda mais. Eu entendia que mostrávamos o nosso pior para aqueles que mais amávamos. Não havia julgamento. Apenas apoio completo e irrestrito.

Agarrei-me ao braço de Rune.

— Estou muito feliz por você estar aqui — eu disse, e apoiei o rosto no braço dele. — Um pedaço de casa comigo do outro lado do mundo. — Eu sorri enquanto as flores de cerejeira balançavam na brisa novamente. — Um pedaço de Poppy.

Rune beijou meu cabelo e nos sentamos em silêncio, apenas observando as árvores que minha irmã amava tanto. Lembrando dela. Honrando-a. Pensando nela.

Amando-a.

Para sempre e sempre.

24
Adeus

Savannah
Otsuchi, Japão

Chegamos à pequena cidade costeira de Otsuchi em uma tarde nebulosa. Era muito diferente de Kyoto. O mar dominava a vista. Árvores e campos. Mas era remoto e silencioso.

Eu tinha saído de Kyoto me sentindo plena, e um pouco ferida. Ver tantas cerejeiras em plena floração e ver e falar com Rune... foi lindo, mas também difícil. Eram as pequenas coisas, percebi, que podiam desencadear uma pontada de tristeza no coração. Um sentimento tão avassalador e forte que, por algumas horas, poderia jogar você de volta no fogo. Mas tinha aprendido a sair de lá, um pouco chamuscada, mas não queimada. Era um progresso.

Embora Kyoto tivesse sido difícil às vezes, dera o meu melhor para sentir a beleza de lá também. Havia visitado um lugar que Poppy queria desesperadamente conhecer. E tinha estado lá com Rune. Sabia que ela teria ficado muito feliz com isso. Rune havia tirado uma foto de nós dois juntos, entre o mar de pétalas brancas e cor-de-rosa. E sabia que, quando voltasse para Blossom Grove, na Geórgia, aquela foto estaria encostada no túmulo da minha irmã.

Rune tinha ido jantar com a gente. Nós falamos de Poppy com sorrisos largos no rosto e lágrimas nos olhos, lembrando dela com carinho. Já havia passado da hora de fazer aquilo com o garoto que eu considerava um irmão.

E, como era de esperar, Rune foi dar uma volta naquela noite com Dylan. Quando eles retornaram, meu amigo parecia andar mais leve. Os olhos dele não estavam tão pesados. Senti um aperto no peito quando olhei para os dois: bons homens que precisaram se separar de sua alma gêmea cedo demais. Então olhei para Cael. Ele passou os braços ao meu redor sem dizer nada, como se soubesse que havia um pouco de tristeza em minha alma. Como se tivesse tido o mesmo pensamento sombrio que eu. Se algo acontecesse com ele... Eu não sabia como iria me recuperar. Isso me fez sentir ainda mais admiração por Rune. Porque ele havia retomado sua vida e estava mesmo *vivendo*. Estava transformando seu sonho de ser fotógrafo em realidade. Viver por Poppy havia se transformado em seu propósito.

Honra. O Japão ensinava isso acima de tudo. Que toda ação deve ser feita com honra, com propósito. Que nós, como pessoas, precisávamos entender que nada durava para sempre. Que tudo era temporário, das flores de cerejeira às estações, à vida curta das flores ou dos animais de estimação, aos bons e maus momentos. Tudo passava; tudo recomeçava.

Especialmente a vida.

Tudo, menos o amor.

A vida era confusa. Ela poderia quebrar e despedaçar a gente. Mas isso não significava que a vida, em toda a sua imperfeição, não pudesse ser transformada e refeita em algo bonito, que a fragilidade precisava ser feia. Ela podia ser hipnotizante e de tirar o fôlego.

Apenas olhar para Cael me recordava disso.

E agora estávamos ali. Em uma nova parte do Japão. Pequena e silenciosa. Nossa parada final. Eu estava melancólica. Tinha resistido tanto a embarcar naquela viagem. E então estava desesperada para ficar. Mas sabia que precisávamos sair da nossa bolha se realmente quiséssemos seguir em frente. Precisávamos levar tudo o que tínhamos aprendido de volta para a vida real.

Eu só rogava para que a força que eu sentia dentro de mim perseverasse. Senti que iria. Ver outras culturas, encarar os problemas que tinha enterrado profundamente, havia sido libertador. Eu me sentia um pássaro engaiolado prestes a ser liberto.

Mas tínhamos mais uma parada. Só mais uma parada antes que pudesse abrir minhas asas e voar.

— Amanhã — disse Leo, enquanto nos reuníamos no salão de recreação do hotel reservado apenas para nós — será a culminação de tudo que esta viagem ensinou.

O nervosismo percorreu o meu corpo como eletricidade. Mia e Leo não nos contaram o que iria acontecer. Mas eu sabia que devia ser algo comovente. Tentei não entrar em pânico. Apenas deixar acontecer. Tinha me tornado melhor em enfrentar qualquer coisa que a vida jogasse em cima de mim.

Estava no sofá, envolvida nos braços de Cael. O corpo dele estava tenso, e os olhos, assombrados. Não conseguia acreditar que, em breve, ele não estaria caminhando ao meu lado. Como se sentisse meu coração apertar com esse pensamento, ele me puxou para mais perto. Eu me derreti em seu abraço forte.

Depois do jantar, voltei para o quarto de mãos dadas com Cael. Ele me esperou na porta. Eu precisava dele comigo naquele momento. Porque aquela noite seria comovente para mim. Fui até a cômoda, e em cima dela estava o caderno de Poppy.

Virei-me para Cael, que me observava com olhos de falcão. Seu olhar azul-prateado se suavizou quando puxei o caderno para o peito. Com os lábios e a voz trêmulos, eu disse:

— Estou na última página.

De alguma forma, eu tinha lido as dezenas e dezenas de registros que Poppy tinha me deixado. Havia escrito de volta para ela no diário que Mia e Leo me deram. Foi bom compartilhar essa jornada com a minha irmã. Isso me ajudou a me reconectar com ela. Por meio de suas anotações, Poppy me ergueu quando eu estava caindo, tinha sido a laca dourada para meus cacos lascados quando eu me partia.

Ao longo das páginas, ela tinha se mantido ao meu lado nessa viagem. Quando eu chorava até dormir. Quando eu sentia saudade de casa... mas não tanto quanto o esperado, porque minha irmã falava comigo todas as noites.

Mas havia acabado.

Aquela era a última noite, o último capítulo da despedida dela para mim. E, por mais que eu não quisesse ler, sabia que precisava fazer isso. Não queria dizer adeus às palavras impressionantes, à prosa edificante dela. Não quis me despedir de minha irmã quatro anos atrás, e certamente não queria me despedir dela agora.

Mas eu precisava fazer isso. As despedidas precisavam ser ditas, quiséssemos ou não. Como sakura, a cerejeira que ela amava, ensinava: nada durava para sempre. E eu, todos *nós*, precisávamos aceitar esse fato. Poderíamos acreditar em outra vida, encontrar significado no universo ou no que quer que acreditássemos que viria a seguir.

Mas as despedidas, de alguma forma, sempre precisavam ser feitas nesta Terra.

Estendi a mão para Cael. Ele não hesitou. Deslizou a mão calejada e tatuada na minha. E a apertou duas vezes. Lancei um sorriso choroso para ele. As lágrimas já se empoçavam em meus olhos. Minha garganta fechou, mas consegui dizer:

— Pode ficar comigo...? — Respirei fundo. — Para esse último registro?

Cael piscou para afastar as próprias lágrimas e disse:

— Eu não gostaria de estar em nenhum outro lugar. — A voz dele estava rouca, o sotaque de Boston, carregado. Ele estava suportando a própria dor, mas estava lá para me dar apoio também.

O hotel em que estávamos hospedados era tradicionalmente japonês. Havia mesas baixas e divisórias de papel separando seções do quarto. E cada quarto tinha uma vista privada e isolada de um jardim muito bem cuidado. Agarrei a mão de Cael e o levei para o assento baixo e almofadado do lado de fora, então me sentei. Ele me embalou em seus braços, o corpo alto e largo formando um escudo protetor ao meu redor.

Olhei para o sol poente e para as estrelas que começavam a brilhar. O universo era vasto e imponente, tão eterno que deveria parecer avassalador. Mas havia *algo*, pensei, algo reconfortante em todas as pessoas no mundo olhando para as mesmas estrelas e a mesma lua todas as noites, não importava onde estivessem.

Alisei a capa do caderno com a mão mais uma vez. Sorri ao ver a caligrafia de Poppy. Aquele caderno já tinha sido tão assustador para mim. Eu o havia evitado, escondido em uma gaveta no meu quarto. Agora, era uma fonte de paz.

Era minha conexão com uma irmã que me amava além de qualquer comparação.

Cael se inclinou para perto e pousou um beijo no meu pescoço. Ele seguiu beijando até minha bochecha e meu cabelo. Fechei os olhos enquanto ele fazia isso, ouvindo o canto dos pássaros nos galhos escuros das árvores ao redor. Sorri ao ouvir o som contagiante de Travis e Dylan rindo de outra parte do jardim.

A vida, pensei... era realmente uma coisa linda.

— Estou pronta — eu disse em voz baixa, reconhecendo a importância daquele momento. Era quase sagrado. Para mim, era. Os braços de Cael me envolveram e me mantiveram firme, e virei a última página.

Meu estômago revirou quando olhei para a escrita de Poppy. Não estava tão organizada quanto as páginas iniciais. Por todo o caderno, eu podia vê-la ficando cansada. A caligrafia estava mais fraca, mas as palavras, para mim, eram tudo menos isso.

Lembrei-me daqueles dias. Lembrei-me de vê-la acamada. A respiração tão ofegante que ela precisava ficar dia e noite no oxigênio. A pele estava pálida, e os olhos pareciam grandes demais no rosto. Ela havia perdido peso. Mas ainda era tão bonita quanto as pétalas que viu começarem a cair do lado de fora da janela de seu quarto. Respirei bem fundo para me centrar, então li o adeus de minha irmã para mim. Esta irmã mais nova que adorava a irmã mais velha de todo o coração.

Savannah,

Receio que tenha chegado a hora. Enquanto escrevo isto, minha mão luta para segurar a caneta. E, para ser sincera, consigo sentir a atração forte da morte me pressionando. Não quero que você se preocupe. A sensação não é opressiva. Nem triste ou assustadora.

Parece que estou sendo chamada para casa.

As pessoas temem a morte. Ela é vista como algo escuro e assustador. Mas aqui estou eu, no fim, e parece tudo menos isso. É uma leveza inebriante que paira perto. Consigo sentir o cheiro de flores ao meu redor. Não sei por quê, mas gosto de pensar que é a vovó tomando seu lugar ao meu lado, para me guiar por essas horas finais. Até que ela conduza minha alma para longe do meu corpo quebrado. E serei revivida. Serei forte novamente. Partirei com as últimas flores de cerejeira.

Rune está ao meu lado agora. Ele lutou contra o sono por tantos dias. Ele me levou ao baile, Savannah. Dançou comigo minha música favorita e não me soltou nenhuma vez. Neste momento, ele está dormindo ao meu lado, segurando-me perto.

Você acabou de entrar e se sentou ao meu lado também. Não disse nada, mas nos sentamos uma ao lado da outra e observamos as pétalas do lado de fora da janela caírem como chuva de verão.

Essa era você, Savannah. A calma na minha tempestade. Meu consolo. Minha respiração firme. A batida do meu coração.

Espero que, quando ler isto, você esteja curada. Espero que, ao ler este último registro, você esteja se sentindo mais forte. E acredite que não sinto mais dor. Acredite que estou caminhando ao seu lado pela vida. Rogo para que você consiga olhar para o céu e sorrir, sabendo que ainda estou viva. Que estou em casa, aonde pertenço, esperando pacientemente para ter você de volta em meus braços mais uma vez.

Eu te amo, Savannah. Enquanto escrevo isto, as lágrimas caem dos meus olhos. Mas não são lágrimas de dor nem de raiva. São lágrimas de alegria, pois olha a sorte que eu tive por ter você como irmã. Quanta sorte tive com uma alma tão linda como você na minha vida!

Mal posso esperar para olhar para você e vê-la feliz de verdade. Vivendo sua vida com propósito e sendo amada pela pessoa mais perfeita. Mal posso esperar para ver você retribuir esse amor. Mal posso esperar para ver aonde a vida vai levar você.

Por favor, cuide-se, Savannah. Seja feliz. É tudo o que quero para você: felicidade. Porque felicidade é tudo. E amor. Ame tanto, com tanta intensidade, que sua alma vai irradiar amor.

Viva. Estou sorrindo agora. Só de imaginar seu lindo rosto cheio de alegria, amor e vida.

Savannah, ser sua irmã foi uma bênção. E, mesmo que eu não esteja mais nesta Terra, sempre serei sua irmã mais velha. Fale comigo sempre. Eu vou ouvir. Amei crescer ao seu lado, cada momento. Minha irmã. Minha melhor amiga. Você é uma parte de mim, assim como eu sou uma parte de você. Isso nunca pode ser extinto.

Nunca pode morrer.
Eu preciso ir agora. Estou ficando muito cansada. Mas lembre-se: eu te amo mais do que todas as estrelas no céu.

Todo o meu amor para sempre,
Sua irmã muito orgulhosa,
Poppy

Não consegui ler a última frase por causa das lágrimas que escorriam dos meus olhos. O peito de Cael se movia para cima e para baixo em movimentos rápidos, e soube que ele tinha lido também. Virei-me para ele e passei os braços em volta de seu pescoço. Enterrei o rosto na curva de seu ombro e desabei. Liberei quatro anos de tristeza reprimida no garoto que eu amava mais do que a vida. A mão de Cael se enroscou no meu cabelo e me apertou junto a ele. Cael chorou comigo; chorou *por* mim. Chorou por Poppy, e eu sabia que por Cillian, o irmão mais velho que o amava tanto, mas o deixara vulnerável e sem uma despedida verdadeira.

Talvez, pensei, o adeus de Poppy pudesse ser de Cillian também. Porque eu sabia que o irmão de Cael o amava tanto quanto Poppy me amava.

— Ela te amava — Cael disse em meu cabelo. — Ela te amava tanto.

E eu não conseguia me sentir triste por aquilo. Porque era verdade. Ter sido amada tão intensamente havia mudado tudo. Podia ter perdido minha irmã mais velha e sentiria falta dela todos os dias, mas ela tinha me *amado*. Senti o amor dela, e ainda sentia o amor dela girando no ar ao meu redor. Nas árvores e na terra, no vento e especialmente nas estrelas.

O amor não morria; era eterno. Era uma tatuagem em nossa alma. Um presente que nem a morte poderia tirar de nós. Se fomos amados, mesmo tendo perdido esse amor, ele nunca vai embora. Ele vai preencher seu coração e cobrir os buracos que a tristeza deixa para trás.

Só precisamos nos agarrar a ele quando tudo parece impossível.

— Eu te amo — eu disse a Cael. Eu precisava que ele soubesse daquilo. Precisava daquele amor para remendar os buracos no coração dele quando fôssemos obrigados a nos separar depois da viagem.

— Eu também te amo — ele disse, e senti a verdade daquilo nos meus ossos.

— Precisamos fazer um pacto — eu disse, e Cael observou meu rosto. — Precisamos prometer que sempre seremos sinceros um com o outro. Que vamos dividir nossas esperanças e nossos sonhos, mas também nossos medos e receios. — Coloquei a mão no rosto dele. — Se a vida nos ensinou uma coisa, é que há altos e baixos, mas também momentos preciosos e felizes. — Cael olhou para baixo. Pressionei a testa na dele. — Precisamos dizer tudo um ao outro... mesmo se for dolorido. Isso é amor verdadeiro, Cael. Isso é depositar totalmente a confiança em alguém.

Cael procurou meus olhos, então sussurrou:

— Leo me ofereceu mais ajuda. Quando eu voltar para casa, ele quer que eu me interne em uma unidade residencial que vai seguir mais fundo e me ajudar a lidar com tudo. — Cael suspirou; ele estava cansado. — E acho que ele tem razão. — Os braços dele eram fortes como ferro ao meu redor, como se eu fosse voar para longe se ele não segurasse. — Foi ver aquilo... ver Cillian fazer aquilo... — Ele foi parando de falar.

— Cael — sussurrei, de coração partido pelo garoto que eu amava. — Você deveria ter me contado.

O corpo dele se envergou de exaustão.

— Acho que não queria admitir. Não queria preocupar você. Mas...

— Mas? — questionei, rezando para não estar pressionando demais.

— Mas ele tem razão — Cael confessou, e naquele momento senti tanto *orgulho* dele. Cael havia resistido à viagem, lutado contra as terapias de conversação. Mas percebi que ele tinha dado o máximo de si. Ele precisava continuar. Para ficar mais forte, precisava percorrer mais um trecho do caminho.

— Obrigada por me contar — eu disse, beijando seus lábios trêmulos.

— Obrigado por me amar — Cael disse em voz baixa contra meus lábios, que não queriam nada além de pousar nos dele.

Cael poderia não pensar em si mesmo como alguém digno de amor ou que valesse a pena. Mas, aos meus olhos, ele era reverenciado.

— Vamos passar por isso — prometi. Porque eu acreditava nele, e acreditava que, juntos, poderíamos enfrentar qualquer coisa.

Cael me abraçou, e eu o abracei no eco do adeus de Poppy e da confissão dele. Quando nossas lágrimas secaram e só restou a exaustão, olhamos para cima, observando as estrelas. E sorri. Porque sabia que Poppy estava lá em cima. Aquilo era tão reconfortante quanto ter os braços dela ao meu redor.

25
Ventos mornos e palavras sinceras

Savannah
Otsuchi, Japão
No dia seguinte

Fitei o jardim para onde fomos levados e para a cabine telefônica que ficava dentro dele. O mar dava numa via movimentada, mas ali estávamos nós, em meio a um pedaço de mato alto, olhando para uma simples cabine telefônica branca. Do estilo inglês antigo. Havia bancos espalhados ao redor, mas a cabine telefônica estava ali, um tanto sozinha e deslocada.

— Anos atrás, esta cidade e o Japão foram atingidos por um tsunami — disse Leo, e meu coração parou por um segundo. Passei os olhos ao redor da pequena cidade. Devia ter sido devastada. — Esta cidade costeira, em particular, foi severamente impactada. Muitas pessoas morreram. Os moradores locais perderam muitos membros da família em um único desastre.

A mão de Cael me agarrou com mais força.

— Esta cabine telefônica foi construída um ano antes. — Leo caminhou até ela. — É conhecida como Telefone do Vento. Dentro dela, há um telefone com um fio desconectado. — Notei o telefone preto lá dentro. Como algo que se via num filme antigo, antes de os celulares existirem. — O homem que a criou perdeu um primo para o câncer. E ele sentia saudade dele. Sentia tanta falta dele que não sabia como processar o sentimento. — Essas palavras foram uma facada no peito. Eu sabia como era isso. — Ele sentiu que precisava de um lugar para colocar seus sentimentos em palavras. E precisava de um lugar para expressá-los. Então o cavalheiro construiu esta cabine telefônica em seu jardim como forma de falar com ele. — Franzi a testa, confusa. — Foi projetado para ajudar com o luto. É uma linha direta para o outro mundo e aqueles que já se foram.

— Para entender a importância desta cabine telefônica, é preciso notar algumas coisas sobre o Japão e as crenças de muitas pessoas daqui — disse Mia com delicadeza. — O Japão é principalmente budista. E, dentro do budismo, as pessoas acreditam que a linha entre essa vida e a próxima é tênue. Acreditam que tudo no mundo, na *vida*, está conectado, e isso inclui aqueles que já faleceram.

Gostei dessa noção. Ela me lembrou do que eu acreditava sobre o universo, a poeira estelar e a ideia de que por fim tomaríamos nosso lugar de volta entre as estrelas, de onde nos originamos. Sobre nossas energias sobrevivendo além do túmulo, permanecendo nesta vida, só que numa nova forma. Nunca indo embora.

— Em lares por todo o Japão, muitas pessoas têm na sala de estar um altar dedicado a seus entes queridos falecidos — Mia continuou. Eu não conseguia desviar os olhos dela, presa a cada palavra. — É um espaço cheio de fotografias e lembranças daqueles que se foram, e na frente dessas coisas eles colocam frutas, arroz e outras oferendas. As pessoas acreditam que, embora mortos, os entes queridos ainda estão ligados à família e devem ser honrados.

Como o diário que Leo e Mia nos deram, pensei. Ele tinha me mantido conectada a Poppy. E eu sabia que, mesmo depois que a viagem terminasse, continuaria a falar com ela através das páginas. Não conseguia me ver parando. Não sabia se era saudável, mas estar ali, ouvindo falar do budismo e da cultura japonesa, me dizia que estava tudo bem. Estava tudo bem permanecer conectada com a irmã que eu havia perdido. Por meio do diário, eu havia encontrado a voz dela novamente.

— A cabine telefônica é uma extensão dos altares domésticos. Faz a ponte da linha tênue entre a vida e a morte de uma forma saudável e pessoal — disse Leo. Ele apontou para a cabine branca simples. — O telefone dentro dela não está conectado a nada nesta Terra, mas ao outro mundo. O homem que a construiu sabia que não havia uma linha direta até o primo que havia perdido, mas gostava de pensar que suas palavras para ele, em vez de serem carregadas por uma linha conectada, eram carregadas pelo vento. Por isso é chamado de "Telefone do Vento".

Minhas mãos tremiam enquanto eu fixava o olhar no telefone e na cabine. Calafrios percorreram minha espinha quando uma rajada oportuna de vento soprou ao nosso redor. Cael apertou minha mão duas vezes. Eu apertei a dele duas vezes em resposta; senti que ele também tremia.

— Outra parte do sistema de crenças budista, uma não muito diferente do que aprendemos em Varanasi, é que, como nossos entes queridos ainda estão conectados a nós, também devemos deixá-los ir. No pensamento budista, se não podemos deixar nossos entes queridos irem embora, se não podemos nos livrar da dor de perdê-los, eles não podem ser libertos e, em vez disso, ficam suspensos em uma espécie de terra de ninguém do outro mundo — explicou Leo. — Então, algumas das frases mais comuns usadas nesta cabine são: "*Não se preocupe conosco*" e "*Estou fazendo o meu melhor*". As pessoas acreditam que isso ajuda a assegurar àqueles que amamos de que estamos bem, mesmo que não estejamos, e isso os ajuda a passar para o outro mundo e para a próxima parte da jornada.

Cael estava rígido como uma tábua ao meu lado. Era a parte mais difícil de tudo para ele, deixar o irmão partir. Soltar a vela que representava Cillian no Ganges o machucara de verdade. Aquilo, eu sabia, não seria diferente. Inclinei a cabeça em seu braço, tentando apenas oferecer algum conforto.

— Depois do tsunami — Mia continuou de onde Leo havia parado —, muitas pessoas da cidade começaram a aparecer aleatoriamente neste jardim, na cabine telefônica, para suas despedidas, das quais tinham sido roubadas. Assim como muitos de nós. Acidentes fatais, doenças fulminantes... suicídios... — Mia disse, de um modo gentil e cuidadoso. — Não há adeus. Nenhuma chance de dizer tudo o que queríamos aos nossos entes queridos.

Naquele momento, me senti sortuda. Porque segurara a mão de Poppy e dissera meu adeus. Dissera tudo o que precisava dizer para minha irmã. Mas Cael e muitos dos meus amigos aqui não tiveram esse adeus. Não tiveram esse encerramento.

— Nem todo mundo vai querer fazer isso, e tudo bem. Mas descobrimos que, especialmente para aqueles que não se despediram, falar ao telefone é benéfico para a cura. Pode ajudar vocês a dizer o que precisam dizer aos seus entes queridos perdidos, sozinhos e em total privacidade — disse Leo, e sorriu para todos nós. — Trouxemos vocês aqui hoje, em nosso último exercício da viagem, para que todos possam dizer o que precisam para aqueles que mais amavam.

Ouvi o som de soluços, fungadas e choro de cortar o coração dos meus amigos. Mas meu olhar estava fixo na cabine telefônica. Minha mão agarrou Cael como uma tábua de salvação. Quando ousei olhar para seu rosto, ele estava pálido. Os olhos azul-prateados estavam arregalados e temerosos.

Deitei a cabeça em seu braço. Ele estava frio; seu corpo tremia.

— Daremos tempo a cada um de vocês para entrar na cabine telefônica — disse Mia. — Leo e eu visitamos o lugar com frequência com nossos grupos. Tivemos a sorte de garantir um tempo privado, longe do público, para vocês fazerem isso.

— Mia se moveu para o lado. — Então, por favor, se vocês quiserem e se sentirem prontos, entrem na cabine.

Leo se aproximou de Cael e disse baixinho o suficiente para que apenas nós ouvíssemos:

— Você não precisa fazer isso se ainda não chegou lá, filho.

Cael assentiu, entorpecido. Eu não fazia ideia do que ele faria.

Senti alguém agarrando minha outra mão. Era Dylan. Quando olhei para a fila, vi que estávamos todos conectados. Lili a Jade, depois Travis, Dylan, então vínhamos eu e Cael. Todos de mãos dadas. Tínhamos chegado ali. Através de lágrimas, dor e agonia; abrindo nossos corações despedaçados um para o outro, nós seis tínhamos ido ali para aquele último exercício.

— Chegamos até aqui — disse Dylan a todos nós.

Nós tínhamos chegado. Juntos, tínhamos nos apoiado. Tínhamos feito aquilo lado a lado, enxugando as lágrimas uns do outros e confortando uns aos outros quando desabávamos. Criamos um vínculo forjado tanto no luto quanto no amor. Sabia que estaria ligada àquelas pessoas para sempre.

Lili foi para a frente primeiro, soltando a mão de Jade. Prendendo a respiração, eu a observei subir os degraus até a cabine e entrar. Baixei a cabeça quando ela pegou o telefone, sabendo que meus amigos fariam o mesmo.

O vento soprava ao redor das árvores. Os pássaros cantavam adiante; o som de ondas lentas batendo na costa e de carros passando zunindo na rua movimentada atrás de nós criava a trilha sonora ambiente. Mais importante, dava à pessoa ao telefone privacidade total.

Um a um, meus amigos fizeram suas ligações. Cada um saindo triste e lavado em lágrimas... mas parecendo diferente de alguma forma. Limpos, revividos; um coquetel de emoções. Demos as mãos de novo, para manter o apoio sempre fluindo. E, quando Dylan retornou à fila, com as bochechas vermelhas e os olhos úmidos, era a minha vez. Olhei para Cael, que tirou os olhos da cabine telefônica para olhar nos meus.

— Você consegue, Peaches — ele disse, com a voz áspera e rouca.

Assenti, então soltei a mão dele. Era uma metáfora, pensei. Poderíamos manter um ao outro firme, apoiar e secar as lágrimas, mas, quando chegava a hora, nossa jornada com o luto era só nossa. Estávamos por conta própria. E precisávamos nos curar sozinhos também.

Cada passo até a cabine telefônica era uma maratona. A porta parecia pesar dez toneladas. Mas, assim que entrei, com o telefone preto me encarando, tudo ficou quieto e uma sensação de paz me envolveu.

Com a mão trêmula, peguei o telefone e o levei ao ouvido. Apenas o silêncio me recebeu.

Mas eu sabia que ela estava lá, esperando no vento.

— Poppy... — eu disse, a voz soando tão alta no espaço silencioso. — Sei que você consegue me ouvir. — Fechei os olhos com força. — Li seu último registro no caderno ontem à noite. — Prendi a respiração, e meus olhos se encheram de lágrimas. — Foi tão lindo. *Você* era tão linda. Espero que saiba disso. — Eu sorri através do choro baixinho. — Você se despediu de mim ontem à noite, então é justo que seja a minha vez de me despedir de você hoje. — Apertei o telefone com mais força. — Só que eu não quero. Porque esta viagem e seu caderno me fizeram acreditar, de todo coração e alma, que você está comigo.

Funguei e respirei fundo. Meu peito estava em carne viva.

— Quando você morreu, meu mundo inteiro implodiu. Mas agora sinto você ao meu redor. Vejo você nas estrelas. Vejo você nos meus sonhos. E agora estou falando com você neste telefone.

Limpei o rosto e fiquei imóvel quando uma borboleta pousou em uma flor do lado de fora da cabine. Um dia tinha sido uma lagarta, transformada em uma borboleta. Aquela borboleta, por mais linda que fosse, teria só uma vida curta. Mas sua beleza permaneceria nas memórias de todos que a vissem.

— Eu te amo mais do que todas as estrelas no céu, Poppy. Nunca vou deixar de lamentar a sua ausência na minha vida, mas vou valorizar as bênçãos que você me deu enquanto estava aqui.

Parei de chorar e minha respiração se estabilizou.

— Não se preocupe com a gente — sussurrei, querendo que ela se libertasse. — Se cuida, minha querida irmã. Eu te adoro. Eu te amo. E vou sentir saudade a cada minuto de cada dia — falei, e então coloquei o telefone de volta no gancho.

A borboleta levantou voo, e eu a observei planar na brisa em direção ao céu até desaparecer de vista. Fechei os olhos e sorri, ainda mais quando senti o doce aroma de baunilha tomando conta do espaço ao meu redor.

Então abri a porta, vi meus amigos e o amor da minha vida, todos esperando, de mãos dadas, com expressões orgulhosas no rosto. E simplesmente soube, senti no fundo do coração…

… eu ia ficar bem.

26
Vozes silenciosas e pontos de virada

Cael

A paz no rosto de Savannah quando ela saiu da cabine telefônica era uma faca de dois gumes. Por um lado, eu estava tão orgulhoso, tão feliz pela minha garota ter tido coragem suficiente para expor a alma para a irmã de quem tanto sentia falta. Tão orgulhoso de como ela estava andando com as costas retas e o queixo erguido. Mas, por outro, aquilo me deixou ciente do tanto de trabalho que eu ainda tinha pela frente. Coisas que não queria enfrentar. Dor que não queria suportar.

A mão de Leo pousou em meu ombro.

— Repito, não precisa ir, filho.

O aperto de Savannah na minha mão ficou mais forte. Olhei para ela. Os olhos azuis estavam arregalados e cheios de conflito por mim. Eu queria ser melhor para ela. Caramba, queria ser melhor para *mim mesmo*.

— Eu consigo — falei, com a voz áspera, e Leo examinou meu rosto. Depois de alguns segundos, ele assentiu, mas seus olhos estavam cautelosos. Sabia que ele estava preocupado comigo.

Pouco antes de soltar Savannah, ela deu um beijo no dorso da minha mão e se afastou. Enquanto eu avançava, mantive a sensação do beijo dela, ainda marcado na minha pele.

Caminhar até a cabine telefônica era como andar pelo corredor da morte. Para mim, a cabine não parecia atraente; ela era um dos meus maiores medos vindo à tona.

 Parei na porta e me forcei a abri-la. O silêncio lá dentro era ensurdecedor; a falta de som perfurava meus ouvidos como se fosse uma frequência aguda dolorosa. Então segurei o telefone. Era duro e frio. Meu peito começou a se mover para cima e para baixo. Rápido demais. Minha respiração estava agitada demais. O suor escorria pela minha testa, mas respirei fundo e me obriguei a pegar o telefone. Ele tremia quando o levei ao ouvido.

 Só de imaginar Cillian do outro lado, esperando que eu falasse, me destruiu. Minha voz se perdeu na garganta e, como acontecia com frequência, aquela noite passou pela minha cabeça como um filme. Mostrou Cillian batendo em som surround e alta definição. Tentei falar, mas nenhum som saiu. E, apesar do meu esforço, meus joelhos cederam e eu caí no chão. O telefone pendia do suporte, balançando para lá e para cá. Ignorei, querendo dizer a Cillian o quanto eu o amava, como sentia saudade dele e como a vida sem ele, alguns dias, parecia não ser vida. Mas tudo o que via era ele todo quebrado em meus braços... morto.

 Morto.

 Meu irmão tinha *partido*!

 Então desabei. Soluços violentos rasgaram meu corpo e eu não conseguia controlá-los. Não conseguia me levantar do chão frio da cabine telefônica. A porta se abriu e Leo se abaixou. Ele me ajudou a ficar de pé e me levou para a trilha. Mas ainda assim os soluços não pararam. Dylan estava do meu outro lado, ajudando Leo a me carregar até o ônibus que nos esperava. Uma mão familiar pousou nas minhas costas, e soube que era Savannah. Minha garota. Sempre lá com um toque de apoio. Com seu amor e nossos dois apertos de mão.

A viagem de volta foi um borrão, o tempo se rendendo à tristeza. Eu não conseguia dizer adeus. Simplesmente não conseguia dizer adeus.

Eu não estava pronto para dizer adeus.

Ainda não.

Leo e Dylan me ajudaram a sair do ônibus e ir para o meu quarto. Eles me deitaram na cama e, antes mesmo que minha cabeça tocasse o travesseiro, Savannah estava enrolada em mim. Respirei um pouco então. Sempre respirava quando ela estava por perto. Mas os soluços continuaram. Continuaram até que nenhuma lágrima caísse pelo meu rosto e o sol tivesse dado lugar à lua. Leo ficou no quarto conosco o tempo todo, permitindo que eu purgasse tudo da minha alma.

Ele enfim se levantou e disse:

— Só preciso falar com Mia. Volto em um minuto. Você vai ficar bem?

Fiz que sim com a cabeça. Não conseguia falar. Tinha perdido a voz.

Assim que ele saiu, Savannah se sentou. Os olhos dela estavam vermelhos de tristeza.

— Sinto muito, meu amor — ela disse. — Sinto muito por isso ter machucado tanto você.

Olhei para aquelas profundezas azuis e soube que, se quiséssemos ter algum tipo de futuro, eu precisava melhorar.

— Eu te amo — eu disse, bem quando uma batida soou na minha porta. Mia entrou, e Leo veio atrás.

— Savannah — Mia disse com gentileza —, vamos jantar.

— Não. — Savannah balançou a cabeça. Eu quis sorrir diante da teimosia dela, mas não consegui reunir energia suficiente para isso.

— Você não comeu — Mia disse. Ela então olhou para Leo. — Deixe Leo e Cael conversarem um pouco.

Savannah abriu a boca para discutir, mas eu disse:

— Pode ir, Peaches. — Olhei nos olhos de Leo. O olhar dele dizia que ele precisava falar algo comigo, algo que eu não tinha certeza se iria gostar. — Pegue algo para comer.

Savannah observou meu rosto.

— Você tem certeza? — Ela olhou para baixo. — Não quero deixar você.

— Eu sei, linda — confirmei, sentando-me e segurando o rosto dela. Eu a beijei na testa, nas bochechas e por fim na boca. — Eu vou ficar bem. Prometo — eu disse, rezando para que fosse verdade.

— Certo — respondeu Savannah, confiando totalmente em mim. O que me fez me sentir um pouco mais forte. Eu ainda podia contar com ela.

Eu a vi sair com Mia, e meu coração se partiu novamente quando ela se virou e deu um sorriso choroso. Assim que a porta se fechou atrás delas, eu me virei para Leo.

— Preciso dessa ajuda extra quando chegarmos em casa — eu disse. — Hoje me fez perceber o quanto eu ainda tenho pela frente.

Leo assentiu, então disse:

— Sugiro que a gente vá agora.

Choque e pânico me atingiram no mesmo instante.

— Agora? — perguntei, pulando da cama. — Não quero ir embora agora. Não quero deixar Savannah. Quero viajar de volta para casa com ela e os outros. Seguir com isso até o fim.

Leo veio até mim, com uma expressão cautelosa no rosto.

— Filho, eu jamais vou te obrigar a fazer algo que você não queira, mas me preocupo com a possibilidade de que se você encontrar Savannah de novo, ou se ficar até o fim, não vai seguir com o tratamento.

Imaginei o rosto de Savannah, lembrei-me dos braços dela em volta de mim, de como ela fazia com que eu me sentisse seguro e como se pudesse me apoiar nela para sempre... Expirei em derrota. Ele estava certo. Eu *sabia* que ele estava certo, mas eu só queria vê-la mais uma vez. Queria dizer adeus. Fazer planos para quando estivéssemos separados. Combinar como seguiríamos em frente.

— Cael, você ama Savannah? — A pergunta de Leo me fez levantar a cabeça e me tirou dos pensamentos dispersos.

Eu o olhei nos olhos.

— Com tudo de mim — respondi. — Minha voz estava firme. Meu amor por Savannah era a única coisa da qual eu tinha certeza. Todo o resto me abalava profundamente. Meu amor por Savannah era concreto.

— Então você precisa ir embora agora, filho. Para ter algum futuro com ela, precisa continuar com a terapia. Essa viagem não é o suficiente. No momento, você está numa posição precária, e meu conselho é partirmos imediatamente. Já vi o que acontece com as pessoas quando elas desabam e postergam a ajuda. — Meu estômago revirou. Estava como que se referindo a Cillian. Eu não queria ser como ele. — Deixe-me ajudar você, Cael. Siga meu conselho e deixe-me ajudar você.

Meu coração batia muito rápido, e eu não conseguia me concentrar. Não sabia o que fazer para melhorar. Não sabia se conseguiria deixar Savannah.

— Vocês dois têm uma chance real de felicidade — disse Leo, falando direto ao meu coração. — Vamos estabelecer Harvard, no outono, como meta. Para estar com Savannah novamente. Quando estiver curado e puder dar tudo de si a ela.

Eu conseguia enxergar a possibilidade. Nós dois felizes e saudáveis, lidando com o luto na faculdade; a faculdade que estávamos destinados a frequentar juntos. Eu queria aquilo. Queria tanto que de repente era tudo o que conseguia ver.

Ele sabia que eu estava na corda bamba, então me acertou em cheio quando disse:

— Você não quer que seu amor por ela diminua por causa da tristeza. Não quer que ela precise compartilhar você com a escuridão residual. Venha comigo, permita que a gente ajude você, e então dê a ela todo o seu coração, o seu coração *saudável*. Entregue-se inteiro a ela.

Aquelas palavras me deixaram sem ar. Savannah merecia o mundo. Merecia ser amada de corpo e alma. Leo esperou pacientemente pela minha resposta.

— Tudo bem — eu disse por fim, com a voz rouca e o coração partido. Não era o que eu queria. Só queria Savannah... mas precisava me curar.

E precisava fazer isso sozinho.

Leo expirou, aliviado.

— Você tomou a decisão certa, Cael. Vou dar dez minutos para guardar as suas coisas. Vou tomar as últimas providências.

Leo saiu do quarto e fiquei ali parado por alguns minutos em silêncio. Não conseguia fazer meus pés se moverem, como se eles estivessem protestando contra o que eu estava prestes a fazer. Mas só de pensar em ir para Harvard no outono, com Savannah ao meu lado enquanto vivíamos felizes e sem dor e não apenas existindo... isso fez com que eu me movesse em segundos. Joguei as roupas na mala e olhei para o quarto, para a marca de Savannah ainda na cama. Aquela garota me amava, e eu provaria que poderia estar nisso com ela. Cem por cento. Que, embora jovens, conseguiríamos.

Vi um bloquinho de papel na mesa, fui até lá e escrevi um bilhete para a minha garota. Só esperava que ela entendesse. Estava quebrando nosso pacto. Estava escondendo algo dela de novo, indo embora sem me despedir. Mas, por mais que doesse, por mais que minha alma gritasse para eu ficar seguro nos braços dela, isso era importante, para nós *dois*.

Peguei a carteira na mesa e olhei para ela, sentindo o peso do bilhete de Cillian lá dentro. Sem pensar muito, eu o tirei, ofeguei quando vi a caligrafia familiar dele e as sete palavras que me destruíram no ano anterior. Aquilo tinha me assombrado, me atormentado e me consumido até que eu não fosse nada além de uma bagunça mutilada. Eu não queria mais viver daquele jeito. Aquilo havia *acabado*.

Dei as boas-vindas à última onda de raiva, rasguei o bilhete em pedaços e o joguei no chão. Era um fardo para minha cura, um peso que só me esmagava.

Peguei a mala, saí para o corredor e encontrei Leo na recepção. Procurei Savannah na mesma hora. Talvez pudesse ver o rosto dela mais uma vez. Só um vislumbre. Talvez, se pudesse beijá-la uma última vez, *teria* forças para ir embora e não cair em seus braços.

Mas ela não estava em lugar nenhum e, no fundo, sabia que era tudo mentira. Eu daria uma olhada nela e lutaria para ficar. Iria ficar, sofrer, e as coisas só piorariam para mim, para ela, até que minha dor consumisse nós dois. Ela merecia ser livre. Tinha chegado longe demais para que eu a segurasse.

Eu só precisava de tempo para chegar até onde ela estava.

— Mia levou o pessoal para um restaurante longe do hotel — disse Leo. — Eles só vão voltar depois de termos ido embora.

Meu coração se encheu de tristeza.

Eu me forcei a sair do hotel, enquanto meu coração exigia que eu me virasse. Lutei para entrar no ônibus e me sentar ao lado de Leo. Em segundos, nos afastamos do hotel e, ao longe, acendia-se a cabine telefônica. A cabine telefônica que me expôs e mostrou a Leo e Mia que, para mim, a jornada estava apenas começando.

Peguei o celular, resisti a contatar Savannah e, em vez disso, fiz uma ligação havia muito atrasada.

— Cael? — A voz de meu pai surgiu no alto-falante, e meu peito pareceu se partir enquanto aquele som familiar se apoderava de mim.

— Pai... — eu disse, com a voz rouca.

— O que há de errado, filho? — A voz de meu pai estava em pânico. Ouvi minha mãe ao fundo, expressando sua preocupação também.

— Estou voltando para casa — expliquei, e Leo colocou a mão no meu ombro em apoio. — Eu... eu preciso de mais ajuda. E estou voltando para casa.

A voz de meu pai ficou embargada, e ele disse:

— Estamos orgulhosos de você, Cael. Tão orgulhosos. — Ele fez uma pausa e então disse: — Nós nos vemos no aeroporto. Peça para Leo nos enviar as informações do voo. Estamos aqui para você, filho. Vamos te ajudar a passar por isso.

— Tudo bem — eu disse, e fiquei na linha mais um pouquinho, encontrando conforto em ter o apoio de meus pais pelo telefone.

Algumas horas depois, enquanto esperávamos no portão de embarque e eu me sentia entorpecido pela dor, meu telefone tocou. Meu coração se contorceu quando vi que era Savannah. Passei a mão sobre a foto que havia sido adicionada ao contato dela e lutei para não me estilhaçar.

— Peaches — respondi, a garganta apertada de culpa.

— Você rompeu o nosso pacto! — ela disse, sua tristeza cortando através do telefone. — Você prometeu que me contaria tudo. Você nem se despediu! — Savannah começou a chorar, e eu não conseguia suportar o som dela desmoronando, desmoronando por minha causa.

Fui até o canto do saguão para ter privacidade e deixei minhas próprias lágrimas começarem a cair.

— Leo estava preocupado comigo. Ele precisava que eu fosse embora para buscar mais ajuda. — Balancei a cabeça, tentando encontrar as palavras para explicar. — Eu não consegui, Savannah. Não consegui me despedir você. Estou me despedaçando, meu amor. Eu não estou curando como deveria. Precisei ir...

— Não é justo — ela me interrompeu, soluços sacudindo seu peito. — Eu teria te dado apoio. Mas você deveria ter se despedido de mim. Ter me abraçado uma última vez. Deixar que eu beijasse você e visse que estava bem. Você me magoou. Você...

— EU NÃO TERIA IDO EMBORA! — eu me vi gritar, mais alto do que tinha desejado, as emoções afloradas indo à superfície e tomando conta de mim. Olhei para trás e vi vários rostos me encarando. Incluindo o de Leo.

Pressionei a testa na janela e fitei as luzes dos aviões que se preparavam para decolar. Eu me acalmei e senti meu coração batendo forte no peito.

— Se eu tivesse me despedido pessoalmente, Sav — sussurrei sobre o som torturante do choro dela —, não teria conseguido ir embora. — Engoli em seco e soube então que Leo estava certo. Mesmo naquele momento, eu estava lutando para não sair correndo do aeroporto e voltar para o conforto de onde ela estava. — E eu preciso fazer isso. — Um soluço saiu da *minha* garganta quando eu disse: — Eu estou... eu estou destruído, Peaches. Tão destruído que preciso buscar ajuda antes que isso acabe comigo. — Minha voz era quase inaudível. Eu me sentia exausto. Estava tão cansado de lutar.

Savannah chorava cada vez mais alto no telefone. Aquilo me deixou aos frangalhos. Mas precisava ser assim. Eu sabia. No fundo, sabia que ela também sabia.

Limpei as lágrimas do rosto e disse:

— Quero uma vida com você, Savannah. Quero te encontrar em Harvard no outono, mais forte e capaz. Quero que a gente tenha uma chance; eu *preciso* que a gente tenha uma chance. Você é a única coisa que me mantém firme. Mas dizer adeus a você... Não sou forte o suficiente para suportar isso, Peaches. Nunca poderei dizer adeus ao amor da minha vida.

A respiração de Savannah estava ofegante de tanto chorar, mas ela estava me ouvindo.

— Eu te amo — falei baixinho. — Por favor, acredite em mim. Eu te amo muito. Você é meu *tudo*.

— Cael — Savannah começou, a voz falhando. — Eu também te amo. Eu te amo... tanto. Desculpe por ter gritado com você. Eu só... vou sentir saudade.

— Também vou sentir saudade — eu disse, ainda me sentindo destruído e como se meu coração se partisse ao meio. — Vou ser internado, então não sei se vou ficar comunicável. Mas vou ligar e mandar mensagem sempre que puder. Vou precisar que você me ajude a passar por isso.

— Estou tão orgulhosa de você — Savannah disse, calma, e isso aliviou um pouco a dor que ameaçava me derrubar. — E vou pensar em você todos os dias.

— Harvard — eu disse, com a garganta apertada, mas falando o objetivo em voz alta. — Nós vamos nos encontrar de novo em Harvard.

— Harvard — ela ecoou, e uma sensação de paz tomou conta de mim. — Vou contar os dias.

Leo me deu um tapinha no ombro, e eu vi que o embarque estava começando.

— Preciso ir — falei. Eu não queria desligar.

— Eu te amo — ela respondeu. — Avise quando pousar em segurança.

— Também te amo — falei, e precisei reunir todas as minhas forças para desligar. Mas mantive o rosto de Savannah na mente e o amor dela no coração, e soube que eles eram fortes o suficiente para me levar adiante.

* * *

Depois de um dia viajando, pousei no JFK. Foi estranho ver o céu dos Estados Unidos de novo. Só conseguia pensar no que Savannah estava fazendo naquele momento. Eles voltariam para casa hoje. Mas ela estaria na Geórgia, e eu estaria em terapia.

Segui Leo pelo aeroporto e saí para o desembarque. Levei apenas alguns segundos para encontrá-los. Sem nem mesmo pegar a bagagem, corri pela multidão e me afundei nos braços da minha mãe e do meu pai. Lágrimas brotaram dos meus olhos, e sussurrei:

— Desculpa. Desculpa.

— Não há nada pelo que se desculpar — minha mãe disse.

— Nada mesmo — meu pai afirmou, a voz quase inaudível.

Eu me afastei e vi que os olhos deles estavam vermelhos. Mas havia felicidade no rosto deles também. O filho dos dois estava de volta, e não apenas no sentido físico. Eu ainda podia estar em processo de cura, mas estava mais perto do garoto que era antes do que daquele que tinha sido atormentado pela tristeza.

Leo cumprimentou meus pais e explicou a eles o que aconteceria em seguida. Liguei o celular e uma única mensagem chegou.

> PEACHES: Eu te amo tanto. Lembre-se sempre disso. Sei que você vai se sair bem.

Eu suspirei profundamente. Então respondi à mensagem com uma só palavra.

> EU: Harvard.

Minha mãe entrelaçou o braço no meu e fomos direto para o retiro. O trabalho duro estava só começando, mas o amor que eu sentia por Savannah, por minha mãe, meu pai, por *mim mesmo*... e por Cillian. O amor que eu sentia por todos eles me faria passar por aquela situação.

E eu teria Savannah de novo em meus braços, mesmo que fosse a última coisa que eu fizesse.

27
Corações indo para casa e almas em cura

Savannah

Quando começamos o procedimento de descida, peguei a carta que Cael havia me deixado e a li mais uma vez. Àquela altura, eu já a sabia de cor. Mas, ainda assim, eu li. Porque me fez me sentir mais perto dele, mesmo estando a quilômetros de distância.

Peaches,

Por favor, não fique brava porque fui embora. Mas tenho que ir. Para ser o homem que preciso ser para você, para mim, preciso ir com o Leo.

Por favor, não pense que isso significa que estou te deixando. É o oposto. Estou partindo para que, quando nos encontrarmos novamente, nada nos separe. Para que nada fique no nosso caminho e possamos ter o futuro com que sonhamos. Você é o amor da minha vida.

Quando comecei esta viagem, meu coração estava partido em mil pedaços. Mas, um por um, conforme fomos nos aproximando um do outro, você me colou de volta. Ainda não estou totalmente curado, mas estou determinado a fazer isso por nós.

Eu te amo, Peaches. Me dê tempo, e eu voltarei correndo para você o mais rápido que puder.

Eu te amo,
Cael

Baixei a carta e peguei o celular. Eu tinha ficado tão brava com ele por ter ido embora sem se despedir. Depois de tudo pelo que passamos, sentira que era o mínimo que ele deveria ter feito. Naquele momento, ele partira meu coração. Mas quando falei com ele… eu ouvi. Ouvi como ele estava destruído. Mas também ouvi a determinação em sua voz.

Passei o dedo sobre a mensagem que ele havia me enviado.

> CAEL: Harvard.

Sorri e meu coração se encheu. Era isso que queríamos. Tinha começado aquela viagem querendo me curar o suficiente para ir para Harvard e me tornar médica. Ainda era o objetivo, só que dessa vez o lugar me oferecia muito mais do que eu poderia imaginar. Agora me oferecia uma vida inteira com Cael. Uma vida inteira amando-o, uma vida inteira ao seu lado.

Quando o avião pousou em Atlanta, suspirei de felicidade com o calor que soprou no avião depois de a comissária de bordo abrir a porta. Liguei o celular. Uma mensagem de texto de Cael chegou imediatamente.

> CAEL: Estou aqui no retiro. Eles ficam com o nosso celular, só podemos pegar umas poucas vezes por semana. Vou mandar mensagem e telefonar quando conseguir. Eu te amo e sinto sua falta.

Meu coração acelerou. Eu tinha total fé nele. Se ficar algum tempo longe um do outro fosse a troca para mantê-lo para sempre, então poderia viver feliz com isso.

Saí do avião e fui pegar a bagagem. As portas mal tinham se aberto para o desembarque quando ouvi:

— SAVANNAH! — Olhei para cima bem a tempo de Ida se jogar nos meus braços.

Eu ri quando ela pulou e passou os braços em volta do meu pescoço. Eu a abracei e apertei. Nós rimos, e o som era uma sinfonia para meus ouvidos.

Minha irmã.

Minha irmãzinha.

Ida deu um beijo em minha bochecha.

— Senti tanta saudade! — ela disse, e se afastou. Sua boca se abriu dramaticamente enquanto ela me examinava. — Você está incrível, Sav! — Ela se inclinou para perto. — É por causa do Cael?

Eu ri da expressão sugestiva dela. Tinha sentido falta da minha irmã. E não apenas na viagem. Tinha sentido falta dela por quatro anos. Não a deixei se aproximar. Isso mudaria dali em diante.

— Senti sua falta — eu disse e a puxei de novo para mim. — Desculpe por você não ter podido contar comigo.

Ida recuou e me olhou nos olhos. Os dela brilhavam com lágrimas não derramadas.

— Você voltou? — perguntou ela, com hesitação.

— Estou de volta — respondi, com alívio e promessa em cada palavra.

— Eu tenho minha irmã de volta! — ela disse de modo dramático, então beijou minha bochecha.

Foi maravilhoso.

— Querida! — Os braços da minha mãe eram seguros e quentes enquanto ela me engolia em um abraço, e meu pai envolveu todos nós em seus braços, Ida também.

Ele beijou meu cabelo.

— Todas as minhas meninas de volta ao lar. — Eu sabia que ele se referia a Poppy também, que estava nos esperando em Blossom Grove. Meses atrás, aquelas palavras teriam me deixado arrasada. Agora? Eram perfeitas.

— Vamos levar você para casa — minha mãe disse, e meu pai foi pegar a bagagem.

Sorri enquanto o sol da Geórgia beijava meu rosto e a brisa morna nos abraçava e sussurrava: "Bem-vinda ao lar".

Lar. Nada se equiparava a isso.

No carro, Ida me presenteou com cada pedacinho de sua vida desde que eu havia partido. Quando entramos em casa, um milhão de memórias giravam ao meu redor. Se eu fechasse os olhos, quase conseguia ouvir o eco de três meninas rindo, correndo uma atrás da outra escada acima. Era celestial. Meu coração se encheu quando percebi que podia andar pela casa e me sentir confortada pelas memórias de Poppy ali e não ficar paralisada. Era mais uma vez meu santuário, não minha prisão.

Tomei banho e troquei de roupa, o tempo todo me perguntando como Cael estava no retiro. Eu sofria pelo que sabia que ele passaria, mas implorei ao universo para ajudá-lo. Para torná-lo mais forte do outro lado.

Saí do quarto e fui para a sala. Minha mãe preparava o jantar, e o aroma da comida enchia a casa. Mas, quando passei pelo quarto de Poppy, em vez de seguir em frente, como já havia feito tantas vezes antes, abri a porta. Estava intocado. Fui até a janela e olhei para fora. Sabia que era ali que ela tinha escrito em seu caderno para mim. Passei a mão no assento e sussurrei:

— Obrigada.

Ao abrir os olhos, ri. Quando olhei pela janela, Alton Kristiansen estava sentado no assento da janela do antigo quarto de Rune.

Acenei, e ele acenou também, parecendo um Rune em miniatura, e, por um momento, quase me senti uma jovem Poppy, olhando para o garoto que ela adorava. Passei a mão sobre a mesa, a cama dela, e sussurrei:

— Eu te amo, Poppy.

Fechei a porta ao sair. Ida estava esperando no corredor.

— Você está bem? — ela perguntou com cuidado.

— Estou — respondi, orgulhosa por dizer que estava.

Sempre haveria uma parte de mim que estaria triste por perder Poppy. Mas a perda era assim. O luto era assim. Sempre ficamos com um pouco de medo. Mas podíamos seguir em frente. No ritmo que fosse ideal para nós.

— Então, agora que você voltou e temos todo o tempo do mundo, me conte todos os detalhes sobre Cael — disse Ida.

Eu tinha contado tudo sobre ele quando conversamos por telefone e por mensagem. Era bom falar daquele jeito com uma irmã de novo.

— Ele foi embora antes — eu disse, e nossos pais também ouviram. Nós nos sentamos à mesa da cozinha. — Ele precisava voltar para os Estados Unidos para conseguir mais ajuda.

— Você teve que escolher o garoto tatuado, não é? — meu pai disse, levando um sorrisinho ao meu rosto.

Ida riu alto com a descrição que ele fez do garoto que tinha meu coração nas mãos.

— Ele não é só um garoto tatuado, *papai* — disse Ida. — É o amor da vida dela!

Meu rosto ardeu sob a atenção dos meus pais. Eles sabiam que Cael e eu estávamos juntos. Mas só Ida sabia o quanto eu o amava.

Meu pai bufou e disse:

— É verdade, querida? Você ama esse rapaz?

Fiquei séria, pensando em Cael. Em como não queria nada mais do que protegê-lo da dor e viver em seus braços.

— Ele é... — Eu parei, tentando explicar. Então, com um sorriso sutil, eu disse: — Ele é o meu Rune.

O rosto severo do meu pai se suavizou. Minha mãe estendeu o braço e segurou minha mão.

— Isso é tão romântico — Ida disse, melancólica. — Também quero meu próprio Rune.

Papai olhou feio para Ida, o que me fez soltar uma gargalhada.

— Por que ele precisa de mais ajuda? — meu pai perguntou.

Então contei a eles. Falei por que Cael estava lá. Mantive a maior parte da história em segredo por respeito a ele. Mas eles o conheceriam um dia, tinha certeza. Também o apoiariam. E, para isso, precisavam saber de tudo.

— Deus abençoe esse menino — minha mãe sussurrou, com tristeza na voz. Meu pai esticou o braço do outro lado da mesa e apertou a minha mão. Apoio silencioso.

— Ele é forte e tão corajoso. Tão bondoso e paciente, e me ama mais que a vida — contei.

Ida pousou a mão no meu ombro.

— Ele só precisa de mais tempo.

Assenti.

— Ele está ferido agora, mas sei que vai sair dessa.

Comemos e rimos juntos. Quando a refeição terminou, entrei no bosque e fiquei boquiaberta. Todo ano era a mesma coisa, mas a cada ano o pequeno bosque isolado era coberto com uma tapeçaria totalmente nova. Pétalas brancas e rosadas estavam em plena floração. E abaixo de todas havia uma lápide de mármore branco brilhando com a mesma intensidade. Quando cheguei ao túmulo de Poppy, sorri ao ver uma foto minha e de Rune em Kyoto presa ali.

Eu me sentei, permitindo que a brisa quente dançasse ao redor do meu cabelo. Suspirei e, com uma certeza inabalável, disse:

— Poppy... eu vou para Harvard.

28

Em cura

Cael
Massachusetts
Fim do verão

Semanas e semanas intermináveis me trouxeram até este momento. Eu finalmente estava em casa. Coloquei a mão na porta do quarto de Cillian. Fechei os olhos e respirei fundo. Todas as terapias, as sessões de um dia inteiro com Leo, Mia e os muitos psicólogos que me guiaram até a cura... me trouxeram até aqui. O apoio inabalável e as visitas semanais dos meus pais, a única hora que conseguia falar com Savannah a cada semana, tudo isso me trouxe a esse novo lugar de paz.

Eu estava mais forte agora. Respirava melhor. Ficava reto. Não estava bravo e, acima de tudo, entendia. Eu entendia Cillian de uma forma que nunca havia entendido antes. Entendia a depressão paralisante dele. Entendia por que ele não conseguira falar comigo. Era difícil, mas eu entendia.

Ele era meu irmão mais velho. E eu sentia falta dele. Sempre sentiria falta dele. Mas tinha que seguir em frente também.

Respirei fundo e, com a mão na maçaneta, a girei e entrei no quarto dele. O sol entrava pela janela virada para o sul. A cama estava feita; cada centímetro da mobília estava limpo.

Minha mãe mantinha o lugar bonito. Respirei o ar do quarto e ainda conseguia senti-lo ali. Ele tinha sido tão vibrante e vivo quando estava ali. Era como se tivesse deixado sua marca no quarto.

Em todos nós que mais o amávamos.

As paredes do quarto dele eram um santuário do hóquei. Passei os dedos pela camisa autografada dos Bruins, emoldurada e protegida por vidro. Então parei em sua camisa de Harvard. A que ele recebera em sua primeira partida como calouro. Eu estava naquele jogo. Lembro-me de sorrir tanto que as bochechas doíam.

Então fiquei imóvel quando vi a parede cheia de fotos minhas e dele. Meses atrás, aquilo teria acabado comigo. Eu ainda ficava triste vendo essas fotos. De nós dois felizes, a promessa de um futuro incrível em nossos sorrisos largos. Mas a coisa que mais chamou minha atenção foi a velha e desgastada entrada dos Bruins presa ao quadro de cortiça.

Fazia par com a entrada em que ele tinha escrito sua despedida para mim.

Senti um aperto no estômago. Eu o havia rasgado. Estava tão cansado de me sentir triste e, em um momento de raiva, o havia rasgado e deixado no Japão.

Eu queria mais do que tudo ter aquela entrada agora. Meses de terapia tinham deixado todo o sofrimento que eu via na morte de Cillian mais leve. Vê-lo bater, segurá-lo em meus braços... Respirei fundo quando meu corpo começou a tremer, a lembrança daquela noite ainda difícil. E sempre seria assim.

Mas a terapia havia me ajudado a reformular as coisas. Tinha me feito ver que tive o privilégio de estar lá com ele no final. Eu estava lá com ele quando ele se foi. Eu o segurei depois que sua alma seguiu em frente. E aquela entrada... aquela entrada era uma lembrança feliz muito significativa para nós, e agora só tinha se tornado mais especial por seu adeus escrito à mão. Também era um pedaço dele. Um que me arrependi profundamente de ter deixado para trás.

No fim das contas, fiquei feliz por estar lá com ele quando ele deixou esta Terra. Eu o amei o suficiente para querer que ele me tivesse por perto no fim. Um irmão que o amava mais do que tudo, ali ao lado dele enquanto a morte o reivindicava. Era melhor, pensei, ter companhia ao partir.

Eu me agarrei a esse pensamento quando a imagem daquela noite tentou me destruir. Eu me afastei da parede, orgulhoso por ter entrado ali, então parei. Encostado na parede estava o taco que eu havia quebrado meses atrás, quando minha mãe e meu pai me disseram que eu estava indo para a viagem de luto. Só que agora o taco, envolto novamente nas cores dos Bruins, o taco de Cillian, tinha sido consertado e brilhava à luz do sol.

Estendi a mão para tocá-lo, levantando-o com cuidado. Conseguia ver onde as rachaduras estavam. Mas, assim como o prato que Aika nos fizera quebrar e depois consertar no Japão, era ainda mais especial agora. Falava de cura e perdão.

Falava de mim e Cill.

— Eu o encontrei perto do lago. — Levantei a cabeça de repente, surpreso. Meu pai estava na porta, minha mãe logo atrás. Estavam tão preocupados comigo, e, por outro lado, um pouco mais leves esses tempos, pois viam que eu estava melhor também. Não conseguia imaginar a dor pela qual eles passaram.

Meu pai entrou no quarto. Os olhos brilhavam enquanto ele observava as paredes. Minha mãe deixou as lágrimas caírem. Antes acreditava que o quarto estava amaldiçoado. Contaminado. Mas estar ali de novo agora… era tudo Cillian. Estava cheio do irmão de quem eu sentia saudade. Não era nada a temer. Era… parecia como voltar para casa.

Meu pai colocou as mãos nos bolsos. Ele tinha acabado de chegar do trabalho, ainda estava fardado.

— Eu o consertei. — Ele olhou para mim, tímido. — Achei que você iria querer... algum dia. Talvez. Não sei...

Passei a mão pela madeira. Muitas memórias foram criadas com Cillian segurando aquele taco. Eu ao lado dele, meu irmão mais velho, meu herói...

— Obrigado — sussurrei.

Afundei na cama dele, e minha mãe se sentou ao meu lado. Ela colocou o braço ao meu redor e olhou para a parede de fotos.

— Vocês dois... — ela disse, rindo em meio às lágrimas. — Fiquei com cabelo branco na casa dos trinta graças a vocês dois e ao hóquei. — Eu ri e enxuguei os olhos. — Mas eu também amava tudo isso — ela disse, me abraçando mais forte. — Levar vocês para todo lado, acordar de madrugada para os treinos... assistir a vocês dois brincando no lago quando não sabiam que eu estava lá. — Minha mãe ficou séria. — Quando fica difícil — ela disse, com a voz trêmula —, é a isso que eu me agarro. E encontro felicidade. Consigo ser feliz nessas memórias.

O rosto de Savannah surgiu em minha mente. Foi a menção à felicidade que fez isso. Eu sentia saudade de Savannah de um jeito que não sabia ser possível. Sentia falta da mão pequena dela na minha, sentia falta das bochechas coradas quando ela se envergonhava com facilidade. Sentia falta do beijo dela e do sotaque carregado do sul.

Simplesmente sentia saudade dela, ponto-final.

— Pensando na sua garota de novo? — meu pai perguntou, e eu soltei uma risada.

Eu tinha contado tudo sobre ela aos meus pais. Como não contaria? Ela era tudo em que eu pensava. Quando a terapia me deixou um caco, foram o rosto e o telefonema semanal dela que me impediram de desmoronar. A força silenciosa dela, a maneira como ela havia enfrentado o luto com tanta dignidade e graça.

Essa era minha garota.

— Estou com saudade dela — eu disse, e minha mãe me abraçou mais forte.

— Mal podemos esperar para conhecê-la — disse meu pai. Gostei da ideia.

Ficamos no quarto de Cillian por mais uma hora. Relembrando os momentos que guardamos mais perto de nossos corações. Sorrimos e choramos, mas, quando saí pela porta de casa, outro peso havia sumido. Dia após dia, as algemas que me prendiam começaram a se soltar, e então caíram por completo.

Era um dia de cada vez, mas a cada dia eu me sentia mais e mais forte.

Dirigi meu jipe até o lugar que já tinha sido meu segundo lar. Sabia que não haveria treino naquele dia. E que estaria vazio. Agora que eu havia voltado para casa, meu antigo treinador dissera que eu poderia ir treinar lá sempre que a pista estivesse livre. Ele estava feliz por eu ter voltado a ser eu mesmo de novo e por ter encontrado um jeito de voltar ao gelo.

No minuto em que passei pela porta, o vento frio e o cheiro fresco de gelo invadiram meus sentidos. Segui pelo corredor até o vestiário de sempre. Joguei a bolsa no banco e comecei a vestir as roupas de treino e, por fim, os patins.

Quando cheguei à entrada do rinque, deixei a brisa fria bater no meu rosto. Com o taco nas mãos, pisei no gelo e expirei com facilidade. Circulei o rinque cada vez mais rápido até sentir que estava voando. Poderia ter ficado um ano sem praticar, mas aquilo era memória muscular. Nasci para fazer aquilo.

Não dava para se esquecer de algo assim.

Olhei para as arquibancadas, imaginando-as cheias novamente, luzes brilhando no gelo e música tocando no último volume dos alto-falantes. Vi meu time e eu em alinhamento, mãos sobre o peito, cantando o hino nacional.

Eu queria isso. Eu queria tanto viver isso de novo.

— Woods! — Abri os olhos e parei abruptamente. Meu coração bateu mais rápido quando vi Stephan Eriksson, meu melhor amigo, patinando na minha direção. O treinador tinha me dito que não haveria ninguém ali. Pelos olhos arregalados e chocados de Stephan, presumi que o treinador tinha dito a mesma coisa a ele. Era bem típico dele nos juntar de novo dessa forma.

— Você está de volta ao gelo? — Stephan perguntou, com a voz cheia de esperança.

— Estou — eu me permiti dizer, e senti a resposta até os ossos. Eu estava de volta. — Estou de volta — falei, e Stephan pulou em mim, passando os braços em volta do meu pescoço.

Ele segurou um pouco mais do que o necessário.

— Que bom ter você aqui de novo, irmão — ele disse, e dessa vez o termo carinhoso não doeu. Stephan era meu melhor amigo havia anos. Ele tinha sido meu irmão; ainda era.

— Desculpa — eu disse quando ele se afastou. Ficamos sozinhos no meio do gelo. Estava tudo em silêncio, exceto por nossa respiração. — Desculpa de verdade...

— Você não tem nada por que se desculpar, ok? — Stephan disse, e eu vi em seu rosto que ele falava sério. Tentei discutir. Dizer que eu tinha passado muito tempo tratando-o como merda. Mas ele me impediu com a mão no meu braço. — Você não tem nada por que se desculpar, Cael. *Nada*.

Eu assenti, a garganta apertada de emoção. Não conseguia falar. Ficou claro que Stephan percebeu, pois patinou para trás.

— Então, Woods — ele provocou —, que tal um mano a mano? Eu provavelmente posso ganhar agora que você está um pouco enferrujado.

Meu peito se ergueu com leveza e se encheu de calor. Abri um sorriso largo.

— Mesmo se eu tivesse ficado dez anos sem jogar, Steph, ainda poderia dar uma surra em você a qualquer hora, em qualquer lugar.

Stephan riu e pegou um disco. Estiquei os braços e o pescoço, então joguei contra meu melhor amigo como se nunca tivéssemos parado. Jogamos por horas. Rimos. Eu sorri. Puxei longas respirações indolores.

Ganhei todas as partidas.

E, mais importante, eu tinha um futuro para recuperar. Havia prometido à minha garota que nos encontraríamos novamente.

Eu não iria decepcioná-la.

29
Convidados inesperados e corações conectados

Savannah
Harvard
Outono

— Não deixem de fazer a leitura para a semana que vem! — o professor gritou sobre o barulho da massa de pessoas guardando as anotações e saindo pela porta.

— Acho que dei um passo maior que a perna — disse Cara, minha nova colega de quarto.

— Você consegue — falei, colocando a bolsa no ombro e saindo do prédio.

A faculdade havia acabado de começar. Tivemos a semana de orientação, e hoje era o primeiro dia de aula. Mas, melhor ainda, eu veria Cael de novo em breve. Assim que cheguei, o time de hóquei partira para um acampamento de treinamento fora do campus. Ele me disse que voltaria hoje, e eu estava contando os segundos até vê-lo.

Conversamos todos os dias desde que ele saíra do retiro, e eu mal conseguia respirar com a vontade de vê-lo novamente. Para ter seus braços fortes ao meu redor, puxando-me para seu peito.

Eu também estava nervosa. Fazia meses desde que ele tinha partido do Japão. Desde que havíamos nos beijado ou nos abraçado. Eu sentia tanta falta dele às vezes que tinha vontade de embarcar num avião para vê-lo. Mas sabia que ele precisava se concentrar e que o veria novamente na faculdade.

Mal conseguia acreditar que o veria de novo em questão de horas.

Caminhamos até o corredor e saímos do prédio, entrando na beleza que era Boston no outono. Era tão lindo que não parecia real. Verifiquei o celular para ver se ele tinha ligado. Não havia nada. Coloquei o celular no bolso, então olhei para cima e estanquei no meio do caminho. Meu coração saiu em debandada, quando, ao pé da escada, encostado em uma árvore no pátio, vi Cael. Ele olhava ao redor, procurando alguém... procurando por *mim*, percebi. Os alunos resmungavam por terem que se espremer para passar por mim, parada lá feito uma estátua, mas eu não conseguia me mover, chocada demais por ver Cael de novo bem na minha frente.

— Savannah? O quê...? — Cara começou, mas as palavras dela se tornaram silêncio. Aí ela disse: — É o Cael Woods.

Mas meus olhos estavam fixos no garoto que havia roubado meu coração desde o momento em que o vira. O garoto que segurou aquele coração nas mãos por meses, mantendo-o protegido até que eu estivesse de volta em seus braços.

Cael vestia roupas esportivas. Calça de moletom e jaqueta. Minha respiração falhou de felicidade quando vi que era uma jaqueta que dizia *Crimson Hockey*. As tatuagens dele subiam pelo pescoço e saíam da gola, o cabelo escuro curto nas laterais e bagunçado no topo... então ele me encontrou, e eu o olhei nos olhos.

O olhar de Cael se derreteu quando nossos olhos finalmente se encontraram. E, como se eu fosse um barco à deriva no mar, encontrei uma âncora nos olhos dele, na própria presença dele. Com as pernas trêmulas, não quebrei o contato visual enquanto começava a descer os degraus e a atravessar o pátio, indo até onde ele estava.

Lágrimas se formaram em meus olhos enquanto eu me fartava dele a cada passo. Ele estava ali. Cael estava mesmo *ali*. Ele não hesitou e saiu correndo na minha direção também; incapazes de ficar separados por mais um segundo, pousamos nos braços um do outro, peitos que se encontravam e braços que envolviam como se nunca fôssemos nos soltar. Apertei firme. Minha alma voava agora que eu estava de volta ao abraço dele.

— Peaches... — Cael murmurou no meu pescoço, e eu quase desmoronei ao ouvir o sotaque carregado de Boston dizendo aquela palavra... a *minha* palavra.

— Meu amor — sussurrei de volta e o apertei mais forte, com tanta força que nos fundimos em uma só forma no pátio da faculdade.

Cael se afastou e eu o observei de perto. Era como ver o nascer do sol mais glorioso depois de muitas noites de escuridão.

— Senti saudade, Peaches — ele disse, com sua voz grave, e senti a verdade daquelas palavras em cada centímetro do meu coração. — Meu Deus, eu senti tanta *saudade* de você.

Cael baixou a testa até pousar na minha e entrelaçamos os dedos.

— Eu também senti saudade de você — eu disse, mal conseguindo encontrar a voz, tomada demais pela felicidade. O aroma de sal marinho e neve fresca dele me fez me sentir em casa.

Cael inspirou, então beijou minhas bochechas, minha testa e, buscando permissão em meus olhos, que foi mais do que concedida, meus lábios. Enquanto ele fazia isso, a dor de sua longa ausência desapareceu. Meu Cael estava me *beijando*. Ele estava *ali*.

Retribuí o beijo, afundando-me nele enquanto me beijava de modo intenso, sincero e verdadeiro. E, enquanto ele me beijava, senti uma nova leveza dentro desse garoto que eu amava com tudo de mim. Seus beijos eram exploradores, mas amorosos. Eram otimistas, não cheios de tristeza e desespero.

Uma lágrima escapou do canto do meu olho quando ele me puxou para mais perto. Eu estava segura em seus braços mais uma vez. E ele estava seguro nos meus.

Cael interrompeu o beijo.

— Eu te amo, Savannah — ele disse, com a voz rouca, e senti aquele amor irradiando de sua alma.

Coloquei a mão em seu rosto.

— Eu também te amo. Senti tanta saudade de você.

Cael recuou um pouco. Ele estudou meu rosto como se eu fosse uma pintura renascentista. Então seu olhar brilhou de nervosismo.

— Por favor, você poderia ir hoje à noite? — ele perguntou, com vulnerabilidade na voz.

— O que tem hoje à noite? — perguntei.

— Um treino aberto — ele disse e soltou uma das minhas mãos para passar os dedos pelo meu cabelo. Meus olhos se fecharam com o toque dele. — Quero você lá. — Ele engoliu em seco. — É o primeiro evento que o time faz fora dos treinos fechados.

Ele respirou fundo, então expirou devagar. Segurei as mãos dele e apertei duas vezes. Nosso sinal secreto. Um sorriso, tão ofuscante, iluminou seu rosto e rivalizou com o sol.

Meu Deus, ele era lindo.

— Não perderia por nada no mundo — eu disse, e pousei a cabeça em seu peito.

Cael expirou, aparentemente aliviado. O som do coração disparado dele me deu frio na barriga.

Eu o tinha de volta. Estávamos juntos de novo.

A mão dele continuou correndo pelo meu cabelo comprido, como se ele não suportasse não estar me tocando de alguma forma depois de todo esse tempo separados.

Cael, então, segurou meu rosto e me beijou nos lábios.

— Não posso acreditar que você está aqui, na minha frente. Não parece real — ele disse, e sorri, virando a cabeça e pressionando um beijo na palma da sua mão.

— É real — falei, passando os braços em volta da cintura dele. — *Nós* somos reais.

Cael me engoliu em um abraço. Ele se elevava sobre mim, e me senti tão segura no abraço dele. Não queria me afastar, queria ficar daquele jeito para sempre.

— Harvard — ele murmurou, apenas para mim, reconhecendo em voz alta que tínhamos alcançado nosso objetivo.

Quando se afastou, Cael disse com relutância:

— Eu preciso ir agora, mas...

Eu não queria deixá-lo ir.

— Cael! — Olhei por cima do ombro dele e vi um garoto loiro chamando-o. Cael levantou a mão, num gesto de que estava indo.

— É o Stephan, meu melhor amigo e companheiro de equipe. Temos uma reunião do time, precisamos ir.

Meu coração se apertou, não por ele precisar ir tão rápido, mas porque ele tinha acolhido Stephan de volta em sua vida. Eu estava tão orgulhosa dele que poderia ter explodido.

Cael recuou, nenhum de nós disposto a desviar os olhos um do outro, até que ele estivesse muito longe e eu precisasse me virar. Eu estava em choque; meu coração batia tão rápido que me senti tonta.

Eu estava tão inacreditavelmente feliz.

Cara parou ao meu lado.

— Você namora o Cael Woods? — ela perguntou, parecendo mais do que um pouco impressionada. Eu tinha me esquecido de que ela estava por ali. E que era fã de hóquei.

Eu me virei para Cara, com o coração tão pleno que mal conseguia respirar, e disse:

— Quer ir a um treino aberto hoje à noite? O amor da minha vida vai estar no gelo.

O estádio estava meio cheio, o que Cara me disse ser normal para um treino aberto. Procurei Cael no rinque, mas não consegui encontrá-lo. Bem naquele instante, eu o vi sair do túnel e entrar no gelo. O número oitenta e sete estampava orgulhosamente as costas dele. Meu coração foi parar na garganta enquanto o observava patinar pelo rinque, ganhando velocidade a cada segundo.

Era surreal vê-lo assim. Sabia que ele jogava hóquei. Conversamos sobre isso sem parar quando ele saiu do programa de terapia e o aceitaram de novo em Harvard este ano. Ele até me enviou links de alguns de seus jogos antigos quando eu disse que queria vê-los. Mas agora que eu estava aqui, sentir o frio do gelo bater em meu rosto era diferente de qualquer coisa que eu poderia ter imaginado.

Vi Cael vasculhando a multidão. Soube quando ele me viu, pois diminuiu a velocidade ao passar por mim. Ele me olhou nos olhos e eu sorri para ele. Ele sorriu para mim. Aquele garoto era tão perfeito.

Um treinador apitou e Cael se posicionou. Eu era a primeira a admitir que não tinha ideia do que estava acontecendo ali. Estava tentando aprender as regras, passei muitas noites tentando fazer isso. Eu chegaria lá. Por ora, só fiquei sentada, admirada, observando Cael em seu hábitat natural. Ainda que eu não entendesse o jogo, qualquer um percebia que ele estava um passo à frente dos demais: era mais rápido e dinâmico, e enfiava tacada após tacada na rede, parecendo que poderia fazer aquilo a noite toda sem se cansar.

Fiquei sem fôlego enquanto o observava. Ainda mais quando ele ria, sorria e comemorava com os companheiros de time. Ele estava feliz ali. E tinha conseguido. Tinha se curado. Aquele garoto no gelo era muito diferente daquele que eu tinha visto pela última vez no Japão. Se fosse possível, vê-lo assim me fazia amá-lo ainda mais. Como Aika havia dito, ele teve a tenacidade de colar seus pedaços e estava mais bonito do que nunca.

Quando o treino acabou, a expressão admirada dos fãs assistindo a Cael se acalmar deixou claro para mim quão talentoso ele era e a injustiça que teria sido se ele jamais tivesse voltado para aquele esporte.

Cael veio até onde eu estava sentada. Eu me levantei e fui até as placas.

— Meu amor... — eu disse, balançando a cabeça, incapaz de traduzir em palavras o que eu estava sentindo.

As bochechas de Cael coraram de vergonha. Era tão fofo, e eu queria beijá-lo e nunca mais parar.

— Você me encontra lá na porta do vestiário? — ele perguntou, e eu assenti. Por mais que tivesse gostado de vê-lo jogar, queria falar com ele e passar horas ao seu lado.

— Vou voltar para o dormitório — disse Cara.

Eu assenti para ela e segui as placas até o vestiário. Fiquei lá no corredor e esperei Cael sair. Algumas pessoas estavam esperando também, cumprimentando vários jogadores que saíam do vestiário.

Cael apareceu com o rapaz que eu agora sabia ser Stephan. Os olhos inquisitivos do garoto que tinha o meu coração me encontraram no mesmo instante. Ele se apressou até onde eu estava e me abraçou. Me esmagou junto ao peito, o cabelo úmido do banho grudando na minha bochecha. Eu ri e, com o som, Cael me apertou um pouco mais forte.

Alguém pigarreou atrás de nós. Ele me soltou e Stephan estava ali. Com o cabelo loiro e os olhos azuis, ele me lembrava Rune.

— Esta é a famosa Savannah? — perguntou, e senti minhas bochechas queimarem com suas palavras. Stephan bateu no peito de Cael. — Eu amo esse cara, mas se ele falar mais uma palavra sobre você, minha cabeça vai explodir.

— Idiota — Cael disse, mas riu do amigo.

Stephan piscou para mim.

— De qualquer modo, é um prazer te conhecer, Savannah. — Stephan abraçou Cael. — Vejo você no dormitório.

Cael passou o braço em meus ombros e me beijou na têmpora.

— Venha, Peaches. Precisamos colocar o papo em dia.

Cael

Levei Savannah até o meu jipe no estacionamento. Joguei minha mochila dentro do carro e estendi a mão. Savannah a pegou sem nem hesitar.

— Caminha comigo? — perguntei.

— Para qualquer lugar — ela disse, sorrindo.

Porra. Não conseguia acreditar que ela estava ali comigo. Parecia um sonho. Tinha me concentrado nela por tanto tempo naqueles dias longos e difíceis no retiro. Especialmente nos dias mais complicados, quando achava que não aguentaria mais, eram o rosto de Savannah e os telefonemas dela que me mantinham firme.

Quando ela estremeceu por causa do início do frio do outono, corri até o carro e peguei uma jaqueta no porta-malas. Isso me lembrou de como ela tinha sofrido no Distrito dos Lagos e na Noruega, meu pêssego da Geórgia precisando de seu sol. Segurei a jaqueta, e Savannah riu quando a vestiu e a peça engoliu seu corpo pequeno.

Não conseguia imaginá-la mais perfeita do que com meu nome nas costas. Atravessamos o campus em um silêncio confortável e fomos até um parque bem iluminado. Nós nos sentamos em um banco mais afastado. Havia apenas umas poucas pessoas levando o cachorro para passear por ali. Apertei a mão dela, levando os dedos à boca. Eu a beijei. Não conseguia parar.

Ela estava ali.

Ela estava *mesmo* ali.

— Cael... Ela ia dizer algo, mas eu falei antes que ela pudesse.

— Foi tão difícil, Sav. — A adrenalina daquela noite estava diminuindo, e a fadiga se instalava.

Savannah se aproximou, e me virei para ela. Já estava me observando. Não conseguia tirar os olhos dela, como se fosse uma miragem que eu tinha conjurado na terapia e, se desviasse o olhar, desapareceria.

— Estou aqui — ela disse. Mas era como se meu coração precisasse entender que ela não era um sonho febril. Minha garota estava em Boston; estávamos ali. Prontos para começar nossa vida juntos.

Respirei fundo e comecei:

— Foi tão difícil. Mas eu precisava ficar melhor. Por você, por nós, eu tinha que...

— Não — Savannah disse, balançando a cabeça. — Não melhor, Cael. Você estava em processo de *cura*. Estava sofrendo. Não há melhor nem pior nisso. É o que é. Seu coração estava partido, e você o estava consertando, dia após dia. E conseguiu. — Ela colocou a mão na minha bochecha e me fez encontrar seu olhar azul tenaz. — Você nunca precisou melhorar por mim. Você sempre foi o suficiente. Mesmo quando estava no período mais difícil. Você *sempre* foi o suficiente.

Inferno, já houve alguém que lutou por uma pessoa mais do que essa garota tinha lutado por mim?

— Sou o cara mais sortudo do planeta. Você sabe disso, né? — eu disse e beijei o rosto frio de Savannah. Fechei os olhos e simplesmente a senti contra mim. — A mim, cabe viver minha vida com você, Peaches. Dar a você o meu coração, por mais que esteja remendado e cheio de cicatrizes. — O lábio dela tremeu, e passei o polegar sobre ele. Seus olhos azuis brilhavam. — Ele é seu, e a mim cabe ter seu coração e sua alma tão lindos em troca. — Apontei para mim mesmo. — Cara mais sortudo do mundo.

— Nós dois somos sortudos — ela disse, afastando meu cabelo do rosto. Ainda estava úmido do meu banho pós-jogo. Savannah sorriu, e eu soube que daria o mundo inteiro a ela para fazê-la seguir daquele jeito. — Estamos vivos, somos mais fortes e estamos juntos. É isso que nos faz ter tanta sorte. Isso... — Ela parou de falar e olhou para as estrelas começando a brilhar.

Eu segui seu olhar, então perguntei:

— Isso o quê?

Savannah se virou para mim. As covinhas apareceram quando ela sorriu, e eu queria guardar na memória como estava naquele momento.

— Trilhamos um caminho difícil para chegar a essa felicidade. E, por causa disso, nunca vamos fazer pouco caso de nossa vida juntos.

Meu coração batia forte. Porque tudo o que ela disse era verdade. Savannah beijou as costas da minha mão. O coração tatuado. Passou a mão sobre a tinta preta, então olhou para mim e disse:

— Sofremos perdas. Sabemos o que é luto e sentir tanta falta de alguém que não conseguimos respirar. Mas, por causa dessa perda, amaremos mais profundamente, apoiaremos mais um ao outro e estaremos presentes um para o outro com mais intensidade. A perda nos ensina a valorizar o amor. Este é o nosso futuro, Cael. Amar um ao outro da melhor maneira que sabemos: completamente.

— Eu te amo, Savannah. Nunca vou cansar de dizer isso.

Ela sorriu.

— E eu nunca vou parar de acreditar nisso.

Eu ri, e Savannah também, então o peso se estilhaçou ao nosso redor.

Quando paramos de rir, ela disse:

— Eu trouxe uma coisa para você. Mas não sei se é bom ou ruim. Não sei se fiz a coisa certa.

A trepidação na voz dela era evidente.

— Nada do que faz seria ruim, linda — eu disse.

No entanto, a expressão preocupada dela não foi embora. Savannah me olhou nos olhos, então levou a mão ao bolso. Quando a levantou, no centro da palma estava o adeus de Cillian para mim, seu pedido de desculpas rabiscado na minha velha e estimada entrada dos Bruins. Aquela que eu tinha destruído no Japão.

Só que tinha sido cuidadosamente restituída com laca dourada. Minha respiração ficou pesada enquanto eu olhava para o ingresso lindamente remendado na mão gentil de Savannah.

— Achei quando você foi embora. — A voz dela estava baixa e carregada de emoção. — Quando você não estava lá... Fui para o seu quarto no hotel só porque... — Savannah engoliu em seco. — Vi seu bilhete para mim, e então vi isso no chão, rasgado. Quando juntei os pedaços, percebi o que era. Levei imediatamente para o meu quarto e colei com o kit *kintsugi* que Aika nos havia dado. — Ela piscou e fitou meus olhos. — Desculpe se fui longe demais. Mas achei...

Esmaguei a boca na de Savannah, interrompendo o que ela estava prestes a dizer. Ela tinha feito aquilo por mim. Tinha pegado meu maior arrependimento e o consertado. E ela o tinha tornado mais bonito, porque o consertara por amor a mim. Por amor ao meu irmão, que ela nunca conheceu.

Quando afastei os lábios dos dela, sem fôlego e grato pra caralho pela minha garota, sussurrei:

— Obrigado. Muito obrigado, meu amor.

Peguei a entrada, guardada em um saquinho de plástico transparente, e a coloquei no bolso. Eu a tinha de volta. Tinha um pedaço do meu irmão comigo novamente. O alívio foi avassalador.

— É isso — eu disse a Savannah.

— O quê? — ela perguntou, recostando-se em mim, a cabeça no meu braço. Não resisti a pousar um beijo em sua cabeça.

— O começo do nosso para sempre — falei, sentindo a esperança correr pelas minhas veias. Era uma sensação tão boa que era inebriante.

— Para sempre — Savannah ecoou.

— Estamos aqui, juntos na faculdade. Vou te ver todos os dias. Vou jogar hóquei, ser eu mesmo de novo. E você... você vai ser médica, linda. Vou ser o seu cara...

— Eu vou ser sua garota — ela disse, com felicidade na voz.

— E vamos viver a vida juntos.

Vida. A mais estranha viagem de altos e baixos, tristeza e perda. Mas também uma vida com o mundo, as estrelas e o sol, alegria e amor.

E, é claro, amor. Amor acima de tudo.

30

Voltas vitoriosas e estrelas esperançosas

Savannah
Harvard
Sete semanas depois

O estádio estava lotado. De olhos arregalados, encarei a multidão toda vestida de vermelho. A música tocava alto, e os gritos animados dos alunos eram ensurdecedores. Agarrei-me a Cara como se minha vida dependesse disso.

Aquele era o mundo de Cael. O treino nem se comparava àquilo.

Estar na viagem havia tornado essa parte de quem ele era tão distante, quase conceitual. Mas aquela era a arena dele. Meus nervos estavam à flor da pele, e tive que respirar fundo para acalmá-los. Quando chegamos aos nossos assentos, tivemos uma visão perfeita do rinque. Luzes dançavam no gelo ao ritmo da música que tocava.

Um locutor falava as estatísticas enquanto eu esperava ansiosamente para ver Cael entrar no gelo. Ele estava ansioso com o jogo. Precisei encontrá-lo atrás do estádio uma hora antes...

— Estou nervoso — disse Cael, passando a mão pelo cabelo.

— Você vai se sair muito bem — falei, tentando ao máximo acalmar os nervos dele.

Cael fechou os olhos e inclinou a cabeça para o céu. Estava se concentrando nas estrelas, e eu sabia que estava lutando contra as lágrimas. Seus olhos estavam brilhando quando ele voltou a me fitar.

— Sempre achei que ele estaria aqui, sabe. Neste momento. — Cael suspirou. — Acho que acabei de perceber de novo que ele não está.

Apontei para as estrelas.

— Ele está aqui — eu disse, e a expressão dele se suavizou.

Cael me envolveu em seus braços.

— Não sei o que faria sem você, Peaches — ele disse e me beijou. Ouvimos o time dele indo para o gelo se aquecer. — Preciso ir.

— Vou estar nas arquibancadas — eu disse, e Cael assentiu com a cabeça. Ele me abriu um sorriso tímido, e eu rezei para que ele passasse por esse primeiro jogo...

Pisquei de volta para o aqui e agora, e um milhão de pensamentos passaram pela minha cabeça. Todos sobre Cael. O suficiente para que, no que pareceu ser um piscar de olhos, a música diminuísse e o locutor começasse a falar.

Concentrei-me naquele túnel de onde eles saíam. Então, de repente, as luzes diminuíram, e o locutor disse:

— O jogo desta noite será disputado em homenagem a Cillian Woods, nosso antigo central, astro do time, que infelizmente faleceu. Aqui, para dar uma volta em memória dele, em homenagem a ele, está seu irmão mais novo e atual jogador central do Harvard Crimson, Cael Woods.

Tudo pareceu parar naquele momento: a música, minha respiração, meu coração. Meu estômago revirou, e uma mistura inebriante de tristeza e orgulho girou dentro de mim. A multidão se levantou, aplaudindo em apoio enquanto Cael, sem capacete e luvas, usando uma braçadeira preta em volta do bíceps, foi para o gelo e começou a patinar por Cillian. Pelo irmão que ele tanto amava, mas que havia perdido tão jovem, tão tragicamente...

Arquejei quando Cael patinou na direção oposta e tive uma visão de suas costas. Porque o garoto que eu amava, a quem dei o meu coração, não estava mais usando o número oitenta e sete. Agora, o número trinta e três estava impresso na camisa dele.

O número de Cillian.

Ele estava patinando por Cillian.

Estava honrando o irmão da melhor maneira que sabia.

Um soluço silencioso saiu da minha garganta ao vê-lo patinar devagar ao redor do rinque, o taco erguido no ar, uma homenagem ao irmão mais velho, um homem que deveria estar ali para patinar ao lado dele. Era por isso que Cael estava tão nervoso. Ele iria homenagear Cillian no gelo que os dois tanto adoravam.

Eu acreditava que Cillian estava ali, naquele momento, com o vento frio fluindo pelos cabelos dos dois, o braço em volta do ombro de Cael como o vira fazer naquela foto tantos meses atrás.

Cara se juntou a mim e me abraçou assim que o resto do time de Harvard entrou no gelo, patinando em homenagem a Cillian também: uma equipe de luto por um dos seus. Observei Cael se aproximar de onde eu estava. Cobri a boca com a mão.

— Cael... — sussurrei quando ele parou na minha frente. Seus olhos estavam cheios de lágrimas, e ele pressionou a mão no vidro diante de mim. Estendi a mão e toquei o vidro também, como se não houvesse nada entre nós, e nossas palmas se beijaram. Ele apoiou a testa lá, e eu fiz o mesmo. Derramei lágrimas pelo homem que eu nunca tinha conhecido, mas de quem já sentia tanta falta. E chorei pelo garoto por quem estava loucamente apaixonada, que compartilhava sua dor com o mundo, para homenagear o irmão de quem sentia tanta falta.

Quando ele levantou a cabeça, eu murmurei:

— Eu te amo. Tenho tanto orgulho de você.

— Eu também te amo — Cael disse, então foi até o túnel.

Mantive a mão naquele vidro enquanto ele saía para jogar. E não tirei o olhar dele enquanto voava pelo gelo como se tivesse nascido com lâminas de aço nos pés e um taco nas mãos.

Ele jogou com todo o coração.

Ele honrou o irmão que havia perdido.

Cael marcou quatro gols.

E Harvard venceu.

Por Cillian.

Cael

A adrenalina corria em minhas veias quando me sentei em frente ao meu armário no vestiário. Inclinei a cabeça para trás e fechei os olhos, ouvindo o time comemorar nossa primeira vitória da temporada. Suor escorria pelas minhas costas, e meu coração trovejava no peito.

Nós havíamos vencido. Havíamos vencido por Cillian. Virei a cabeça, como se ele estivesse ali ao meu lado. Eu o senti ao meu lado na pista esta noite. Depois que ele morreu, senti que haviam me roubado nosso futuro jogando juntos. Mas ele estava lá esta noite, eu *sabia*. E uma coisa que aprendi este ano foi que Cillian sempre estaria comigo, pois era parte de mim. Nem mesmo a morte poderia mudar isso.

Sorri ao imaginá-lo ao meu lado. *Você conseguiu, irmãozinho. Você conseguiu!* Ao que eu diria: *Nós conseguimos. Conseguimos, como sempre planejamos.*

Uma mão pousou no meu ombro. Olhei para cima e vi meu treinador. O time inteiro estava olhando para mim. Eu conhecia a maioria deles. Eram amigos de Cillian. E, pelas lágrimas nos olhos da maioria, eles o sentiam ali conosco também.

— O disco desse jogo pertence a você, filho — disse o treinador, e eu o peguei. Eu não era de falar muito, então simplesmente fiquei de pé, beijei o disco e o levantei para os céus.

Esse é para você, Cill. Esse é para você.

Saí do vestiário e sorri quando vi Savannah me esperando. Ela estava sozinha, encostada na parede, toda encolhida, fazendo de tudo para não chamar a atenção; a amiga tinha ido para casa. Ela sempre seria minha garota altamente introvertida. O olhar de alívio e orgulho no rosto bonito e nos olhos azuis brilhantes dela quando me viu quase me derrubou.

Eu a abracei assim que a alcancei. Ela se derreteu contra mim e sussurrou:

— Eu... eu não tenho palavras para descrever esta noite, meu amor. Eu... — Ela inclinou a cabeça para trás e disse: — Estou tão orgulhosa de você. E o número novo da sua camisa, você foi tão forte... — Ela balançou a cabeça enquanto as palavras saíam.

— Também te amo, Peaches — eu disse, e ela me abriu um sorriso abalado pouco antes que eu a beijasse repetidamente, sem querer parar nunca mais.

— Cael? — Uma voz familiar me interrompeu enquanto eu beijava minha garota. Eu ri quando me virei e vi minha mãe e meu pai ali, os dois achando graça da situação. Savannah deve ter visto a semelhança, pois logo ficou vermelha de vergonha.

— Imagino que essa seja a famosa Savannah — meu pai disse, estendendo a mão para ela.

— Sim, senhor — Savannah respondeu, me fazendo derreter com sua timidez e os modos impecáveis do sul.

Meu pai apertou a mão dela, mas minha mãe se aproximou e a envolveu num abraço. Não deixei de perceber quando ela sussurrou no ouvido de Savannah:

— Obrigada. Obrigada por ajudar a salvar o meu filho.

Savannah abraçou minha mãe com força e disse:

— É um prazer conhecer a senhora. — Ela me deu um sorriso tímido. — Eu amo muito o seu filho. Ele ajudou a me salvar também.

Essa garota...

— Vamos deixar vocês sozinhos — meu pai disse, e então me abraçou forte. — Nunca tive tanto orgulho de alguém na vida, filho — ele disse, fazendo minha garganta fechar.

Logo minha mãe se aproximou e falou:

— Ela é linda, Cael. Tão linda e meiga. — Mal podia esperar para que meus pais conhecessem Savannah. Minha mãe deu um passo para trás e apertou a mão do meu pai. — Vou fazer um jantar no domingo. — Ela se virou para Savannah. — Adoraria que você fosse, querida.

— Vai ser um prazer. Obrigada, senhora — ela disse, e me destruiu de novo.

Não havia como amar mais essa garota. Minha mãe e meu pai tinham me dado espaço enquanto eu me acostumava com a faculdade. Mas eu quis que estivessem no meu primeiro jogo. E queria muito que eles finalmente conhecessem a garota que havia me salvado.

E pensar que eu tinha resistido a ir à viagem de Leo e Mia todos aqueles meses atrás. Tinha resistido com tudo de mim. Mas o universo me colocou numa jornada de cura. E isso me levou à minha garota, à outra metade do meu coração, à minha alma gêmea. Eu me esforçaria todos os dias para fazê-la feliz, para deixá-la orgulhosa. E caminharíamos pela vida de mãos dadas, com nossos irmãos caminhando ao lado, as mãos deles em nossos ombros nos mostrando o caminho.

E seríamos felizes.
Ficaríamos juntos.
E viveríamos para sempre para honrar aqueles que tínhamos perdido.

Epílogo
Sob estrelas e céus infinitos

Savannah
Distrito dos Lagos, Inglaterra
Oito anos depois...

— Fica diferente no verão — disse a Cael enquanto caminhávamos de mãos dadas por uma margem conhecida. O lago Windermere se estendia diante de nós, como uma piscina de diamantes resplandecentes. Anoitecia, e as luzes de verão da Inglaterra lançavam um brilho etéreo sobre o lago.

Cael apertou minha mão, e eu olhei para ele e sorri. Ele era tão bonito. Não se passava um dia sem que eu agradecesse às estrelas por trazê-lo para minha vida. Especialmente nos últimos tempos. Como de costume, a vida nos fez passar por outra perda.

Rune.

Vivendo a vida com que sempre sonhara, como fotógrafo. Estava em uma zona de guerra, capturando o conflito em filme, quando um míssil perdido atingiu seu hotel, levando-o de nós também. Cael me deu apoio enquanto eu passava pela dor de perder outro ente querido. Mas dessa vez, embora doesse, não desmoronei. Porque sabia que Rune estava com Poppy, reunido com sua alma gêmea no bosque de flores deles, felizes de novo. Era o maior conforto pensar nos dois dessa forma. Não mais separados pela vida, mas juntos, como sempre deveriam ter ficado.

Eu me aninhei no braço de Cael enquanto ele nos guiava até o píer de aparência familiar. Só que, em vez de um barco a remo por perto, um pequeno barco a motor nos esperava. Eu ri quando Cael ofereceu sua mão.

— Srta. Litchfield — ele disse, todo formal, o que me fez rir ainda mais. Ele era tão brincalhão. Bem-humorado em seu jeito calado.

— Eu me lembro disso — eu disse, e Cael me levantou pela cintura. Antes de me colocar no barco, ele me beijou. Eu me sentei, Cael subiu logo atrás de mim e ligou o motor.

— É onde tudo começou, Peaches — ele disse, com um brilho sugestivo no olhar. Parecia que tudo havia acontecido tanto tempo atrás. Aquela viagem fatídica ao redor do mundo.

Eu tinha acabado de terminar a faculdade de medicina e estava indo para a residência. Cada vez mais perto de me tornar a médica que sempre quis ser. E amava isso. Era difícil, e por vezes exigia muito emocionalmente, mas eu voltava para casa para a segurança de Cael, e ele tornava tudo melhor. Nos dias em que eu desmoronava, ele estava lá para me segurar.

Cael ficou só dois anos em Harvard e foi aprovado no recrutamento da NHL. Ele agora jogava pelos Bruins, era selecionado para o All-Stars todas as temporadas e era o jogador de destaque do Team USA. Ele era excepcional, e não havia nada que eu amasse mais do que vê-lo jogar; era como ver a verdadeira liberdade.

Nossa vida era em Boston, e eu estava no auge da felicidade. Visitávamos a Geórgia com frequência. Ida estava vivendo a própria vida, feliz e muito sociável como sempre. Minha família adorava Cael e, claro, eu precisava voltar para ver Poppy... e agora Rune, que jazia ao lado dela no bosque florido deles.

— É estranho os outros não estarem esperando no albergue — eu disse, e Cael assentiu.

Tínhamos cumprido nossa promessa. Nosso grupo da viagem se encontrava uma vez por ano. Eles estavam entre nossos melhores amigos. Especialmente Travis e Dylan, que acabaram nos braços um do outro nos anos que se seguiram. Lili e Jade estavam casadas com homens incríveis. Lili estava grávida de seu primeiro filho.

Eu estava morrendo de orgulho de todos eles.

— Vamos convidá-los da próxima vez — disse Cael, e vi os olhos azul-prateados combinarem com o tom da lua cheia que pairava sobre nós.

Os anos tinham sido generosos com Cael. Ele estava mais forte por causa do hóquei, e ainda coberto de tatuagens; minha favorita era o pessegueiro sobre seu coração. E a linha dourada no estilo *kintsugi* que corria sobre a tatuagem de coração partido na mão dele: um coração que não estava mais partido.

Fechei os olhos e sorri enquanto a brisa morna me acariciava. Esse lugar era mágico para nós dois. Foi onde começamos a nos apaixonar. Quando estávamos fracos e com o coração partido, esse lugar foi a gênese de nós dois e de nossa jornada para a força.

Nossa jornada um para o outro.

Nossa jornada para o poder de cura do amor.

Não pude deixar de pensar em Cael naquela época. Vestido todo de preto, gorro preto na cabeça e o cabelo bagunçado que eu achava perfeito. Hoje, ele usava bermuda cargo azul-marinho e camisa social branca. As mangas estavam arregaçadas até os cotovelos, exibindo as tatuagens intrincadas sobre os antebraços musculosos. Ele estava lindo. Eu estava com um vestido azul de alcinha. Cael amava me ver de azul. Dizia que combinava com meus olhos.

— Peaches... — Cael chamou, e abri os olhos.

Meu coração começou a disparar quando me deparei com ele de joelhos, segurando um anel. Cobri a boca, em choque. Os olhos de Cael se encheram de lágrimas de felicidade, e eu lutei para respirar.

— Savannah — ele disse, com a voz rouca. — Quando estivemos aqui anos atrás, estávamos os dois aos pedaços. A sensação era de que seria impossível voltarmos a ser felizes. — Tive um vislumbre da tristeza que aquelas palavras causaram no olhar de Cael. — Mas não sabíamos que iríamos encontrar um ao outro naquela viagem. Não sabíamos que encontraríamos nossa alma gêmea e a outra metade do nosso coração fora dos Estados Unidos, do outro lado do mundo. — Cael sorriu quando lágrimas começaram a escorrer pelo meu rosto. — Aquela viagem mudou a minha vida. Ela me ensinou a viver, a ser forte, mas, principalmente, me ensinou a amar, apesar da dor. E eu aprendi, Peaches. Eu te amo mais do que achei que seria possível. Você é minha razão para respirar. Nem nos meus sonhos eu imaginei que você me faria tão feliz. Você é a melhor coisa da minha vida, e eu queria perguntar... se você me daria a honra de ser minha esposa. — Tudo ficou imóvel: os pássaros, os galhos que balançavam, meu coração, enquanto ele dizia as palavras mais preciosas:

— Você quer se casar comigo?

Meu mundo se encheu de luz quando estendi a mão e me ajoelhei diante dele. Enquanto segurava o rosto perfeito e bonito e pressionava os lábios nos dele.

— Sim — eu disse, assentindo, chorando, tomada por tanta felicidade. — Claro que quero, sim, sem sombra de dúvida.

Com as mãos trêmulas, Cael deslizou o anel de safira azul e diamante no meu dedo, e ele brilhou no crepúsculo.

— Esperei tanto tempo para fazer isso porque queria dar a você espaço para estudar, sem a pressão de um casamento. Mas, para ser sincero, linda, eu não conseguia esperar nem mais um dia para colocar uma aliança no seu dedo e te tornar minha. Oficialmente.

— Eu te amo — falei. Não havia uma pessoa neste planeta que me entendia mais do que este homem. Então ele me surpreendeu quando disse:

— Eu não estava treinando no último fim de semana. — Franzi as sobrancelhas, confusa. — Fui à Geórgia pedir permissão ao seu pai para me casar com a garotinha dele.

— Cael... — eu disse, com o coração derretendo.

— Queria fazer do jeito certo — ele disse, tirando meu cabelo do rosto. Cael me puxou para si, minhas costas contra seu peito, e me envolveu com seus braços fortes. — Quero tanto que você seja minha mulher que quase não consigo aguentar.

E eu entendia. Nós nos casaríamos. Eu seria médica, e Cael continuaria vivendo seu sonho com o hóquei. Então teríamos uma família e seríamos tão felizes que nenhum dia da nossa vida seria desperdiçado. Nós nos amaríamos de todo o coração e aproveitaríamos ao máximo nosso breve tempo nesta Terra. A vida nos ensinou a valorizar cada dia e a não desperdiçar nem um minuto sequer.

— Eu te amo — repeti, virando-me para beijá-lo, tomada de tanta felicidade que quase não conseguia aguentar.

Ele me beijou profunda e completamente e com tanta adoração que soube que nosso amor nunca iria desaparecer. Assim como as estrelas, pensei, olhando para elas agora. Antes, olhava para o cinturão de Órion e pensava que ele representava Poppy, Ida e eu. Agora, quando o olhava, eu via Poppy, Rune e Cillian, velando por nós, observando-nos ao vivo, banhando-nos com seu amor celestial também.

E então havia a Estrela do Norte. Para Tala.

— Eles também estão comemorando lá em cima agora. Sabe disso, não sabe? — Cael disse, olhando para as estrelas também.

E eu sabia. Perder um ente querido, não importavam as circunstâncias, era a coisa mais dolorosa que uma pessoa poderia suportar. Mas viver por eles, amá-los mesmo depois da perda, também curava. Eles sempre estariam ao nosso redor, querendo que vivêssemos com todo o nosso coração. Querendo que amássemos e vivêssemos uma vida tão plena que não haveria espaço para arrependimentos quando chegasse a nossa hora.

Era o que eu tinha com Cael. Uma vida tão doce que era impossível querer mais que isso. Eu estava feliz. Feliz de verdade. E me agarrava a isso com ambas as mãos.

E nós sabíamos que Poppy e Cillian estavam ao nosso lado. Então vivemos e amamos em honra a eles. Ao legado deles. E eu amava Cael, mais do que eu jamais imaginei ser possível. Eu seria *esposa* dele. Ele seria meu marido. Nunca duas palavras soaram tão bonitas.

E eu mal podia esperar para o resto da nossa vida começar.

~~Fim~~ *Começo*

Agradecimentos

A escrita de *Mil beijos de garoto* nasceu de anos e anos observando meus familiares mais próximos sofrendo de câncer. Essa doença terrível atormentou meus avós, meus pais e meu sogro. Depois de perder meus avós e meu sogro, eu queria... não, eu *precisava* exorcizar toda a dor e amargura reprimidas que foram se acumulando ao longo dos anos por causa dessa doença. Ela tirou três pessoas muito queridas da minha vida. Felizmente, minha mãe estava em remissão, mas meu pai ainda estava sofrendo com ela. O câncer dele era incurável. Era uma batalha constante, mas ele a enfrentava todos os dias.

Quando comecei a escrever todos os meus sentimentos sobre perda, vida e abraçar quaisquer dificuldades que enfrentamos, *Mil beijos de garoto* foi o resultado.

Eu nunca planejei escrever uma sequência. Brinquei com algumas ideias, mas nenhuma delas me envolveu tanto quanto a história de Rune e Poppy. O mundo que criei em Blossom Grove, Geórgia, parecia completo. Verti meu coração naquelas páginas e compartilhei minha dor com o mundo. Fiz o que me propus a fazer.

E então o impensável aconteceu. Perdi meu pai. Embora ele tenha sofrido de um câncer incurável, no final, sua morte foi rápida e inesperada. Outra forma de câncer havia crescido dentro dele (da qual não sabíamos) e o tirou da gente em um piscar de olhos.

Dizer que fiquei de coração partido não começa nem a expressar o que foi aquilo. Uma tristeza como nunca havia experimentado se apoderou de mim e me arrastou tão fundo que senti que não conseguia respirar. A perda não me era desconhecida. Mas eu não havia passado pela perda de um pai ou de uma mãe. A dor não me era estranha, mas não a dor lancinante que é ter seu pai, sua segurança, arrancado de sua vida.

Depois disso, meses se passaram enquanto eu tentava encontrar algo parecido com vida de novo. E, como escritora, como pessoa criativa, uma nova história começou a se formar dentro de mim. Enquanto contemplava minha "nova" vida sem meu pai, uma pergunta começou a se formar na minha cabeça: o que aconteceu com as pessoas que Poppy deixou para trás? Meus pensamentos logo foram para Savannah. A irmã mais quieta. Aquela que amava de modo suave, mas se importava imensamente.

Sofro de ansiedade crônica e escrevo como forma de terapia. E, quando comecei a escrever, a história de Savannah e Cael se derramou dos meus dedos. Uma história de perda, luto e sentir tanta saudade de um ente querido que parece que a gente nunca mais vai ser feliz.

Mas a gente vai. Minha jornada pelo luto, e o que tentei mostrar neste livro, provou que, gradualmente, a gente *começa* a viver de novo. Começa a se lembrar não apenas das partes tristes de perder um ente querido, mas também dos momentos felizes que compartilhou com ele. Quando escrevi este livro, queria tanto isso para Savannah e Cael porque sabia que meu pai queria isso para mim também. Ele não ia querer que a gente desmoronasse. Ele ia querer que nos curássemos o melhor que pudéssemos e vivêssemos *para* ele.

Mil corações partidos foi o livro mais difícil que já escrevi porque é baseado no momento mais difícil da minha vida. Mas também se tornou uma grande fonte de conforto para mim. Ver Savannah e Cael se reconstruírem aos poucos, encarando o luto e superando a dor que ele causava se tornou inspirador para mim. Espero que, para aqueles que amaram e perderam, este livro tenha ajudado de alguma forma também. Ele me deu um lugar seguro para sentir luto e, por isso, Savannah e Cael sempre terão um lugar especial no meu coração.

Expus minha alma nestas páginas. Só espero ter deixado meu pai orgulhoso. Foi tudo em nome dele.

Para chegar a este ponto em que *Mil corações partidos* está no mundo, foi preciso um exército. Posso ter escrito este livro para me ajudar em minha própria jornada de luto, mas, sem o apoio e o amor de todos ao meu redor, ele nunca teria se tornado realidade.

Primeiramente, quero agradecer ao meu marido. A quantidade de lágrimas derramadas escrevendo este livro foi sem precedentes e você esteve ao meu lado a cada passo, me dando forças quando eu não sabia se conseguiria continuar. Você é a minha fortaleza. Eu te amo profundamente.

Você é meu Rune.

Meus filhos. Vocês me deram razão para continuar. Quando as coisas ficaram difíceis e eu estava aos frangalhos, vocês me deram força. Me fizeram rir e gargalhar quando pensei que jamais voltaria a sorrir. Eu amo vocês. Vocês são o meu tudo.

Mãe. Quanta luta. Como sempre, você tem sido uma rocha. E sei que deve ter tido medo de ler este livro por causa do que ele significou para mim, para todos nós. Mas espero ter deixado você orgulhosa também. Eu te amo muito. Você é a pessoa mais forte que conheço. A melhor mãe, a melhor avó, a melhor pessoa. Espero que saiba disso.

Samantha. Você passou pela morte do papai de mãos dadas comigo, como só uma irmã pode fazer. Eu sei que você nunca vai ler *Mil beijos de garoto* nem *Mil corações partidos,* porque acha que eles são muito difíceis, porque você também os viveu, mas saiba que sempre serei imensamente grata por ter você ao meu lado. Não consigo me imaginar passando pelos últimos dois anos sozinha.

Aos meus melhores amigos, vocês me mantiveram firme e o apoio de vocês foi tudo para mim. As T-T-Teessiders, o Coven, meu grupo de mães que se tornou uma parte preciosa da minha vida, obrigada a todos por me ajudarem.

Liz, minha agente superstar. Dez anos e ainda estamos firmes e fortes. Você me apoiou desde o primeiro dia, e mal posso esperar pelos próximos dez anos e todas as coisas que planejamos. Que jornada. Tenho muita sorte de ter você ao meu lado, nos bons e maus momentos.

Para Christa Heschke, Danielle e Alecia e todos na McIntosh and Otis, obrigada por trabalharem incansavelmente em meu nome.

Christa Désir, a editora que mudou a minha vida. Obrigada por tudo que fez por mim. Você pegou *Mil beijos de garoto* e o catapultou para a lua. Nós choramos juntas, rimos, e você me deu apoio nos momentos mais difíceis. Mal posso esperar por todos os projetos futuros que faremos. Esse é só o começo!

Dom, e todos os que trabalham na Bloom Books, obrigada por tudo. Estou muito animada para continuar escrevendo livros e trabalhando com vocês. Vocês são uma equipe incrível.

Um grande obrigada a Rebecca da Penguin UK e a Federica, Simona e Alessandra da Always Publishing, Itália. Minhas outras equipes de publicação estrangeiras: Brasil, Alemanha, territórios de língua espanhola e todas as outras muitas editoras ao redor do mundo que pegaram *Mil beijos de garoto* e deram a ele um lar. Sou realmente grata a todos vocês.

Nina e a equipe da Valentine PR, obrigada por serem a equipe mais incrível. Vocês não fazem ideia do quanto são preciosas para mim. E um agradecimento especial a Meagan Reynoso, que tem sido um anjo para mim, especialmente nos momentos mais difíceis. Muito obrigada.

Meus leitores. Por onde começo? Vocês são o grupo de pessoas mais amoroso e leal. Vocês me sustentam e me fazem seguir em frente nos meus momentos de dúvidas. Vocês me apoiam e fazem barulho sobre meus livros. Eu amo muito todos vocês. Não têm ideia do quanto eu valorizo e adoro cada um.

A todos os bookstagrammers, booktokers e resenhistas que ajudam a contar ao mundo sobre meus livros. Vocês mudaram a minha vida. Obrigada.

E à comunidade de autores. Que lugar edificante e solidário. Obrigada por sempre torcerem por mim. Não quero nada além do melhor para todos vocês também.

Se me esqueci de alguém, saiba que sou grata a você também!

Finalmente, para papai. Você foi a *maior* razão pela qual escrevi *Mil beijos de garoto*, e você amou assistir à jornada de Poppy e Rune. Você foi a razão pela qual escrevi *Mil corações partidos*. Como Savannah e Cael, meu coração pode ter sido lentamente remendado, mas as cicatrizes da sua perda sempre estarão lá. Sempre ficarei triste por você não estar mais aqui. Mas, como Savannah, sei que você está lá em cima, nas estrelas, como sempre quis estar. Viverei por você, pai. Continuarei criando em seu nome. E sei que você está olhando para cá, sentindo muito orgulho de tudo o que está acontecendo com todos nós.

Eu te amo.

Nós *todos* te amamos.

E vamos sentir sua falta para sempre.

Guia de grupo de leitura

1. Tanto Cael quanto Savannah tiveram experiências significativas de luto que alteraram a vida deles. Como os traumas de Cael e Savannah diferem um do outro? Em que ponto eles são iguais?
2. Cael tem uma reação muito diferente ao luto daquela de Savannah. Por que ele tem dificuldade para expressar qualquer coisa além de raiva no começo desta história?
3. Savannah finalmente decide ler o diário de Poppy na Inglaterra. Como o começo do diário a afeta? Por que você acha que Savannah finalmente se sentiu pronta para lê-lo?
4. Cael e Savannah sentem uma conexão imediata um com o outro. Você acha que isso tem a ver com as pessoas que cada um perdeu?
5. O luto é uma parte importante da história. Como o livro mostra as diferentes facetas do luto e como ele é diferente para cada um? Como cada uma das pessoas na viagem ajuda as outras em diferentes estágios e tipos de luto?
6. Dylan finalmente se abre com Savannah sobre seu namorado, Jose. Como você acha que esse segredo pesou sobre ele após a morte de Jose? Por que a resposta de Savannah foi tão vital naquele momento?

7. Savannah, Cael e os outros na viagem conseguem vivenciar muitas culturas. Como cada cultura que eles vivenciam contribuiu para que se curassem? Como o luto é tratado em cada cultura?
8. O que a lição de *kintsugi* no Japão ensina a Savannah e Cael? Por que essa é uma metáfora tão bonita para o luto que o grupo deles vivencia?
9. Cael decide deixar Savannah e a viagem um dia antes para começar um tratamento intensivo. Você acha que essa foi uma escolha difícil para ele? Por que ele escolheu se despedir de Savannah por meio de uma carta em vez de pessoalmente?
10. Cael homenageia o irmão em seu primeiro jogo de hóquei por Harvard. Como isso mostra como ele chegou longe? Por que é tão significativo ter Savannah lá com ele?

Biografia da autora

Tillie Cole é de uma pequena cidade do noroeste da Inglaterra. Ela cresceu em uma fazenda com a mãe inglesa, o pai escocês, a irmã mais velha e uma multidão de animais resgatados. Assim que pôde, Tillie deixou suas raízes rurais pelas luzes brilhantes da cidade grande.

Depois de se graduar em Estudos Religiosos na Universidade de Newcastle, Tillie seguiu o marido, um jogador profissional de rúgbi, ao redor do mundo por uma década, tornando-se professora durante esse tempo, tendo adorado ensinar Estudos Sociais para alunos do ensino médio antes de colocar a caneta no papel e terminar seu primeiro livro.

Depois de vários anos morando na Itália, no Canadá e nos Estados Unidos, Tillie agora se estabeleceu em sua cidade natal na Inglaterra, com o marido e dois filhos. Tillie é uma autora publicada tanto de modo independente como tradicional e escreve muitos gêneros, incluindo romance contemporâneo, romance dark, young adult e new adult. Quando não está escrevendo, o que ela mais gosta é de passar tempo com sua pequena família, ficar no sofá assistindo a filmes e bebendo bastante café enquanto convence a si mesma de que não precisa daquele quadradinho de chocolate extra.

Siga Tillie em

Website: tilliecole.com
Facebook: tilliecoleauthor
Instagram: @authortilliecole
TikTok: @authortilliecole

**Acreditamos
nos livros**

Este livro foi composto em Adobe Garamond e Bernies Hand e impresso pela Lis Gráfica para a Editora Planeta do Brasil em março de 2025.